故事新编

罗生门

[日]芥川龙之介 著 · 邹波 译

广西师范大学出版社
·桂林·

小阅读 · 经典

从芥川龙之介文学到
村上春树文学（代序）

日本菲利斯女子大学名誉教授
国际芥川龙之介学会创始会长

宫坂觉

“物语”与“对话”

所谓读书，是从作品出发，在自身内部建构“物语”，在内部与“物语”进行“对话”，从而获得“语言”。如何建构“物语”，能否与之“对话”，决定了“读书”的命运。作品足够厚重，则能为众多的读者提供超越时空、与“物语”进行“对话”的可能，从而成为经典。因此，经典具有多重的阅读可能性，能够超越时代、国境、语言文化，让“读书人”获得非同一般的阅读感受，在与“物语”进行“对话”中，持续地体验“生”之丰饶。

2022年是芥川龙之介诞生130周年；2027年则是他逝世100周年。芥川的文学历经百年，不仅没有褪色，反而随着时间的流逝获得越来越高的评价。原因何在？因为芥川文学的魅力，在于具备多重的阅读可能性，能够超越时空，成为经典。他的文学能够超越国境与语言的限制，以穿透历史的敏锐性与主题，与读者产生“对话”，并且打破时空的限制，成为被越来越广泛阅读、具有普遍性的文学。

在二十多年前，《芥川龙之介诞生百年展》（神奈川近代文学馆）的编者中村真一郎预见芥川文学将成为世界文学。

> 在近代日本作家之中，芥川龙之介最受读者欢迎……被世界接纳的芥川，已经不是“日本大正时代的作家”，而是描绘出二战之后“世界的荒诞性”趋势的作家之一。他的着眼点始终与时代同行，日益具有普遍性。
>
> （《芥川的新形象——关于展览的构想》①）

中村真一郎认为，芥川是与卡夫卡、博尔赫斯比肩的作家。芥川文学作为世界文学，具有与他们共通的现代性。这是重新审视芥川文学、给予全新评价的创见。时代证明，中村的卓识具有先见之明。

黑泽明的《罗生门》与国民文学《罗生门》

芥川龙之介的文学被译介到全球40多个国家。他还在世时，作品已经被译介到海外。芥川的作品于1919年在美国、1921年在中国、1924年在俄国、法国，被首次翻译。此外，还有英语译本（1921）、

① 图录《芥川龙之介展》，县立神奈川近代文学馆（神奈川文学振兴会），1992年4月。

德语译本（1924）、世界语译本（1926）等[①]。从世界文学史的角度来看，芥川龙之介是近代特异的日本作家。

芥川为世界所广泛知晓，得益于黑泽明的电影《罗生门》。2020年9月，为了纪念公映70周年，《电影〈罗生门〉展》举办。展览图录[②]中这样写道：

> 1950年在剧场公映的电影《罗生门》，如今被视为黑泽明的代表作，然而当时在国内并未造成很大的反响。而黑泽明的艺术追求最终获得了认可。1951年9月，《罗生门》获得威尼斯国际电影节金狮奖；1952年3月，获得美国奥斯卡名誉奖，确立了其国际性声誉。这部作品使日本电影的水准得到世界性认可，可以说是战后复兴的象征之作。

电影《罗生门》是日本"战后复兴的象征"，而作为文学的小说《罗生门》也跟随黑泽明走向了世界。电影《罗生门》改编自芥川的同名短篇及《竹林中》。日本辞典《广辞苑》中收录词条"竹林中"，释义为"（出自芥川龙之介同名小说）表示当事人众说纷纭，真相不明"。而在中国，"罗生门"一词也产生了类似的用法。这一现象说明黑泽明的《罗生门》超越了时空，依然具有强大的影响力。不可否认，在黑泽明的《罗生门》影响之下，芥川文学被更为广泛地阅读，

---

① 《海外芥川龙之介研究》（宫坂觉监修《芥川龙之介作品集成・别卷》《芥川文学的周边》，翰林书房，2001年3月）、岛田明子编《著作外译目录》（关口安义编《芥川龙之介新辞典》，翰林书房，2003年12月）。

② 图书刊行会，2020年9月。

成为世界性的文学。

在日本国内，芥川龙之介的《罗生门》已经成为国民教材。“现在高中一年级的必修科目《国语综合》教科书（九家出版社发行，除了古典部分），均收录了《罗生门》。”① 也就是说，在日本，只要接受高中教育，都无一例外会接触到《罗生门》。因此，《罗生门》在日本家喻户晓，是国民文学的代表作之一。

芥川文学国际化

进入21世纪之后，芥川文学的国际化呈现出显著变化。2005年3月，中国出版了五卷本的《芥川龙之介全集》；2006年3月，英国企鹅经典丛书推出了芥川龙之介的短篇集《罗生门》；同年9月，国际芥川龙之介学会（ISAS）成立。这些都推动了芥川文学的国际化。

2005年3月，山东文艺出版社的五卷本《芥川龙之介全集》问世，是中国第一部日本近代作家的全集。全集得到日本国际交流基金的资助，15位译者合作翻译，历时5年完成。全集收录了小说148篇、诗歌14篇、小品55篇、随笔66篇、游记9篇、评论43篇及部分书信。这是一部真正意义上的作家全集，也是芥川成为国际性作家的象征性事件之一。

次年3月，在英语国家具有广泛影响力的企鹅经典丛书出版了《罗生门》（*Rashomon and Seventeen Other Stories*）。全书分成四个部分：“寂寥的世界”“武士刀下”“近代悲喜剧”“芥川的故事”，收

① 川岛幸希：《国语教科书之暗影》，新潮新书，2013年6月。

录了《罗生门》《竹林中》《忠义》《落头谭》《某傻瓜的一生》《齿轮》等18篇代表作。英文版译者、哈佛大学名誉教授杰·鲁宾邀请日本著名作家村上春树撰写了序言 *Introduction—Akutagawa Ryunosuke: Downfall of the Chosen*（《芥川龙之介——知性精英的毁灭》）。2007年7月，这部作品集以相同的篇目出版了日文版《芥川龙之介短篇集》。

2006年9月，国际芥川龙之介学会（International Society for Akutagawa Ryunosuke Studies）① 成立。创始之初，会员仅数十人，而现在已经拥有十几个国家和地区的近200名会员，每年在世界各地举办一次学术大会②。学会在世界五个地区设立了分部。中国分部（秦刚教授分管）的会员人数仅次于日本。

可以认为，这些新动向都将对芥川研究、芥川文学研究产生深远的影响。

村上春树为芥川文学写序

众所周知，村上春树不太热衷阅读日本文学，为日本作家的作品集写序言是破天荒第一次。《芥川龙之介短篇集》的译者杰·鲁宾教授翻译过许多村上的作品。杰·鲁宾邀请村上撰写序言时并未抱太大希望，“我知道村上对于日本文学缺乏热情，应该没有什么兴

---

① http://akutagawagakkai.web.fc2.com/.

② 学术大会先后于世界各地召开，如韩国（首尔、仁川）、中国（宁波、北京、青岛、台南、新北）、意大利（罗马）、美国（西华盛顿）、德国（海德堡）、斯洛文尼亚（卢布尔雅那）、俄罗斯（圣彼得堡）、日本（东京、长崎）等。2020 年因新冠疫情，河内学术大会在线上召开。

趣……让我惊讶的是，村上立即同意了”。[①] 村上春树不仅爽快地应允，还为英文版《芥川龙之介短篇集》撰写了长达19页的序言。笔者参与编辑的镰仓文学馆的展览图录中，经村上许可，引用了其中的部分文字[②]。

村上春树认为，“芥川龙之介是日本‘国民作家’之一。如果从明治维新之后的日本近代作家中，以投票的方式选出十位‘国民作家’，芥川无疑能占据一席”。他列举出其他能进入名单的作家：夏目漱石、森鸥外、岛崎藤村、志贺直哉、谷崎润一郎、川端康成、太宰治、三岛由纪夫等作家。“夏目漱石无疑占据第一的位置，如果幸运的话，芥川或许能进入前五。”村上表示，“在这样的‘国民作家’中，我个人喜欢的是夏目漱石与谷崎润一郎，芥川龙之介次之——虽然存在些许差距——对其抱有好感。”

随后，村上提出了“芥川龙之介好在哪里”的问题。他认为芥川文学之美，首先在于文章精妙、高质。作为经典的第一流作品，即使反复阅读，也不会让人生厌。而且在“聚焦准确”上，芥川文章之锐利，难容他人望其项背。村上评价芥川的文学（文体）是第一流的。“首先是非常流畅，文章没有任何凝滞，如同活物般流畅地推进。词语的选择基于直觉，自然而且优美。”村上在十五岁时读过芥川晚年的作品《齿轮》。

---

① 杰·鲁宾：《虚构创作的现代性评价》，《朝日新闻》，2006年4月26日夕刊。

② 参见：「国際的作家芥川龍之介研究の可能性—PENGUIN CLASSICS「Rashomon and Seventeen Other Stories」をめぐって—」『日語学習与研究』〈創刊三〇周年記念号〉，2009年第3期。

为了写这篇序言，我重读了这篇小说。我惊讶地发现，自己依然非常清晰地记得小说中描写的若干情景，而且那些并非停留于平面，而是立体地保留于记忆之中，依然拥有照射进文章中的光线、触耳可及的细微声响。即使考虑十五岁时，人的艺术感受力很强，但可以断言，那也是拜作品之力所赐吧。①

在村上春树的作品中，直至最近出版的短篇集《第一人称单数》，有许多部分让人联想到芥川文学。村上的这段文字，雄辩地阐述了芥川龙之介文学对他产生的影响。

芥川文学的传承脉络：从堀辰雄、远藤周作到村上春树

在前文提及的《虚构创作的现代性评价》中，杰·鲁宾教授评价芥川文学："即使作品的素材充满异国情趣，故事却始终在追问现代性的主题。西方读者对此不会视而不见。换言之，那些主题是个人在社会中的处境、无法抵达客观性真实的本质、合理性与宗教之间的紧张关系、个人性格中存在的矛盾。"这一评价显露出芥川文学走向国际性、现代性的清晰路径。

夏目漱石在其作品世界中，提示出很多近代性问题，例如个人孤立无援的境况、近代与反近代等。漱石的私淑弟子芥川在《众神的微笑》以及基督教题材的文学中，着眼于"神的世界"与"众神

① 村上春樹「芥川龍之介—ある知的エリートの滅び」ジェイ・ルービン編『芥川龍之介短編集』，新潮社，2007 年 6 月。

的世界”。堀辰雄受芥川的影响，写了毕业论文《芥川龙之介论》，始终围绕这个问题进行创作。而写了《堀辰雄备忘录》的远藤周作，在他早期创作的《神与众神》中犀利地提出这个问题，将其作为重要的主题，并在作品《沉默》《武士》《深河》中持续地加以呈现。

从夏目漱石到芥川龙之介，芥川到堀辰雄，堀辰雄到远藤周作，从漱石、芥川到村上春树的传承脉络（也不应遗忘对太宰治的影响），也许给人牵强附会的感觉。但是，如果读者自身内部没有明晰可见的“语言”，作品便无法成为具有亲和力的对象，不会产生“对话”，也无法投射至“读书人”的感性。如果不在个体内部建构接受作品的感性世界，就无法感受到新的刺激，作品则被作为单纯的“噪声”而消费。与作品的亲和感，通过“对话”催生出新的“物语”和“语言”。亲和感——芥川龙之介对夏目漱石、堀辰雄对芥川龙之介、远藤周作对堀辰雄的亲和感，使他们得以窥见文学之一端。不可否认，村上也通过对漱石、芥川的亲和感建构自己的文学世界。不管村上春树本人是否意识到这点，都能发现日本近现代文学的深处，存在一条潜在的传承脉络，将夏目漱石、芥川龙之介、太宰治、堀辰雄、远藤周作、村上春树等作家联系在一起。

为了经典的来世生命

日本早稻田大学文学博士
复旦大学外文学院副教授

山本幸正

关于研究型翻译

笔者有幸在出版之前了解《芥川龙之介文集》(以下简称《芥川文集》)的选篇构思，并阅读了一部分译文，首先联想到我个人非常喜欢的一张古典音乐专辑《拉莫：幻想交响曲》(*Rameau: Une symphonie imaginaire*)。那是明科夫斯基指挥“卢浮宫音乐家”古乐团录制的一系列优秀专辑中的杰作，专辑收录了18世纪法国作曲家拉莫的作品，编选是专辑最显著的特色。拉莫并未创作过现代的交响乐，明科夫斯基从拉莫的众多作品中挑选歌剧序曲、芭蕾剧音乐、歌剧选段，通过全新的编排与演奏，创造出一部“虚拟”的交响曲。

明科夫斯基的演奏华丽、明快，现场演出也充满音乐的愉悦。与众多优秀的古典音乐演奏家一样，明科夫斯基也具备研究的能力。

他搜寻乐谱原作，对比不同的版本，从理论的视角研究乐曲的构造。明科夫斯基不仅是指挥家、古乐器演奏家，还是一个考证音乐如何流变的研究者。《拉莫：幻想交响曲》是他的研究成果之一，也是极富创意的优秀成果。

《芥川文集》的译者所采用的方法，正如《译后记》所陈述的那样，属于“研究型翻译”。明科夫斯基细致研究了乐曲的细节，是拉莫的优秀“听众”，译者也思考芥川龙之介作品的结构、主题，考证语言的历史背景，力求做芥川龙之介“最忠实的读者”——“忠实阅读”并“忠实翻译”。明科夫斯基以极富创意的选曲、编排呈现出拉莫作品的全新魅力，《芥川文集》的编选也在深入理解作品主题、结构的前提下，进行了新的编排，体现出文本之间的内在逻辑。例如，将短篇小说《龙》（1919）放在《鼻子》（1916）前面，为何进行这样的编排？只需阅读《龙》的结尾，便能理解译者“故事新编”的巧思。

《芥川文集》的另一特色在于，添加了恰当的译注，体现出“研究型翻译”的特点。日本的文学作品翻译为了不影响读者的“阅读”兴趣，经常避免过多的注解。想必中国的情况也是如此。《芥川文集》的译者并未墨守成规。芥川的文章以流畅著称，译注无疑会降低阅读的流畅度，然而译注所提示的相关信息，比如信息的准确考证，对于读者“忠实”理解芥川文学，在流畅的阅读体验之余理解其文学的深度所在，具有特别的意义。可以说，新译注有助于重新发现芥川文学的魅力，也提示出在21世纪重读芥川的必要性。《芥川文集》的译者认为，编选、考证也是翻译者应该担负的责任，由此提出了“研究型翻译”的观点。

芥川的“图书馆现象”

芥川龙之介（1892—1927）是日本近代文学史中不可或缺的重要作家。发现芥川创作才能的，是日本文豪夏目漱石。1916年，芥川在东京帝国大学以学生为主创办的第四期《新思潮》杂志上发表了短篇小说《鼻子》，得到夏目漱石的高度评价，从而走上文学创作的道路。他加入了仰慕夏目漱石的年轻学子的“木曜会”，成为漱石的私淑弟子。芥川与他尊称为“先生”的夏目漱石有很多共同点：出生于东京的下町①，大学的专业是英国文学，具有很高的汉文素养。因此，芥川龙之介经常被视为继承夏目漱石文学传统的作家。

与夏目漱石同时代的作家中，活跃着许多日本近代文学的拓荒者。岛崎藤村于1906年发表了《破戒》，田山花袋于次年发表了《棉被》，自然主义文学因此风靡一时。1910年，谷崎润一郎发表于第二期《新思潮》杂志上的《刺青》，宣告了唯美主义的诞生。武者小路实笃与志贺直哉等人的《白桦》杂志也于1910年创刊。这些比芥川稍稍年长的文学者有一个共通点：都熟练地运用近代日语作为文学创作的语言。1887年至1889年，二叶亭四迷经过漫长的摸索，终于在《浮云》中创造出被称作“言文一致体”的近代日语。大约20年之后，言文一致的近代日语已经成形并且普及，很自然地成为文学创作的语言。然而对于二叶亭四迷、森鸥外，以及夏目漱石来说，近代日语并非自然天成的语言，他们亲历了创造近代日语、近代日本的历史进程，将其作为自然之物进行吸收、加以完善的是自然主

① 东京市内地势较低洼的地区，商业、手工业者聚居区。

义的作家们。随后诞生了反抗自然主义的唯美主义、白桦派。在某种意义上，芥川龙之介进入文坛之前，日本的近代化已经完成。近代所需的要素均已齐备之后的第一位文学家，便是芥川龙之介。

占据日本近代文学中心的自然主义，努力借助近代日语进行现实主义的文学实践。自然主义作家始终在钻研如何以语言栩栩如生地将现实"表象化"。有一个著名的故事：岛崎藤村为了寻求如实描摹外界的语言，曾经持续地观察云朵，并进行记述。文字所记录的，要达到完美的写实主义，需要使将外界表象化的语言变得透明。无疑，语言并非透明的媒介。然而，作家必须使语言发挥"宛如透明"的作用。自然主义也好，与其对立的文学者也好，在这个问题上并没有根本性分歧。无论对象是现实，还是美，或是理想，要使其在读者的意识中"结像"，语言就必须是透明之物。

在年轻的芥川龙之介面前，是积淀深厚的近代文学。它们诞生于探索新语言的历史之中，卷帙浩繁，无法忽视和否认。因此，对于芥川而言，语言绝非投映现实的透明之物。他的遗稿《某傻瓜的一生》，从开篇的《时代》，可以清楚地了解芥川的思考。

> 那是一家书店的二楼。二十岁的他爬上搁在书架上的西洋式梯子，寻找新书。莫泊桑、波德莱尔、斯特林堡、易卜生、萧伯纳、托尔斯泰……
>
> 天渐渐暗了。可是他继续热切地看着书脊上的字。那一排排的书，毋宁说就是世纪末本身。尼采、魏尔伦、龚古尔兄弟、陀思妥耶夫斯基、豪普特曼、福楼拜……
>
> （中译出自《侏儒的话：士说新语》）

他站在梯子上向下俯视，看着在书籍中走动的店员和顾客，不由轻叹："人生，竟不如一行波德莱尔。"对芥川而言，重要的并非将"人生"这一现实如实地"表象化"，而是"一行波德莱尔"的语言本身。

芥川当然也可以否认堆积在眼前的语言，信任语言的表象化功能，将语言作为透明的媒介加以运用。平庸的近代文学者，正是选择了这样的道路。然而具有卓越批判才能的芥川，无法满足于平庸地将现实单纯地表象化。以他敏锐的才识，不接受将语言视为透明之物，去暴露现实、沉溺于构筑物语。因此，芥川在旅行——如中国旅行——之前，首先必须阅读既存的"语言"。

也许有人会说，观看之前不应受成见影响。然而，天真地相信不带成见的观察，与芥川无缘。关于中国的"语言"，积淀十分深厚。读万卷书，行万里路，正是芥川的风格。

编　辑　听说您要去中国旅行。去南方还是北方？

小说家　先是南方，然后周游，去北方。

编　辑　都准备好了吗？

小说家　基本准备好了。不过应该阅读的游记、地理志还没读完，让人发愁。

编　辑　（似乎没有兴趣）这类书很多吗？

小说家　出乎意料地多啊。日本人写的就有《七十八日游记》《中国文明记》《中国漫游记》《中国佛教遗物》《中国风俗》《中国人的气质》《燕山楚水》《苏浙小观》《北清见闻录》《长江十年》《观光游记》《征尘录》《满洲》

《巴蜀》《湖南》《汉口》《中国风韵记》……

编 辑 这些都要读吗？

小说家 哪里，一册都还没读呢。中国人写的有《大清一统志》《燕都游览志》《长安客话》《帝京》……

（中译出自《白兰花：中国奇遇记》）

这样的芥川让人联想起福柯的《图书馆幻想曲》，他分析福楼拜的《圣安东尼的诱惑》，认为《圣安东尼的诱惑》中充盈的“幻想”并非来自福楼拜的想象力，而“无非是对文献资料的抄录”。通过抄录所涉猎的众多“文献资料”而创作的《圣安东尼的诱惑》，正是在“文本与文本之间诞生、成长”的“幻想”。福楼拜的语言，绝非将想象力“表象化”的透明的媒介，而是“从书籍到书籍”的“传写”之物。因此，福柯赋予《圣安东尼的诱惑》“图书馆现象”的称谓。福楼拜所在的谱系中还可列举出马拉美，“随后是乔伊斯、鲁塞尔、卡夫卡、庞德、博尔赫斯”。出生于1892年的芥川，处在1882年出生的詹姆斯·乔伊斯、1899年出生的博尔赫斯之间。如果说乔伊斯和博尔赫斯预见了近代之后的文学方向，芥川也同样如此。正是芥川，在日语这一空间中执着于“语言”，开拓了近代之后的文学天地。与乔伊斯、博尔赫斯一样，芥川有待重新阅读。如果认识到芥川文学的“图书馆现象”并深入了解，想必能获得更为丰富的阅读趣味。

如何“阅读”芥川龙之介？

村上春树评价芥川文学的出色之处“首先在于文章精妙、高质”。

的确如村上春树所说，对于母语为日语的读者来说，芥川的文章“没有任何凝滞，如同活物般流畅地推进”。芥川的作品一直被日本国语教科书采用，其原因之一便是“文章精妙”，是以近代日语创作的文章范本吧。然而阅读芥川，并不意味着仅仅舒适地沉浸在故事之中，随着“流畅”的文章“流畅”地阅读。如果适当地停下来进行思考，“流畅”的文章会呈现出一个新的世界。阻断流动的语言，垂直深入地阅读，对于揭示芥川文学的魅力十分必要。

例如，村上春树评价芥川最早期的作品《罗生门》《鼻子》：“已经形成了成熟、流利、阔达的文体……很难相信出自无名的大学生之手。”《罗生门》中出现的在城楼上拔死人头发的“猴子一样的老太婆”、《鼻子》中“长约五六寸，从上嘴唇一直垂到颌部下方”的长鼻子和尚禅智内供，都不是想象的产物。众所周知，两部作品都改写自《今昔物语》《宇治拾遗物语》——编撰于平安时代末期的故事集。芥川从“无名的大学生”时代开始，已经将“从书籍到书籍”的语言的迁移，作为自己创作的核心。

因此，关注芥川所传承的语言厚度，对于了解芥川文学的魅力十分必要。只有垂直地深入芥川的语言，沉浸于厚度之中，才有资格说阅读过芥川。仅仅在清澈的小河中享受水波的惬意，并不能充分了解芥川文学。有必要不时在水流中驻足，使水流停顿、变得浑浊，吸足空气后，潜入水流的深处。

如何翻译流畅、深厚的芥川文学，是翻译者面临的挑战。将流利的文章流利地呈现，对于精通双语的译者，虽非易事，但也不是不可能的工作。母语为日语的读者能够体会的芥川文学的“流畅性”，如何以译者的母语进行再现，已经有过很多相关讨论，例如“神似”

（傅雷）、“化境”（钱锺书），等等。可是，流畅的翻译仅仅把握住了芥川语言的表面。

因此，《芥川文集》的翻译着眼于“研究型翻译”具有其合理性。经历了“从书籍到书籍”，成为印刷品的芥川的语言，通过“研究”将其垂直穿透，才能清晰地展现语言中的秘密。《芥川文集》的翻译，如果跳过注释，能充分体会芥川文章的“流畅”；也可以在注释处稍作停留，关注“研究（考证）”的成果，潜入语言的深处。这样的阅读体验，和在书籍与书籍构成的网络中进行创作的芥川十分相似。

此次有机会重读芥川，深感其文学具有多面性。首先是文体的多样性。对《今昔物语》《宇治拾遗物语》进行改写（rewrite）的作品，与以中国古代志怪小说为题材的作品，文体并不相同。根据民间传说创作的《桃太郎》，与描写近世文学家松尾芭蕉、泷泽马琴的作品，文体也不尽相同。《奉教人之死》等基督教题材的作品又呈现出迥异的文体。芥川针对作品的主题、刊载媒介和预设读者，采用了多种文体。作品或具有“汉文体”的厚重，或具有“和文体”的绵长，汉字与假名的比重随文章而变化。以外语再现如此多样的文体，无疑是困难的。而《芥川文集》将文体的再现作为任务之一，在浅近的文言文、近代白话文以及口传文学风格之间切换。想必读者也能因此感受到中文的多样性。

在呈现出多样性文体的同时，芥川也是多面作家，仅仅冠之以小说家，未免有片面之嫌。即便是最初的两部作品《罗生门》《鼻子》，也不仅是小说家的产物。例如，两部作品所依据的《今昔物语》《宇治拾遗物语》的日语和现在使用的日语相去甚远，不仅单词，语法上也存在巨大差异。在近代日语确立之后，日本对这些古典进行了“现代文翻译”。换言之，运用近代之后的日语翻译古典，供无法阅读近代之前语言的现代日本人阅读。《源氏物语》《枕草子》都被翻译成了“现代文”。在芥川的《罗生门》《鼻子》中，也能看出部分是《今昔物语》《宇治拾遗物语》的“现代文翻译”。如此看来，创作《罗生门》《鼻子》的芥川，在某种意义上说，也是将古典进行“现代文翻译”的译者。而芥川又超越故事的层面，增添了警句。换言之，《罗生门》《鼻子》的作者芥川既是译者，又是对古典进行批判性解读的批评家。

《芥川文集》通过富有创意的编排，向读者呈现出芥川的多面性。《罗生门：故事新编》收录了芥川改写的古典小说、小品。读者所阅读的，是无法用“改写”简单定义的芥川文学。芥川对日本、中国、基督教素材进行自由的改写，体现出丰富的多面性。他有时翻译，有时改写，有时诠释，有时批评。简言之，芥川已经不仅仅是小说家，而更像是一个编曲者（arranger）。而且，如果综合芥川的这种种侧面，不妨说他是一个优秀的编辑（editor）。而通过历史题材小说集呈现的芥川，也是使“历史题材”获得新生的、将古典进行再生产的制作人（producer）。

《侏儒的话：士说新语》聚焦于身为格言家（aphorist）、随笔家的芥川。格言体语言精练、意蕴丰饶，而且机智锐利，非常适合了解“语言的魔术师”芥川的魅力。格言要求作者具备哲学与思想的积累，而且需要有批判性的意识，以及讽刺家（cynic）的天分。作品集中收录的警句，具有“寸铁杀人”的锐利。芥川也是优秀的批评家、散文家，他的随笔既从容闲淡，又机智敏锐，风格与古典随笔《方丈记》《徒然草》一脉相承。

《白兰花：中国奇遇记》收录了芥川的中国游记，以及一些中国题材的小说、随笔等。1921年，芥川作为大阪每日新闻社的特派记者，在中国游历了约四个月，归国后发表了《上海游记》《江南游记》《长江游记》等一系列作品，对近代中国进行了时而犀利、时而欣赏的描摹。由于作品问世于日本帝国主义向外扩张的历史时期，同时代的读者不免戴着有色眼镜观看游记里的中国，21世纪的中日研究者也多以后殖民主义理论进行批判。然而，相比批判而言，如何准确把握作品中错综纷繁的言说并非易事。

优秀的记者必须亲眼观察，同时警惕相信所见即真实的幼稚的经验主义，关键在于通过“其他眼睛”来验证主观视线所把握的现实是否属实。因此，记者在用视觉、听觉、触觉等感官进行认知的同时，还需要经过知性的验证，如搜集资料，对自己的认知进行反思等。记者面对的是覆盖所有阶层的、庞大的读者群，与面向文学爱好者的文艺杂志写作有着本质的不同。为了适应不同趣味、学历的读者，芥川发挥其记者才能，采取了丰富的写作手法。因此，在芥川的游记中，可以读到小说体（《南国美人》）、戏剧体（《徐家汇》）、随笔体（《西湖》）、日记体（《北京日记抄》）、书信体（《灵隐寺》）、格言体（《杂信一束》）等多种体裁的短文。通过芥川的中国游记，读者能够了解芥川作为记者的过人才华。

为了经典的来世生命

关于“什么是翻译”的命题，相信不少读者抱有一种固有的观念：

原作是主人、译作是仆人，翻译再优秀，也不过是原作的复制品。而《芥川文集》的编选、翻译、考证，在某种程度上对这种观念做出了挑战。

如前所述，译者在作品的编选、文体的翻译方面下了很多功夫，其目的无外乎“忠实理解”并“忠实再现”。为了达到这样的目的，译者首先采用了最新版的《芥川龙之介全集》(岩波书店，1995—1998)作为翻译的底本，并参照其中的注释。然而，在已经刊行的全集中，存在许多“未详”的词条，尤其是芥川的短章式作品及中国游记中，出现了大量的作家、作品、人名、地名。即便在互联网技术发达的今日，准确查证也绝非易事。译者以“图书馆式翻译”的方式，对应芥川“图书馆式写作”，查找相关资料，确定了许多“未详”词条，并修订了一些全集注释的疏漏。换言之，《芥川文集》中收录了许多一手的考证成果，一定程度上颠覆了原作与翻译的主从关系。可以说，从研究者的视角对芥川的作品进行新的编选、在信息的忠实传递之余再现文体特征、通过考证解释“语言”的深度，为原作赋予了新的生命。正如芥川对《今昔物语》《宇治拾遗物语》加以变奏、重新编曲，《芥川文集》的译者也在芥川文学的再生产方面进行了有益的尝试。

本雅明在著名的翻译论《译者的任务》中提出：“它们的翻译便标志着它们生命持续(fortleben)的阶段。”而《芥川文集》正显示了芥川龙之介的“生命持续”，以及在21世纪的“来世生命(überleben)”。笔者有理由相信，担负着“译者任务”的《芥川文集》，也如本雅明所说，“在译文中，原作的生命获得了最新的、持续更新的和最完整的展开”。

参考文献

ミシェル・フーコー／工藤庸子訳「幻想の図書館」(『フーコー・コレクション２　文学・侵犯』所収、ちくま学芸文庫、2006年6月)。

ジェイ・ルービン編『芥川龍之介短篇集』(新潮社、2007年6月)。

ヴァルター・ベンヤミン／内村博信訳「翻訳者の使命」(『ベンヤミン・コレクション２　エッセイの思想』所収、ちくま学芸文庫、1996年4月)。

录

唐都洛阳的西城门下，一个年轻人仰望天空

很久很久以前

早晨的天空中朝霞格外红艳

目

日暮时分，一个家仆在罗生门下等雨停

天下人都打心底里以为水底下住着龙

优雅漆亮的乌帽子下面

那不是丸善书店金学士他妈吗

日暮时分，
一个家仆在罗生门下等雨停……

罗生门

日暮时分，一个家仆在罗生门下等雨停。

宽大的城门底下，除了他再没旁人。只有朱漆斑驳的大圆柱上，歇着一只蟋蟀。罗生门就在朱雀大街上，本应再多两三个穿戴蓑笠、揉乌帽子的人在此避雨。然而，现在只有家仆一人而已。

要说原因，这两三年京都灾害频繁，地震、飓风、火灾、饥荒接连不断。京城的颓败非同寻常。据古书记载，佛像佛具被击碎，涂了朱漆、贴有金银箔的木料被堆在路边，当作柴火卖。京城尚且如此，自然无人顾及罗生门的修缮。狐狸与盗贼却利用荒弃的罗生门，在此筑了巢穴。末了，甚至形成了一种风气，无人收尸的死人，都被扔到这里来。因此，太阳下山之后，人们都对这里心生畏惧，不会在附近多作停留。

反倒是不知哪里飞来许多乌鸦，聚集在这里。白日里能看见几只乌鸦画着圈儿嘎嘎叫着，在高耸的鸱尾附近盘旋。夕照如火时，城门上方的天空仿佛撒了芝麻般历历可见。乌鸦自然是飞来啄食城门上的死人肉的——不过，或许是今天时辰有点晚，一只乌鸦都见不到。只有石阶——看似摇摇欲坠，裂缝里生着长长的杂草——上面，星星点点地粘着白色的乌鸦粪。家仆坐在七级石阶的最上面一级，洗得发白的藏青袄衣垫在屁股下面。他烦恼着右颊上大大的面疖，茫然地望着雨幕。

作者刚才写道："家仆等雨停。"然而，即使雨停了，家仆也没有什么特别的打算。换作平时，他理应回主人家去。可是四五天前，主人把他辞了。前文写道，当时京都之颓败非同寻常。而今家仆被常年侍奉的主人辞退，其实不过是这衰败所引发的微不足道的余波。说"家仆等雨停"，还不如说"被雨困住的家仆无处可去，正无计可施"更为贴切。而且今天这天色，对这平安朝的家仆的Sentimentalisme[①] 产生了不小的影响。申时[②] 过后下起的雨，到现在还没有停歇的迹象。别的且不说，明天的生计该如何维持——眼下走投无路，总得想想法子——雨从先前一直下个不停，家仆漫无边际地思忖着，无心地听着朱雀大街上的雨声。

雨，笼罩住罗生门，沙沙声从远处挟裹而来。夜色渐渐压低了天空。家仆抬起头，只见城门的屋顶支撑着斜伸出的鸱尾上沉重的暗云。

想要摆脱眼下的困境，便无暇顾及什么手段了。顾虑太多，唯有饿死在土墙下，或是路边的泥地上。然后被搬到城门上，像狗一样丢弃。如果不顾虑什么手段——家仆在同一问题上思前想后，最终到了这个关键点。不过这个"如果"，再怎么想也只是"如果"。家仆虽然认可了不择手段，却始终拿不出勇气来解决这个"如果"，

① 法语，意为"感伤"。

② 15时至17时。

积极地肯定随之而来的“只有当强盗”的选择。

家仆打了个响亮的喷嚏，随后慢吞吞地站起身。京都的傍晚寒意逼人，已经冷得让人想烤火炉了。风伴着夜色，大剌剌地从城门的立柱之间吹过。停在朱漆门柱上的蟋蟀，已经不见了踪影。

家仆缩起脖子，深黄色单衣上罩着藏青袄衣，耸着肩，往城门四周打量。他寻思着先找个遮风避雨、没人看见的去处，安睡一晚熬到天亮。这时，他幸运地发现了通向楼上的朱漆宽梯。上面就算有人，也不过是死人。家仆留意着挂在腰部的木柄长刀，不让它滑出刀鞘，穿着草鞋的脚，踏上梯子最下面一级。

几分钟之后，在通向罗生门城楼那宽大梯子的中段，一个汉子像猫一样蜷缩起身子，屏着呼吸，窥探楼上的动静。楼上射下来的火光，微微映在他的右颊上，那是短须中长了一个红肿发脓的疖子的脸颊。家仆原先估摸着楼上只有死人，然而爬上两三级楼梯后，发现楼上有人点了灯，而且火光在四处游走。浑浊昏黄的火光摇曳不定，映在角落遍布蛛网的天花板上，让家仆立刻察觉了。这样的雨夜，在罗生门上点着灯火，肯定不是等闲之辈。

家仆像壁虎般蹑手蹑脚向上爬，终于来到陡峭的梯子的最顶上一级。他努力压低身子，极力伸长脖子，战战兢兢地向楼内望去。

只见楼内如传闻中一样，胡乱地丢弃了几具尸体。火光所及之处，比想象的狭窄，分不清具体的数目。只是借着朦胧的火光，能分辨出尸体有的赤裸，有的身着衣物。当然，其中有男有女，混在一起。那些尸体横七竖八倒在地上，大张着嘴，四肢摊开，仿佛泥土捏成的人偶，让人怀疑他们曾经是活人这一事实。而且，肩头与胸部等高耸的部分，被昏暗的灯光照着，使得低处部分的阴影更加浓重，仿佛永远哑了一样默无声息。

尸体散发出腐烂的臭气，家仆下意识地捂住了鼻子。然而，接下来的瞬间，他的手忘了去捂鼻子。一种强烈的感情，几乎完全夺走了他的嗅觉。

这时，家仆的眼睛才看见尸体中间蹲着一个人。那是个身穿黑紫色和服、低矮瘦小、白发苍苍、宛如猴子的老太婆。老太婆右手拿着点燃的松木片，死死地盯着一具尸体的脸。看那长头发，大概是女人的尸体。

家仆被六分恐惧、四分好奇驱使着，短暂地忘记了呼吸。如果借用古书[①]作者的讲法，便是感觉“全身毛发都粗了一圈”。只见老太婆将松木片插进地板缝里，两只手按到一直凝视的死尸脑袋上，仿佛老猴子给小猴子捉虱子一样，一根一根地拔起长头发来。头发，似乎一拔就掉下了。

随着头发被一根根拔落，家仆心中的恐惧也逐渐消失了。与此同时，对老太婆极端的厌恶，一点点涌了上来——不对，说对老太婆感到厌恶，也许有语病。不如说，对所有的恶的反感，正不断炽烈。这时，如果谁重新提起刚才家仆在城门下思考的，是饿死还是做强盗的问题，恐怕，他会毫不犹豫地选择饿死吧。他对恶的憎恨，仿佛老太婆插在地板上的松木片，熊熊燃烧着。

不用说，家仆不明白老太婆为何要拔死人的头发。所以，从情理上说，不知道该将这归类于善还是恶。然而对家仆而言，在这雨夜，来罗生门城楼上拔死人头发，这件事便是无可饶恕的恶。当然，

① 《今昔物语》。下文“全身毛发都粗了一圈”出自该书。

家仆早已忘了，先前自己还想要做强盗。

只见家仆两腿发力，突然从梯子处跳了上去。他手握刀柄，大步走到老太婆面前。老太婆自然吃惊不小。

老太婆看见家仆，仿佛被弩弓弹到一般跳了起来。

“呔！你往哪里跑！”

家仆呵斥道。老太婆被尸体绊住脚，慌慌张张地想要跑，却被家仆拦住了去路。老太婆试图推开家仆，夺路而逃，被家仆推了回去。两人在死人堆里无声地推搡了片刻。然而，自一开始胜负就已明了。家仆终于抓住老太婆的胳膊，用力把她扭翻在地。她的手臂皮包骨头，好似鸡脚一样。

“说！你在干啥？要是不说，吃这家伙！”

家仆推开老太婆，猛然拔刀出鞘，钢刀白晃晃的冷色直戳到老太婆的眼前。可是老太婆却一声不吭，双手颤抖着，上气不接下气，双目圆睁的眼球几乎凸到眼皮外面，哑巴似的默不作声。家仆见状，这才清楚地意识到老太婆的生死完全取决于自己的意志。这意识，使之前熊熊燃烧的憎恶之心，不知不觉冷却了下来。剩下的，只有做完一项工作，结局圆满时才有的悠然的得意与满足感。于是，家仆俯视着老太婆，语气和缓了一些。

“俺不是检非违使厅[①]的差人，是刚才打这门下经过的路人。所以，不会拿绳子捆你来质问。只要你告诉俺，你刚才在这城门上，做了什么。”

而老太婆的双眼睁得越发大，直直地看着家仆的脸。她眼眶泛

---

① 设置于日本平安朝初期，负责京城的治安，并拥有缉拿、审判、行刑的权限。

红，目光如肉食鸟般敏锐地注视着家仆。接着，生满皱纹、和鼻子连成一体的嘴唇仿佛咀嚼似的蠕动起来，只见她细细的喉咙上，尖尖的喉结在动。这时，她的喉咙里，发出了乌鸦叫般的声音，喘息着，传到家仆的耳中：

“拔……拔了头发，做假发啊。”

老太婆的回答太过平常，家仆十分失望。而失望的同时，之前的厌恶和冷冰冰的轻侮便涌上心头。随后，这神色也被对方察觉。老太婆一手拿着从死人头上拔下的长发，用蛤蟆般的声音，讷讷地说道：

“没错。拔死人头发，没准是伤天害理的事儿。可是这儿的死人也都是活该，怪不得我。咱拔她头发的这个女人，把蛇肉切成四寸宽，晒干了当作鱼干，拿去禁卫班房卖。要不是得了瘟疫死掉，现在还做这买卖呢。还有啊，她卖的鱼干，都说味道好，禁卫大爷一次不落地采办呢。咱可不觉着她做的事伤天害理。不这么着，就得饿死，都是没法子啊。您瞧，咱做的也没啥不对啊。不这么做，就得饿死，都是没法子呀。都是生活逼的——她对这再清楚不过，会宽恕咱做的事儿吧。”

老太婆说的，大致是这样的意思。

家仆长刀回鞘，左手按着刀柄，冷漠地听她说完。自然，听的时候，右手始终按着红肿发脓的大面疖。然而，听着听着，家仆的心中生出了一种勇气。那是先前他在城门下时所缺乏的勇气。也是和刚刚来到城门上，抓住老太婆的勇气完全朝着相反方向运动的勇气。家仆不再犹豫于饿死还是做强盗。要说他此时的心境，饿死这件事，已经被驱逐出意识之外，想都不会去想了。

“原来……如此！”

老太婆话音刚落，家仆便语带嘲讽地确认了一遍。紧接着，他跨前一步，右手不知不觉离开了面疖，揪住老太婆的衣襟，咬牙切齿地说道：

“那你也别怪俺剥你衣服。不这么干，俺也得饿死。”

家仆飞快地剥下老太婆的衣服，随后飞起一脚，把想抱住他腿的老太婆踢倒在死人堆里。走到梯子的顶端，他只用了五步。家仆将剥下的黑紫色和服夹在腋下，转瞬之间便从陡峭的楼梯下到了夜的底部。

仿佛死了般躺倒的老太婆，片刻之后从死人堆里坐起身，只不过是转眼之间的事。老太婆发出的声音像低语，又像呻吟。借着还在燃烧的火光，她爬到楼梯口，低垂着短缕白发向城门下望去。外面，唯有黑洞洞的夜。

家仆的去向，无人知晓。

偷盗[①]

一

“婆婆！猪熊[②]婆婆！”

朱雀绫小路的十字路口，一个身着朴素的深蓝色水干、头戴揉乌帽子，约莫二十岁的独眼丑陋武士，举起平骨折扇，招呼路过的老婆婆——

那是七月的一个正午，闷热的云霞逶迤横贯天空，凝神屏息般笼罩在各家的屋顶上。男子驻足的街头，长了一棵枝条稀疏的高高的弱柳，让人怀疑它是不是被近来肆虐的疫病传染了，地上的树影徒具其形。连这里也没有一点风，被日头晒得干巴巴的叶子纹丝不动。阳光暴晒的大路上，或许是被热怕了，不见丁点儿人影，只有刚才经过的牛车留下一条蜿蜒的车辙。被车轮碾轧的一条小蛇，断口处的肉泛着青光，刚开始尾巴还在抽搐，没多久就袒露出油光光

① 出自佛教五戒第二戒：戒偷盗。

② 位于京都市西大宫与绫小路之间的地名。

的腹部，鳞片都没了动静。街道四处弥漫着酷热的尘土，在十字街头，仅有的一滴润湿之物，也只是蛇的断口处，流出的腥臭的腐水吧。

“婆婆！”

“……”

老婆婆慌忙回过头来。只见她年约六十，身穿脏兮兮、黑里透红的单衣，黄黄的头发耷拉着，脚上趿拉着后缘已经磨烂的草鞋，手拄一条蛙足拐杖[①]。圆眼睛、大嘴巴，面容卑俗，好像蟾蜍。

“哎哟，这不是太郎吗？”

她的声音好像被阳光给噎着了。话音刚落，她就拖着拐杖，三步并作两步走了回来。她没等开口，先舔了舔上唇。

“有啥事吗？”

“哦，没啥要紧的事儿。”

独眼生了浅麻子的脸上，堆着显然是挤出来的微笑，以故作快活的声音说道。

“我寻思着，沙金这些日子都在哪里。”

“你每次有事，都是问俺家闺女。鸢儿生老鹰[②]，这是闺女比娘好看的缘故啊。”

猪熊婆婆不怀好意地嘟着嘴唇，嗤笑着说道。

“也不是啥要紧事儿，还没听她说今晚咋安排呢。”

“咦，有啥变化吗？亥时[③]头上，在罗生门集合——都是老规

① 下端分叉，形似蛙足的拐杖。

② 俗语，指儿女胜过父母。

③ 21 时至 23 时。

矩啊。”

老婆婆说完，狡猾地四处巡视，见没人经过才似乎放了心，舔了舔厚嘴唇。

“听说，俺家闺女在打探宅子里面的情况。还有，武士里头也没啥特别厉害的人物。具体啥事儿，闺女今天晚上会说吧。”

那个被叫作太郎的男子听了之后，在遮蔽日头的黄纸扇下，嘲弄般地撇着嘴。

“沙金又和那边的武士好上了吧。”

“瞎说。她这次好像也是扮成小商贩去的。”

“扮成啥是她的事，谁信啊。”

“你还是这么爱胡乱猜疑，难怪不讨俺闺女喜欢。吃醋也得有个分寸啊。”

老婆婆嗤笑着，拿起手杖戳了戳路边的死蛇。不知何时聚着的一群绿头苍蝇，乌压压地飞起，随即又落回了原处。

“这种事情你不好生处理，会被次郎抢去哦。被抢去倒也没啥，就是到了那地步，就不太好收场了。连爷爷有时候都气得眼冒凶光。换了你，不是更厉害吗？”

“我自然理会。”

只见对方板着脸，恨恨地朝柳树根处吐了口唾沫。

“越发叫人难懂了。你现在倒是和没事人一样，察觉到闺女和爷爷有一腿的时候，你不是发疯了一样？爷爷呢，要是脾气再硬一点，马上和你拔刀相见了。”

“那都是一年前的事儿了。”

“不管是几年前，都一样。常言说得好，有一就有三。呵，只有三次倒还好啦。像俺这样，活到这年龄，同样的错犯了多少次，自己都记不清了。”

老婆婆说着，露出稀疏的牙齿笑了。

“开什么玩笑——比这要紧的是，今晚要对付的好歹也是藤判官，想好咋对付了没？”

太郎黝黑的脸上露出焦躁的神色，转换了话头。这时，一块巨大的云朵遮住太阳，四周倏然暗淡下来，唯有死蛇尸骸肚子上的油光比先前更亮了。

“不值一提，就算是藤判官，最多也就四五个后生武士，俺又不是吃素的。”

“嗬，婆婆你好大气势。那么，咱们这边有多少人？”

“和往常一样，二十三条汉子，加上俺和闺女。阿浓那身子，就让她在朱雀门那边等着吧。”

“这么说来，阿浓快生了吧。”

太郎又嘲讽似的撇了撇嘴。几乎与此同时，云影散去，道路重新恢复了刺眼的明亮——猪熊婆婆也仰着身子，发出一连串乌鸦般的笑声。

“不知是谁给那个傻丫头下的种，阿浓对次郎死心塌地，该不会是他干的吧。”

“孩子他爹是谁先不说，阿浓那身子，干啥都不方便呀。”

“总会有办法的。就是这傻丫头不肯帮忙做事，真叫人头疼呢。这不，联络同伴的事，都落到我一个人身上了。真木岛的十郎、关山的平六、高市的多襄丸，接下来俺还要跑三家——啊呀，闲聊了一会儿，都快到未时[①]了。你也听厌我的唠叨了吧。”

话音刚落，蛙足拐杖便开始挪动了。

“别急，沙金在哪儿？”

这时，太郎的嘴唇，难以察觉地抽动了一下。老婆婆似乎没有注意到。

“俺估摸着，今儿个该是在猪熊俺家里午睡吧。直到昨天，都没归家呢。”

独眼直勾勾地盯着老婆婆，随后以平静的语气说道：

“好，不管咋样，天黑之后再碰头吧。”

“到时见，在那之前，你也好好地睡个午觉吧。”

猪熊婆婆很会说话。她拄着拐杖，沿着绫小路向东走去，身穿单衣的身影像只猴子，草鞋扬起的灰尘飞到臀部。她不怕日晒地走远了——武士目送着她的背影，汗湿的额头现出阴沉的神色。他又朝柳树根处吐了一口唾沫，随后徐徐地扭转身往回走。

两人分别之后，簇拥在死蛇尸骸上的绿头苍蝇依然在日光中发出微弱的羽音，似乎要飞起，又停留在原地……

二

猪熊婆婆发黄的发根被汗水浸湿了。她顾不上掸去脚上的夏日尘土，拄着拐杖继续走着。

走惯的这条路，和以前自己年轻时相比，处处都变化惊人。她

① 13时至15时。

想起自己在富贵人家的厨房当用人的时候——不，被身份极为悬殊的男子勾搭，刚生下沙金的时候。现在的京城徒具其名，几乎没了当时的盛况。从前牛车川流的道路，如今却长满蓟花，寂寞地开在日阴下；摇摇欲坠的木板围墙里，无花果树结了青色的果实；鸦群并不怕人，大白天集聚在干涸的池塘里。就这样，自己也在不知不觉中白了头发，长满皱纹，变成直不起腰的衰老之身。京城不再是从前的京城，自己也不再是从前的自己。

而且，容貌一变，内心也变了。记得刚知道闺女和如今的丈夫有见不得人的勾当时，自己哭闹过。而现在回过去看，那也极为正常。偷盗也好，杀人也好，习惯了，就像祖传的行当。说起来，就像京城的大街小巷生了杂草一样，自己的心里荒芜得没有生机，而自己已经不以为苦了。然而，换个角度去看，一切似乎变了，又似乎没变。闺女现在做的事，和自己年轻时格外相似。那个太郎和次郎做的事，和现在的丈夫年轻时也没什么大的差别。人就是这样，永远重复做同样的事啊。这么想来，京城还是以前的京城，自己也还是以前的自己……

猪熊婆婆心中朦胧地浮现出这样的思绪。或许是为这种寂寞的情绪所感染，她的圆眼睛变得温和了，蟾蜍般的脸上，肌肉也在不知不觉间松弛下来——忽然，老婆婆满是皱纹的脸上有了生气，蛙足拐杖的行进也比先前快了许多。

这也是自然的。前面两三丈处，隔着道路与芒草丛生的平地（这里原先可能是谁家的前院），有一堵即将颓圮的木板芯土墙，里面种着两三株花期已过的合欢树，蓬松的红色花朵垂到了被太阳烤得呈苔藓色的屋瓦上。其下是一间孤零零、显得怪异的小屋，四根枯竹柱子朝天而立，挂了旧帘子当墙壁——不论是地点还是外观，里面住的应该都是乞丐之类。

老婆婆的目光忽然被吸引了。小屋前坐着一个双臂交叉、十七八岁的后生武士。他身穿朽叶色的水干，横插着长刀。不知为何，他留神望着屋内。朝气勃勃的眼眉稚气未脱，脸颊却透着憔悴，老婆婆一眼便认出他是谁。

“次郎，你在干吗？”

猪熊婆婆走到近前，停住蛙足拐杖，扬了扬下巴招呼道。

对方吓了一跳，回过头来。见是白发蛤蟆脸、舔着厚嘴唇的舌头，便露出洁白的牙齿微笑了。他默默地指了指屋内。

小屋的地上只铺了一张破榻榻米，上面躺着一个四十左右的小个子女人，她头枕石头，遮蔽身子的只有一件麻布汗衫，盖在腰部，几乎和赤裸没有分别。只见她胸部和腹部鼓胀着，皮肤光滑发黄，似乎用手指一按，便会汩汩地流出混着脓血的水来。尤其是阳光透过帘子的破洞照到的地方，即腋下与脖颈处都生了腐杏般的黑斑，那里散发出难以形容的、异样的臭味。

枕边扔了一只边缘缺损的素陶碗（从碗底粘着的饭粒来看，里面可能盛过粥），不知是谁恶作剧，里面整整齐齐地堆了五六块满是泥巴的小石块，而且正当中还插了一枝花叶都已枯萎的合欢花。仿佛是模仿在高脚托盘上附上彩色方笺的做法。

见此情景，连个性坚毅的猪熊婆婆也不禁皱起眉头，向后退去。在那一刹那，她突然想起刚才的死蛇。

“咋回事？这不是得了瘟病的人吗？”

“嗯，已经快不行了，可能是附近人家扔在这儿的。这种事，哪里都难应付呢。”

次郎又露出洁白的牙齿微笑了。

“你为啥要在这里看着呢？”

“啊？我经过这里，有两三只野狗，发现有好吃的，跑了过来。我刚扔石头把它们赶走呢。要是我不在，她一条胳膊没准就被吃掉了。”

老婆婆将下巴支在拐杖上，再次仔细地打量女人的身体。刚才狗来争食，大概就是这里吧——破榻榻米上，斜斜伸向路上尘土中的两条胳膊。苍白水肿的皮肤上，留着三四处青紫色尖齿的痕迹。然而，女人的眼睛一直闭着，不知还有没有呼吸。老婆婆心里再次涌起强烈的厌恶感，好像被人抽了一记耳光。

“她到底是死是活啊？”

“不清楚呀。”

“你这人真是闲得慌。死人被狗吃掉，也不是坏事啊。”

老婆婆说着，伸长拐杖，隔得远远地用力戳了一下女人的脑袋。那脑袋从石头上滚下来，头发粘上了沙子，软软地倒在榻榻米上。病人依然紧闭双眼，脸上的肌肉没有一丝动静。

“你做那种事儿毫无用处啊，刚才她被狗咬，不也是一动不动。”

“这么说，已经死了啊。”

次郎第三次露出洁白的牙齿笑了。

“就算死了，被狗吃掉还是太惨了。”

“惨啥惨呀，死了就算被狗吃掉，也不觉得疼啊。”

老婆婆撑着拐杖伸直身子，睁大眼睛，嘲笑般地说道。

“就算没死，比起抽搐着等死，还不如干脆让狗咬断喉咙来得爽快。这样子就算活着，也拖不了太久。”

“可是，总不能眼睁睁看着人被狗吃，坐视不管吧。”

这时，猪熊婆婆舔了舔上唇，傲然回应道：

“说得好听。人杀人，大家还不都是互相坐视吗？”

“这么说也没错。”

次郎理了理鬓角，第四次露出洁白的牙齿微笑着说道。随后，他温和地望着老婆婆的脸问道：

“婆婆这是要去哪里啊？”

“真木岛的十郎、高市的多襄丸——啊，对了，还有关山的平六。要不你去帮我传话？”

说着话，猪熊婆婆已经拄着拐杖走出了两三步。

“哦，我去。”

次郎总算离开了病人的小屋子，和老婆婆并肩走在炎热的大路上。

“见到那种情形，心里也不好过了呢。”

老婆婆夸张地皱着眉。

“……慢着，你也知道平六家在哪儿吧？沿这条路笔直走，在立本寺的门那里向左拐，就是藤判官的宅子了。就在几丈之外。你也顺带着在宅子周围转悠一下，为今晚下手踩踩点。”

“瞧你说的，我来这儿，就是有这打算。”

“是吗，你比你哥机灵多了。你哥那长相，一不留神就被人察觉了，就算去踩点也没收获。换了你，肯定没问题。”

“这话说的，我哥碰上婆婆你这张嘴也甘拜下风啊。”

“啥？可没人像我这样，总是说他好话呢。换了旁人，像爷爷说的话，都没法说给你听。”

“是因为出过那件事儿呀。”

“出是出过，也没说你的不是啊。”

“大概，都把我当孩子家吧。”

两人一边这般闲聊，一边在狭窄的路上慢悠悠走着。越往前走，眼见着京城的景象越发荒凉。住家之间热气蒸腾成片的艾蒿、断续连绵的木板芯土墙、旧时残留下来的几株松树与柳树——叫人觉着这个巨大城市里，每样东西都随着轻微的死人的气息而衰败下去。路上只遇见一个下肢瘫痪、手套木屐的乞丐打对面经过——

“可是，次郎，你要小心哦。”

猪熊婆婆忽然想起太郎的表情，独自苦笑着说道。

“说不定，你哥也迷上了俺家闺女。”

这句话，似乎给次郎内心造成了格外大的影响。他俊俏的眉间笼罩上一丝愁色，颇为不快地垂下视线。

“这事儿我会小心的。”

“就算小心……”

老婆婆对他感情的急剧变化有些吃惊，习惯性地舔着嘴唇嘟囔道：

“也不一定有用啊。”

“可是，大哥自然有他的想法，我一点法子也没有。”

“这么跟你说吧，打开天窗说亮话，我昨天见到闺女了。她告诉我今天未时尾上，约了你在庙门口见面。她差不多有半个月没和你哥见面了。你哥要是知道了这事儿，不会和你善罢甘休吧。”

次郎像是要拦住老婆婆喋喋不休的话头，默不作声，烦躁地频频点头。然而，猪熊婆婆看似并不会轻易住嘴。

“先前俺在前面的十字路口碰到太郎，俺也说了。要是那样，照咱们的脾气，肯定立马拔刀相见。俺就担心，到那时候连累俺闺女受伤。闺女的脾气就那样，太郎也是一根筋，所以俺要好好叮嘱你。你是个好心肠，连死人被狗吃都看不下去。”

老婆婆说着，仿佛总算打消了心中忽然涌起的不安，故意沙哑地笑了。然而，次郎依然沉着脸，低垂目光向前走，仿佛思考着什么……

“但愿别闹成大事情。”

猪熊婆婆加快了拐杖的速度，心里虔诚地祈祷起来。

大约在同一时间，街上的三四个小孩用树枝挑着死蛇，经过病人躺着的小屋。其中一个顽皮的家伙，离得远远地，弯着腰把蛇扔到女人的脸上。泛着青色的、油光光的蛇腹正好落在女人的脸颊上，腐水淋漓的尾巴，慢慢地垂到下巴的下面。孩子们哇地大叫一声，恐惧地四散奔逃。

那是因为，一直像是死了般的女人，这时忽然睁开黄黄的松弛的眼皮，好似腐烂蛋白的浑浊眼珠，直勾勾望着天空，沾了沙子的手指抽动了一下，干裂的嘴唇深处挤出轻微的，分不清是声音还是呼吸的声响。

三

和猪熊婆婆分别后，太郎不时用扇子扇着风，他不挑阴凉处，沿着朱雀大街向北走，脚步并不急迫——

烈日炎炎的道路上行人稀少。一个骑在栗色马、金银平脱[①]马鞍上的武士，带着一个肩背盔甲箱的随从，头戴遮阳的绸里蔺草帽，悠然经过。除此之外，只有悠闲的燕子闪露着白色的腹部，不时堪堪地紧贴路上的沙子飞过。在木板屋顶、丝柏树皮屋顶的远处，夕阳下堆叠的层云一如先前岿岿然熔铁烁金，没有丝毫减弱的迹象。道路两边连绵的房屋寂静无声，让人怀疑木板窗和蒲草帘子后面，整个城里的人都死光了——

（正像猪熊婆婆所说，对沙金被次郎夺去的恐惧，终于逼近眼前。那个女人——现在委身于养父的那个女人，不喜欢麻子独眼、丑陋的我，喜欢上虽然被晒得黝黑，却鼻眼端正、年轻的弟弟，一点都不出奇。我总是相信次郎——那个打小时候起就仰慕我的次郎，能体察我的心情，就算沙金主动也能抵制住诱惑，慎之又慎。可是现在想起来，不过是我太过相信弟弟，想得太好了。不对，我错了。与其说我太高看弟弟，还不如说是过于小看了沙金淫媚的伎俩。不单是次郎，死于她一个眼神的男人，比这烈日下飞舞的燕子还要多。就算如此思量的我，只要见一眼她就万劫不复了……）

这时，从四条坊门的十字路口，赤穗女眷牛车向南驶去，静静地从太郎眼前经过。虽然看不见车中之人，帘子下露出的染成红色

① 一种工艺技术。将金银纹饰用胶漆粘在素胎上，空白处填漆，加以细磨，使粘贴的花纹与漆面齐平。唐代传入日本。

的生绢裙裾，却在荒凉的街道上格外显眼。牵牛的杂役童子，狐疑地瞧了瞧太郎。只有牛低垂牛角，坦然地扭动着黑漆般的背脊，毫不旁顾地慢吞吞向前走。那车上面的金属装饰，间或闪入沉浸在无边思虑中的太郎的眼中——

他停下脚步，等待牛车经过。随后又瞅着地面，默默地走着——

（想起我还在右狱①做捕快的日子，恍如隔世。那时的我和现在的我相比，不像同一个人。那时候，我不忘敬奉三宝，不怠于遵从王法。而如今偷盗，时而放火，杀人之事不止两三。啊……从前的我——和捕快同伴厮混，玩着樗蒲②，谈笑不休。在现在的我看来，那时候的我多么幸福，也未可知。

如此想来，仿佛还是在昨天。其实，已经是一年前的事了——她犯了偷盗之罪，被检非违使③送进监牢。我偶然隔着栏杆和她说上了话，后来聊的次数多了，连自己的身世都告诉了对方。结果最后猪熊婆婆和强盗同伙来劫狱，我装作没看见，任由他们打破牢门救她出去。

从那晚开始，我就频繁地去猪熊婆婆家。沙金估摸着我到达的时间，推出上半截木板窗，向黄昏时分的路上张望。一见到我，她就“咻”地吹一声口哨④，招呼我进去。家里除了女仆阿浓，没有旁人。之后关上木板窗，点上油灯。几帖大小的榻榻米上，局促地摆放着

① 平安时代，京都左右两京各设有监狱，位于右京的为右狱，又称西狱。

② 传自中国的赌博游戏。一个骰子定胜负，出现预先定好的骰目能获得四倍赌金。

③ 检非违使厅的公差。

④ 原文作“鼠鸣”，即类似老鼠叫的尖利哨音，古时候妓女招客常用。

木方盘、高脚托盘，只有我们俩在那里推杯换盏。喝到后面，或笑或哭，吵嘴、和好——说起来，都是世间平常的情侣常做的事，厮混到天明。

黄昏时来，天亮时走——这样的日子大概持续了一个月。沙金是猪熊婆婆和前夫生的女儿，如今她是二十几个强盗的头领，不时侵扰京城。还有，平日里她出卖色相，过的日子和做皮肉生意的差不多——我渐渐知道了这些事。可是，她反倒像双纸读本[①]中的人物，仿佛带着圆光，丝毫不让人觉得她卑贱。不用说，她时常邀我入伙，我总是不答应。结果她说我胆小，嘲笑我，我一直为这气恼……）

“吁……吁……”传来吆喝马匹的叫声。太郎急忙避开。

一个身穿短单衣的用人牵了一匹马，马身上左右各担了两袋米，转过三条坊门的十字路口。汉子没空擦汗，沿着烈日下的大路朝南边走去。马的影子黑乎乎地映在地上，一只燕子羽毛闪着光，斜斜地从影子上方掠过，飞到空中。转瞬间又像抛落的石块般俯冲下来，笔直地从太郎鼻尖擦过，飞进对面的木板屋檐之下。

太郎走着，像忽然想起扇子似的呼啦呼啦地扇了起来。

（这样断断续续过了一段时间，我偶然发现她和养父有那种关系。我不是不知道，靠我一个人无法给沙金自由。沙金好几次得意地和我说过和她有关系的公卿、法师的名字。不过，我是这么想的：她的肌肤阅人无数，而她的心只属于我。是的，女人的贞操不在身

① 带插图的通俗读物。

体——我如此深信，压制住我的嫉妒。当然，这可能也是她潜移默化地影响了我的想法。尽管如此，只要这么一想，我内心的痛苦便减轻了几分。但是，这与她和养父的关系不是一回事。

当我察觉到这事，心里说不出的不痛快。做这种勾当的父女，杀了都不解恨。坐视不管的亲生妈妈——猪熊婆婆比畜生更无情。想起这个，每次见到老家伙那张醉醺醺的脸，记不清我有多少次伸手按住刀柄。可是，每次沙金又在我面前可劲地数落养父。这种显而易见的手段，却难以置信地磨钝了我的心。只要她说"我讨厌死我爹了"，我就算再憎恨养父，对沙金却怎么也恨不起来。所以直到今天，我和她养父都把对方看成眼中钉，却什么意外都没发生。如果老家伙多那么一点勇气——不，如果我多一点勇气，我们俩早就死一个剩一个了吧……）

太郎抬起头，已经在不知不觉中走过二条①，转到架在耳敏川上的小桥边。干涸的河流又细又长，仿佛千锤百炼的长刀反射着日光，在断续相连的柳树、人家之间流过，发出轻微的潺潺水声。河流的远处，有两三个黑点，好似鱼鹰般搅动着波光，大概是附近的孩子在河里玩水。

太郎心里忽然浮现出幼时的回忆——和弟弟一起在五条的桥下钓桃花鱼的记忆，好像烈日下的微风，哀伤又让人怀念地涌上心头。可是，他和弟弟，都不再是从前的自己了。

太郎走在桥上，生了浅麻子的脸上又闪过阴沉的神色——

---

① 日本京都的路名，古时模仿长安，布局呈棋盘状，道路东西向为条，南北向为路。

（之后的一天——那时候弟弟已经做了筑后前国司的童仆——忽然接到消息，说弟弟被怀疑偷东西，给关进了左狱。我身为捕快，牢里的苦头比谁都清楚。弟弟的事儿就是我的事儿，我担心身子骨还没长结实的弟弟，去和沙金商量。她没当回事地说："去劫狱不就得啦。"一旁的猪熊婆婆也一个劲儿地鼓动我。我终于下了决心，和沙金约了五六个强盗，当晚就大闹左狱，将弟弟平安救出。那时候的伤疤，现在还留在我胸前。比这更难忘记的是，我生平第一次，杀死了一个捕快。他尖声的惨叫，还有血腥味，至今没有从我的记忆里消散。就连现在，在这闷热的空气之中，我也仿佛能感觉得到。

第二天开始，我和弟弟就躲在猪熊的沙金家。一朝犯罪，之后是老老实实过日子，还是铤而走险讨生活，在检非违使眼中并无差别。既然终有一死，那么多活一天也好。有了这想法，我终于听从了沙金的劝告，和弟弟一起加入了盗贼一伙。后来的我杀人放火，无恶不作。当然最开始时并不情愿，然而做了之后，却比意想的简单。我觉得，不知不觉中为非作恶，或许才是人性的自然……）

太郎半无意识间拐过十字路口。路口有个石块围的土馒头，上面插了两块供养死者的木牌，在午后的阳光照射下灿然生辉。底部趴着几只蜥蜴，煤炭般漆黑的身体让人恶心。或许被太郎的脚步声惊吓到，没等太郎的影子逼近，蜥蜴窸窸窣窣一阵躁动，四处逃散了。太郎压根没打算正眼瞧它们——

（自从我走上黑道，越发深深地爱恋上沙金。杀人、偷盗都是为了她——即使劫狱，除了想救次郎之外，也是生怕被沙金嘲笑，对唯一的弟弟见死不救——如此想来，事到如今我无论如何也不愿失去她。

可是，现在沙金要被我的亲弟弟夺去了，要被我拼了性命救出来的次郎夺去了。是将被夺去还是已经夺去，我连这个都不明白。我从不怀疑沙金的心，她勾引其他男人，都是为了方便行事，我不怪她。她和养父的关系，只要这么想——老家伙借着父亲的威势，趁她懵懂无知诱惑了她——装看不见未必做不到。可是，她和次郎，另当别论。

我和弟弟的脾气虽然不太一样，其实长相并没有那么大差别。可是说到长相，七八年前生水痘，我的重，弟弟的轻，次郎生下来啥样还是啥样，长成帅气的男人，而我却因此瞎了一只眼，后天变成了残疾。如果如此丑陋、独眼的我，一直占据沙金的内心——这也许是我一厢情愿吧——那肯定是我灵魂的力量。而这样的灵魂，在同母所生的弟弟身上，同样也有。况且无论在谁看来，弟弟都比我英俊。沙金喜欢这样的次郎，也在情理之中。再说，次郎和我相比，到底很难经受住女人的诱惑。我容貌丑陋，始终引以为耻，碰上男女之事，总是主动退缩，然而，却像疯子一样喜欢上了沙金。更何况是清楚自己英俊的次郎，又怎能对她的示媚无动于衷呢——

这么想来，次郎和沙金亲近也情有可原。可是正因为情有可原，正因为如此，我才痛苦。弟弟要从我身边夺走沙金——从我身边夺走沙金的全部。这一天必将到来。啊……我所失去的，不仅仅是沙金一人，连弟弟也将失去。然后，相应地多了一个名叫次郎的敌人——我对敌人从不留情。敌人也不会对我手下留情。如此下去，等到尘埃落定，其结果，现在就已经清清楚楚。不是我杀死弟弟，就是我被他杀死……）

太郎忽然闻到刺鼻的死人气味，吃了一惊。他心中所想的死亡，不会散发出气味。他这才发现，在猪熊小路附近，网格竹篱下堆叠了两个小孩赤裸的尸体。或许是骄阳暴晒的缘故，变色的皮肤到处露出黏稠、发紫的肉，几只苍蝇停在上面。不仅如此，一个小孩的脸下，已经有蚂蚁捷足先登了——

太郎仿佛看见了自己的将来，不禁用力咬住了下唇——

（尤其是最近，沙金一直躲着我。偶尔遇见，也不给我好脸色看。有时甚至冲我恶语相加。每次我都十分气恼，揍过她，也踢过她。可是揍她踢她的时候，我也痛斥自己。那也是极为自然的。我这二十年的生命，都活在沙金的眼睛里。失去沙金，和失去活到现在的我，没有任何差别。

失去沙金，失去弟弟，与此同时失去我自己。也许，我到了失去一切的时候……）

太郎如此思量着，来到猪熊婆婆家悬挂着白布的门口。在这里都能闻到死人的气味，不过，门旁种着绿叶低垂的枇杷树，树影多少为窗户带来一些凉意。记不清有多少次经过这树下，走进屋门。可是，现在呢?

太郎忽然感到一阵疲倦，他沉浸在微妙的感伤之中，眼中含着泪，静静地走到门口。然而就在此时，屋内传来女人激烈的说话声，其中夹杂着猪熊爷爷的声音。如果是沙金，太郎无法坐视不管。

他掀起门口的布帘，急步踏进昏暗的室内。

四

和猪熊婆婆分别之后，次郎心情沉重，逐级走上立本寺山门前的石阶。走到斑驳的朱漆圆柱底下，疲倦地坐了下来。炎热的赤乌也已西斜，被高高的屋瓦遮蔽，照不到这里。往后看去，幽暗中一座金刚力士脚踩青莲、左手高举金刚杵、胸口沾满燕子的粪便，寂然地守护着庙里的白昼——来到这里次郎才放松下来，得以思考自己的心情。

阳光依旧白晃晃地照着眼前的道路，光线中交错飞过的燕子，羽毛如同黑缎般闪闪发亮。撑着大阳伞、身着白色水干的男子用青竹文杖[①]夹着文书，不堪暑热似的缓缓经过。之后，在对面的木板芯土墙上，连一只狗的影子都没有。

次郎拔出插在腰间的扇子，将黑柿色的扇骨逐次推开，又重新合上，翻来覆去地想着哥哥和自己的关系——

为什么自己要如此痛苦，把唯一的哥哥，想成自己的敌人。每次见面，主动搭话，他也总是爱搭不理，无法继续谈下去。从自己和沙金现在的关系来看，一点都不奇怪。不过，自己每次见她，心里都对哥哥很歉疚。每次见面之后心里很寂寞，常常想念哥哥，悄然落泪。事实上，一度想远去东国[②]，就此离开哥哥和沙金。这样，哥哥不再憎恨我，我也能忘记沙金。打定主意之后，带着告别的念头去见哥哥，可是哥哥与平常一样冷淡。然后去见沙金——这下，

---

① 长约五尺，前端装有金属制鸟嘴的木杖，用于持带文书。

② 日本关东地区。

艰难的决定又被忘得一干二净。每当如此，自己是多么自责啊。

可是，哥哥并不明白我的苦恼，只是一味地把我当成敌人。被哥哥痛骂、唾面甚至杀死，我都没有怨言。可是我希望哥哥体察到我多么憎恨自己的不义，多么同情哥哥。如果能那样，不管怎样的死法，死在哥哥手上我都心甘情愿。不，比起现在的痛苦，干脆地死掉，不知该有多幸福啊。

我喜欢沙金，又憎恨她。她那水性杨花的性格，一想就让人气恼不已。她还总是撒谎。而且，就连哥哥和我为之踌躇的杀戮，她下起手来也毫不在乎。有时我望着她放荡的睡相，也会想，怎么会迷上这样的女人。尤其是看到她轻易地委身于陌生的男人时，我甚至想亲手杀了她。我是如此憎恨沙金。然而一看见她的眼睛，又深深地陷入她的诱惑。没有谁像她那样，同时拥有丑陋的灵魂和美丽的肉身。

哥哥也知道我憎恨沙金。其实，哥哥原本就和我一样，憎恶她野兽般的心灵。然而，看到沙金和别的男人发生关系，哥哥的看法却和我不一样。不管看到她和谁在一起，哥哥都默不作声。他把沙金的胡闹当作一时的冲动，加以默许。而我却做不到。对我来说，沙金弄脏自己的身体，同时也弄脏了自己的心。或者说，其行为远胜于弄脏内心。当然，我不允许她移情别恋。这比她委身于其他男人，更让我痛苦。正因为如此，我妒忌哥哥。我既感到愧疚，又深深妒忌。这么看来，哥哥和我对沙金的爱恋完全不同，这正是根源所在。而这种差异，越发使我们变得敌视吧……

次郎呆呆地望着道路，细细思量着。就在这时，路上忽然传来响亮的笑声，震动了炫目的阳光。次郎听出那是一个嗓音尖厉的女人和说话不太利索的男人，在旁若无人地开着淫荡的玩笑。次郎不禁把扇子插在腰间，站起身来。

没等他离开柱子迈步往台阶下走去，从小路北面走来的男女二人，正好经过他的面前。

男人身穿桦樱[①]直垂[②]，头戴黑绢揉帽子，大咧咧地挎着锤纹刀鞘的武士刀，约莫三十岁，似乎已经喝醉了。女人身着白底紫色纹样的衣服，头戴斗笠与被衣[③]，不管是声音还是举止，都无疑是沙金——次郎走下台阶，用力咬着嘴唇，避开了视线。然而那两人，完全没有在意次郎。

“那就麻烦您啦，千万别忘了哦。”

“没问题，我答应的事儿就像河上坐大船，尽管放心。”

“可是，人家可是赌上了性命呀。不放心，总要叮嘱一下嘛。”

男人张开略生有红胡须的嘴，哈哈大笑，几乎露出了咽喉。他伸出手指戳了戳沙金的脸颊。

“我，也是赌上了性命啊。”

“你可真会说话。”

两人从寺门前经过，走到刚才次郎与猪熊婆婆分别的十字路口，停下脚步逗留了片刻。他们也不怕人看见，调了一会儿情。男人一步一回头，调笑着拐过路口向东去了。女人回转身，哧哧笑着向这边走来——次郎站立在石阶之下，孩子般地红了脸，迎上沙金从被衣中看过来的，黑亮的大眼睛。

---

① 表里颜色不同的服装质地之一，正面紫色，背面蓝色，或正面紫红，背面红色、淡红。

② 常见于武士的服装，方领、广袖、无花纹，胸前系带，下摆束进裙裤里。

③ 公卿家女子外出时，盖在头部的衣服。

“你看到那混蛋了？”

沙金掀开被衣，露出汗湿的脸庞，笑盈盈地问道。

“我才没看呢。”

“你知道吗？——还是坐下来说吧。”

两人并肩坐在下层台阶上。幸好在这门外，正有一株树干很细的虬曲的赤松投下树影。

“他是藤判官家的武士呢。”

没等在石阶上坐稳，沙金便脱去斗笠，如此说道。她身材不高，手脚像猫一样敏捷，不胖也不瘦，年纪二十五六。她的脸将惊人的野性与超常的美貌合二为一，额头不宽，脸颊丰腴，贝齿丰唇，明目剑眉——这些无法捏合的，竟然合为一体，而且没有半点突兀之处。其中最美的，是披在肩上的头发。随着光线的变化，黝黑中泛着青色，宛如乌鸦的羽毛。她那妖艳的容姿，每次见时都没有变化，次郎对此竟有些憎恶。

“对了，那是你的相好吧？”

沙金眯着眼睛笑了，她表情天真地摇了摇头。

“没人比那混蛋更傻了，我说啥他都听，好像一条狗。这不，所有的底细都摸清楚了。”

“什么底细？”

“啊？当然是藤判官的宅子呀。他可真是个大嘴巴，刚才他连在哪儿买马的事儿都告诉我了——对了，要不要让太郎哥哥把马偷来？是陆奥出产的三岁小马驹儿，应该是匹好马呢。”

“是啊，只要你开口，我哥肯定办到。”

“讨厌。我最不喜欢人家吃醋了。而且太郎哥哥——刚开始我还有些想法，现在完全不放在心上了。”

“过不了多久，就轮到我这样了吧。”

“这倒说不准哦。”

沙金又高声笑了起来。

“你生气了？那我叫你哥别来？”

“你的内心，就是母夜叉。”

次郎板着脸，捡起脚边的石块，向远处扔去。

“是呀，说不定就是母夜叉呢。可是，迷上我这样的母夜叉，也是你的因缘啊——你还在猜疑啊？那我可不管了。”

沙金说完话，朝路上凝视了片刻，忽然将锐利的目光转向次郎，冷冷的微笑急速地在唇上一掠而过。

“你这么猜疑，我告诉你一件好事儿吧。”

“有好事儿？”

“嗯。”

她将脸凑到次郎身旁，化了淡妆的气味夹杂着汗味扑鼻而来——次郎感到强烈的冲动，不觉转过脸去。

“我把事儿全告诉那混蛋了。”

“啥事儿？”

“今天晚上，我们大家伙一起去抢藤判官家。”

次郎不敢相信自己的耳朵。令人窒息的官能的刺激也在瞬间消散殆尽——他能做的，只是疑惑且茫然地望着沙金的脸。

“有什么大惊小怪的，多大点事啊。”

沙金稍稍压低声音，带着嘲弄的语调说道：

“我是这么说的。我睡的房间，就在大路的丝柏围墙的旁边。

昨天晚上我听到围墙外面有五六个男人在商量事儿，说要去你家，准是强盗。而且就在今晚下手。咱们关系这么好，我才告诉你的。不多加小心，可危险呢。所以啊，今天晚上他们肯定严加防范。那混蛋现在正去召集人手呢。肯定会来二三十个武士哦。”

“你为啥没事找事？”

次郎心神未定，大惑不解地看着沙金的眼睛。

“才不是没事找事呢。”

沙金阴森森地微笑着说道，随后左手悄然伸出，摸着次郎的右手。

“还不都是为了你。”

“为啥？”

次郎说着，心中忽然有种恐怖的预感。该不会——

“你还不懂啊？我透露消息，再叫太郎去偷马——再有本事，一个人也抵挡不住啊。不，就算有人相帮，结果也猜得到。这样，你我不就安乐了？”

次郎感觉好似被一盆冷水兜头浇下。

“你要杀死我哥！”

沙金把弄着扇子，老老实实地点点头。

“杀了不好吗？”

“比这更坏……你让哥哥掉进陷阱……”

“那么让你去送死？”

沙金盯着次郎，目光如同野猫一样锐利。而且那眼中有着恐怖的力量，渐渐地麻痹了他的意志。

“可是，那是卑鄙的。”

“就算卑鄙，不也是没办法吗？”

沙金扔掉扇子，两只手悄悄握住次郎的右手，追问道。

“而且，让哥哥一个人去也就算了，还要连累伙伴们……”

次郎说着，忽然发现自己说错了。狡猾的女人当然不会放过这个机会。

“让哥哥一个人去可以吗？为什么？”

次郎抛开沙金的手，站起身来。他铁青着脸沉默不语，自右向左从沙金面前走过。

“如果太郎死掉没关系，死几个伙伴也可以吧。”

沙金仰望着次郎的脸，一语中的。

“婆婆怎么办？”

“死就死啰，还能咋样？”

次郎停下脚步，俯视着沙金的脸。她目光灼热，仿佛燃烧着轻蔑与爱欲的炭火。

“为了你，我杀谁都可以。”

这句话中有一种好似蛇蝎般刺人的东西。次郎再度感到一阵战栗。

“可是，哥哥他……”

“我不是连老妈都不要了吗？”

沙金说完，垂下视线。紧绷的脸上，表情忽然松弛下来，泪水在阳光中闪闪发光，扑簌簌落在炙热的沙子上。

“我已经告诉那个混蛋了……事到如今也没法挽回了……要是被人知道，我……我肯定会被同伴……被太郎杀死。”

听她断断续续地讲着，次郎心中绝望的勇气油然而生。面无血色的他膝盖跪地，冰冷的双手紧紧握住沙金的手。

他们二人在紧握的手中，感觉到令人恐惧的允诺之意。

五

掀开白色布帘，一脚踏进房内的太郎，被意外的景象惊呆了——

只见并不宽敞的房间里，通向厨房的一扇拉门斜斜地倒在竹编屏风上。或许是倒下来碰翻了，一个烧蚊香的素陶器摔成了两半，烧剩的青松针与灰撒得到处都是。一个满头烟灰、卷发、面色很差、胖胖的十六七岁的女仆，头发叫一个被酒精灌得肥嘟嘟的秃头老男人揪住，麻质单衣不成体统，前胸袒露，手脚啪嗒啪嗒地胡乱扑腾，像疯子一样尖叫着——老人左手攥着女人的头发，右手举着一只缺口的瓶子，将里面熏污的液体硬往人家嘴里灌。暗乎乎的液体在她脸上肆意横流，也不管是眼睛还是鼻子，几乎没有流进嘴里。于是老人急躁起来，想硬掰开她的嘴巴。女人一滴都不肯喝，她剧烈地摇动脑袋，头发几乎要被扯掉。手与手、腿与腿忽而纠缠，忽而分开。太郎忽然从明亮之处走进昏暗的室内，眼睛分不清哪个是哪个的身体。然而，这二人是谁，自是一目了然——

太郎心急火燎地甩掉草鞋，急步冲进房间里。他迅疾捉住老人的右手，轻易就夺下瓶子，怒气冲冲地喝问道：

“你干啥？”

太郎的言辞咄咄逼人，而老人仿佛顶撞般答道：

“俺倒是要问你干啥呢。”

“你问我？你瞧瞧我干啥。”

太郎扔掉瓶子，把老人的左手从女人的头发上拽开，一脚把老人踢倒在拉门上。阿浓大概被意外得救惊吓到了，惊慌地连连后退，她见老人摔了个仰面朝天，像拜神似的冲太郎双手合十，颤抖着低下头去。转瞬之间，她不顾整理蓬乱的头发，宛如脱兔般突然转身，光着脚钻过白布帘，跑到檐廊下面去了——猪熊大爷猛地起身想追，被太郎补了一脚，倒在灰烬之中。这时，阿浓已经上气不接下气地跑过枇杷树下，跌跌撞撞地往北边跑去了……

“救命啊，杀人啦。”

老人嚷嚷着，完全不似最初的气势，踏倒竹编屏风，想往厨房里逃。太郎急伸猿臂，揪住浅黄色水干的领子，将他放倒在地。

“杀人啦，杀人啦，救命！儿子杀老子啦。”

“放屁，谁要杀你？”

太郎用膝盖将老人压在下面，居高临下地嘲讽道。可是，与此同时，杀死老家伙的欲望，难以抑制地涌上心头。只需一刀——冲他发红的、皮肤松弛的脖子上来一刀，便万事大吉了。贯穿脖颈的刀尖插进榻榻米的手感，直传到长刀的刀柄。他垂死的挣扎，以及推动长刀的气力、喷涌的血液的腥味——这样的想象，使太郎的手自然而然地按上了缠着葛绳的刀柄。

“不是吧，不会来真的吧。你一直都想杀俺——喂！救命啊！杀人啦，儿子杀老子啦。”

猪熊大爷似乎看穿了对方的心思，他努力抵抗，试图坐起来，同时拼命地高喊着。

“你为啥要对阿浓动手？把前后经过说清楚，不说的话……”

“俺说，俺说——可是俺说了，还不是听你摆布，你又未必不杀俺。”

“闭嘴，你说，还是不说？”

“俺说，俺说俺说。可你先把这儿松开，这样俺气闷，说不出来。”

太郎听而不闻，语带杀气，焦躁地又问了一遍：

“你说，还是不说？”

“俺说。”猪熊大爷扯着嗓子说，他还挣扎着想把太郎推开，“俺一定说。俺只是要让她喝药。可是阿浓这个傻子就是不肯喝。结果俺只好动粗了。就这点小事。哦不，还有，药是婆婆配的，不关俺的事。”

“药？是不是堕胎药？你这个臭老头，人家再怎么傻，也不能硬逼啊。你够狠的。”

“你看，是你让俺说的，说了你就起了杀机。你这杀人狂，你才狠。”

“谁说要杀你了？”

“你要是没动杀人的念头，为啥手按住刀柄？”

老人仰着汗哒哒的秃头，翻着眼睛看着太郎，嘴角堆着口沫大喊道。太郎愣了一下，心头闪过一个念头：要动手就趁现在。他膝盖用力，手紧握刀柄，直直地盯着老人的脖子——稀疏的斑白头发遮住一半后脑勺，其下延伸着两条肌腱，如鸡皮的红色皮肤上皱纹密布，唯有肌腱处不甚明显——太郎看见这脖子，忽然感到莫名的怜悯。

“杀人啦，儿子杀老子。大骗子，杀老子，儿子杀老子啦。”

猪熊大爷连声不绝地大叫着，终于从太郎的膝盖下挣脱出来，他一跃而起，迅速抄起倒在地上的拉门当作盾牌，目光游移不定、忽左忽右，只要有机会就逃之夭夭——他的脸一片红肿，眼鼻歪斜，看见这张狡诈的脸，太郎有点后悔刚才没杀掉他。他缓缓把手从刀柄上移开，嘴角浮现出一丝苦笑，仿佛在可怜自己。他在身边的旧榻榻米上犹豫地坐了下来。

“能杀你的刀，我没有。”

“你敢杀俺，就是儿子杀老子。”

见到他这样，猪熊大爷松了口气，随即从拉门后面钻出来，在太郎斜对面的榻榻米上，不敢太过放松地坐了下来。

“我杀你，为啥是儿子杀老子？”

太郎看着窗户，抛出这句。将天空切成四方形的窗户之中，枇杷树树叶的正面与背面被日光照着，显露出明暗丰富的绿色，积聚在寂静无风的枝头。

“不就是儿子杀老子吗——要说为啥，沙金不是俺养女吗？和她有那种关系的你，不就是儿子吗？”

“要这么说，你把她当老婆，又算什么？你到底是畜生，还是人？”

老人在意地看着争斗中被撕破的水干的袖子，呻吟似的说道：

“就算畜生，也不杀爹娘。”

太郎撇着嘴，嘲讽他：

“你的嘴还是这么厉害。”

“哪有什么厉害。”

猪熊大爷忽然目光炯炯地盯着太郎的脸，随后，鼻子哧哧地笑着。

“那么俺问你，你有没有把俺当成你爹？不，你能把俺当爹吗？”

“没必要问我。”

“不能吧。”

“嗯，不能。”

“是你太任性。你想想，沙金是婆婆拖油瓶的闺女，不是俺生的。俺和婆婆搭伙过日子，要是硬说沙金是俺闺女，那么你和她睡觉，不是应该要叫俺爹吗？你又不把俺当爹看，有时候甚至还揍俺啊。你为啥硬要说沙金是俺闺女？俺把她当老婆，错在哪里？要是把沙金当作老婆是畜生，那么儿子杀老子，你不也是畜生吗？”

老人脸上露出胜券在握的神色，满是皱纹的食指几乎触及太郎。他目光炯炯地继续说道：

“怎么样？是俺理亏还是你理亏？你再糊涂，这种小道理总分得清吧。而且俺和婆婆，在俺还在左兵卫府做下人时就是老相识了。婆婆对俺咋想，不清楚。不过，俺那时迷恋着婆婆。”

太郎做梦都没想到，在这种时候，会从这个贪酒、狡诈、下作的老人嘴里，听他讲述往事。不，还不如说，太郎甚至怀疑他是否具备正常人的感情。想到被迷得神魂颠倒的猪熊大爷、被人爱恋的猪熊婆婆，太郎感觉自己的脸上浮上了一丝微笑。

“没多久，俺就得知婆婆有个相好的。”

“那人家根本不喜欢你啊。”

“她虽然有相好的，也不能证明她不喜欢俺。你再打岔，俺就不说了。”

猪熊大爷表情严肃地说。随后，他膝盖向前挪，爬到太郎近前，咽了口唾液继续说道：

“不久，婆婆怀了相好的种。这倒没啥。让人吃惊的是，她生完孩子就消失了。有人说她得病死了，也有人说她去了筑紫。后来才知道，她在奈良坂的朋友家暂住。而打那之后，俺对生活失去了兴趣，开始喝酒、赌钱，最后被人邀了入伙，干起了强盗营生。偷绫罗，偷锦缎，眼中是绫罗绸缎，脑子里想的却都是婆婆。之后过了十年、十五年，终于又遇见了婆婆……”

现在，老人和太郎坐在一张榻榻米上，或许是讲到情深之处，脸颊上老泪纵横，嘴蠕动着，却发不出声音。太郎抬起独眼望着那张哭泣的脸，仿佛看着的是另一个人。

“等俺遇见婆婆，她已经不再是从前的样子了。俺也不再是从前的俺。可是看到她带来的闺女沙金，长得和婆婆年轻时一模一样，就好像她又回来了。于是，俺心想：现在如果和婆婆分开，就得和沙金分开。想和沙金不分开，就只有和婆婆一起过。那么，就娶了婆婆吧——俺孤注一掷成了家，紧巴巴地过日子……”

猪熊大爷脸上带着泪痕，往太郎的脸凑过来，话音里带着哭腔。这时忽然传来刚才没注意到的，扑鼻的酒味——太郎吃了一惊，赶忙用扇子遮住了鼻子。

“所以，从以前到现在，俺当性命来看的，只有以前的婆婆一人，也就是现在的沙金一人。而你，找了由头说俺是畜生。你就这么憎恨俺吗？要是憎恨，最好杀了俺。不妨就现在，在这里动手吧。死在你手上，俺也瞑目了。可是，你知不知道，要是儿子杀老子，你也是畜生。畜生杀畜生——这倒有趣得很。”

老人的泪水已干，又恢复了恬不知耻的丑态，摇晃着他那皱巴巴的食指。

“畜生杀畜生，快点动手啊。你这个怂货。哈哈，刚才俺给阿浓吃药，你火气大得很。这么看来，把阿浓的肚子搞大的，似乎就是你吧。你不是畜生，谁是畜生？”

老人说着话，迅速蹿向拉门对面，说时迟那时快，眼看就要逃之夭夭了。他紫涨的脸上，五官可憎地扭曲了——太郎听厌了他的废话，站起身，手按住刀柄，又放弃了。紧接着嘴唇甫动，一口浓痰吐到对方脸上。

“你这种畜生，正好配这个。”

“畜生这名号，还是算了吧。沙金只是你一个人的？不也是你弟弟次郎的女人吗？这么说，你这种偷弟弟女人的，才是畜生啊。”

太郎又后悔刚才没杀了这个老家伙，然而，同时也为心生杀意而感到恐惧。他的独眼冒着怒火，默不作声踢开蒲草席，拔脚就走——这时，身后的猪熊大爷还在指指点点，咒骂不停。

“你以为我刚才讲的是真的啊？全是假的！俺和婆婆是老相识是骗你的，沙金长得像婆婆也是骗你的。明白了吗？全是俺编的。俺不怪你。俺是骗子、畜生！没被你杀死，俺不是人啊……”

老人唾沫横飞，号啕着，话都说不利索了，然而浑浊的眼睛依然满是憎恶，跺着脚喊叫着没有意义的话——太郎感到一阵难以忍受的厌恶，捂着耳朵匆匆离开了猪熊家。室外，略微西沉的阳光照射过来，燕子依旧在空中轻盈地掠过——

“去哪里呢？”

太郎走到外面，不禁侧头思量。他忽然想起来，来这儿是为了见沙金。可是到哪里能找到沙金，并没有头绪。

“算了，到罗生门去，等天黑吧。”

他的决心之中，隐藏了几分遇见沙金的期待。平日，去做强盗的夜晚，沙金喜欢扮成男装。那些装束和武器，都装进竹箱里，藏在罗生门的楼上——他打定主意，大步流星地沿着小路往南走去。

从三条折向西面，走过耳敏川对面的河岸，一直走向四条——太郎正要走到四条的大路上时，隔了一町的距离，看见一对男女从这条大路向北走，一路聊着走过立本寺的土墙之下。

枯叶色的水干与紫色的和服，身影重叠着，留下爽朗的笑声，在小路之间经过。燕子急速飞行的影子之中，男子黑色刀鞘的长刀倏然一闪，两人便消失不见了。

太郎脸色阴沉，不禁在路旁停住脚步，痛苦地低语道：

“说到底，大家都是畜生。”

六

夏夜易深，转眼快到亥时头上了——

月亮尚未升起。极目望去，厚重的夜色中无声沉睡着的京都城内，只有加茂川的河面映着朦胧的星光，泛出微弱的白光。纵横的街巷如今灯火尽灭，不论皇宫还是商户、荒原，全在静谧的夜空之下模糊了颜色与形状，只有那广阔的平面，一味无边无际地延伸下去。而且连左京与右京都无法区分，到处都寂静无声，除了耳中偶尔听见杜鹃鸟斜斜飞过的声音，别无其他。如果其中有那么一点点让人感怀的灯火、轻微的声响，那或许是去香烟缭绕的宏大寺庙里，在金泥与铜绿斑驳的孔雀明王的画像前，礼拜长明灯的朝拜者；抑或是在四条、五条的桥下借着篝火的微光消磨短暂的夏夜的乞丐们；又或者是每晚吓唬往来行人的朱雀门的老狐狸，在屋瓦上、草丛间隐约点亮的丛丛鬼火吧。除此之外，北至千本，南至鸟羽街道，四处笼罩在散发着驱蚊烟雾气味的沉沉夜色中。夏夜深沉，甚至连吹动茵陈蒿叶的微风都完全察觉不到。

此时，京城北面朱雀大街的尽头，罗生门旁不时发出弦鸣之音，仿佛蝙蝠的振翅声彼此呼应。不知从何而来，一个、三个、五个、八个……他们身着平常的劳作服装，渐次聚集于此。借着朦胧的星光，可见他们有的佩刀，有的背负弓箭，也有的手持斧头，或是拿着长戟。众人均备齐武器，扎了绑腿，脚穿草鞋，动作敏捷地聚拢到门前的石桥上，排成一列——最前面是太郎，身后是仿佛忘记了刚才争斗的猪熊大爷，手中煞有介事地举着长戟，在黑暗中闪着寒光。随后是次郎、猪熊婆婆，阿浓跟在稍后处。被众人围绕着，黑色水干打扮的沙金身配长刀，背着胡禄，将长弓杵在地上环视了一遍，张开娇艳的朱唇说道：

“听好了，今晚这一票，对手比以往的更难对付，不可大意。出发！现在，十五六人跟太郎从后面进去，其余的跟我从正面冲进去。咱们要下手的，是马棚里陆奥出产的马儿。就交给你了，太郎，没问题吧？”

太郎默默地望着星星，听到这里，撇着嘴唇点了点头。

“我有言在先，不可把女人、小孩当人质，善后起来非常麻烦。人都到齐了，走吧。”

沙金说完话，拿起长弓挥手招呼众人。她回头看见咬着手指、孤零零地站着的阿浓，便柔声说道：“你就在这里等着吧。一两个时辰后大伙儿就回来了。”

阿浓望着沙金的脸，像个孩子似的静静地点了点头。

“好，这就走吧。可别失手哦，多襄丸。”猪熊大爷夹着长戟，扭过脸来对旁边的同伙说道。只听那个身穿玄朱色水干的汉子长刀护手咔然作响，他哼了一声并不作答。倒是扛着斧头、快活的黑胡子从一旁插嘴道：“倒是你要小心，别再被影子吓到了。”

二十三个盗贼听了，均忍不住发出偷笑声。他们簇拥着沙金，如同一团乌云，杀气腾腾地涌到朱雀大街上。水沟里充盈的泥水，仿佛在黑夜中迅速退向低洼之处，不知去向何方，转眼之间便消失不见了……

此后，唯有罗生门高耸的屋脊，背对着不知何时被月色染白的微明的天空，寂静地俯视着大街，而杜鹃鸟的叫声断断续续，始终不息，忽而在此，忽而在彼。刚才伫立在宽七丈的五级大石阶上的阿浓，不知去了哪里——然而没多久，罗生门的楼上点亮了暗淡的灯火，一扇窗啪地打开，露出一张女人的小脸，望着远处的月亮。阿浓就这样眺望着渐渐明亮起来的京城，每当感到一次胎动，脸上便浮现出喜悦的微笑。

七

次郎要对付两名武士和三条狗，他挥舞着沾满血迹的长刀，不经意间已沿着小路向南退了两三町。现在根本没有闲暇考虑沙金是否安全。武士仗着人多势众，一刀紧接着一刀砍将过来。狗也犬毛倒竖，争先恐后地直扑上来。这时有了月光，路上多少亮了一些，挥舞的长刀不至砍错人——次郎被人和狗围在中间，竭力拼杀。

不杀人，就是被人杀，活下去和死亡，二者必选其一。他心念已定，超乎寻常的勇猛之气也逐刻见长。他挡住对手的长刀，回砍过去，同时迅速躲向旁边，避开脚下扑过来的狗——这一连串动作几乎在瞬间同时完成。不仅如此，砍出去的长刀，必须立即挥向后方，提防从身后扑来的狗牙。即便如此，不知何时还是受了伤吧。借助月光可以看见，一道黑红色的东西，被汗水浸润着，沿着左侧的鬓角流淌下来。然而抱着必死之心的次郎，完全不在意那疼痛。他失去血色的额头上，眉头锁成一字，仿佛已被长刀左右，虽然乌帽子掉了，水干也褴褛不堪，依然纵横挥舞着手中的刀。

这样的情形不知持续了多久。终于，一名将长刀高举过头顶的武士，上半身仰向后方，发出尖厉的惨叫。次郎的长刀应该是斜贯过他的侧腹，一直砍到腰部的关节。刀砍到骨头发出钝响，横拉而过的刀光闪烁，刺破了黑暗的夜幕——那刀旋即撩起，将另一武士的长刀自下而上挡了回去，电光石火之间，对手的肘部结结实实挨了一刀，匆匆朝来路败退而去。次郎正要紧追其后继续砍杀，一只猎犬却像皮球般弹了过来，犬齿冲着他的手。次郎急退一步，挥刀砍去。忽然间他浑身肌肉泄了气力，目送敌人在月光下逃进黑暗之中。这时他才像从噩梦中醒来一般，发现自己身处的不是别处，而是立本寺的门前……

大约半个时辰之前，从正门攻打藤判官家的盗伙，忽然遭遇伏击。中门左右两侧的车房，里外飞箭如蝗，他们被攻了个措手不及。冲在前面的真木岛的十郎，大腿重重地挨了一箭，滑倒般颓然倒地。接着又有两三人中箭，有的破了相，有的手臂中箭，众人急忙转身逃避。弓箭手的人数自然无法知晓，然而黑羽、白羽的箭矢，其中还夹杂着沉稳的镝声，频频射来。就连退到后面的沙金，黑色水干的衣袖也被斜斜飞来的流矢射穿了。

“保护好头领，别被射到。来吧，开弓射箭，咱们的箭也不是吃素的。”

交野的平六拍着斧柄斥骂道。有人喊好，盗伙中立即传出射箭的呐喊声。次郎手按刀柄退在后面，在平六的吆喝中感到一种斥责。他装作不去看沙金，从侧面偷偷瞥了一眼。骚乱不安中沙金依然一脸冷静，她背对月亮，手拄长弓，不掩饰嘴角的微笑，看着面前交错的飞箭——这时，身旁的平六又恼怒地喊道：“为啥扔下十郎？你们怕中箭，就丢下伙计不管吗？”

大腿被射中的十郎，似乎无力起身，手拄长刀膝行着挪动，好像羽毛被淋湿的乌鸦，躲避着飞箭挣扎前行。次郎见此情形，感觉到异样的战栗，不觉抽出腰间的长刀。然而平六察觉之后，侧眼瞄了他一眼，嘲讽似的说道：“你来保护头领。救十郎的活儿，小喽啰就足够了。”

次郎在他的言语中听出了嘲讽的不屑，紧咬嘴唇狠狠地朝平六望去——正在这时，几个强盗各自上前去救十郎，没等他们走到跟前，只听得一声刺耳的号角，门内冲出六七条尖牙利齿的猎犬，凶恶地咆哮着，在夜色中扬起一片白尘，笔直冲将过来。十余名武士手持兵器紧随其后，奋勇争先地呐喊着冲出屋外。他们自然没将对手放在眼里。林立的长刀、长戟闪着寒光，平六手执斧头一马当先，哇的一声巨吼——那声音分不清是人还是野兽——他完全没了刚才松懈的样子，转瞬之间便抖擞精神，猛冲过去。沙金也在长弓上搭好黑斑白羽箭，迅速以路旁的破土墙为掩护，准备应战……

转眼间双方混作一团，疯狂地呐喊着，围着倒地的十郎乱斗起来。猎犬穿梭其间，狂吠中透着嗜血的狠劲。暂时还看不出哪方能够获胜。这时一个攻打后门的伙伴，满身汗水和尘土地跑了过来。他受了两三处轻伤，浑身是血，架在肩头的长刀缺了刃，看来那边的战斗也颇为激烈。

“那边都撤了，”男子借着月光跑到沙金面前，气喘吁吁地说道：“可是最要紧的太郎哥，在门里被那帮小子围困住了。”

沙金和次郎在土墙的阴影中，不禁对视了一下。

“被围困住？怎么回事？”

“不知道。没准是……不过，他身手不寻常，绝对没事。”

次郎扭过脸，离开了沙金身边。不过，小喽啰自然不会将这放在心上。

“还有，大爷和婆婆好像也受伤了。看那情形，对手怕是被干掉了四五个。”

沙金点了点头，好像去追赶次郎似的，厉声说道：“咱们也撤吧。次郎，吹口哨。”

次郎脸上仿佛所有表情都凝固了一般，将左手的手指伸入口中，发出两声尖锐的口哨声。这是同伴才能听懂的撤退信号。然而盗伙虽然听见了，却没有撤退的迹象。（事实上，众人被武士和猎犬包围着，连回旋的余地都没有吧。）口哨声穿透闷热的夏夜的空气，空落落地消失在小路的另一边。此后的人声、犬吠，以及长刀相击声越发激烈，撼动了高空中的星星。

沙金仰望着月亮，眉毛如闪电般抽动了一下：“真没办法，只好我们先撤了。”

她话音未落，次郎仿佛没有听见似的，准备含住手指继续吹口哨。这时几个盗贼忽然乱了阵脚，向左右退开，人群中冲来一人一犬，朝两人扑了过来——只听沙金手中弓弦一响，那只奔在前面的白犬，腹部被黑斑白羽箭射中，惨叫着倒在地上。眼见它腹部流出的黑血，斑斑点点洒落在砂土之上，紧随其后的男人并不畏惧，挥动长刀，从侧面砍向次郎。次郎的刀几乎在无意识间挡住了那一刀，刀刃相击，铿锵作响，瞬间迸发出一团火星——次郎这时才在月光下看清，对手汗湿的红胡子和身上被砍破的桦樱直垂。

次郎立即真切地回想起立本寺门前的那一幕，同时，心里突然涌起一阵恐惧的疑虑。沙金该不会是和这男人合谋，不但要除掉哥哥，连自己也不放过吧。次郎心中闪过的疑念，让他愤怒得眼前发黑，双手紧握的长刀如同脱兔一般，从对手的刀下穿过，猛然插进他的胸膛。对手应声倒地，次郎的草鞋一脚踩在他的脸上。

次郎感觉到对方的血热气腾腾地溅到自己手上，长刀的刀尖触到了肋骨，受到有力的抵抗。垂死挣扎的敌人被他踩住，不时地咬他的草鞋。这无疑给他的复仇心带来了愉悦的刺激。然而随之而来的，是难以名状的疲劳。如果周遭与己无关，他必定就地一倒，充分地休息。然而在他踩住对手的脸，把长刀从胸中拔出的当儿，几个武士从四周围住了他。不好。在他身后，一个男子已经偷偷将长矛尖对准了他的后背。而这武士却突然一个趔趄，颓然倒地，矛尖划破了次郎水干的衣袖。幸亏一支黑斑白羽箭破风而至，扑棱棱扎入武士的后脑勺。

随后发生的，对次郎而言全然如梦一般。如网的刀影之中，次郎野兽般吼叫着缠斗，无暇顾及对手是谁。周围嘈杂，分不清是人声还是其他声响，沾满血与汗的人脸出没其间——眼中除了这些，什么都看不见。唯有被撇下的沙金，如同长刀迸发的火花一般，时常闪过心头。可是生死悬于一线的紧迫感立即打消了这样的念头。之后长刀碰击声、呐喊声如同遮天蔽日的蝗虫，在土墙间逼仄的小路上不住地回响——次郎迫于战势，被两名武士、两条猎犬追赶着，沿着小路向南且战且退。

当次郎杀死一人、击退另一人之后，心想只剩下猎犬不足为惧，结果却是空欢喜一场。猎犬虽然只有三只，却是大小划一、全身棕毛的罕见名犬。小牛虽然大，狗与之相比也未见得小。它们的嘴里都滴着人血，和先前一样分别从左右两边扑向他的腿。踢开一只，另一只又蹿向他的肩头。另一只张开大口，咬向他握着长刀的手。而且三条猎犬仿佛旋涡般在他前后打转，它们翘着尾巴，下巴贴在前爪上，好像在闻砂土的气味，汪汪吼叫着——干掉对手后有点松懈的次郎，被猎犬顽强的攻击搞得头疼不已。

而且他越是烦躁，刀刀便都落了空。眼看着他即将无处立足，猎犬见机便吐着热气，益发逼近上来。看这情形，只好用穷极之策了。他抱着一丝希望：没准等猎犬放弃追赶，自己能找到躲避之处。他撤回砍空了的长刀，从扑向小腿的猎犬背上堪堪跳过，乘着月光拔足狂奔。然而他的企图只不过是溺水者抓住的稻草。猎犬见他逃跑，全都遒劲地卷着尾巴，后腿扬起沙尘，笔直地追赶过来。

他的企图何止是没有奏效，反倒是误入虎口——次郎在立本寺的路口迅速转向西面，还没有跑过两町的距离，立刻听到夜色中前方传来震耳的犬吠，比追赶自己的猎犬数目更多。月光下发白的小路上，狗群仿佛生了脚的乌云般堵在半途。只见它们左突右冲，争咬着饵食。最后——几乎是间不容发，追赶他的一只猎犬，仿佛呼朋唤友般高声吠叫起来，刚才还狂躁的犬群，各自回应着狺狺狂吠，转眼间便把他卷进鲜活攒动的、腥臭的皮毛旋涡之中。深夜的小路上野狗如此聚集，并不寻常。这十几二十条将废都当成自家的野狗，寻觅着血腥的气味，夜晚以病死后弃尸此处的女人为食，彼此獠牙相见争夺吃食。正当它们争抢扯成碎片的骨与肉的当儿，次郎误入此处。

野狗发现了新的饵食，转瞬间如同狂风中飞舞的稻穗，从四面八方向次郎扑来。矫健的黑狗越过长刀；酷似无尾狐的狗从背后袭来，擦过太郎的肩头；血淋淋的胡须冷冷地触到脸颊；狗腿上沾满砂土的毛，斜着擦过眉间。太郎想砍想刺，却无法确定砍杀的对象。不管是面前还是身后，都是闪着青光的狗眼、不住喘息的狗嘴，而且，那些眼睛和嘴巴难以计数，占据着道路，乌压压地朝脚边逼近——太郎挥舞着长刀，忽然想起猪熊婆婆的话，他在心里吼着："要是终有一死，还不如死个干脆。"他决绝地闭上双眼，然而当咬向喉咙的狗的呼吸温暖地扑到脸上时，他又忍不住睁开眼睛，横刀挥去。如此三番，不知重复了多少次。他的臂力渐渐弱了，挥舞的长刀一刀比一刀吃力。如今连下盘都难保了。这时，数目远超过被击毙的野狗的狗群，从芒原对面、土墙崩塌处源源不断地蜂拥而至——

次郎抬起绝望的眼睛，瞥了一眼空中纤小的月亮。他双手握刀，心中如电光石火般想起哥哥和沙金。自己想杀死哥哥，反倒要被狗咬死，没有比这更得其所的天罚了——思虑及此，眼中不禁涌上了泪水。然而狗却毫不姑息，刚才的一条猎犬频频摇动褐色的尾巴，次郎忽然感觉左边的大腿被尖厉的狗牙咬住了。

正在此时，月色朦胧的两京二十七坊的夜色深处，远远地传来哒哒的马蹄声，如风一般升上天空，压过了嘈杂的犬吠……

在此期间，只有阿浓一人带着安详的微笑，伫立在罗生门的楼上，眺望远处月升。东山之上，微明的青黛中，干旱季节里消瘦的月亮寂寥地徐徐升上中天。随着月升，加茂川上的桥梁，其暗影不知何时浮现在白亮亮的水光之上。

不仅加茂川如此，之前黑黝黝、散发着死人气息的京城，也在转瞬间被清冷的月光镀上了一层金色。仿佛传说中越国[①]之人所见的海市蜃楼一般，塔顶的九轮与寺庙的屋顶，都散发出朦胧的光芒。一切物象都被朦胧地笼罩在微明的光线与阴影之中。围绕京城的山峦，也仿佛反射出日间的暑热，模糊了山顶的月色。每一座山峰都好似在沉思，在淡淡的雾霭之上，静静地俯视荒颓的城市——空气中飘荡着轻微的凌霄花香。罗生门左右两边的树丛中，藤蔓丛生的凌霄花，或许爬上了古旧的门柱，蔓生到摇摇欲坠的屋瓦上、蜘蛛筑巢的匾额间……

凭窗而立的阿浓张大鼻孔，用力吸着凌霄的花香，思绪联翩地想着让她牵挂的次郎，以及腹中动个不停、想早见天日的婴儿……她不记得双亲是谁，也完全忘记了生在何处。只记得幼时有一次在

① 日本古代北陆地区的国名。相当于现在的福井县、新潟县。

罗生门这样朱漆的大门下，被人抱过，或是被人背着经过。然而这究竟有多真实，她也不清楚。不过，现在所有的记忆，都是长大记事之后的。而且，全然不记得反倒是更好的事。她曾受街上的孩子欺负，从五条的桥上被推下，倒栽葱跌落河滩；也曾经饿极了偷东西吃，被赤裸着吊在地藏堂的大梁上。就在那时，她偶然被沙金救下，自然而然加入了盗贼一伙。然而之后经历的苦难，并不比从前少。即使生来带有近乎白痴的天性，也能感知到痛苦之深。做事不合猪熊婆婆的意，便是劈头盖脸一顿打；猪熊大爷常常趁着酒意为难她；就连平常体恤她的沙金，一旦被惹怒，也揪着她的头发拖来拽去；更不用说其他强盗，下手从不留情。每当这种时候，阿浓总是跑到罗生门的楼上，独自抽泣。如果次郎没有出现，不时柔声劝慰，或许阿浓早已从楼上跃身跳下，魂归西天了。

煤烟般的东西悠悠然朝着月亮翻飞，自屋顶下升起，在窗外飞到浅蓝的天空中去。不用说，那是蝙蝠。阿浓望着那天空，出神地凝视疏朗的星星——此时腹中的孩子动得更加剧烈了。她的心为了逃脱人世的苦难而挣扎；腹中的孩子为了品尝人世的苦难而挣扎。不过阿浓并不考虑这些。她的心被即将成为母亲的喜悦，以及这样的自己也能成为母亲的喜悦占据，如同凌霄花的香味一般。

这时，她忽然想到胎动或许是婴儿无法安眠，说不定是因为睡不着，小手小脚扑腾着哭闹。“乖孩儿，好好睡觉，马上天就亮啦。”她对胎儿低声说道。然而胎动似乎要停，却又不见停歇。疼痛也逐渐加剧起来。阿浓离开窗边，蹲了下来。她背对着三杈灯台的昏暗灯火，安慰腹中婴儿般轻声唱着：

忠恋于君
如有二心
末松山兮
浪没其巅
浪没其巅

内容记不真切的歌儿，伴着摇曳的灯火，在楼中断断续续地颤响。这首歌是次郎喜欢唱的。每当喝醉，他必定用扇子打着节拍，闭着眼睛反复地唱。沙金总是说这歌的曲调古怪，拍着手笑话他——而这首歌，腹中的婴儿不会不喜欢。

然而，这孩子是否真是次郎的子嗣，谁都不知道。就连阿浓自己，也绝口不提这件事。即使有强盗不怀好意地逼问孩子的父亲是谁，她也只是双手交错护在胸前，害羞似的垂下目光，越发执拗地保持沉默。每当这时候，她满是尘垢的脸上总会带上女人特有的血色，连睫毛上都挂了泪珠。强盗们见她这副样子，越发鼓噪，嘲弄她是个白痴，连肚子里孩子的父亲是谁都不知道。然而阿浓坚定地相信，肚子里的就是次郎的孩子。每当她在罗生门楼上寂寞地睡着，梦中必定见到次郎。孩子的父亲不是他，还会是谁呢——阿浓此时一边唱着，一边将目光投向遥远之处，她不觉蚊虫叮咬，恍恍然做起梦来。那是忘记了人世的苦痛，并且被人世的苦痛染上了颜色的美丽、慰藉的梦。（不懂泪水的人，无法做这样的梦。）所有的恶从眼前消失不见，唯独留下人世的悲伤——如同满天的月光，唯独留下这巨大的人世的悲伤，寂寞地岿然不动。

如有二心
末松山兮
浪没其巅
浪没其巅

歌声好像灯火，逐渐变细消失了。与此同时，开始传出无力的呻吟声，仿佛诱惑着夜色。阿浓唱到一半，下腹部忽然剧烈疼痛起来。

盗贼的袭击，对手早有应对。攻打后门的一队人马，先受阻于箭雨，又被中门冲出来反击的武士攻了个措手不及。几个打前阵的，本以为对手不过是乳臭未干的毛头武士，没放在眼里，这时乱了方寸，转身就逃——其中，胆小的猪熊大爷跑得比谁都快。可是他没拿捏好，跑错了方向，稀里糊涂地冲进武士的长刀阵里。不管是他因酗酒而肥胖的体格，还是郑重其事提着长戟的架势，都让人觉得他是个颇为厉害的角色。武士们看见他，便相互眨眼示意，其中两三人将刀尖对准猪熊大爷，从身前身后步步紧逼过来。

“休得猖狂，我可是此家的家将。”

猪熊大爷心里叫苦不迭，慌乱地吼道：“吹牛皮——以为俺是好骗的傻子吗——都是些活不长久的下等货色。”

武士们纷纷咒骂着，似乎迫不及待要砍将过来。事到如今，想跑也跑不掉了。猪熊大爷脸上显露出死人的面相。

“谁吹牛皮？谁吹牛皮？”

他圆睁双目，频频四处打量，焦急地寻找退路。额头涌出冷汗，手忍不住颤抖。然而四周只见强盗与武士殊死搏斗，静谧的月光下，缠斗成一团、难分敌我的人群中，剧烈的刀剑撞击声与呐喊声不绝于耳——他忽然明白，反正也无处可逃了。目光在敌人身上停住，他好像立刻变了个人，凶相毕露地露出满口牙齿，迅速将长戟一横，高声骂道："俺吹牛皮又咋了？傻瓜！坏种！畜生！来呀！"

话音未落，戟尖上火星四溅。武士中一个长了红痣的家伙，率先从旁劈头盖脸地劈砍过来。猪熊大爷毕竟上了年岁，根本不是这武士的对手。还没和长刀过完十招，长戟眼见着乱了招式，戟尖越挥越低。两人缠斗着来到小路中央时，敌人大喝一声，一刀砍断了戟杆，紧接着一刀斜斜地从右肩劈至胸部。猪熊大爷一屁股跌坐在地，眼珠瞪得几乎夺眶而出，他突然受不了恐惧与痛楚，撅着屁股慌乱地爬行着，颤声嚷道："你玩阴的，让老子中招了。救命啊，玩阴的啊。"

红痣武士紧随其后，踮起脚高高举起染血的长刀。正在这时，一个猴子般的身影飞奔而来，麻衫的下摆在月光中飞舞着。如果不是半路杀出这一位，猪熊大爷肯定已经一命呜呼了。猴子般的身影冲到两人中间，小刀寒光一闪，已经插入敌人的乳下。敌人横挥的长刀也同时击中了这人。只听得一声尖厉的吼叫，这人像踩上了灼热的火筷子，高高跃起，顺势扑向对方，两人一同轰然倒地。

紧接着，两人几乎不像是人一样，激烈地扭打在一起。又打又咬，拉扯对方的头发，一时间分不清谁是谁。没过多久，猴子般的身影翻到上方，小刀寒光闪过之后，与之扭缠在一起的男人，除了红痣还保留原先的血色，脸色眼看着越变越白。红痣武士的对手似乎也已耗尽气力，仰面倒在武士身上——此时方才看见，映着月光上气不接下气、满脸皱纹好似癞蛤蟆的，是猪熊婆婆的脸。

老婆婆耸肩喘息着，横躺在武士身上，握着敌人发髻的左手仍然没有松开。她痛苦地呻吟了一会儿，眼白翻动了一下，干涸的嘴唇努力动了两三下。

“爷爷，爷爷。”她低声、依恋地呼唤自己的丈夫。然而没有人回答。猪熊大爷得她援救，立即扔了武器，连滚带爬地拖着血迹，转眼间不知逃去了哪里。自不待言，此后仍有几个强盗，在小路的各处挥舞武器，继续殊死的搏斗。而他们在垂死的婆婆眼里，和眼前的武士一样，不过是行路之人——猪熊用越来越低的声音，频频呼唤丈夫的名字。而每次无人应答的寂寞，比身负的伤痛更加锥心。视力越来越弱，所及之处，周遭的光景越发蒙眬。只看见自己的上方广阔的夜空，以及悬挂在天幕上一弯纤细的月亮，此外无法清晰地分辨任何东西。

“爷爷。”

婆婆含着血沫交加的唾液，喃喃说完，便向着恍惚昏迷的深处——或许永远不再醒来的酣眠的深处，昏昏然坠落下去。

就在此时，太郎骑着没戴马鞍的栗色小马，口中咬着血淋淋的长刀，双手执缰绳，狂风般打此处经过。不用说，这马就是沙金看上的，陆奥出产的三岁马驹。盗伙陆续撇下死者往回撤。小路在月光下一层洁白，仿佛下了霜。他头发蓬乱，迎着微风，在马上扭转头，傲然地望着身后骚然咒骂的人群。

那是自然的。他看见伙伴们落了下风，便下定决心即便什么都得不到，也要夺马。于是行动回应决心，他挥舞葛绳缠柄的长刀，砍倒强敌，孤身一人闯进门中，毫不费力地踢破马厩的门，抢在切断缰绳前，仿佛怜惜飞身上马的时间般，让马蹄踢开所有的障碍。因此所受的伤，自然无暇计数。水干的衣袖褴褛不堪，乌帽子只空留帽绳，裙裤裂了许多口子，被鲜血染红。即便如此，他在长刀与长戟的密林中，见一个砍一个，见两个砍一双。想起如何浴血突围，便值得喜悦，毫无遗憾——他频频回望，嘴角浮现出愉快的微笑，昂首驱马前行。

他的心里想着沙金，同时也想着次郎。他骂自己的软弱，又在心中描画着沙金再度倾心于自己的美梦。如果不是自己，谁能在这样的困境中夺到马儿。敌方有人和之利，又占据地利，要是换了次郎——他的想象中，忽然浮现出被武士们的长刀砍倒在地的弟弟的样子。当然，对他而言，这想象丝毫没有令人不快。毋宁说他的心中甚至祈祷这就是事实。如果假手于人杀死次郎，不仅自己无须受良心的苛责，从结果来说，也不用担心沙金会为此憎恨自己。他思前想后，还是为自己的卑劣想法而羞愧了。他用右手拿下衔在口中的长刀，慢慢地擦干净刀上的血迹。

正当他将长刀擦好插进刀鞘时，十字街头拐角的远处，前方的月光中，不知二十只还是三十只野狗，尽数群集于此，狺狺狂吠。而其中一个落单的人，手执长刀背靠着尚未倒圯的土墙，黑色的身影朦胧不清。太郎正思忖时，马儿高声嘶鸣，甩一甩长长的鬃毛，四蹄扬起尘烟，如疾风般将太郎带了过去。

“是次郎？！”

太郎忘我地喊道。他板着脸看着弟弟。次郎也单手持刀，转脸看着哥哥。刹那间，两人都在对方的眼瞳深处感觉到令人不寒而栗的东西。然而刹那间，马儿像是怕了狗群，仰首朝天，前蹄划了个大圈，比刚才更加敏捷地腾空跳起。而后唯有尘土弥漫，在夜空中升腾成白色的烟柱。次郎依然伫立在狗群之中，遍体鳞伤……

太郎——太郎的脸上失去了血色，没有丝毫先前微笑的踪迹。他的心中，有一个声音低声喊着“快跑！快跑！”跑上一个时辰，不，只要半个时辰，便万事大吉了。他想做的，不得不做的，就由野狗代劳了。

“快跑！为什么不跑？”耳边的声音并未消失。是啊，迟早要动手，早晚并没有差别啊。如果弟弟和自己换个位置，弟弟必定会做自己想做的事。“快跑！罗生门不远了。”太郎的独眼带着热病似的光芒，他半无意识地踢着马腹。马儿的尾巴和鬃毛迎风招展，蹄下火星飞溅，笔直狂奔着。月光下一町两町的小路，在太郎的脚下如急流般向后退去。

忽然，他的嘴唇里冲出一个词——弟弟。那是有血有肉、无法忘记的“弟弟”。太郎紧紧握着缰绳，变了脸色，紧咬着牙关。在这个词面前，一切判断力都从眼前消失不见了。没人逼自己在弟弟和沙金中进行选择。眼下，这个词如电光般击中了他的心。他看不见天空，也看不见道路，月亮也不在他的眼中。他看见的，只有无尽的黑夜。爱憎的深沉近似黑夜。太郎疯了似的叫了一声弟弟的名字，身子后仰，单手用力拉动缰绳。马头随之改变了方向。栗色的马嘴喷吐出雪一样的白沫，马蹄敲打着大地，几乎碎裂——转瞬之后，太郎凄惨暗淡的脸上，独眼中冒着火，他驱赶着汗淋淋的马儿，向来时的方向冲去。

“次郎！”

越来越近了。他高喊道，心中澎湃激荡的感情，借着这个词喷涌而出。那声音带着击打灼铁的回声，尖锐地穿透了次郎的耳朵。

次郎冷峻地望着马上的哥哥。那不是平日所见的哥哥。不，和刚才策马迅速离开的哥哥也不同。紧锁的眉头、紧咬下唇的牙齿、怪异的充满热意的独眼……次郎从中看见了近乎憎恨的爱——燃烧着的，从未知晓的，难以理喻的爱。

“快上来，次郎！”

太郎以陨石坠落之势策马冲进狗群之中，在小路上往侧面回旋马身，用叱责的语气说道。现在不是犹豫拖延的时候，次郎立即将手中的长刀尽力扔到远处。趁野狗把长刀当作猎物扭过头去的间隙，他纵身一跃，抱住马颈。太郎也在刹那间轻舒猿臂，抓住弟弟的衣襟，拼命向上提——马头抖去鬃毛上的月光，变了三次方向。这时次郎已经骑上了马背，牢牢抱住哥哥的胸膛。

一只嘴边血淋淋的黑狗突然咆哮着，卷着沙尘朝马背直扑过来，利齿眼看将要咬到次郎的膝盖。就在此时，太郎抬脚踢了一脚栗色的马腹。马儿一声长嘶，尾巴迅速在空中一抡——黑狗被马尾扫到，只咬到次郎的绑腿，倒栽葱般掉进蠢动的兽群之中。

次郎目光恍惚地看着这一切，仿佛做着甜美的梦。他的眼中没有天空，也没有道路，只有抱着他的哥哥的脸——半边被月光照着，始终凝视前方的哥哥的脸显得温柔、庄严。他感到心中徐徐充盈起无边的安详。自从离开母亲膝前，已经有很多年没有体验这种安宁、有力的祥和之感——

“哥哥。”

次郎好像忘了自己骑在马上，牢牢地抱住哥哥，开心地微笑着，脸颊贴在藏青色水干的前胸，扑簌簌地落下泪来。

半个时辰之后，杳无人迹的朱雀大街上，两人静静地策马前行。哥哥沉默不语，弟弟也不说话。寂静无声的夜晚，唯有马蹄声在回响，两人头顶的天空中，横亘着清凉的天河。

八

罗生门的长夜未尽。尚未消退的月光，斜斜地照在露水覆盖的屋顶、朱漆剥落的栏杆上。高高斜挑的屋檐遮住了月亮和风，闷热的黑暗被不停飞舞的斑蚊刺穿，发馊般凝滞不动。从藤判官家撤退的盗伙在黑暗中围着微弱的火把，三三两两或站或卧，也有人蹲在圆柱底下，给每个伤员包扎伤口，一直忙活到现在。

其中，受伤最重的是猪熊大爷。他仰面躺在沙金的旧打衣①上，半闭着眼睛，不时发出嘶哑的呻吟声，仿佛还惊惧着什么。是躺了一个时辰，还是一年前就这么躺着，他疲惫的心有时甚至分不清楚。眼前各种幻象频繁往来，仿佛在嘲笑他。那幻象与现在城门下发生的事，对于他而言渐渐变成同一个世界。在分不清时间与地点的深沉昏迷中，他丑陋的一生再度准确地，以超越理性的顺序清晰地鲜活起来。

“喂！婆婆呢？婆婆咋样？婆婆！”

他恐惧于生自黑暗、又消失于黑暗的可怖幻象，浑身颤抖地呻吟着。旁边探过来交野的平六的脸，额头上的伤口用底衫袖子包扎了。

① 打衣，平安时代贵族女性的服装之一。丝绸制成，垂领宽袖。

“你问婆婆？她已经去了极乐净土啦。说不定正在莲花上面，着急地等你去呢。”

平六说完，为自己的玩笑哈哈笑着，转头朝在对面的角落为真木岛的十郎处理腿伤的沙金说道：“头领，大爷好像有点撑不住了，只感到痛苦，不如送他归西吧。我想一刀解决了他。”

沙金媚笑道：“开啥玩笑，反正要死，让他死得太平点吧。”

“没错，是这么回事。”

猪熊大爷听见他们的对答，感到死期将至的恐惧，全身似乎忽然变得冰凉。他大声呻吟起来。不知有多少次，临阵怯敌的他曾经以和平六同样的理由，用戟尖送濒死的伙伴归天。其中多半因为杀人的欲望，或是仅仅向人显摆自己的勇气，硬要主动做如此残忍的事。而如今——

有人似乎并不懂得他的苦楚，独自一人在灯影下哼着歌谣：

黄鼠狼吹笛呀
猴子来奏乐
蚱蜢打拍子呀
蝈蝈儿……

“啪”，紧接着传来一下拍蚊子的巴掌声。又有人“嗨嚯”打着拍子。两三人耸着肩，笑得岔了气——猪熊大爷体若筛糠，为了确认自己还活着，睁开沉重的眼皮，直勾勾地望着灯火。火焰围绕着无数光环，在执着的夜色的侵袭中，放射着微弱的光芒。一只小金龟子嗡嗡地振翅飞来，试图飞进光环中，却立即烧坏了翅膀掉落下来，发出一阵焦臭味。

过不了多久，自己也会像这虫子一样死去。人死了，身体的血肉反正都是被蛆虫、苍蝇吃掉。啊，我要死了。同伙们却唱的唱笑的笑，热热闹闹，好像啥事没有。想到这里，猪熊大爷感到难以名状的恼怒与苦痛，仿佛被吸食骨髓一般。

“畜生！不是人！太郎！喂，坏种！”

已经不太灵活的舌头，自然而然地断续吐出这些词来——真木岛的十郎轻轻地翻了个身，缓解腿上的疼痛，喉咙干涸地低声问沙金。

“太郎这么招他恨吗？”

沙金皱着眉，瞅了一眼猪熊大爷，点了点头。

接着与哼唱者相同的声音问道：

“太郎咋样了？”

“应该没救了吧。”

“谁见他死了的？”

“我见他和五六个武士砍杀来着。”

“唉唉，顿生菩提，顿生菩提。”

“次郎也没见着啊。”

“说不定一样下场吧。”

太郎死了，婆婆也不在人世，俺马上也要死了。死。死是什么？不管咋样，俺都不想死。可是，总归会死，像虫子一样，轻而易举地死掉——漫无边际的思绪，仿佛黑暗中嗡嗡叫的斑蚊，从四面八方满怀恶意地扎他的心。猪熊大爷感觉到无形、可怕的“死”正在朱漆柱子的对面，耐心地观察自己的呼吸。它残酷地、极为冷静地观察着自己的苦痛，然后像逐渐消失的月光一般，一点点向自己的枕边移来。不管怎样，我都不想死……

且问夜晚与谁眠
常陆介君共枕席
君已眠兮肌色佳
男山峰上有红叶
可是出名好去处

哼唱的声音，与榨油机般的呻吟声混在了一起。有人在猪熊大爷的枕边吐了口唾沫，说道：“没看到傻子阿浓啊。”

“是哦，的确。”

“说不定在楼上睡着了呢。”

“哟，上面有猫叫呢。”

众人顿时安静下来，在猪熊大爷断断续续的呻吟中，传来轻微的猫叫声。微风带着暖意，吹过柱子之间，微甜的凌霄花香，不知从何处传来，飘进众人的鼻子里。

“听说猫会成妖呢。”

“猫变成老怪物，倒是和阿浓很般配啊。”

沙金衣衫簌簌作响，嗔怪道：“不是猫呀，谁去看一看？”

交野的平六闻言站起身，刀鞘撞到柱子上。通向楼上的楼梯在柱子背后，有二十几级——众人感到一阵莫名的不安，都闭口不言。只有带着凌霄花香的微风不停吹过。忽然楼上传来平六的惊呼声，不久急匆匆下楼的脚步声带着慌乱，惊扰了沉重的黑暗——这非同寻常。

“你们猜不到吧，阿浓这傻子生孩子了。”

平六走下楼梯，抱着用旧披头巾包裹着的圆嘟嘟的东西，迅速将其伸到灯火下给众人看。散发着女人气味的、有点脏兮兮的布裹着一个刚刚出生的婴儿，不太像人，倒像是一只剥了皮的青蛙，吃力地挪动着大脑袋，皱着丑陋的脸哇哇大哭。不管是纤柔的胎毛还是细细的手指，无不同时引起众人的厌恶与好奇——平六环视左右，晃动怀中的婴儿，得意地说道：“我上去一瞧，阿浓趴在窗下，像死了一样，低声哼哼着。她虽说是傻子，毕竟是女人家。我以为她肚子疼，走到近前一看，那才叫意外啊。一堆被掏出的鱼肠般的东西，在昏暗中哭着。我伸手摸了摸，它抽动了一下。没有长毛，应该不是猫。我抓起来在月光下一看，居然是刚生下来的宝宝。你们看，胸口和肚子上的红点点，都是蚊子咬的。阿浓以后就做妈妈啦。”

站在火把前的平六的周围，十五六个强盗或站或卧，都伸长了脖子，仿佛换了个人似的，带着温柔的微笑，注视着这个刚刚获得生命的、红呼呼的丑陋肉块。婴儿一刻也不消停，手也动脚也动，最后头往后一仰，不停地大哭起来。这下露出了没长牙齿的口腔。

“嚯，有舌头。”

刚才哼着歌的男子怪声怪气地说道，引得众人忘了伤痛似的哄堂大笑起来——仿佛追赶着笑声，这时候，猪熊大爷忽然挤出残余的气力，从众人身后恶狠狠地说道：

“把孩子给俺看看。喂！孩子不给俺看吗？喂！你们这些坏种。”

平六用脚捅了捅他的脑袋，语气中带着威胁说道：

“你想看就看呗。你才是个坏种。”

猪熊大爷睁大浑浊的眼睛，死死地盯着平六俯身送到近前的婴儿。他看着看着，脸色逐渐变得像蜡一样苍白，满是皱纹的眼角，泪水聚成了泪珠。忽然他颤抖的嘴角浮现出一丝奇怪的微笑。那前所未有的天真表情，不知不觉让他脸上的肌肉松弛了下来。喜欢絮叨的他，到这地步也不说话了。众人明白，“死”终于抓住了这个老人。然而没有人知道他的微笑意味着什么。

猪熊大爷平躺着，慢慢伸出手来，轻轻触碰到婴儿的手指。婴儿仿佛被针刺了一般，突然剧烈哭泣起来。平六想骂他，又忍住了。因为老人的脸——失去了血色。这个酗酒、肥胖的老人脸上，此时闪耀着平生从未有过的、不容侵犯的凛然之气。在他面前，连沙金也仿佛等待着什么似的，凝神注视着养父——或是情夫的脸。然而，他并不开口。但他的脸上，隐秘的喜悦如同不时吹来的临近黎明的风儿，静静地、愉快地漫上来。此时，他仰望着黑夜的深处——在人眼无法企及的遥远天空，寂寞地带着寒意逐渐明亮起来的，是不灭的黎明。

“这娃儿……娃儿，是俺的。”

他清楚地说道，然后又触碰了一下婴儿的手指，手便无力地往下坠——沙金从一旁轻轻托住他的手。十几名强盗仿佛没有听见这句话，咽下唾沫，身子纹丝不动。沙金抬起脸，抱着孩子，望着平六的脸点了点头。

“是呼吸被痰噎住的声音。”平六嘟囔着，不知在对谁说——猪熊大爷在婴儿怕黑的哭声中，微微挣扎了片刻，便如即将熄灭的火把一般，静静地咽了气……

“大爷也终于走了啊。”

“一路走好，他这么说，总算知道是谁干了阿浓。”

“尸体得埋到那边的树丛里去。”

“留着给乌鸦吃掉也太可怜了。”

强盗们口中说着，仿佛感受到微凉的寒意。远处传来渺茫的公鸡啼鸣。不知不觉间，黎明似乎也近了。

“阿浓呢？”沙金问道。

“我把现有的衣服都给她盖上，让她睡下了。她的身板不会有啥事儿。”

平六的回答也不似平日。

这时，两三个强盗已把猪熊大爷的尸体抬到了门外。外面依旧很黑，黎明残月的微光下，萧瑟的竹林微微摇曳着枝叶，凌霄花香越发浓郁，空气中弥漫着甜香。不时发出轻响的，或许是竹叶上滑下的露珠。

“生死事大。”

“无常迅速。”

“他的脸，死了比活着还强些呢。”

“这脸像是变得比从前更有人样了。”

猪熊大爷的尸体，浸染着斑斑血痕，在众人的交谈中，一步步被抬进竹子与凌霄花繁茂生长的林中深处。

九

次日，在位于猪熊的某户人家中，发现了被残忍杀害的女人的尸体。年纪还轻、体型较胖，是个标致的女人。从伤口来看，似乎经历过激烈的抵抗。能成为证据的，是尸体口中咬着的朽叶色水干的衣袖。

此外，不可思议的是，在这家做女佣的阿浓虽然也身处其中，却毫发无伤。根据检非违使厅的调查，大致是这样的情形。说大致，是因为阿浓天生近乎白痴，要说清楚更多要点，实在困难……

那天晚上，阿浓在半夜醒来，听见太郎、次郎兄弟俩和沙金高声争吵着什么。阿浓刚想这是怎么了，次郎忽然拔出长刀劈向沙金。沙金连呼救命，想要逃跑。接着，太郎也拔刀相向。此后，两兄弟的咒骂声、沙金痛苦的呻吟持续了片刻。不久，女人停止了呼吸，兄弟俩忽然拥在一起，长久地默默哭泣。阿浓一直从拉门的缝隙里窥视着，她没去救主人，完全是因为抱着熟睡的孩子，怕他受伤……

“还有，那个叫次郎的，是这孩子的亲爹，”阿浓忽然红了脸，补充道，“后来，太郎和次郎来到我房里，叫我好生活着。我给他们看这孩子，次郎笑着摸摸他的脑袋，眼睛里却都是泪水。我想让他们再多待一会儿，可是两人都很急，立刻走到屋外。他们跳上或许是拴在枇杷树上的马，不知跑到哪里去了。马不是两匹。我抱着孩子从窗口看时，看见他们骑着一匹马。因为有月亮，看得很清楚。后来我没去收拾主人的尸身，轻手轻脚回床睡觉了。我经常看见主人杀人，所以尸体对我来说一点都不可怕。”

检非违使总算弄清楚了这些情况。阿浓确实无罪，随即恢复了自由之身。

之后过了十几年。做了尼姑、养育孩子的阿浓，见到丹后守某大人的随从中，有个以骁勇闻名的男子经过，便告诉别人那就是太郎。的确，他长着浅麻子，而且眇了一目。

“换了次郎，我肯定立刻跑去和他相见。可是，太郎太吓人了……”

阿浓说着，举止扭捏得像个小姑娘。那人是否真是太郎，无人知晓。不过，之后有道听途说，他还有个弟弟，也侍从同一位主公。

竹林中

接受检非违使询问的樵夫的故事

回大人的话，发现那具尸体的，的确是小人。我今早和往常一样，到后山砍杉树。忽然发现山阴的竹林里，躺着那具尸体。您问在哪儿发现的？从山科的驿道过去，隔了四五町[①]远吧。竹林中还长着细杉树，是没人去的地方。

尸体身穿浅蓝色水干，戴着京城里流行的绉纹乌帽子，仰面朝天倒在地下。虽说只中了一刀，但是刺中了胸口，周围竹子的落叶，都被染成紫黑色了。不，血已经不流了。伤口也好像干了。而且，伤口上停了一只牛虻，我的脚步声都没惊动它。

有没有看见长刀什么的？没有，啥都没有。一旁的杉树根下，散落着一条绳子。还有——对了，除了绳子，还有一把梳子。尸体周围就这两件东西。还有，地上的草和竹叶被踩得乱七八糟，他被

① 日本古代度量单位，一町为 60 间，约 109 米。

杀之前，肯定激烈反抗过。啊？没有马？那地方马进不去。那里离能走马的道路，还隔着一丛树呢。

接受检非违使询问的行脚僧的故事

昨天我确实碰见过那个死去的男人。昨天……嗯，中午时分吧。地点在从关山到山科的路上。他和骑在马上的女人一起，朝关山方向走。女人垂着薄纱，看不见她的脸。能看见的只有似乎是萩重[①]的外衣颜色。马是月毛驹——好像鬃毛修剪成短寸。马多高？有四尺四寸吧——我毕竟是出家人，这方面不太清楚。男人……挎了长刀，也佩带着弓箭。黑漆箭筒里面插了二十来支箭，直到现在我都记得清清楚楚。

做梦也没想到，他会变成那样。人的性命确实如露亦如电[②]啊。唉……让人不知说什么好，真是可怜。

接受检非违使询问的捕头的故事

您问小人抓到的男人吗？他的的确确就是名叫多襄丸的有名的大强盗。当然，我捉到他时，已经从马上跌落下来了。他在粟田口的石桥上一个劲地哼哼。什么时辰？是昨天晚上初更时分。和以前被他跑掉时一样，身穿藏青水干，带着锤纹刀鞘的长刀。和您见到

① 表面为紫色，里子淡紫色。属于表里颜色有差异的“袭色目”的一种。

② 出自《金刚经》：“一切有为法，如梦幻泡影，如露亦如电……”

的一样，这次还带着弓箭。原来是这样啊？是死了的男人的东西——杀人的，准是这多襄丸。包了皮革的弓、黑漆箭筒、十七支鹰羽箭——这些都是人家的东西吧。好嘞。马也像大师说的，是短鬃毛的月毛驹。被畜生掀翻在地，准是命中注定。马在稍稍离开石桥的地方，拖着长长的缰绳，在吃路边的青芒草。

多襄丸这坏种，在京城出没的盗贼里，就数他好色。去年秋天，在鸟部寺的宾头卢的后山，杀死去拜佛的女人和女娃，据说就是他干的好事。要是男人被多襄丸杀了，骑月毛驹的女人就不知去哪儿了。恕小人多嘴，女人的下落也得弄清楚。

接受检非违使询问的老太太的故事

没错。死去的是我家女儿的男人。不过他不是京城人，是若狭[①]国府[②]的武士。名叫金泽武弘，今年26岁。不，他性格和善，不会遭人嫉恨。

我家女儿？她叫真砂，今年19岁，性格好强，不输给男子。除了武弘，没和别的男人好过。脸面有点黑，左眼角长了颗痣，瓜子小脸。

武弘昨天和我女儿一同出发去若狭。碰上这种事，也是前世因果吧。就算女婿我可以死心，可我女儿咋样了，叫我牵肠挂肚得很。求求您，就算把草木扒拉一遍，也要找到我女儿。最可恶的，就属

① 日本旧地名，位于现在福井县南部。

② 按照律令制，各大名领地的地方政府所在地。

那叫什么多襄丸的，坏蛋强盗。杀了我女婿不说，还对我女儿……（之后哭得泣不成声）

多襄丸的供词

那男人是我杀的。不过，女人没杀。她去了哪里？我不知道。慢着，再怎么拷打我，不知道的事也没法说。再说了，我都已经这样了，就没打算懦弱地隐瞒。

昨天正午刚过，我遇见了他们夫妻俩。那时候吹过一阵风，正好撩起了斗笠的薄纱，让我瞅见了女人的脸——刚瞄了一眼，转眼又看不见了。说起来有这么一个原因，我觉得她的脸，好像女菩萨。忽然之间，我决定就算干掉男的，也要把女人抢到手。

什么？杀掉男人，没你们想的那么费事。反正我决定了抢女人，那男的就得死。只不过我杀人，是用腰间的长刀；你们不用刀，用权力杀人，用金钱杀人，甚至，光凭伪善的话语就能杀人。这样好啊，不用流血，杀了人反倒活得还滋润——可是，那也是杀人。要说罪恶深重，你们坏，还是我坏，还真不知道。（讥讽的微笑）

不过，如果不杀人就抢到女人，也没啥不好啊。唉，那时候按我的想法，是最好不杀人就把女人弄到手。可是，在山科的驿道上，这事很难办。于是我就想办法，把他们带到山里面去。

这也简单，我和他们同行，透露说对面的山里有古坟，挖开一看，有很多铜镜和刀剑。我把这些东西埋在山阴的树丛里，不让人发现。要是有人想买，随便什么价钱都可以便宜出手。男人听了之后，渐渐心动起来。然后……怎么样？欲望这东西可怕吧？不到半个时辰，夫妻俩就跟着我，牵着马走上了山路。

来到竹林前，我说，宝贝就埋在里面，跟我来看。男人已经急不可耐，完全没有异议。可是女人说在那儿等，没有下马。竹林茂密得很，她那么说也不是没有道理。其实，这也在我意料之中。女的一个人留在原地，我和男的走进竹林中。

走了一会儿，周围都是竹子。大概走了半町，到了一处长了杉树的开阔地——我要下手，这里再合适不过。我拨开树丛，像那么回事似的骗他说，宝贝就埋在杉树下面。男人听我这么说，急匆匆地往能望见细杉树的方向走。不久就看到，竹子稀疏的地方，长了几棵杉树——说时迟那时快，一到那里我就把他扑倒了。他带着长刀，也很有力气，不过，哪敌得过我突然袭击。我立马把他捆在一棵杉树下面。哪来的绳子？绳子是个宝，干我们这行的随时要翻墙越壁，总是牢牢地围在腰上。不用说，要让他不出声，满嘴塞上竹叶就行，其他就没啥了。

解决了男人之后，我走去见女人，告诉她男人突然病了，叫她去。不用说，这也在我意料之中。女人顾不上戴斗笠，被我牵着手，来到树丛深处。不料她来到那里，看男人被绑在杉树底下——她一见之下，便从怀中拔出短刀。我所见的女子之中，从来没有如此烈性子的。要是那时候我有点疏忽，肚子就被戳破了吧。哈，我左躲右闪的时候，她劈头盖脸就是一顿砍，我差点受伤。可是，我可是多襄丸，不用拔刀，就把她的短刀给打掉了。性子再烈的女人，没了家伙也没辙了。我总算没了结男人的性命，又把女人得到手了。

没了结男人的性命？没错，我没打算杀他。可是，我正要撇开趴在地上哭的女人，往竹林外走时，她突然疯了一般缠住我的胳膊。从她断断续续的话里，我听出来：要么你死，要么我丈夫死，总有一个要死，让两个男人看见我的耻辱，比死还难过。啊，谁活下来，我就跟谁——那喘息着的声音，让我忽然想杀了那男人。（阴郁的兴奋）

我这么供述，大人肯定以为我是个残酷无情的人吧。但是，这是因为你们没有看见那女人。你们没在那一瞬间，看见那仿佛燃烧着的眼眸。我和她眼神相对的时候——就算天打雷劈也要让她做我老婆，做我老婆——我脑子里只有这个。这，不是你们想的，下流的色欲。如果那时候除了色欲，没有其他任何欲望，我肯定把女人踢翻在地，逃之夭夭了。这样，男人的血也不用脏了我的刀。可是我在黑乎乎的竹林中，盯着女人的脸。那一刹那，我明白了，不杀死男人，我不能从这里离开。

杀他，我不会用低劣的手段。我解开男人的绳子，告诉他，我们比试一下长刀。（杉树下的绳子，就是那时丢下的。）他变了脸色，拔出宽大的长刀，没等我搭话，就怒气冲冲地向我扑来——几个回合？还用说吗？在第二十三个回合上，我刺穿了他的胸。二十三个回合——别忘了。我现在都佩服他，能和我斗上二十回合的，天底下只有他一个。（愉快的微笑）

男人倒下时，我提着血淋淋的刀，扭头去看女人。这时候——你猜女人在哪里？我在杉树林里找寻，看她逃去了哪里。可是竹叶上没有留下什么痕迹。我仔细地听，只有男人喉咙里，临终的喘息。

说不定，女人在我拔刀的时候，为了搬救兵，已经穿过树丛跑掉了——想到这儿，我也要保命，就拿了长刀和弓箭，马上回到山路上，女人骑的马还在静静地吃草。后来的事，说了也白说。我去京城之前，把长刀扔了——我要供述的，就这些。反正老子的脑袋，迟早挂在城头上，来个痛快的吧。（作傲然状）

来到清水寺的女人的忏悔

……那个穿着藏青水干的汉子，占有了我。他看着我被绑着的丈夫，好像在嘲笑他。我的丈夫，该有多无奈啊。他身上的绳子，越挣扎勒得越紧。我忍不住跑到丈夫身边。不，我本要去丈夫的身边，却被他踢翻在地。就在那时，我看见丈夫的眼里，闪烁着难以名状的光芒——想起那眼光，我现在都忍不住浑身发抖。一言不发的丈夫，在那一刹那，他的目光透露了所有的心绪。眼睛里闪动的，不是怒火，也不是悲伤——难道不是轻蔑的冰冷目光吗？他踢我，还不如这眼神来得重。我禁不住尖叫，后来就昏了过去。

等我醒来，发现那个穿藏青衣服的男人已经不见了。只剩下被绑在杉树下的丈夫。我挣扎着从地上的竹叶中坐起身，看着丈夫的脸。可是，他的神色与先前一模一样。冷冰冰的轻蔑里，带着憎恶。羞耻、悲伤、气恼——那时候我的心里，不知道应该怎样形容。我踉踉跄跄地站起身，走到丈夫身旁。

“夫君，发生了这种事，我不能和你一起过下去了。我决心一死。不过……不过，你也得死。你亲眼看见我的羞辱。我不能让你一个人活下去。”

我用尽力气说完这些。即便如此，丈夫还是极为厌恶地盯着我。我捂着悲伤欲裂的心，找丈夫的长刀。可是，大概被强盗夺去了，竹林里找不到长刀，弓箭也没了。好在，掉落的短刀就在我的脚边。我捡起来，举着刀对丈夫说道：

“把命给我吧，我随后就去。”

丈夫听了这句话，嘴唇终于动了动。可是他嘴里塞满了竹叶，发不出任何声音。但我一看就知道他想说什么。他轻蔑地看着我，说了一句“杀吧”。我几乎在意识朦胧中，将短刀插进了丈夫浅蓝色水干的胸膛。

后来，我大概又昏了过去。等我醒来时，看见丈夫还是被捆着，已经断了气。竹子、杉树枝叶交错的天空里，射下一线夕阳，正好照在他苍白的脸上。我忍着哭泣，解开尸体上的绳子。后来——后来，我怎么了？唯独这个，我说不出口。我怎么都没有勇气去死。用短刀割喉咙，去山脚的池塘投水自尽……我试了很多方法，都没死成。这也没什么值得夸耀的呀。（寂寞的微笑）像我这样没用的人，连大慈大悲的观世音菩萨，也不会怜悯我吧。可是，我杀了丈夫，被强盗玷污，究竟该怎么办才好？究竟我……我……（突然剧烈地哭泣起来）

死灵借女巫之口讲述的故事

……强盗占有了我的妻子，接着，蹲下来反复劝慰她。当然我没法出声，身体也被绑在杉树上。可是，我冲妻子眨了好几次眼睛，别相信那男人的话，不管他说什么，都视作谎话——我想把这意思告诉妻子。可是妻子一言不发地坐在落叶上，直视着自己的大腿。这岂不是相信强盗的说辞了吗？我嫉恨得拼命挣扎。可是那强盗花言巧语，变换着说辞。身子一旦被玷污了，和丈夫再难和好如初，与其跟着这样的丈夫，为什么不考虑做我老婆？只要你可怜自己，什么事做不出——强盗终于大胆地提出这样的建议。

听强盗这么说，妻子精神恍惚地抬起头。这时的妻子如此美丽，是我从来没有见过的。可是这么美丽的妻子，当着被捆绑着的我的面，会怎样回答强盗呢？即使魂魄还在“中阴”[①]徘徊，一想到妻子的回答，我就怒火中烧。妻子的确是这么回答的——请你带我走，去哪里都行。（长久的沉默）

妻子的罪孽不仅如此，如果只是这样，我就不会在黑暗中这般痛苦了。妻子像在做梦一样，正要被强盗牵着手往竹林外走，忽然脸色煞白，指着杉树底下的我：“杀了他，只要他还活着，我就不能跟你走。”——妻子像疯了一样，吼着同一句话：“杀了他！”——即使现在，这句话也如同暴风，要把我倒栽葱般地吹向遥不可测的黑暗的深处。如此可憎的话，哪怕是一次，会从人的嘴里说出？如此令人诅咒的话，哪怕是一次，会被人的耳朵听见？哪怕是一次，如此……（突然迸发出嘲笑）听到这句话，连强盗都大惊失色。“杀了他！”妻子喊着，缠住强盗的胳膊。强盗直勾勾地望着妻子，沉默不语，不说杀，也不说不杀——这时，妻子突然被踹倒在竹叶上。（再次迸发出嘲笑）强盗冷静地交叉双臂，看了看我：“你想怎么处置这婆娘？是杀了，还是放过她？点头回答就可以了。杀了她？”——就凭这句话，我都想宽恕强盗的罪行了。（再次长久的沉默）

我正犹豫不决时，妻子忽然大叫一声，朝竹林深处跑去。强盗

① 佛教用语，人死后到投胎前的 49 天，又称“中有”。

猛地扑过去，却连衣袖都没抓到。我只是如在梦幻中一般，望着这光景。

妻子逃走之后，强盗拿走了长刀和弓箭，把捆我的绳子割断了一处。“接下来就看俺的运气了。”——强盗跑出竹林时，我听见他嘟囔了这么一句。之后便是一片寂静。不，似乎有谁在哭。我解开绳子，仔细地听着。可是，我听清楚了，那不是我自己的哭泣声吗？（第三次长久的沉默）

我筋疲力尽，在杉树底下挣扎着站起来。在我面前，妻子掉下的短刀寒光一闪。我拿起刀，刺进自己的胸口。血腥的团块涌进我的嘴里。可是我丝毫不觉得痛苦，只是胸口渐渐冷下去，周围更加寂静了。啊……这是怎样的一种寂静啊。在这山阴的竹林，天空中一只鸣叫的小鸟也没有。只有杉树、竹子的叶梢上，荡漾着寂寞的日影。日影——也渐渐暗淡了。我看不见杉树和竹子，倒在原地，被深深的寂静包裹住了。

这时候有人轻手轻脚走到我身旁。我想看看他是谁，可是我的周围已经被浅浅的黑暗笼罩。有人——不知是谁，伸出手，悄无声息地拔出我胸口的短刀。与此同时，我的嘴里又涌出一股鲜血。就这样，我永久地坠入“中阴”的黑暗之中了……

蜘蛛丝

一

某日，极乐世界的莲池边，释迦牟尼独自信步而行。池中莲花盛开，洁白如玉的花瓣之中，金色花蕊散发出难以形容的异香，在周围的空气里弥漫。极乐世界正当清晨。

释迦牟尼在池边停住了脚步，透过盈盈然遮蔽水面的莲叶，往底下看去。极乐世界的莲池之下，恰好是地狱之底。穿过水晶般透彻的池水，仿佛通过透视镜，能清晰地看见三途川与针山的景色。

忽然，释迦牟尼看见在地狱的底部，众多罪人中，蠕动着一个名叫犍陀多的汉子。此人生前杀人放火，是个无恶不作的大强盗。不过，释迦牟尼记得他做过的仅有的一件善事。要说此事，便是他在密林中经过时，见到一只小蜘蛛在路边爬。犍陀多迅速抬脚，准备踩死它，然而转念一想："不可，不可。这个小东西，也是有生命的。胡乱夺去它的性命，不管怎样都太残酷了。"于是没有用脚踩，放了它一条生路。

释迦牟尼看着地狱的情形，想起犍陀多放过蜘蛛性命的往事。善有善报。如有可能，可将他从地狱中救出来。释迦牟尼恰巧看见，旁边如翡翠般翠绿的莲叶上，一只极乐世界的蜘蛛，正织着美丽的银丝。释迦牟尼轻轻捏起蛛蛛丝，将它从洁白如玉的莲花之间，垂到遥远的地狱之底。

二

地狱的血池里，犍陀多混在一堆罪人之中，沉浮不定。向四周望去，一片漆黑。偶尔在黑暗中朦胧浮现的，也是针山上尖针的光芒。心里，是无边的恐惧与无望。而且，周围如同坟墓般寂静无声。偶尔听见什么，也只不过是罪人轻微的叹息。坠入此处的罪人，已被地狱的各种苦难折磨得筋疲力尽，连哭的力气都没有了吧。即使是大盗犍陀多，也在血池中竭力挣扎。他不时被池中血水呛到，像只奄奄一息的青蛙，扑腾着手脚。

然而，就在这时，犍陀多无意中抬头，看到血池的上空，那寂静的黑暗之中，出现了一根银色的蜘蛛丝。它来自遥远的天上，仿佛生怕被别人发现一样，迅速向自己头顶垂落下来。犍陀多见了，不禁欢喜地击掌。抓住这条蜘蛛丝，不停向上爬，肯定能逃离地狱。不仅如此，运气好的话，能进入极乐世界吧。如此一来，就不用上针山下血池了。

想到这里，犍陀多迅速用双手牢牢握住蜘蛛丝，拼命向上爬去。他本是大强盗，做这种事自然是熟门熟路。

然而地狱与极乐世界之间，相隔几万里。再怎么心急，也不容易上去。犍陀多爬了一会儿，感觉筋疲力尽，一步都爬不动了。于是只好先歇口气。他吊在蜘蛛丝上，往遥远的下方望去。

努力攀爬确实有效。先前置身的血池，如今已隐没在黑暗之中。朦胧地闪着微光的恐怖的针山也被抛在脚下。这样继续爬上去，逃离地狱或许并不难。犍陀多双手握着蜘蛛丝，发出久违的笑声："太好了，太好了。"可是，他忽然发现蜘蛛丝下方，难以计数的罪人也紧随其后，如同蚂蚁一般拼命往上爬呢。犍陀多见了又惊又怕，像个傻瓜似的大张着嘴，半晌无语，只有眼睛能动弹。蜘蛛丝这么细，自己一个人爬都担心断掉，怎么能承受这么多人的重量呢？万一半道上断了，辛辛苦苦爬到这里的自己，又得跌进原先的地狱里。这样可不得了。可是才一会儿工夫，成百上千的罪人蠕动着涌了上来，在晶莹的细蜘蛛丝上，排成一长串急速向上爬。如果不设法阻止，蜘蛛丝肯定断成两截，自己也就得掉下去。

于是，犍陀多放声大吼："喂！你们这些罪人！这蜘蛛丝是我的！谁透露了消息？你们也来爬！都给我下去！"

就在此时，刚才还好好的蜘蛛丝，突然从犍陀多手握的上方，"哧"的一声断了。犍陀多无以立足，转瞬之间便陀螺般打着转，倒栽葱般急速坠向黑暗之中。

此后，只有那根极乐世界的蜘蛛丝，细细地闪着光，短短地垂在无星无月的半空中。

三

释迦牟尼站在极乐世界的莲池边，自始至终目睹了这一切。见犍陀多像个石子般坠入血池深处，释迦牟尼面色悲悯，又信步走了起来。犍陀多只想自己逃离地狱，心无慈悲，遭到报应，又落进了地狱。在释迦牟尼的眼中，这实在不堪吧。

然而极乐世界的莲花，对此并无半点芥蒂。释迦牟尼的脚边，白玉般的莲花缓缓转动花萼，其中的金黄花蕊，不停散发出难以形容的异香。极乐世界也接近正午了。

天下人都打心底里以为水底下住着龙……

龙

一

宇治的大纳言隆国[①]说道：

哎呀呀，午睡梦醒，今天似乎格外热啊。一点风都没有，松枝、藤花纹丝不动。平日听的清凉宜人的泉声，今天混在蝉鸣里，反而更觉暑热难当。唉，还是叫童子们来扇扇子吧。

咦？路上聚了人？我去看看。童子们别忘了拿大团扇，跟我过来。

喂，各位，我是隆国。光着膀子，大家不要在意啊。

今天有事相托，所以特意请各位在宇治的凉亭歇歇脚。是这样，前些时候我来到这里，想着也编一本平常的假名读本，一个人思前想后，却没什么值得记下来的故事。而我这么懒惰的人，苦思冥想什么绝妙点子可会要我的命。所以我打算从今天开始，请每个来往

① 源隆国（1004—1077），平安时代中期的文学家，官至权大纳言，后出家。据说是《今昔物语》编者之一。本作品第一章改写自《宇治拾遗物语》的序言。

的行人讲一个传说故事，把它们编成集子。如此一来，平日只在皇宫走动的我，也能从四面八方收集到载车盈舟的轶事奇闻了。不知可否麻烦各位帮我完成这个愿望？

什么？可以助我达成心愿？再好不过了！那就马上开始，让我听各位依次讲述。

童子们，大团扇扇起来，要扇得四面通风，这样多少凉快些。铸造工、做陶器的都别客气，你们俩坐到这桌子旁边来。日头靠近了，卖鲊[①]的你把桶放到檐廊里面来。那位大师把手鼓暂且搁下。那边的武士、行脚僧，铺块席子坐下吧。

听好了。都准备妥当了，就请最年长的陶器师傅讲讲吧。

二

老翁说道：

诚惶诚恐。您这么客气，让我一介草民来讲，还逐句记下来，光这样已经折杀小人了。要是推辞，有违大人的好意。恭敬不如从命，我就讲一个很普通的传说故事，供各位消遣。觉得无趣也不打紧，故事不长。

我还是个后生的时候，奈良有个叫得业[②]惠印的藏人[③]，鼻子出奇地长，而且鼻尖像被蜜蜂蜇了一样，一年到头红得厉害。于是奈

---

① 腌制的鱼类。

② 僧侣的学问等级之一，参加三法会的学习并合格毕业者获得的资格。

③ 藏人所的职员。藏人所是作为天皇的秘书官而设置的机构，负责传达天皇诏书、转达大臣的进奏以及安排宫中典礼仪式。

良城里的人给他取了个绰号“鼻藏”。一开始大家叫他“长鼻子藏人得业”，这个绰号太长，渐渐地大家不这么叫，而变成“鼻藏人”了。没多久，觉得这名字也长，就“鼻藏、鼻藏”地叫开了。那时候我在奈良的兴福寺亲眼见过一两回，难怪别人要取笑他，叫他鼻藏。他的红鼻子世上少有，和天狗①鼻子相当。那个鼻藏、鼻藏人、长鼻子藏人得业惠印法师，一天夜里，没有带随从弟子，独自一人来到猿泽池边，在采女柳②前的堤岸上竖了一块高牌，上面用浓墨写了“三月三日池中龙升天”几个大字。其实，惠印根本不知道猿泽池中是否真的有龙。况且三月三日龙升天，这事完全是他信口开河瞎编的。再怎么说，龙不升天，倒是千真万确的吧。那他为什么要这么做呢？惠印心里打着这样的主意：平常自己的鼻子一直被奈良的僧人、百姓嘲笑，实在窝囊，这次要巧妙地捉弄众人，好好地嘲笑他们一番。大人您听了肯定觉得可笑，我现在讲的都是些陈年旧事，从前，各处经常发生这种捉弄人的事呢。

言归正传。第二天，最先发现木牌的，是每天早晨来兴福寺拜如来佛的老婆婆。她手拿念珠，急匆匆地拄着竹杖，走到晨雾还没消散的池塘边。采女柳下立了一块昨天还没有的木牌。奇怪，如果是法会的告示牌，放的位置有点怪啊。她不识字，正想径直从旁边走过，就在这时，对面走来一位身着袈裟的法师，她便请他读上面的字。听到“三月三日池中龙升天”——谁都会大吃一惊吧。老婆

① 日本传说中的妖怪，红脸、长鼻子，身材高大，身着僧服，脚穿高齿木屐，手持团扇与宝槌。

② 奈良时代，采女（服侍天皇的女官）因失宠而在猿泽池投水自尽，死前将和服挂在池边柳树上。后人因此将柳树称为“采女柳”。

婆目瞪口呆，挺直弓着的脊背："这个池塘里住着龙吗？"她抬头望着法师的脸问道。法师却十分镇定："古时候，有一位唐朝的大学问家，眉毛上面生了一个瘤子，时常瘙痒难当。一天，天色忽然暗了下来，只见那雷雨倾盆而下。就在这时，瘤子突然裂开来，里面钻出一条黑龙，云彩缭绕间笔直升了天。瘤中有龙，这么大的池塘里，住了几十条蛟龙毒蛇也未可知啊。"他仿佛在讲经说法。老婆婆平日里深信出家人不打妄语，听闻后茅塞顿开。"难怪难怪，听您这么说，这边池子颜色确实古怪呢。"日子还没到三月三，她却撇下法师，气喘吁吁地念着佛号，似乎连竹杖都无暇去拄，一溜烟地跑走了。周围没了人，那位法师捧腹大笑——也难怪，他就是始作俑者得业惠印，诨名鼻藏。他怀着一肚子坏心思在池边转悠，想看看昨晚竖的木牌有没有人上钩。老婆婆走后，来了个赶早路的女人，披着虫垂衣[①]，带了一个背行李的随从。她隔着斗笠的垂巾读木牌上的字，而惠印不敢举止轻率，拼命忍着笑，也装作在木牌前观看。他的大红鼻子呼哧着发出异响，随后慢吞吞地朝兴福寺方向踱了回去。

走到兴福寺南大门前面，意外地遇见住同一僧房的惠门法师。他见到惠印，微微拧着平日里显得面相顽固的粗眉毛。"您今天难得早起啊，天气没准要变呢。"这句话正中惠印下怀，他面带微笑，得意地回道："确实要变天啊。听说那边的猿泽池，三月三日龙升天。"惠门听了满脸狐疑，随即呵呵笑道："您做了个好梦啊。不过，我听说龙升天未必是吉兆。"他昂着顶门宽大的脑袋，打算就此离开。惠

---

① 苧麻垂巾。平安时代开始，女性在旅途中所穿的服饰。斗笠周围垂以苧麻薄布，遮蔽脸部，挡灰防虫。

印仿佛自言自语地说道：“唉，无缘佛法的众生，难以普度啊。”这句话似乎传到了惠门的耳中，他扭转麻纽木屐，恨恨地回头说道：“你说龙升天，可有确凿的证据？”架势好似辩经。惠印故意悠悠然指着朝阳开始遍照的池塘，居高临下般说道：“如果觉得贫僧所言不足为信，不妨看看那边采女柳前的木牌。”顽固的惠门看似有些折了锐气，怕光似的眨了眨眼，有气无力地抛下一句：“哈哈，竖了那样的木牌吗？”随后笃悠悠地走了。然而他歪着大脑袋，好像在思考什么。鼻藏人目送着他的背影，心里感到很滑稽，各位也不难猜测得到吧。惠印觉得红鼻子里痒痒的，郑重其事地迈上南大门的石阶，走到半路忍不住扑哧笑出了声。

那个早晨竖了“三月三日池中龙升天”的木牌，效果出奇地好。过了一两天，猿泽池中有龙的传言已经传遍了奈良城。其中自然有人说“那块木牌，准是有人成心捉弄吧”。然而，这时京城传闻神泉苑有龙升天。因此连说这话的人心里也半信半疑，琢磨着说不定真会发生这种异变。不久之后，又发生了一件出人意表的怪事。在春日大社做事的神官有个独生女儿，今年九岁。这事发生后没过十天，一天晚上，她枕着妈妈的大腿昏昏欲睡时，天上忽然飞下一条乌云般的黑龙，语作人声说道：“我三月三日升天，决不给城中众人造成不便，大可放心。”她醒来之后，将其原原本本说给妈妈听。猿泽池的龙托梦给人，这事立即被传得满城皆知。如此一来，多有好事者为其添油加醋。幼童被龙附体，唱歌者有之；龙化身女巫宣示神谕者有之。众说纷纭，就像猿泽池中的龙即将探头出水一般。不，龙头没露出水面，就有人说亲眼看到龙的真身了。那是每天早晨去集市卖河鱼的老爷爷，那天，天色还暗时他走到猿泽池边，发现采女柳的枝条处，竖了木牌的堤岸下，黎明前波光粼粼的水面有些发亮。那时关于龙的传言正盛，他身子打战。“是龙现身了吗？”声音分不清是喜是惧。他把鱼担搁在地上，轻手轻脚地走过去，扶着柳树透过枝叶向池塘望去。在微微泛光的水中，盘着一条仿佛黑金锁链般的怪物。它似乎受了人声惊吓，迅速松开蜷曲的身体。眼看那池面水波涌动，怪物不知去了何处。目睹这一景象的老爷爷浑身大汗淋漓，走到先前放鱼担的地方，发现打算去卖的二十条鲤鱼、鲫鱼不见了踪迹。有人笑话他“准是被千年的水獭给骗了吧”。然而，更多的人认为“龙王镇守的池塘里不会有水獭，肯定是龙王怜惜鱼儿的性命，把它们召去自己居住的池塘了”。

再说鼻藏惠印法师。他见“三月三日池中龙升天”的木牌闹得满城风雨，抽动着他那大鼻子，暗中偷笑。离三月三还有四五天的时候，在摄津国樱井出家为尼的婶婶，一定要亲眼看龙升天，大老远地来了奈良。惠印十分头疼，又是威吓又是哄劝，想尽办法让她回樱井。可是婶婶顽固地坐着，不听侄儿的劝告。“我都这把年纪了，能亲眼见龙王现身，正好遂了往生极乐的夙愿。”事到如今，惠印也不好坦白，那块牌子是自己立了捉弄众人的。惠印终于让步，不仅答应一直照料婶婶到三月三日，而且当天也会陪她去看龙升天。如此说来，连婶婶都听说了龙升天，大和国内自不待言，以摄津国、和泉国、河内国为中心，这一传言已经扩散至播磨国、山城国、近江国、丹波国了。原本打算捉弄奈良城的男女老幼，结果事与愿违，变成欺骗四方各国何止几万人的大事情。思虑及此，惠印已不觉得可笑，而是深感恐惧。他朝夕陪伴婶婶在奈良各处寺庙赏景拜佛，时常感觉自己像一个生怕遇见差役捕头的潜逃罪人。不过，听到来往的行人说，前些时日去木牌那里供了香花，他心中感觉不快，又十分欢喜，仿佛立了什么大功劳。

日子一天天过去，终于到了龙升天的三月三。惠印没有办法，已经答应了婶婶，只好十分不情愿地陪着她，走上兴福寺南大门的石阶。那里可以一览无余地看见猿泽池。恰好是个好天，晴空万里，微风不兴，连风铎都没有一丝响动。今天，翘首以待来看龙升天的，奈良城内自不用说，河内、和泉、摄津、播磨、山城、近江、丹波等地的百姓也蜂拥而至。站在石阶上远远地眺望，东边也好，西边也罢，人山人海，一望无际。攒动的乌帽子一直延伸到云霞笼罩的二条大路的尽头。仔细看去，青穗牛车、赤穗牛车、檀香木车顶的牛车……各式各样装扮精巧的牛车缓慢地通过拥挤的人群。车顶装饰的金银物件在春日阳光的照射下，不时反射出耀眼的光芒。此外，还有打着伞的、支了凉棚的，甚至还有夸张地在路边搭了看台的——眼前几乎是难得一见的加茂庆典般的盛况。惠印法师见此情景，做梦也没想到自己竖了那么一块牌子，会造成这么大的动静。他怔怔地扭过头，有气无力地对婶婶说道：“哎呀，人多得吓人啊。”他似乎连哼哼鼻子的精神都没了，无精打采地在南大门的柱子底下蹲了下来。

然而，婶婶自然无法理解惠印的心思。她努力伸长脖子四处张望，头巾都几乎掉落下来。她缠住惠印不停地搭话，说什么龙神居住的池塘风景果然特别；来了这么多人，龙神一定会现身之类。惠印坐在柱子下面也不得安稳，便悻悻然站起身，只见揉乌帽子、侍乌帽子乌泱泱一片，俨然人山人海。惠门法师也身处其间，高举着他那大脑袋，目不转睛地望着池塘方向呢。惠印忽然忘了刚才沮丧的心情，认为捉弄到惠门实在有趣，心里不禁喜滋滋的。“惠门师傅。”他招呼了一声，语带讥讽地问道，“您也来看龙升天啊。”惠门大咧咧地回过头，他的表情竟然极为认真。“是啊。我也感觉等了很久啦。”那粗如毛虫的眉毛纹丝不动。他太过信以为真啦——想到这个，惠印自然无法出语轻浮，便恢复了原先那种谨小慎微的表情，朝人海对面的猿泽池望去。春池水暖，泛着深邃的光芒，清晰地倒映着环绕池边的樱树、柳树，却丝毫没有龙升天的迹象。尤其在方圆数里之内，密密麻麻全是看热闹的人群，使今日的池塘显得比平日狭小局促，不禁让人觉得，这里有龙原本就是异想天开的不实之言。

可是，人们仿佛忘记了时间的流逝，凝神屏息，耐心地等待飞龙升天。山门下的人越聚越多，没过多久，牛车也多得车轴相接。见此情景，惠印心里如何沮丧，从之前的经过大致可以推测得知。然而，这时却产生了奇妙的变化。具体来说，不知为何，惠印的心里忽然感觉飞龙将要升天——应该说，他觉得未必没有这种可能。惠印本是竖木牌的始作俑者，应该不会产生这种愚蠢的想法，然而看到眼前汹涌的乌帽子的人海，心中不禁感觉异变将生。大概是人群的情绪不知不觉中转移到了鼻藏身上吧。要不就是由于他竖了木牌，见闹出这么大的动静，心中有愧，不知不觉中心生善念，希望龙升天如愿发生吧。这些暂且不提，且说虽然惠印心里十二分清楚木牌上的字是自己所写，沮丧的心情却渐渐淡去，开始和婶婶一样，热切地注视着池面。虽然心中极不情愿，但还是有所期待。若非如此，他也不会在南大门下等待迟迟不见现身的飞龙，一等就是近一天。

猿泽池却依旧如前，水波不兴，反射着春日的阳光。天空也是一片晴朗，连拳头大的云影也看不见。然而人群依然簇拥在阳伞、遮阳篷下，以及看台的栏杆后面，从早晨等到中午，又从中午等到黄昏，忘记了日影的移动，等待龙王立即现身。

正在这时，在惠印等了接近半天的时分，空中忽然现出一丝蚊香般的云彩，转眼间就膨胀起来。刚才还无比晴朗的天空，迅速暗淡下来。突然，一阵狂风唰地吹向池面，镜子般的水面上随即现出无数波纹。等待的人群虽说早有心理准备，还是不免慌了手脚。没等他们张皇出声，大雨便白刷刷地倾盆而下。不仅如此，蓦然间雷声轰鸣，闪电好像梭子一样交错闪过，宛如锯齿般劈开聚集的云朵，而且余势不减，将池水如柱子般卷了起来。就在那一刹那，惠印的眼睛看见，在水雾与云朵之间，朦朦胧胧地出现了一条十余丈的黑龙，只见它金爪闪烁，呈一字形向天空飞升而去。那景象转瞬即逝，之后所见，唯有池边的樱花被风雨卷向漆黑的天空。张皇失措的人群左右奔逃，不输池面的人海之中，多少人倒在了闪电之下，无需我一一道来了。

不一会儿暴雨便停了，白云之间露出了蓝天。惠印似乎连自己的长鼻子都忘了，不住地四处打量。刚才的飞龙该不会是自己看走眼了吧？虽说是自己竖了木牌，但飞龙升天这种事，他并不认为有可能发生。但是他确实亲眼所见，越想越觉得可疑。他扶起身边仿佛死了般呆坐在柱子下的婶婶，难以掩饰自己的表情，既难为情又胆怯地问道："婶婶看见龙了吗？"只见婶婶长出一口气，似乎暂时开不了口，惊恐似的频频点头。过了一会儿，才颤巍巍地说："当然看到了，看到啦，那是龙爪金光闪闪、全身乌黑的龙神。"如此说来，飞龙升天并非鼻藏人得业惠印看走了眼。不，后来听世间评说，那天在场的男女老幼，大多都说目睹了黑龙升天。

此后，惠印也偶尔坦白说过，那块木牌是自己出于玩笑而立。然而包括惠门在内的法师，没有一人相信。那么，是惠印的玩笑碰巧成真，还是他的如意算盘落了空？即使去问鼻藏、鼻藏人、长鼻子藏人得业惠印法师，恐怕也很难得到相应的回答……

三

宇治的大纳言隆国说道：

这个故事的确不寻常。从前猿泽池里竟然住了龙啊。不过，也不知道是否真有。不对，从前肯定住着龙。从前，天下人都打心底里以为水底下住着龙。这样龙才会在天地之间飞行，像神灵一样不时以奇妙的姿态现身啊。哦，我不多说了，请下一位来讲吧。接下来轮到行脚僧了。

什么？你要讲的是池尾的禅智内供——那个长鼻子和尚的故事？鼻藏的故事之后，听这个更加有趣。快讲快讲。

鼻子

说起禅智内供的鼻子，池尾地方无人不知。长五六寸，从上嘴唇一直垂到颏部下方。形状上，鼻根和鼻尖一样粗细。可以说，一条细长的香肠般的东西，从脸的正中间笔直地垂下来。

年过半百的内供，自打从前做沙弥，到现在升任内道场供奉的职位，这个鼻子始终是他的心病。当然表面上，他装作现在也不是很在意的样子。这不仅仅是因为觉得自己身为僧侣，应当专注于信仰来世的净土，记挂着鼻子是坏事，更是讨厌被别人知道，自己在意鼻子这件事。在日常的谈话中，内供非常害怕听到鼻子这个词。

内供嫌弃鼻子的理由有两个——其一是，事实上鼻子长造成了不便。首先，吃饭的时候自己一个人没法吃。独自吃饭的话，鼻子会碰到碗里的饭。所以内供叫一个徒弟坐在食案对面，吃饭时让他用宽一寸、长两尺的木板托住鼻子。可是这样吃饭，对托鼻子的徒弟、鼻子被托着的内供，都不是容易的事。有一次，代替徒弟的中童子打了一个喷嚏，手一抖，鼻子掉进了粥里面。这事一直传到了京都——可是对于内供而言，这绝不是将鼻子视为心病的主要原因。内供真正痛苦的是，自尊心因为鼻子受到了伤害。

池尾镇上的人都说，长了这样鼻子的禅智内供，应该庆幸内供的职位并不卑俗。因为他们觉得，就凭那鼻子，没有女人会做他的老婆。甚至有人点评，他或许是因为鼻子而出家的。可是内供并不觉得，因为自己是和尚，鼻子的烦恼便少了几分。内供的自尊心为娶妻这一决定性的事实所影响，变得过于敏感。因此，内供进行了各种积极和消极的尝试，使损伤的自尊心得以恢复。

首先，内供想的是让长鼻子看起来比实际更短的方法。没人的时候，他对着镜子，脸变换各种角度，专注地照来照去。可是仅仅改变脸的位置，还是没法满意。他又用手托腮，或是把手指贴在下巴上，耐心地照镜子。然而，到目前为止，没有一次鼻子看起来短得让自己满意。有时候越费心机，鼻子反倒好像更长了。这样的时候，内供便将镜子收进箱子里，仿佛叹息着：早知如此，何必多此一举。然后颇不情愿地回到几案前，继续去念《观音经》。

其次，内供不厌其烦地观察别人的鼻子。池尾的这家寺庙，经常举办法会讲经。寺内僧房鳞次栉比，和尚每天都给澡堂烧热水。因此，这里进进出出的僧俗人等为数众多。在这些人脸中，内供耐心地物色着。如果发现有人长着和自己一样的鼻子，心里就踏实了。所以在内供的眼里，看不见藏青的水干，也看不见白色的单衣，更不用说橙色的帽子、浅黑色的僧衣之类，因为太过熟悉，它们在内供眼中便与不存在无异。内供不看人，只看——鼻子。然而即使有鹰钩鼻，也没有一个鼻子像内供那样。随着找不到的次数增多，内供的心里又渐渐不快起来。内供和人说着话，下意识地捏着鼻尖，一大把年纪却红了脸，完全是由这不快造成的。

最后，内供竟想从内典外典[①]中寻找长着和自己一样鼻子的人物，好让自己得到几分安慰。可是，所有的经书里都没有记载目连、舍利弗的鼻子很长。当然，龙树、马鸣也是长着普通鼻子的菩萨。内供听人讲震旦[②]的故事时，顺带着听说蜀汉的刘玄德耳朵很长。内供心想，如果那是鼻子，自己能得到多大的慰藉啊。

内供一边进行这样的消极努力，一边积极地尝试使鼻子变短的方法自不待言。在这方面，内供几乎用尽了办法。王瓜煎汤喝过；老鼠尿鼻子上搽过。可是不管怎样折腾，鼻子依然如故。五六寸长的鼻子，不还是直直地耷拉在嘴唇前面吗？

然而，某年秋天，内供的徒弟帮他办事，到京城去了一趟，从相识的医生那里问到一个把长鼻子缩短的法子。那个医生，原本来自震旦，那时在长乐寺做供奉僧。

内供像往常一样，装作没把鼻子放在心上的样子。他故意不说马上去试那个法子，同时又以随意的语气说，每次吃饭都要麻烦徒弟，于心不忍。他的内心当然在期待徒弟说服自己尝试那法子。徒弟哪会不懂内供的这个计策。然而徒弟对此非但没有反感，内供采用这种策略的心情，反而更加激发了徒弟的同情吧。正如内供所预期的，徒弟苦口婆心地劝说内供尝试。然后，内供自己也如弟子所预期的那样，最终听从了他热心的劝说。

那法子出奇的简单，只要用热水泡鼻子，让人踩鼻子就可以了。

热水，寺庙的澡堂每天都烧。于是徒弟用提锅从澡堂打来烫得

---

① 佛教名词。佛教徒称佛典为内典，世俗文献为外典。

② 中国的古称。

手指都放不进的热水。可是直接把鼻子放进提锅，恐怕脸会被蒸汽烫伤。所以找来木板方盘，中间挖了洞，当作提锅的盖子，鼻子从洞内伸进热水里。只有鼻子泡在热水里，一点不觉得烫。过了一会儿，徒弟说道：

——泡得差不多了吧。

内供苦笑了。因为光是听这句，没有人会想到说的是鼻子。鼻子被热水蒸了，痒得好像虱子在咬。

等内供从方盘的孔里拔出鼻子，徒弟便两脚用力，踩起还冒着热气的鼻子来。内供横躺着，鼻子搁在地板上，看着徒弟的脚在眼前上下运动。徒弟不时露出怜悯的表情，俯视着内供的秃头，如此说道：

——您不疼吧？医生郑重叮嘱要踩。我说，您不疼吧？

内供想要摇头，表示不疼。可是鼻子被踩住，脖子没法自由活动。于是他乜斜着眼，看着徒弟脚上的皴裂，用气呼呼的声音回道：

——不疼。

其实，鼻子痒的地方被踩着，不仅不疼，甚至觉得舒服。

踩了一会儿之后，鼻子上冒出谷粒般的东西，形状好像拔了毛、整只烤熟的小鸟。徒弟见了停下脚，自言自语地说道：

——医生说，要用夹子夹出来。

内供不满地鼓着腮帮子，默不作声地任凭徒弟动手。他自然不是不明白徒弟的好意。虽然明白，自己的鼻子被当成物件摆布，心里还是不愉快的。内供的表情，就像患者接受不信任的医生的手术，他很不情愿地看着徒弟拿着夹子，把油脂粒从鼻子的毛孔里夹出来。油脂粒的形状像鸟毛的羽根，长约四寸。

不久，这一过程结束了。徒弟好像松了口气。

——再烫一次就可以了。

他说道。内供眉毛耷拉成八字，不情不愿地照徒弟说的去做了。

鼻子烫了第二遍，拿出来一看，果然，比以前短了很多。这样和普通的鹰钩鼻没有太大差别。内供摸着那变短的鼻子，难为情似的，颇为紧张地往徒弟拿来的镜子里看去。

鼻子——曾经垂过下巴的鼻子，几乎难以置信地萎缩了，现在只在上唇之上维持着残喘。遍布其上的红色斑块，大概是踩过的痕迹吧。现在这样，肯定没有人笑话了——镜子里内供的脸，看着镜子外面内供的脸，满意地眨了眨眼睛。

可是，内供心里并不踏实，担心鼻子会不会一天天地又变长。因此内供在念经的时候、吃饭的时候，一有空就伸出手，偷偷地摸摸鼻尖。不过，鼻子老老实实地待在嘴唇上面，没有要垂下来的迹象。此后，睡到第二天，一睁开眼，内供都要先摸摸自己的鼻子。鼻子依然是短的。内供这才心情舒畅，与多年抄写《法华经》，积了功德时一样。

然而过了两三天，内供发现了一个意料之外的事。那是正巧有事来庙里见内供的武士，比以前更觉可笑似的，连话都顾不上好好说，一个劲儿地盯着内供的鼻子打量。不仅如此，连让内供的鼻子掉进粥里的中童子，在讲经堂外从内供身旁经过时，开始还低着头忍住笑，后来实在忍不住，扑哧一下笑出了声。手下的和尚来听内供交代事情，面对面时还郑重其事；内供一转身，便吃吃地笑起来。这种事不止一次两次。

一开始内供把这解释为自己的相貌变了。可是光这个解释不足以说明原因——当然，中童子和手下的和尚笑内供，原因可能是这个。但是同样是笑，和以前鼻子长的时候比，笑的样子总有点不一样。比起看惯了的长鼻子，陌生的短鼻子看起来更滑稽，说来仅此而已。可是，其中似乎还有什么。

——以前可没这样肆无忌惮地笑啊。

内供放下念着的经书，歪着秃头，时常如此嘀咕。可爱的内供，每逢这种时候，必定呆呆地望着旁边挂着的普贤画像，回忆起四五天前鼻子还长时的情形。他心中郁结，好似“叹如今寥落，忆往昔荣华”——遗憾的是，内供缺乏解开这个疑问的智慧。

——人的心中存在相互矛盾的两种感情。自然，没有人对他人的不幸不抱以同情；然而当他人努力摆脱了不幸，人们又莫名地觉得若有所失。稍微夸张点说，甚至有种想让他陷入同样的不幸的心情。于是不知不觉中，自然是消极的，开始对他抱有敌意。——内供虽然不明白其中缘由，但他之所以莫名地感觉不快，肯定是在池尾的僧俗众人的态度里，已隐隐感觉到这种旁观者的利己主义。

因此，内供的脾气一天比一天差。不管对方是谁，一开口就恶意斥骂。到最后，连给他治鼻子的徒弟，也在背后说“内供悭贪佛法，要遭报应”。尤其让内供恼火的，是那个顽皮的中童子。一天，听见狗叫得厉害，内供无意中走到外面，瞧见中童子挥舞着两尺长的木片，追赶一只长毛瘦狗。一边追，嘴里还一边叫着：“可别打到鼻子，嗨，可别打到鼻子。”内供从中童子手中一把夺过木板，结结实实拍在他脸上。木板，是以前用来托鼻子的。

内供反而对轻率地把鼻子弄短，感到怨恨起来。

后来，一天夜里，傍晚忽然起了风。塔顶的风铃声传到枕边，让人心烦意乱。而且寒意也突然重了。年老的内供想睡却睡不着。他在床上眨巴着眼睛，忽然觉得鼻子有点反常，感觉很痒。用手一摸，好像有点水肿。那一处，似乎有点发烫。

——也许是勉强把它弄短，现在生病了。

内供的手像给佛像供香供花般恭敬地按着鼻子，低语道。

次日早晨，内供醒得比平时早。睁眼一看，庙里的银杏和橡树一夜之间树叶凋落，院子里像铺了黄金一般明亮。或许是塔顶上下了霜的缘故吧。淡淡的朝阳中，塔顶的九轮耀眼夺目。禅智内供站在收起木板窗的檐廊下，深深地吸了口气。

几乎遗忘了的某种感觉，重新回到内供身上，便是这个时候。

内供急忙伸手去摸鼻子。手摸到的，不是昨晚的短鼻子，而是从上嘴唇一直垂到下巴的下方，从前那五六寸的长鼻子。内供发现，鼻子在一夜之间，又恢复到原先那样长了。同时他感到，与鼻子变短时相同的舒畅的感觉，不知又从哪里回来了。

——现在这样，肯定没有人笑话了。

内供在心里对自己低语。他的长鼻子，垂在黎明的秋风之中。

山药粥

故事大约发生在元庆[1]末年，或是仁和[2]初年。不管怎样，时代对于这个故事并不重要。读者只需了解，故事的背景是平安朝，在久远的过去——那时候，侍奉摄政[3]藤原基经[4]的武士之中有某人，官阶五品[5]。

我本想不写某人，明白地说他姓甚名谁，可惜古书中并无记载。也许，其实他就是个平凡人，不值得记录名字。说到底，古书的作者对于平凡的人和事，兴趣似乎不大。这一点他们和日本的自然派[6]作家相去甚远。平安时代的小说家，倒不是闲人——总之，侍奉

① 元庆（877—885），日本平安时代前期，阳成及光孝天皇执政时的年号。

② 仁和（885—889），日本平安时代前期，光孝及宇多天皇执政时的年号。

③ 古代日本替天皇执掌朝政的官职。从平安时代中期开始，通常在天皇年幼时设摄政；成年后设关白。

④ 藤原基经（836—891），日本平安时代前期贵族，起初为阳成天皇的摄政，后废阳成天皇，立光孝天皇，代理政务。宇多天皇即位后，任关白之职。

⑤ 古代律令制中的官阶等级之一，包括正五品、从五品。五品至一品为上级官阶，初品至六品为下级官阶，五品以上可世袭官位。

⑥ 又称自然主义，受法国左拉、莫泊桑等作家的影响，流行于明治时代后期。主张排除理想化的文学，正视社会及人生的丑恶面，忠实地描写现实。代表作家有田山花袋、岛崎藤村等。

摄政藤原基经的武士中，有官阶五品的某人。他，就是这篇小说的主人公。

五品是个其貌不扬的男人，首先个子矮，其次鼻子红，眼角还耷拉着。胡须自然是稀稀落落。脸颊消瘦，使得下巴看起来比常人更尖。至于嘴唇——如果一一列数，没有止境。我们的五品相貌就是这般与众不同，鄙陋不扬。

他从何时起、因何侍奉基经大人，无人知晓。只是打很久以前开始，确实有这么一个人，身穿褪了色的水干，头戴同样蔫塌塌的乌帽子，每天不知厌倦地重复同样的工作。其结果是，如今谁见了，都不会觉得他曾经年轻过。（五品已经不止四十岁了。）反倒是觉得，他天生一只畏寒似的红鼻子，稀疏得只剩轮廓的胡子，饱受朱雀大街寒风的吹袭。上至主人基经，下到养牛的牛童，无意识中都对此深信不疑。

如此相貌的五品，是否受周围人待见，恐怕不用多费笔墨了吧。侍所[①]的同僚对他的关注还不如一只苍蝇。无论有官阶、无官阶，近二十人的差役，碰到他时也出奇地冷淡。就算五品吩咐什么事，他们也绝不会因此中断与同伴的闲聊。对他们而言，五品的存在就像空气，不会遮挡他们的视线。差役尚且如此，像别当[②]、侍所的官吏根本不把他放在眼里，也是自然不过的。对于五品，他们冷漠的表情下，隐藏着迹近孩童一般无意义的恶意。吩咐事情时，动动手势就打发了。人有语言，并非偶然。因此，靠手势无法解决的事不

① 平安时代亲王、摄政关白等贵族家设置的武士处理事务的场所、负责警备的武士待命的场所。

② 亲王、摄政关白等贵族家管理事务的长官。

时也有。可他们似乎完全将此归结为五品的悟性存在缺陷。当他们觉得五品没用时，目光从他歪歪的揉乌帽扫到差不多磨烂的草鞋跟，反复打量，然后鼻子嗤笑一声，扭转头扬长而去。即便如此，五品从未发怒。对所有的不是，都感觉不出有什么不妥——他就是这样一个谨小慎微、没意气的人。

然而，同僚武士却喜欢捉弄他。年长的，当面拿他猥琐的相貌当材料，说些陈腐的笑料；年轻的，也借此机会练习所谓的即兴打趣。他们当着五品的面，不厌其烦地评头论足：鼻子、胡子、乌帽子、水干……不仅如此，五六年前和五品离了婚、嘴巴地包天的老婆，据说和他老婆有一腿的好酒的和尚，也经常成为他们的话题。而且，他们还做非常出格的恶作剧。无法一一列举，只写一件：他们喝掉五品的竹筒酒，在里面装上小便。此外的事大致也可想见。

然而，五品对这些嘲弄毫无感觉。至少在外人看来，他是没有感觉的。无论别人说什么，他的脸色都毫无变化，沉默着摸那稀疏的胡须，该做什么做什么，权当无事发生。只有当同僚捉弄得太过分，往发髻上贴纸条、刀鞘上拴草鞋时，他才会露出分不清是笑还是哭的笑脸，说“我说你们，这可不行”。听见那声音后，谁都会短暂地被某种可怜打动。（被他们欺辱的，不仅是这红鼻子的五品，他们所未知的某个人——为数众多的某个人，也借着五品的表情和声音，责备他们的无情。）——这种感觉虽然模糊，却在瞬间渗入他们的心。但是这时的心情，很少有人能长久地维持下去。少数的人中间，有一个没有官阶的武士。他来自丹波国[①]，是鼻子底下刚长出纤柔胡须的年轻人。不用说，刚开始时他和众人一样，也无端地轻蔑红鼻子的五品。可是，自从某天听见“我说你们，这可不行”后，这声音就无法从他的脑海中抹去。此后，在他的眼里，五品变成了另外一个人。在营养不足、缺乏血色、傻乎乎的五品的脸上，他看见了被世间迫害得含泪的“人”。每当尚无官阶的武士想起五品，便觉得世上的一切都显露出与生俱来的低劣。与此同时，霜打的鼻子与历历可数的胡须，莫名地成为他心中特别的安慰。

可是，这仅限于他。除了这个例外，五品依然在周遭的蔑视中，继续狗一样的生活。首先，他没有像样的衣物，青黑色的水干、同样颜色的裙裤，只有一套；现如今都泛了白，分不清是蓝还是青。即使是水干，肩部也稍许耷拉着，团状和菊花纹样的装饰线颜色都很古怪；裙裤的边缘已经破烂得不成样子。裙裤里面没穿衬裤，露出他瘦巴巴的腿。即便不是口德很差的同僚，也仿佛见到瘦牛牵着落魄公卿的车在挪步，形象十分不堪。他挎的佩刀也不成样子，刀柄的金属装饰不说，刀鞘上的黑漆都剥落了。他露出那红鼻子，懒散地拖着草鞋，弓着背在寒天下踽踽前行，有所希冀般顾盼着。因此，连经过的小贩都瞧不起他，也是自然的。事实上，的确有过这样的事……

某天，五品经过三条坊门去神泉苑时，有六七个小孩聚在路边，不知在做什么。如果是玩陀螺，应该有东西在转。五品从身后看过去，却见他们拴着一只迷路野狗的脖子，又打又闹。从来都谨小慎微的

① 日本旧地名，大致相当于现今的京都府，一部分属于兵库县。

五品，顾及周围人，从未对应报以同情的事做出应有的行为。然而这次面对的是小孩，多少有了些勇气。他装出笑容，拍拍年龄大些的孩子的肩，说道："放过它吧，狗被打，也疼的。"孩子们转脸斜视五品，颇不以为然地打量他。这眼神，就像别当不如意时看着他的表情。"关你什么事。"那孩子退后一步，傲慢地撇着嘴说道，"你谁啊？红鼻头。"五品感觉自己的脸被抽了一下。可是虽然有点狼狈，却没有发火。因为，自己原本可以不说、不丢这个脸，却陷入了如此境地。他苦笑着，掩盖自己的尴尬，又默默地向神泉苑方向走去。在他身后，六七个小孩肩并着肩，翻白眼、吐舌头笑话他。五品自然不知道这些，即使知道，没意气的他，又能怎样呢……

说起来，这个故事的主人公——为了被人轻蔑而生的他，是否没有其他的愿望呢？并非如此。五六年以前，五品就对山药粥抱有异乎寻常的执念。山药粥，就是把山药对半切开，用甜葛熬成的粥。那时候，山药粥是供奉给万乘之君的无上美味。所以我们的五品这类人，一年之中只有一次，在特别的宴会上才得以品尝。然而那时尝到的，也不过是仅能润喉的少量而已。因为这个，能够饱饮山药粥成了他的夙愿。无疑，这件事，他从未对人说过。不，连他自己，也尚未意识到这贯穿他一生的欲望。可是，事实上他是为了这个才活到今天的，这么说也不为过——人有时候会为了无法知晓的欲望，能不能满足且不说，奉上一生。嘲笑这种愚蠢想法的，终究不过是人生的路人。

可是，五品所梦想的"饱餐山药粥"这件事，竟出乎意料地实现了。写出这一始末，正是我讲述山药粥故事的目的。

某年正月初二，藤原基经的宅邸正值宾客盈门之际。（所谓宾客，都是二宫大宴[①]时摄政关白所邀请的相同的上层官员，与大宴时并无大区别。）五品混迹于武士中间，一同享用宴会的残肴。彼时尚无将大宴之残食赐予下人的习俗，大宴之余，由家中武士聚而食之。自然，虽说是大宴，也是古远之事。菜式种类之多不胜枚举：年糕、蒸鲍鱼、鸟肉干、宇治嫩香鱼、近江鲫鱼、干鲷鱼丝、多籽鲑鱼、干烤章鱼、大海虾、大柑小橘、成串干柿。其中唯独有一道山药粥，五品每年都盼着。可是每年人都多，自己能喝到的微乎其微。今年尤其少。也许是心理作用，比任何时候都好喝。因此他频频看着喝空的碗，抹着粘在稀疏胡须上的粥滴，无心地说道："什么时候，能够饱餐啊……"

五品话音未落，有人嘲弄般说道："大夫先生，您还没喝够山药粥吗？"那是有些沙哑、落落大方的武士之声。五品抬起弓着的背，怯生生地朝他看去。说话者是同样侍奉基经主公的民部卿藤原时长之子——藤原利仁。他很魁伟，身材也比常人高大。五品见他咬着煮栗，不停喝着黑酒[②]，多半有点醉了。

"真可怜，"利仁见五品抬起头来看他，以混杂着轻蔑与怜悯的声音继续说道，"你想要，我就满足你。"

一直被欺负的狗，偶然见到肉也不敢贸然扑上去。五品脸上堆着不知是哭还是笑的表情，两相比较似的打量利仁的脸和空碗。

---

① 平安时代每年正月初二的宴请，中宫与东宫大臣参加。又称大飨。

② 在酿造的浊酒中加入草木灰形成的黑酒。

“不想要？”

“……”

“行不行？”

“……”

五品感到众人的视线聚集在自己身上。只要一回答，就要经受众人嘲弄。不管怎样回答，结果都是被嘲弄。他很犹豫。如果这时对方不以很不耐烦的声音说“你不要，我也不强求”，五品可能会一直打量着碗和利仁，默不作声。

“哪里……感激不尽。”

听见这对答，众人不禁失笑。甚至有人模仿五品的回答“哪里……感激不尽”。在盛了所谓橙黄橘红的叶碗、高杯之上，众多揉乌帽、立乌帽伴随着笑声，波浪般涌动着。其中笑得最大声、最开怀的，是利仁自己。

“那么，过几天我就来约你。”说着，他皱了皱眉头。这是因为涌上来的笑和刚喝下去的酒，在喉咙里搅成一团，“……就这么定了，没问题吧。”

“感激不尽。”五品涨红着脸，结巴着重复了一遍刚才的回答。不用说，众人又哄笑起来。至于想叫五品开口，才故意这般叮嘱的利仁，抖动着宽阔的肩膀，笑得比刚才更欢了。这位朔北之地的粗人，只懂得两种生活方式，其一是喝酒，另一是大笑。

不过幸运的是，话题的中心不久便远离了他们二人。或许，外面的那些家伙，即使是嘲笑，对于大家将注意力集中在红鼻子五品身上，也感觉不快吧。总之，话题变来变去，酒菜所剩无几时，某个武士学童讲起试图将双脚套进单侧皮护腿骑马的趣事，引起了众人的兴趣。只有五品一人对外面的交谈充耳不闻，也许山药粥这几个字，控制了他所有的思虑吧。就算面前有烤野鸡，也无心举箸；杯中有酒，也无意酌饮。他双手搁在大腿上，像个去相亲的姑娘，心思单纯，脸红到了微霜的鬓角，长久地凝视空空的黑漆碗，天真地微笑着……

四五天之后的一个上午，沿着加茂川河滩，通向粟田口的道路上，两个男人静静地策马前行。其中一人身着深蓝色狩衣、同色裙裤，佩带鞘上镶金带银的长刀，是个黑须浓密的男子。另一人身穿穷酸的灰青色水干，叠穿了两件薄棉衣，是个四十岁左右的武士。不论腰带系得马虎的样子，还是红鼻子、鼻孔被鼻涕濡湿的模样，他身上的一切都极为寒酸。两人乘坐的两匹马都是三岁良驹，前一匹是月毛驹，后一匹是芦毛驹，都是让路上的货郎、武士忍不住回头多看几眼的骏马。后面两个随从努力跟上马的步伐，那肯定是脚夫和仆役——无需我说明，这便是利仁和五品一行。

虽说是冬天，天气却十分晴好。河滩上白花花的石头之间，河水潺潺流过。水边直立着枯萎的艾蒿，连吹动叶子的风也没有。河边是低矮的柳树，光秃秃的树枝承受着如糖般光滑的阳光，树梢上歇着白鹡鸰，尾巴颤动时将影子清晰地投射在道路上。东山暗沉的绿色之上，露出经霜后显得焦黑的天鹅绒般丰腴肩膀的，大概是比睿山吧。二人置身于这风景之中，马鞍上的螺钿闪着耀眼的日光，并不扬鞭策马，而是悠然朝粟田口行进。

“这是去哪里？您说带我去吃的地方？”五品握着不习惯的缰

绳问道。

“不远，没你想象的那么远。”

“那么，是粟田口附近吗？”

“可以先这么想。”

早上利仁约五品出来时，说去东山附近有温泉涌出的地方。红鼻子五品信以为真。很久没有泡温泉，这段时间全身发痒。有人请客喝山药粥，还有温泉泡，真是求之不得的好事。五品思量着，跨上利仁牵来的芦花马。可是当他和利仁并驾来到这附近后，似乎利仁要去的并不是这儿。事实上，这会儿已经过了粟田口。

“不是在粟田口吗？”

“还得再远点。”

利仁面带微笑，故意不看五品的表情，静静地任由马儿往前走。道路两边的人家逐渐稀疏起来。只见广阔的冬季田野上，有正在觅食的乌鸦。山阴尚未消融的积雪，微微升腾起青色的烟雾。野漆树尖尖的树梢刺向天空，眼睛似乎都能感觉到疼。虽然是晴天，多少还是有点冷。

“那么，是去山科附近吗？”

“这儿就是山科啊，还要再走一段。”

的确，说着话时已经过了山科。不仅如此，不知不觉中又经过了关山。一来二去，过了正午。这时，终于来到三井寺前。庙里有个和利仁要好的僧人。二人拜访僧人，吃了午饭。结束之后，又骑上马赶路了。前方比来路人烟更为稀少。而且当时盗贼横行四方，是个不太平的年代——五品越发低下弓着的背，仰视利仁般问道：“还在前面吗？”

利仁微笑了。这是小孩调皮捣蛋眼看被揭穿时，对大人做出的微笑。鼻尖显现的皱纹，眼角浮现的松弛肌肉，都仿佛在犹豫笑还是不笑。于是，利仁终于说道："其实呢，我要带你去敦贺[①]。"

利仁笑着，举起马鞭指向遥远的天空。马鞭底下，午后阳光照着的近江湖面闪烁着白晃晃的光芒。

五品狼狈起来。

"敦贺，是越前的敦贺吧，在越前那地方……"

五品平日里并非没有听闻，利仁自从成为敦贺的藤原有仁家的女婿之后，经常住在敦贺。可是，他万万没想到，利仁会带自己去敦贺。最要命的是，去往千山万水之外的敦贺，只带了两名随从，怎么能平安到达呢？加上最近，到处都传说赶路的行人为强盗所杀的事——五品哀叹似的望着利仁的脸。

"这也，太不靠谱了。以为去东山，结果到了山科；以为是山科，却到了三井寺；结果是去越前的敦贺。这到底是怎么回事啊。您早说，也好多带些仆人啊……去敦贺，实在不靠谱。"

五品嘟囔着，就差没哭鼻子了。如果不是"饱餐山药粥"这件事鼓舞了他的勇气，说不定他会就此作别，独自回京都去了。

"有我利仁在，一人可当千夫。不用担心路上有风险。"

见五品如此狼狈，利仁微微皱着眉，嘲笑道。他唤来脚夫，取过胡禄背在背上，手持黑漆弓，横放在马鞍之上，驱马当先而行。事到如今，胆怯的五品也只有盲从利仁的意志了。他战战兢兢地眺望周围荒凉的原野，口中反复念着记得不太真切的《观音经》，那只

---

① 位于福井县中部，临近日本海。

红鼻子几乎贴到马鞍的前鞍桥，马有气无力，依旧不紧不慢地向前走着。

马蹄声哒哒回响的原野，被茫茫的茅草覆盖。散布的水洼，映着冰冷湛蓝的天空。让人怀疑，这个冬天的午后，也会在不经意间被牢牢冻住。目光所及之处，一条山脉背对着日头，并无灿烂的残雪之光，发紫的灰暗颜色连绵不绝。由于被几丛萧瑟的枯萎芒草遮蔽，有很多景物无法进入两个仆从的视线——这时，利仁忽然转过头对五品说道："那边来了合适的送信人，让它去敦贺报个信吧。"

五品不太明白利仁的意思，战战兢兢地向弓所指的方向看去。那地方不像有人，只有不知是野葡萄还是什么的长藤，缠绕在一丛灌木上。一只狐狸，温暖的毛色被西斜的日光照射着，慢吞吞地走在灌木丛中——就在这时，狐狸蓦然纵身，慌不择路地飞奔起来。利仁急忙挥鞭，驱马追了过去。五品也下意识地紧随其后。仆人们自然也不能落后。一时间，马蹄踏着石头，哒哒声冲破了旷野的寂静。不一会儿，只见利仁勒住了马。狐狸已经捉到了，被攥住后腿倒挂在鞍旁。或许狐狸是被追得无路可逃，在马腹下被按住擒获的。五品急急忙忙地擦着挂在稀疏胡须上的汗滴，总算骑着马赶到利仁身旁。

"呔，狐狸，你听好了，"利仁将狐狸高高地提溜到眼前，故意郑重其事地说道，"你今晚赶去敦贺，到利仁的府上传话说'利仁不久要带客人前来。明日巳时①前后，到高岛附近迎接。再牵两匹带鞍的马来'。听着，别忘记了。"

① 9时至11时。

话音刚落，利仁手一挥，把狐狸扔进远处的草丛之中。

“嘿，跑呀，跑呀。”

两个仆人也赶到了，他们望着逃走的狐狸，拍手鼓噪道。夕阳中，那只野兽的背仿佛落叶的颜色，也不躲避树根石块，笔直地向远处奔去。从一行人站立之处望去，清晰得历历在目。他们追赶狐狸时，不知不觉中，来到旷野中与干涸的河床相连的平缓斜面的最高处。

“真是个落落大方的送信人啊。”

五品发出纯真的敬佩与赞叹，仿佛初次见到一般，仰视这位让狐狸俯首听命的、粗放不羁的武士的脸。他无暇思考自己和利仁之间存在多么悬殊的差距，唯一强烈感受到的是，被利仁的意志支配的范围越大，包容于其中的自己的意志越获得相应的自由——在这种时候，奉承也许是自然的反应。在之后的文章里，读者即使看到红鼻子五品的态度有点像阿谀奉承，也不要因此胡乱怀疑他的人格。

被抛出的狐狸，滚动般飞奔下斜坡，灵活地跳跃着，从干涸河床的石块间穿过。接着，迅疾地跑上对面的斜坡，到达顶部的平地。它在跑动中回头看了看，捉到自己的武士一行，还在远处的斜坡上，两匹马并排站着。他们看起来好像合拢的手指般微小。尤其是沐浴着夕阳的月毛驹、芦毛驹，浮现在含霜的空气中，比画更为清晰。

狐狸转过头，又在枯萎的芒草中，如风般飞奔起来。

一行人如预定的那样，于次日巳时左右，抵达高岛附近。此处是临近琵琶湖的小村落，与昨日不同的是，暗云堆积的天空下，零星建有几户茅草屋。岸边的松树之间，湖面荡漾着灰色的涟漪，仿佛疏于打磨的镜子，宽阔并令人感到寒意——来到这里，利仁回头对五品说道："看那边，有人来接咱们了。"

放眼看去，果然来了二三十个汉子。他们牵着两匹带鞍的马，有的骑马，有的步行，水干的袖子在寒风中摇曳，沿着岸边，穿过松树林急速向他们走来。等他们来到近前，骑马的急忙下马，步行的蹲踞在路边，众人恭敬地等待利仁前来。

"那只狐狸，果真把信送到了啊。"

"对天生擅长变身的动物来说，这点小事不算什么。"

五品和利仁交谈间，一行人已来到仆人们等候之处。"辛苦了。"利仁招呼道。蹲踞的众人连忙站起身，牵住二人马匹的缰绳。众人忽然都变得快活起来。

"昨天晚上，出了件稀罕事。"

二人下了马，还没等在皮垫上坐稳，一个身穿紫黑色水干的白发仆人便来到利仁跟前报告道。"什么事啊？"利仁叫五品用些仆人们带来的酒食，大咧咧地问道。

"是这样的。昨天晚上，差不多戌时①，太太忽然迷了心窍，开口说道：'俺乃是阪本的狐狸。今天，大人告诉我的事，俺来转告给你们。都给我过来，好好听着。'于是，我们都来到太太跟前，她说：'大人不久要带客人前来。明日巳时前后，派人到高岛附近迎接。再牵两匹带鞍的马来。听着，别忘记了。'然后咱们就按吩咐准备了。"

① 19时至21时。

“这又是件稀罕事呢。”五品仔细打量利仁和仆人的脸，附和着，仿佛想让他们都满意。

“太太不但说了这些，还害怕得浑身发抖，说什么‘可不能拖延，去晚了俺要被大人责罚的’。还哭个不停。”

“那么，后来怎么样了？”

“后来太太安稳地睡着了。咱们出门的时候，还没醒呢。”

“怎么样？”利仁听完仆人的话，看着五品，显得很得意，“我利仁，野兽也差遣得动哦。”

“实在，太让人惊讶了。”五品挠挠红鼻子，略微低下头，然后故意张着嘴，装作傻愣愣的样子。他的胡须上，挂着刚喝的酒滴。

当天晚上，在利仁府宅的一间房里，五品彻夜难眠，目光似看非看地瞅着矮脚灯台的灯火，等着天亮——这时，傍晚之前一路上自己与利仁主仆谈笑着经过的松山、小河、枯野，以及草木、树叶、石块、野火的烟气——逐一涌上五品的心头。特别是在浅褐色的暮霭中，终于抵达这个大宅时，看见长火盆里红色的炭火火焰，如释重负——对于如今平躺着的五品来说，那也仿佛是很久以前发生的事情。五品穿着夹了厚厚棉花的黄色直垂寝衣，舒服地伸直双腿，意识模糊地打量着自己的睡姿。

直垂寝衣里面，叠穿了两件利仁借给他的浅黄色厚棉衣，不时感觉热得几乎出汗。晚饭时喝了一杯，酒意也上来了。枕边的木板窗外，便是寒霜盈地的院子。然而五品陶陶然，不觉冻馁之苦。与自己在京都住官舍时相比，一切都是云泥之别。然而，即便如此，我们的五品心中，莫名地感到失衡的不安。首先，时间过得让人心焦，与此同时，他又希望天亮——喝上山药粥的时刻，别那么早到来。两种矛盾的感情彼此冲突，在这之后，因为境遇巨变而无法平静的心，也像今天的天气一样，有了微微的寒意。这些都妨碍着他，难得这么暖和，却很难有睡意。

忽然，他听见外面的院子里有人大声说话。听那声音，似乎是今天去半道上迎接他们的白发仆人。他在吩咐着什么，或许是干涩的声音在霜气中回响，听着好像凛冽的北风，每个词都刺入五品的骨头里。

“这边的伙计们，都听好了。大人有令，明早卯时[①]之前，备好三寸粗五尺长的山药，一根老的配一根嫩的。别忘了，卯时之前准备好。”

他叮嘱了两三遍，后来人声渐渐停息，又忽然回到之前寂静的冬夜。寂静之中，矮脚灯台的油滋滋作响，红棉花般的火焰摇曳不定。五品想打哈欠，强忍住了，思绪漫无目的地游走开去——既然说山药，自然是拿来做山药粥。五品想着，刚才留意外面动静时暂且忘记的不安，不知不觉又涌上心来。而且比先前更为强烈的是，不想那么早吃上山药粥的心情，执拗地不肯离开思虑的中心。如果“饱餐山药粥”这件事轻易地变成现实，那么长年来辛苦的等待，似乎变成了无谓的努力。最好突生变故，暂时喝不上山药粥，然后困难得以解决，终于喝到山药粥，如此发展才好——这样的想法如同陀螺一般，在一处滴溜溜打转。后来，不知不觉中，旅途劳顿的五品终于沉沉地睡着了。

---

① 5时至7时。

次日早晨，一睁眼就马上想起昨晚山药的事。五品最先做的，是推开房间的木板窗向外望去。他不经意间睡过了头，大概已经过了卯时。院子里铺了四五张长草席，上面差不多有两三千根圆棍般的东西，堆得高耸如山，差不多碰到铺着丝柏树皮、斜伸出来的屋檐。五品仔细打量，发现那些全是三寸粗五尺长、巨大无比的山药。

五品揉着惺忪的睡眼，惊讶得几近狼狈。他茫然地向周围看去。院子里新打了许多木桩，上面架着五石[①]大釜，一字排开，足足有五六个。好几十个身穿白色袄衣的年轻女佣在旁边忙碌。烧火的烧火，掏灰的掏灰，还有的拿着崭新的白木桶，将甜葛汤倒进锅里。众人都脚不沾地地忙碌地准备山药粥。釜下的炊烟、釜中升腾的水蒸气，与黎明尚未消散的雾霭融为一体。整个院子笼罩在灰雾之中，连东西都看不清。其中，红彤彤的是釜下熊熊燃烧的火焰，眼中所见、耳中所闻，都忙乱得仿佛战场，或是走了火。五品好像现在才明白，那些巨大的山药，将放进巨大的五石大釜中，煮成山药粥。接着想到自己专程从京都来到越前的敦贺，就是为了喝这山药粥。越想越觉得有些不堪。我们的五品那令人同情的食欲，事实上，已经消退了一半。

一个小时之后，五品与利仁及其岳父有仁一起享用早餐。面前放着足足能装一斗的提梁银锅，里面满盈着如大海般令人恐惧的山药粥。五品刚才看见那些堆得接近屋檐的山药，几十个小伙子用小刀迅速、灵巧地从一端削去山药皮，女佣们东奔西走，把山药全部倒进五石大釜里，一根都没剩下。最后，长草席上一根山药都没了。

---

① 能盛五石米，一石约 180 升。

这时几束充沛的水蒸气带着山药的香味、甜葛的甘香，直冲早晨的晴空。亲眼所见的他，现在面对着提梁锅里的山药粥，虽然还没有动口，却已经感觉饱了。恐怕，这也不是没有道理的吧——五品看着眼前的提梁锅，尴尬地擦着额头的汗。

“听说，您没吃够山药粥啊。不用客气，请随意享用。”

岳父有仁命令童仆又拿来几个提梁锅，放在桌案上，每一口锅里，山药粥都几乎满溢出来。五品闭上双眼，本来就红的鼻子现在更红了。他盛了半锅粥在大素陶碗里，颇不情愿地喝完了。

“既然父亲大人这么说，您千万别客气。”

一旁的利仁又提过来一锅，一脸坏笑地说道。五品彻底没辙了。如果说真不客气，打开始连一碗都不想喝。现在，总算硬撑着喝掉了半锅，再喝不仅喝不下，怕是要吐出来了。尽管这样，如果不喝，相当于辜负了利仁和有仁的厚意。于是，他又闭上双眼，将剩下的一半喝掉了三分之一。之后，连一口都不想喝了。

“非常感谢。已经吃得很饱了……啊，真是非常感谢。”

五品语无伦次地说道。他看上去颇为狼狈，胡须上、鼻尖都挂满了汗珠，完全不像在冬天。

“哎呀，您吃得太少了。看来客人还是客气啊。喂，我说你们，别光站着不动啊。”

童仆们听有仁这么说，便作势要将新打来的一锅粥往碗里盛。五品双手乱摆，仿佛赶苍蝇一般，表示坚决不要了。

“不用不用，已经足够了……对不起，已经够了。”

此时，利仁忽然指着对面的房檐说道：“快看那边。”如果没这句话，有仁或许还会继续劝五品多吃些。幸好，大家的注意力被利仁吸引到房檐那边去了。朝阳正照射在铺着丝柏树皮的房檐上，一只野兽光泽的皮毛沐浴着炫目的阳光，安静地蹲坐着。一看便知，那是前天利仁在荒野里捉到的，那只阪本的野狐狸。

“连狐狸也想喝山药粥了。来人啊，给它也吃点。”

利仁一声令下，仆人们便行动起来。从房檐上跳下来的狐狸，在院子里吃上了山药粥。

五品看着吃山药粥的狐狸，想起来这里之前的自己，颇为感怀。那是被众武士捉弄的他，连京城里的毛孩子都敢骂“你谁啊？红鼻头”的他，穿着褪色的水干和裙裤，像无主的长毛狗一样徘徊在朱雀大街上，可怜又孤独的他。可是，同时也是独自一人、认真守护着“饱餐山药粥”这一欲望的、幸福的他——他不用再吃山药粥，松了口气的同时，感到满脸的汗水从鼻尖开始干了。虽说是晴天，敦贺的早晨还是寒风刺骨。五品匆忙按住鼻子，忍不住对着提梁银锅打了个大大的喷嚏。

优雅漆亮的乌帽子下面……

登徒子

登徒子平中，女官自不待言，尚喜窥视民女。

——《宇治拾遗物语》

不见佳人，可否，不可也。平中忧思成疾，竟而一命归西。

——《今昔物语》

所谓登徒子，如是者也。

——《十训抄》

一　画中人

优雅漆亮的乌帽子下面，一张与这太平时代相称的由字形脸正看着我。丰腴的脸颊鲜艳红润，并未擦抹胭脂，男子少有的白嫩肌肤，自然地白里透红。稀疏的胡须生在俊俏的鼻子下方——或许说如同两撇淡墨刷在薄薄的嘴唇上方更为妥当。而光耀可鉴的鬓发上，微微映着毫无云霞遮蔽的天空的青色。鬓发边缘，露出一点上翘的耳垂，呈现出如同文蛤一般的暖色，似乎是微光使然。眼睛比常人细长，始终带着微笑。在那眼眸的最深处，洋溢着隽朗的笑意，仿佛那里浮现着始终馥郁盛开的樱树花枝。然而仔细端详，也许会发现存在于斯的未必全是幸福。那是对悠远之物带有惝恍的微笑，同时对于一切近物抱以轻蔑的微笑。他的脖颈比起脸来，不妨品评为过于纤细。颈部洁白的底衫衣领，与微微熏香的明黄色水干衣领间，描出一条细线。在脸的后方，是绣有仙鹤的幔帐，抑或绘有山脚下柔和的赤松图案的拉门？要言之，那是一片如银子般朦胧的、明晃晃的白色……

这便是古代物语呈现于我们眼前的“天下第一登徒子”平贞文的肖像画。平好风育有三子，贞文为仲兄，便被取了个平中的绰号。这正是我的 Don Juan[①] 的肖像画。

二　樱花

平中倚着柱子，漫不经心地望着樱花。枝条堪堪逼近屋檐的樱花，已经过了全盛的花期。嫣红略褪的花朵之上，午后漫长的日光，使交错纵横的花枝投下复杂交织的阴影。樱花在眼，却未入心。打从先前起，他就一直漫然地想着侍女。

“第一次见到她，是在……”

平中如此回忆着。

“何时初次遇见？对了，定是那次去稻荷神社拜神，初午[②]之日的早晨。她正要上车，我打旁边经过——这便是最初的起因。

① 唐·璜（Don Juan），西班牙家喻户晓的传说人物，以英俊潇洒及风流著称，多被用作情圣的代名词。

② 二月第一个干支逢午的日子。

纸扇掩面，娇颜稍显即逝。红梅与萌黄的单衣上，披着紫色的小袿①——那容姿难以言表。尤其在她登车时，单手提着裙裾，蛮腰略弯的样子——叫人魂不守舍。本院大臣藤原时平的内室之中侍女众多，这般人物一个也没有。如此说来，平中为之迷恋……”

平中的神情忽然严肃起来。

“我当真迷恋她吗？如果说迷恋，似乎不错；要说不迷恋，又……这种事情原本就是这样，思前想后反而越发糊涂。算了，权当我迷上了她吧。毕竟我是平中，就算迷上侍女，也不致花了眼。范实这厮道听途说，有次与他说起侍女，他居然说什么可惜她头发过于稀薄。这，是显而易见的，我第一眼便察觉了。范实这人筚篥倒是会吹吹，聊好色之事却为时……唉，他的事暂且不管了。眼下我要考虑的，只有侍女一人而已……话又说回来，如果要求再高一点，她的面容未免太过寂寞了。如果只看过于寂寞这一点，倒是也有古老绘卷的那种雅趣。她明明寂寞，又看似薄幸，心如止水，让人心里不踏实。女人那样一副面容，却格外勾引人啊。况且她肤色不白，虽然不至于微黑，但多少接近琥珀色。每次见她，都有极强烈的想要抱住的冲动。换了其他女人，做不到这样呢……”

平中穿着裙裤，双腿站直，茫然地望着檐角的天空。锦簇的花朵之间，淡蓝色的天空让人心境平和。

“不过，前些时日写了好几封情书，完全没有回音，脾气倔也得有个限度啊。哼，我写情书，大抵三封就能让姑娘言听计从。偶

① 相对于正式礼服十二单衣，袿装是一种较为简便的衣式，省略唐衣和裳，只穿着上衣、打衣、五衣和单。这种情况下，小袿代替唐衣成为外袍。

尔碰到倔姑娘，也用不着写五封。那个叫惠眼的佛像雕刻师的女儿，一首和歌就得手了。而且，那还不是我作的，作者是……对了，是义辅写的。听说义辅作了那首和歌，年轻的女官却不理他。如果我能作那样的和歌——即便是我写给侍女，她也不会理我，这大概也不值得夸耀。不过但凡我写情书，必有回应，有回应必能相见，一旦相见必定使其芳心难耐，而姑娘喜欢得紧——我却没了兴趣，每每如此，没有例外。然而短短一个月情书写了二十封，也不见她有任何回信。写情书就算文体花样百出也终有尽时，眼看难以为继。不过，今日情书中写了“盼复，哪怕已阅两字也可”。这次总该有回音吧？或是没戏？倘若今日仍无回复——啊……啊……我之前可不是这样，为这点小事就偃旗息鼓的人呀。据说丰乐院的老狐狸会化身为女人，她肯定是那狐狸变的，一准没错。同样是狐狸，奈良坂的能变成三人合抱的杉树；嵯峨的能变为牛车；高阳川的会变身女童；桃园的会变作大池塘——狐狸的事倒是无关紧要。唉……我在胡思乱想些什么呀。”

平中依旧望着天空，硬生生忍住了一个哈欠。日光渐渐西沉，花团锦簇的屋檐处时不时闪过一片白色，似乎有鸽子在某处咕咕啼鸣。

“真拿这姑娘没办法。就算嘴硬不说相见，只消与我聊上一次，芳心必被我手到擒来，更别说共度一宵了。摄津也好，小中将也罢，不认识我之前都那么讨厌男人，而一旦被我追求，还不都喜不自胜？侍女并非石佛，怎会不因此欣喜不已。不过，那个姑娘到了紧要关头，肯定不会像小中将那么羞答答，也不会像摄津那般装模作样、一本正经。肯定是衣袖捂着嘴，眼睛却笑盈盈的……”

“大人。”

“说来反正是晚上，点着矮脚油灯之类，火光照着她的头发……”

“大人。”

平中戴着乌帽子的脑袋慌忙扭过去看，身后不知何时立着一个侍童，低眉伏眼呈上一封书信，似乎在努力忍住窃笑。

“有回信吗？”

“是，侍女回信了……”

侍童说完便匆匆退下了。

“侍女的回信？莫非是真的？”

平中几乎是战战兢兢地打开了那封青色薄信。

“该不会是范实、义辅的玩笑吧？他们都是闲人，最爱要弄这种把戏……咦！真是侍女的信，的确如此。可是这算什么信呀？”

平中把信丢得远远的。他在信里写了“盼复，哪怕已阅两字也可”。而薄薄的信纸上，果真仅有“已阅”两个字，而且……还是从平中的信上剪下来粘在信纸上的。

“啊……啊……人们都叫我天下第一登徒子，如此被羞辱也真是没辙。话虽如此，侍女实在可恶，难不成是个面目可憎的女人？等着瞧，你马上就见识到我的厉害了……”

平中双手抱膝，茫茫然望着樱花树梢。随风摇动的青色信纸上，已经积了几片被风吹落的花瓣。

三　雨夜

又过了二月许，一个长雨绵绵的夜晚，平中独自一人直奔本院侍女的住处。雨声震耳，仿佛整个夜空溶为雨水滂沱而下。道路已远非泥泞的程度，与洪水泛滥别无二致。在这样的夜晚专程登门，侍女再冷淡，自然也会心生同情——平中思虑着，来到侍女的寝室门口。他“唰”地打开手中的银面折扇，咳嗽一声，示意来人接待。

一名十五六岁的女侍童闻声而来，早熟的脸上涂着脂粉，露出困倦的神色。平中将脸凑近，低声请她禀告侍女。

女侍童转身进了屋。当她再出现在门口时，小声地回复道：“大人请在此稍候，我家主人说等到众人入睡，便可相见。”

平中的脸上不禁露出了微笑。他按女侍童的引导，在侍女寝室旁的拉门边坐了下来。

“我，毕竟还是聪明啊。”女侍童消失不见后，平中笑嘻嘻地自言自语道。

“看来侍女就算倔强，到了这个地步，心总算软了。女人这种货色，总是易感多情。如此表现自己的热忱，必让她芳心动摇。义辅与范实不明如此窍门，自然……慢着，今晚能相见，这似乎进展得过于顺利……”

平中隐隐有些不安。

“一直不肯相见，不可能就这样应承见面。这是我的怨恨吗？我毕竟写了约六十封情书，没有间断，心生怨恨也是自然的。不过，假如不怨恨——细细想来，又未必不曾心生怨恨。我如此热忱眷恋，难以割舍，侍女却始终不加理睬——再怎么说她碰到的是我啊。只要心里稍稍念及我平中，心扉便骤然敞开也未可知。”

平中整了一下衣冠，怯生生地向四处张望。然而，四周除了黑洞洞的夜色，什么也看不清。唯有雨声阵阵，敲打着丝柏树皮铺设的屋顶。

“如果说心有怨恨，似乎如此。并无怨恨的话——非也，如果把这想成怨恨，反倒什么都不是了；想成并无怨恨，心中反而会有怨恨之感。运气这东西，真是令人啼笑皆非。如此看来，还是一心将其当作并无怨恨为好。如此一来她便立即会——哟，好像众人开始就寝了。”

平中侧耳倾听。的确，在尚未停歇的雨声中凝神静听，便能察觉聚集在议事厅的女官们陆续回到各自的房间，耳边传来嘈杂的人声。

“现在便是耐心等待的关头，再等上半个时辰，就能顺顺当当地，一扫之前的心翳了。但是心底总有些不踏实。没错，是我想得太好。一直以为无从相见，反倒奇迹般地得以见面。或许总爱捉弄人的命运，彻底看透了我的心思吧。那么就相信能够相见吧？即便如此，一切都在她算计之中，怕是难以如愿吧……唉，心口疼。还是把侍女之类当作无缘之事吧。每个房间都安静下来了，耳边唯有雨声不停。赶紧闭上眼睛，专心想想吧。春雨、梅雨、午后骤雨、秋雨……有秋雨这个词吗？秋之雨、冬之雨、檐雨、雨伞、祈雨、雨龙、雨蛙、防雨布、避雨……”

思前想后之际，忽然传来意外的响动，让平中的耳朵吃惊不小。非也，不仅是吃惊，平中听见这声音，表情比笃信教义的僧侣见阿弥陀相迎前往极乐净土更为欢喜。要说那是什么响声，平中清楚地听见拉门背后，有人取下了门的搭扣。

平中拉了一下拉门，如其所愿，门在门框上滑动了。室内充满令人惊异的焚香的馥郁气息，黑暗笼罩一切。平中轻轻地合拢拉门，摸索着膝行向前。在芳馥的黑暗之中，除了敲打屋顶的雨声，感觉别无他物。手间或碰到什么，尽是衣服架、梳妆台。平中心跳如鼓。

“难道不在？在的话应该吭声啊。”

正在这时，他忽然触摸到女人柔软的手，再往前摸，似乎碰到了绢质的袿衣，隔着衣服摸到了乳房，随后是圆润的脸颊和下巴，寒胜冰雪的头发——平中终于在黑暗中摸到了让他魂牵梦萦的侍女，她独自静静地躺着。

这并非做梦，也非幻境。侍女仅着一层袿衣，衣衫不整地横卧在平中鼻子底下。平中僵在原地，身子不由自主地颤抖着。而侍女却依然如故，没有任何动静。平中记得在某册书中读过类似的描写，也可能是数年之前，在正殿的灯火下观看的画卷中的一幕。

“谢天谢地，原以为终究无缘一亲芳泽……从今往后我一心侍奉你，胜过神佛。”

平中想将她搂到身边，如此对其耳语。心越急，舌头越是粘住上颚，发不出像样的声音。侍女头发的香气、难以言说的温暖肌肤的芳香，肆意地包裹住他——这时，平中感觉到侍女轻柔的呼吸吹到自己脸上。

一瞬间——转瞬之后，他们便会沉浸于爱欲的风暴之中，忘却焚香、本院大臣、女侍童。

“大人稍等，对面拉门没有上好搭扣，我去把它扣上。”

平中默然颔首，侍女悄然起身，两人的被褥上，留下她芳郁的体温。

“春雨、侍女、弥陀如来、避雨、檐雨、侍女、侍女……”

平中大睁着眼睛，思前想后，连自己都不知自己在想些什么。黑暗的深处，传来锁搭扣的“咔嗒”声。

“雨龙、香炉、雨夜品评①，星黑夜永相见欢，何如历历枕中梦②。梦中相逢亦踌躇③……咦？怎么回事？搭扣明明锁好了啊……”

平中抬起头，焚香氤氲的雅致的暗夜，与原先别无二致。侍女去了何处？连衣衫的簌簌声也消失了。

“难道是……不好，说不定她……”

平中从床褥起身，像刚才一样用手摸索着，找到了另一侧的拉门。然而门从外侧牢牢地锁住了。他凝神静听，没有丝毫的足音，每间寝室都寂静无声。

“平中啊平中，你根本算不上天下第一登徒子……”

平中靠着拉门，怅然若失地自语道。

“你的容貌变得丑陋，才能也不可同日而语，比起范实、义辅，你实在窝囊至极……”

四　登徒子之问答

以下是平中的两位朋友——义辅与范实之间的一段闲话。

---

① 出自《源氏物语》第二章《帚木》，光源氏、头中将与左马头等人对女人进行品评。

② 出自《古今和歌集》之《恋歌三》，第 647 首。

③ 出自《古今和歌集》之《恋歌四》，第 681 首的首句。

义　辅　侍女这个女子，连平中那种人都不是敌手啊。

范　实　嗯，听说了。

义　辅　吃一堑长一智啊，平中那厮除了女御、更衣，什么女人都敢追，让他吃点苦头也好。

范　实　咦？你也是孔门弟子吗？

义　辅　我才不懂什么孔子的教诲。我只知道多少女子因为平中而垂泪，顺便说一句，又有多少丈夫为此苦恼，多少父母为之愤怒，多少家臣为之怨恨，也未必不可知晓。这种混世魔王，自然应该鸣钟使之警醒。你不这么看吗？

范　实　也不全是这样。的确，平中一人便将世间搅得不太平，可是这罪责也不应由平中一人承担，不是吗？

义　辅　那还有谁来承担？

范　实　那个女人咯。

义　辅　让女人承担罪责太可怜了吧。

范　实　让平中担责就不可怜了吗？

义　辅　是平中在追求她啊。

范　实　男人在战场上刀枪相斗，女人则是杀人于无形，杀人的罪责难道有差别吗？

义　辅　你别一味偏袒平中。有一件事是确凿的吧？我们不让世人烦忧苦恼，平中却是如此。

范　实　这也是说不清道不明的。我不知道我们身为人，处于何种因果，不彼此伤害便一刻也无法生存。只不过比起我们，平中折磨世人更甚罢了。对于他那样的天才，这也是无奈的事。

义　辅　开玩笑。如果平中和天才等量齐观，这池中的泥鳅也能变成龙了。

范　实　平中的确是天才，你看看他的长相，听听他的声音，读读他写的情书。如果你是女人，试着和他共度一宵。他与空海上人①、小野道风②一样，打娘胎里出来，就具备非凡的才能。如果说他不是天才，那么天下就没有天才了。这一点，我们都望尘莫及啊。

义　辅　但是如你所说，平中不是尽做些伤天害理之事吗？你看道风的书法，运笔精妙；你听空海上人的诵经……

范　实　我没有说天才就不做罪孽之事，我的意思是天才也会犯错。

义　辅　那么平中和天才还是不同啊，他尽造罪孽。

范　实　那就不是我们所能知晓的了。假名都写不利索的人，看道风的书法也觉得无聊吧？对佛教毫无笃信的人，听空海上人讲经还不如人偶戏的歌曲有趣。要明白天才的功德，我们也要有相应的资质。

义　辅　你说得也有道理。可是，平中尊者的功德在哪里呢……

---

① 空海（774—835），平安初期的高僧，曾赴唐朝学习，归国后创立作为国家佛教的真言宗。擅长书法，著有《三教指归》《性灵集》《文镜秘府论》等。

② 小野道风（894—966），平安中期的书法家。

范　实　平中不也一样吗？那个登徒子天才的功德，只有女人知晓。你刚才说无数的女子因平中而垂泪，我认为恰恰相反，无数的女子因平中而感到无上的欢喜；无数的女子因平中而感觉生之乐趣；无数的女子因平中而明白牺牲的可贵；无数的女子因平中……

义　辅　行了，这么多已经足够了。像你这般找理由，稻草人也变成盔甲武士了。

范　实　像你这般深深妒忌，盔甲武士都被视为稻草人了。

义　辅　深深妒忌？这我可没觉着。

范　实　你看你，责怪平中如此严厉，却不责怪淫奔的女子。即使嘴上责怪，心里却不会。我们都是男人，妒忌之心有时也会油然而生。我们多少抱有不为人知的野心，如果有可能，一定会成为平中。所以平中才比谋反者更招人憎恨。如此想来，也实在可怜啊。

义　辅　这么说，你也想变成平中？

范　实　我？不是很想。所以我看平中，比你更加公平。平中得到一个女人，马上就厌倦了，接着又迷上其他女子，神魂颠倒，实在可笑。在平中心中隐约浮现的，永远是如巫山神女般美丽绝伦的佳人，他指望有一天在世间遇见那样的女子。当他迷恋上某个女子时，眼中所见的确如心中所想，然而见了两三次以后，海市蜃楼便消弭殆尽。平中为此辗转于女子之间，心怀忧虑，以至于形销骨立。况且在此末法之世，怎会有他憧憬的美人？平中这一生，注定以不幸告终。在这件事上，你我要幸福得多。可是，平中的不幸，正是由于他是天才吧。天才不只是平中一人，空海上人、小野道风，肯定也与他相似。归根结底，要想幸福，你我还是做凡人最好……

五　慨叹粪便也美的男子

平中独自寂寞地站在靠近本院侍女寝室的走廊上，无人来往经过，照在走廊栏杆的日光色泽如油一般，让人感觉今天平添了一分暑热，而屋檐外的天空中，绿油油的松树郁郁葱葱，寂静地保持着凉意。

“侍女不搭理我，我也对她死心了……”

平中脸色苍白，茫然地思忖着。

“可是无论怎样断了思念，侍女的容姿总是如幻影般浮现于我眼前。自从那个雨夜之后，我不知求了多少神，拜了多少佛，想要忘记她。可是去到加茂的神社，镜子里真切地映着侍女的脸庞；走进清水寺的殿内，观音菩萨的样子立即变成了侍女。她的身影一天不从我的心里消失，我就必定忧心如焚，直至离开人世。”

平中长叹了一声。

“若要忘记她的身姿——唯有一个手段，那就是发现她的不堪之处。侍女毕竟不是天人，必有各种污垢不净。只要见到其中之一，就仿佛见到化身美女的狐狸露出了尾巴，侍女的幻影烟消云散，我的性命也在那一刹那变成自己的了。可是，何处不堪，何处不净，却没人告诉我。啊……大慈大悲的观世音菩萨，请给我垂示，证明她和河滩上的女乞丐没有什么不同……”

平中如此想着，抬起了慵懒的目光。

“咦？那边走着的，不正是侍女房中的女侍童吗？”

那个伶俐的女侍童，身着正反双色的薄袙衣、深色裙裤，正朝这边走来。红纸彩绘的扇面后面，藏掖着什么盒子，那准是去倒侍女的便溺。平中一见之下，心中忽然闪电般做了一个大胆的决定。

平中急切地拦住女侍童的去路，一把夺过盒子，奔进走廊深处一间空无一人的屋子。女侍童被这出其不意的变故吓了一跳，自然哇哇哭叫着追了过来。可是平中蹿进屋内，立即拉上拉门，锁好搭扣。

“没错，只要看见里面的东西，百年的恋情也必定于瞬间灰飞烟灭。”

平中伸出颤抖的手，揭开盖在盒子上香染色①的薄纱。盒子出人意料地精致，是簇新的描金漆器。

“这里面是侍女的便溺，也是我的性命……”

平中立在原地，仔细地望着美丽的盒子。门外女侍童不住地啜泣，而这声音不知何时被厚重的沉默吞没了。平中这才发觉，拉门和隔扇门都如雾霭般渐渐消散，甚至连现在是白昼还是夜晚都无从分辨。在他眼前，只有浮在空气中，描画了杜鹃鸟的盒子……

“我能否保全性命，从此与侍女分别，都系于这盒子。只要打开盒盖——慢着，那也取决于我的想法，是忘记侍女为好，还是延续这无意义的性命为好，每个问题我都无法解答。要不然，哪怕是

① 日本传统颜色之一，淡红与黄色的混合色，常用于袈裟等的染色。

死于相思，也不打开盒盖？……”

平中消瘦的脸颊上，泛着泪痕的光芒：他面临选择，犹豫不决。然而沉吟片刻之后，平中的目光忽然有了精神，在心中竭力高喊道：“平中！平中！你为何如此不争气？忘了那个雨夜吗？没准侍女如今还在嘲笑你的爱恋呢。活下去！偏要好好活下去！只要见到侍女的便溺，你便胜券在握了……”

平中几近癫狂，终于打开了盒盖。里面约莫有盈盈半盒浅褐色的液体，两三段深褐色的东西沉在底下。平中忽然做梦般闻到扑鼻的丁香气味。这难道是侍女的便溺？就算吉祥天女也解不出这种粪便。平中皱着眉头，捏起浮在最上面的长约两寸之物，闻了又闻，几乎触及胡须。那香气千真万确，是上等沉香的味道。

“这是怎么回事！这水闻起来也是香的……”

平中侧过盒子，浅啜了一口。那液体肯定是丁香反复煮过，滗出的清水。

“如此说来，这玩意儿也是香木制成的？”

平中捏着两寸之物，咬了一口，带有苦味的甘美甚至渗进了牙齿。不仅如此，他的口中迅即被比橘子花更清凉的、难以言说的气味占据了。侍女不知察觉到什么，居然看破了平中的企图，将香料做成粪便的形状。

“侍女！是你杀死了平中！”

平中呻吟着，将描金的漆器盒丢在地上。他如同佛像般直挺挺地颓然倒下，濒死的眼瞳中，浮现出紫金的圆光笼罩之下，侍女对他嫣然而笑的样子……

往生绘卷

幼　　童　瞧啊，那边来了个奇怪的和尚，大家快看！快看呀！

卖鲊[①]妇　真是个奇怪的和尚，一边敲着手鼓，一边大声叫唤……

卖 柴 翁　我耳朵背，听不清楚他在叫什么。喂，他说的是什么啊？

金箔师傅　他在喊“喂……阿弥陀佛……喂……”

卖 柴 翁　哈哈哈，原来是个疯子。

金箔师傅　嗯，差不多是吧。

卖 菜 媪　尽瞎说，说不定是难得一见的高僧，我先拜上一拜。

卖 鲊 妇　瞧他面相那么可恶，哪有这种长相的高僧啊。

卖 菜 媪　可别说瞎话，遭了天罚看你咋办。

幼　　童　疯子！疯子！

五品入道[②]　喂……阿弥陀佛……喂……

---

① 古法制作的寿司。将鱼类、贝类与米饭一同腌制，自然发酵的食品。

② 日本古代官阶名，包括正五品、从五品。入道为剃度出家。

犬 汪汪！汪汪！

拜庙的妇人 看啊，来了个滑稽的和尚。

旅伴 这种蠢货见了女人，说不定会做出什么荒唐事来。趁他还没走近，咱们赶紧走这条道儿吧。

铸造工 咦？那不是多度①地方的五品大人吗？

水银商 不知道是不是五品大人，听说他扔下弓箭出了家，多度那边传得可厉害了。

青年武士 那人肯定是五品大人，他的妻儿想必在哀叹吧。

水银商 听说他不顾妻儿哭哭啼啼，离家出走了。

铸造工 抛妻弃子，出家做和尚，这种勇气近来少有。

卖鱼干的妇女 这算什么勇气啊？换作你是妻子儿女，不管是阿弥陀佛还是女人，准会对夺走自己男人的人心生怨恨呢。

青年武士 哦……这说法也很在理呢。哈哈哈。

犬 汪汪！汪汪！

五品入道 喂……阿弥陀佛……喂……

骑马的武士 啊呀！马惊了，吁……

背箱子的侍从 碰到疯子真没辙。

老尼姑 众所周知，那个和尚，从前可是个嗜好杀生的坏人，难得他放下屠刀，皈依佛门。

---

① 香川县仲多度郡多度津町。

小　　尼　　姑　是啊是啊，以前他可吓人了。山上跑的、水里游的都杀，连要饭的他都从远处试试箭法。

手穿木屐的乞丐　我算是遇上了好光景，早个两三天，没准被他射个透心凉。

卖栗子胡桃者　杀气那么重的人，为啥剃光头发做和尚呢？

老　　尼　　姑　嗯，的确不可思议。恐怕，这也是佛祖的安排吧。

卖　　油　　翁　我倒是觉得他被天狗附身了。

卖栗子胡桃者　不对，我觉得是狐仙。

卖　　油　　翁　可是，天狗不是能变身菩萨吗？

卖栗子胡桃者　你瞎说什么？能变身菩萨的又不一定是天狗。听人说狐仙也会。

手穿木屐的乞丐　嘿嘿，趁机往挂在脖子上的口袋里装满栗子吧。

小　　尼　　姑　瞧啊瞧啊，怕是被手鼓吓着了，鸡都跳到屋顶上啦。

五　品　入　道　喂……阿弥陀佛……喂……

钓 鱼 的 百 姓　来了个吵闹不停的和尚。

其　　同　　伴　你瞧，咋回事？那个瘫子乞丐跑得飞快！

斗笠纱巾覆面的女旅者　我的脚有点疼。真想借那个乞丐的双腿一用呢。

背皮箱的仆人　过了这座桥，马上就到镇上了。

钓 鱼 的 百 姓　真想瞅瞅纱巾后面长啥样。

其　　同　　伴　哎哟喂，你扭头看不要紧，鱼饵被鱼吃掉啦。

五品入道 喂……阿弥陀佛……喂……

插秧姑娘 杜鹃鸟啊杜鹃鸟，我是我来他是他，你在哭啊没办法，只有我把秧来插。

其 同 伴 你瞧啊，那不是个滑稽的和尚吗？

乌　　鸦 嘎……嘎……

五品入道 喂……阿弥陀佛……喂……

人声暂歇

松　　风 呼……呼……

五品入道 喂……阿弥陀佛……喂……

松风又起 呼……呼……

五品入道 喂……阿弥陀佛……喂……

老 法 师 那位和尚，请留步。

五品入道 您是叫我吗？

老 法 师 正是，大师这是去向何方？

五品入道 我向西边去。

老 法 师 西边是大海。

五品入道 大海也没有妨碍，我要去拜谒阿弥陀佛，就算天涯海角也要向西而行。

老 法 师 贫僧听来，这事颇为古怪。和尚，虔诚礼拜时，你觉得阿弥陀佛清清楚楚就在眼前吗？

五品入道 如果不觉得，我也不会这般唱诵佛号了。我出家也是因为此事。

老 法 师 其中有何曲折？

五品入道 没有，并无特别的曲折故事。只是您想，我前天打猎归来，途中听了某位法师宣讲佛法。那位法师说，无论罪孽多么深重，只要获得阿弥陀佛的垂青，便可前往极乐净土。那时的我急切想去找寻阿弥陀佛，迫切得全身热血沸腾……

老法师 那后来，你是如何行事的？

五品入道 我将法师按倒在地。

老法师 什么？你把他按倒了？

五品入道 我随即拔出刀，抵住法师的胸口，逼问他阿弥陀佛在哪里。

老法师 你这么问也太胡闹了，吓着法师了吧。

五品入道 他乜斜着眼对我说，西边，西边——啊呀，和你聊着天都快黑了。路途中耽搁太久，在阿弥陀佛面前可不好交代。告辞了——阿弥陀佛……你在哪儿啊……

老法师 唉，遇见个失心疯。我也打道回府吧。

松风三度响起　呼……呼……

叠加上海浪声　哗……哗……

五品入道 喂……阿弥陀佛……喂……

海浪声　间或传来白鸻的啼鸣 唧唧唧……唧唧

五品入道 阿弥陀佛啊，喂……喂……这海边连船都没有，所见的只有波涛海浪。阿弥陀佛出生的国度，也许在海浪的彼岸。如果我能化为鸬鹚，倒能够立即去往……可是，法师说阿弥陀佛的慈悲宏大无边，我不停地唱诵佛号，他不可能不应答。他若不应，我便一直唱诵佛号直至死去。幸好这里松树生有树杈，我且爬上树枝吧。喂……阿弥陀佛……喂……

海浪声再度响起　哗……哗……

老法师　自从见到那个狂人，今天已经是第七天了。他说要历尽万难去见化为肉身的阿弥陀佛。他去了哪里呢？……啊！那边枯枝上趴着一个人，不正是那个和尚吗？和尚，和尚……不答应。难怪，已经断气了呀。他没干粮袋，看样子是饿死的，真是可怜。

第三次响起海浪声　哗……哗……

老法师　扔在树枝上不管，说不定会被乌鸦啄食。凡事都是前世因缘啊，我把他葬了吧……啊！怎么回事？死和尚的嘴里，绽开了一朵洁白的莲花。难怪我来到这附近时，感觉异香萦绕。他癫狂的举止，正是上人之相啊。我愚钝无知，还出言不逊，真是有眼无珠啊。南无阿弥陀佛，南无阿弥陀佛，南无阿弥陀佛，南无阿弥陀佛。

六宫郡主

一

六宫郡主[①]的父亲，是老天皇之女所生，然而时运不济，加之想法古板，官职到了兵部大辅便止步不前了。郡主与父母住在六宫旁边一所高树围绕的宅邸里。六宫郡主，便是出自这一地名。

父母十分宠爱郡主，可是颇为守旧，没有主动给女儿找个婆家，总是等着别人来提亲。郡主也听从父母教诲，一天天过着平静的日子。那是不知什么是悲伤，也不知什么是喜悦的生活。对于疏于世事的郡主而言，并无特别不满之处。“只要严慈双亲身体康健就好。”——她总是这么想。

古池边垂枝的樱花，每年都开着稀疏的花朵。眼看着，郡主不知不觉中出落成了端庄的大姑娘。可是全家依仗的父亲，由于长年饮酒，忽然成了故人。雪上加霜的是，母亲终日哀叹那白首不归人，

① 日文汉字为“姫君”，公卿、贵族家的女儿，多为长女的尊称。文中女主人公是亲王之女，身份大致相当于中国古代的郡主。

只半年的光景，竟也追随丈夫而去。郡主除了哀伤，也没有其他办法。其实，那时的郡主除了一位乳母，没有其他人可以依靠。

乳母为了郡主，不遗余力地勉力持家。可是家传的螺钿宝匣、银香炉，渐渐地都没了踪影。同时，男仆女仆们也开始辞工不做了。郡主也逐渐明白生活不易。然而如何作为，却是力不从心。她在寂寞大宅的厢房里，一如既往地弹筝而歌，重复单调的游戏。

一个秋天的傍晚，乳母来到郡主面前，反复思量着，说了以下一番话：

“我托了做和尚的侄子，听说丹波的某位前司①大人想见见您。前司大人长相俊美，心地又好，听说他父亲也做过地方上的长官，还是殿上人②之后。郡主是不是见一下？比现在这般孤单度日，多少强一些吧……”

郡主忍住哭声流下泪来。为了摆脱生活的困窘，委身于那男人，与卖身无异。虽然知道世上这种事并不少见，然而从如今的境地来看，悲伤格外深切。郡主对着乳母，在葛叶翻飞的风中，不觉用袖子掩住了脸。

二

但是不知不觉间，郡主每晚都和那男子幽会了。的确像乳母说的，他心肠很好，相貌也不俗。况且他迷恋郡主的美貌，大家都眼

---

① 司为国司，奈良、平安时代的地方官。前司为前任地方官。

② 三品以上的公卿。

见心明。郡主对他也没有恶意，有些时候还觉得他值得依靠。鸟蝶图案的隔扇背后，灯火有些晃眼，和男子亲热时的愉悦，不止一夜。

眼见着，宅子里渐渐多了活泛的生气。梳妆台①和竹帘都换了新的。仆人的数量也多了。不用说，乳母张罗家事也比从前精神了许多。可是郡主对这种变化，始终寂寞地看着。

一个秋雨绵绵的夜晚，男子与郡主对酌，说起丹波国发生的一件恐怖的事。出云道上的旅人在大江山脚下借宿，那户人家的妻子当天晚上平安生下了女婴。忽然，他见一个壮汉急匆匆从外面进来，扔下一句“阳寿八年，命定自杀”。随后便消失不见了。转眼过了九年。这次他去京城时，又住在同一人家。然而，事实上，女孩在八岁上突然死了，而且是从树上掉下来时，镰刀割到了脖子——故事大致是这样。郡主听了这个，被命运的无从抗拒吓到了。“人，只有听天由命。”——郡主心里这么想，脸上却灿烂地微笑着。

触及屋檐的松树，枝条频频被大雪压断。白天里郡主如往常一样弹弹筝，下下双陆棋；晚上与男子共寝时，听见水鸟入池的声音。哀伤少了，每日的欢愉也不多。郡主依旧在郁闷的安适中，寻见短暂的满足。

不料，这样的安适，突然到了尽头。春日姗姗来迟的夜里，只剩男子与郡主两人时，他嗫嚅说道：“和你厮守，今晚是最后一次了。”男子的父亲今日离任，要去陆奥②地方做长官了。他也不得不

---

① 用以放置梳妆道具箱的三层黑漆搁架。

② 日本的旧地名，位于日本本州的东北地区，相当于青森、岩手、宫城、福岛四县。

跟随去那雪深之地。离开郡主，实在伤心得很。可是一直瞒着父亲，现在说要娶郡主为妻并不合适。男子叹着气，慢悠悠地说道：“不过，五年任期就满了。到那时候，我们再相见。”

郡主哭着伏地不起。就算没有牵挂的心，和依赖的男人分别，也是无言的悲伤。男子抚摸着郡主的背脊，好言劝慰。然而，随即自己也凝噎无语了。

这时候，一无所知的乳母，带着年轻的女官，拿来温热的酒壶和酒杯。古池边垂枝的樱花，也正含苞待放……

三

到了第六年的春天，去了陆奥的男子并没有回京城。这些年仆人们一个都不剩，全都去了别处。郡主居住的东厢房也因为某年刮大风而颓塌了，后来郡主只能和乳母住在侍卫的侧屋里。那里又窄又乱，只能遮蔽风雨。移居侧屋时，乳母看见郡主凄惨的样子，不禁落泪。不，她有时还无端地感到气恼。

生活无疑是艰辛的。橱柜早已换成了大米和蔬菜。如今，除了郡主身上的底衫和裙裤，家里什么都没有了。要是缺柴火，连破朽的正屋的木板都得拆掉。然而，郡主一如往昔，弹筝唱歌消遣度日，等待男子。

这一年的某个秋日月夜，乳母到郡主面前，反复思量着说道：

“大人，也许不会回来了。您就忘了他吧。还有啊，前些时日……宫中的御医央求着想见您呢……”

郡主听着，想起六年前的事。六年前，怎么哭都无法抑制悲伤，可是现在，身体和内心都已经累了。“只想平静地老去”……除了这个，没有其他想法。郡主听完了，望着洁白的月亮，慵懒地回过憔悴的脸说道：

“我，什么都不需要了。生和死都是一样的……”

恰巧与此同时，男子在遥远的常陆国[①]的宅邸里，和新婚妻子推杯换盏。他的妻子，正是常陆地方长官的女儿。

“那是什么声音？”

男子吃了一惊，望着明月高悬的屋檐。这时候，男子心里莫名地现出郡主的样子。

“不会是栗子掉下来了吧。”

他的常陆妻子说着，大咧咧地给他的酒壶里斟上了酒。

四

男子回到京城，恰好是第九年的晚秋。他和妻子一家在前往京都的途中，到粟津避暑，待了三四天。进京城的时候，也选了傍晚，不像白天那么引人注意。男子即便在乡间，也有两三次向京城的妻子发去诚挚的问候。可是，要么是送信人没有回信，要么是找不到郡主的住所，一次回音都没得着。正因如此，到了京城，思念越发强烈。他把妻子送去岳父的宅邸，顾不上解除旅装，便去了六宫。

到了那里，只见以前的四柱大门、铺着丝柏树皮的正殿、厢房

① 日本旧地名。与现在的茨城县大致相当。

都没了。残留的，唯有坍塌的土墙。男子站在杂草中茫然地望着庭院，占据了半个院子的池塘里长了少许水葵，丛生在微亮的新月之下。

男子记得哪里是正屋①，找到一处倾塌的木板屋。走近一看，似乎有人。男子在夜色中朝那人影招呼。紧接着，在月色中缓缓走出的，是似曾相识的老尼姑。

听男子报上名字，老尼姑没有出声，不停地哭着，断断续续地说出郡主的经历：

“大人或许忘了。我就是曾经侍奉过您的郡主的奶妈。您走了之后，郡主等了五年。我因为要和老伴去但马②，辞别了郡主。可是我老记挂着她，一个人来京城，您也看见了，宅子不都荒废了吗？连郡主在哪里——打先前起，一点着落都没有。大人您也知道，郡主这些年等您多辛苦，没法说啊……”

男子听完这些，脱下一件底衣递给弯着腰的老尼。低垂着头，沉默地在草地中走远了。

五

从第二天起，男子在京城中四处奔走。可是，他不知该去哪里，怎样去找，才能马上找到她。

几天后的一个傍晚，骤雨不期而至，男子跑到朱雀门前西侧的曲殿处躲雨。那里除了他，还有一个托钵僧模样的人在避雨。朱漆

---

① 原文汉字为“政所”，平安时代开始亲王、公卿处理政务的机构。

② 日本旧地名。位于现在的兵库县北部。

城门上方的天空，寂寞的雨声连绵不止。男子侧目打量着僧人，为了缓解烦乱的思绪，在石板地上走来走去。忽然，他的耳朵听见灰暗的窗格里传出人的动静。他几乎是无心地往窗内看去。

窗子里，一个尼姑在看护躺在破草席上、看似生了病的女人。借着黄昏微弱的光线可以看出，女人枯瘦得可怕。然而一眼便能认出，她就是郡主。男子想要出声，可是看见郡主凄惨的样子，不禁哑然失语。郡主不知男子在场，在破草席上翻了个身，凄苦地歌咏起来：

“往昔微风尤觉寒，如今只作寻常观。”

男子听闻，不禁叫出郡主的名字。郡主微微从枕上起身，然而一见是男子，轻声惊呼，面朝下方倒在席子上。尼姑——那个忠诚的乳母，和急奔过来的男子一同抱起郡主。可是一看到郡主的脸，乳母自不用说，连男子也慌了手脚。

乳母如癫似狂地跑到托钵僧身旁，请他为临终的郡主念念经文。僧人应承下来，坐到郡主枕边。

“往生非人力所为，唯有本人勤念阿弥陀佛的法号。”

郡主被男子抱着，声若游丝般念着佛号。忽然，她惊恐地凝视着城门的天花板。

“啊，那里有烧着的牛车……”

“那种东西不必惧怕，只需唱念佛号。”

僧人稍稍加重了语气。过了一会儿，郡主又朦朦胧胧地低语道：

“看见金色的莲花了，华盖那么大的莲花……”

僧人想要说什么。没等他开口，郡主又断断续续地说道：

“莲花看不见了，黑暗里只有风在吹。”

“专心念佛啊，为什么不专心念？”

僧人几乎斥责般地说道。可是郡主奄奄一息地重复着同一句话：

“什么……什么都看不见了。黑暗里……只有冷风在吹。”

男子与乳母忍着泪，口中不停念着佛号。僧人自然也双手合十，帮郡主念佛。念佛声里交杂着雨声，躺在破草席上的郡主，脸色渐渐变得死灰起来……

六

几天之后的一个月夜，劝说郡主念佛的僧人，依旧在朱雀门前的曲殿里，衣衫褴褛，抱膝而坐。这时候，月光下一个武士悠然唱着歌，从朱雀大街走来。他看见僧人，停住了穿着草鞋的脚，不经意似的问道：

“最近在这朱雀门附近，是不是听到女人的哭声？”

僧人蹲坐在地上，只回了一句：

“你听。”

武士凝神静听，除了微弱的虫鸣，并没有其他声音。四周的夜色里，只萦绕着松树的气味。武士刚要开口，说时迟那时快，不知打哪里传来女人微弱的叹息声。

武士握住了刀柄。可是那声音袅绕在曲殿的上空，拖着长长的余音，渐渐消失了。

“您给她念念佛吧……”僧人在月光中抬起了脸，“那是一个不中用的女人的魂魄，不知道什么是极乐世界，也不知道什么是地狱。您给她念佛超度吧。”

然而武士没有回话，仔细打量着僧人的脸。他忽然惊惶地双手伏地，拜在僧人面前。

“您不是内记上人[①]吗？您怎么会在这儿……”

他俗名庆滋保胤[②]，世称内记上人，正是空也上人[③]弟子中位尊德劭的高僧。

---

① 内记是记录宫中大事的官职，分为大、中、小三级；上人是高僧的别称。

② 庆滋保胤（934—997），师从菅原文时，平安时代中期的文人。担任过大内记，后出家为僧。著有《池亭记》《日本往生极乐记》等。

③ 空也上人（？—972），平安时代中期的高僧。开创“舞蹈念佛”，即敲着葫芦、铜钲，一边舞动身体一边念佛。有力推动了佛教的平民化。

袈裟与盛远

上

夜晚，盛远[①]在土墙外望着月空，脚踏落叶，陷入沉思。

盛远的独白

月亮出来啦。我总是等待月出，今天的月明却让我恐惧。想到一夜之间我不再是从前的我，明天开始变成杀人者，即使现在，身体也在颤抖。想象双手沾染鲜血，那时候的我，对我自己而言，显得多么令人咒恨啊。如果杀死我所憎恶的人，我不会如此痛苦，而今晚，我必须杀死我不憎恶的人。

我以前就认识他。渡左卫门尉[②]的名字，因为这次的事才知晓。

① 盛远（1139—1203），远藤盛远。武士，误杀恋人袈裟之后出家，真言宗僧人，文觉上人。

② 渡左卫门尉，源氏一系，名源渡。左卫门尉为官职名，负责宫内的警备事务。

作为男人，他的脸过于阴柔白皙，记不清什么时候见过他。当我知道他是袈裟[①]的丈夫时，的确一度感到嫉妒。然而那嫉妒已经彻底从我心中消散，没有留下一丝痕迹。因此，他虽然是情敌，我却不讨厌，也不憎恨他。不，倒不如说我同情他。我从衣川口中听说源渡如何费尽心思得到袈裟，甚至觉得他有可爱之处。他为了娶到袈裟，不是专门学习作和歌吗？想象古板的武士所写的恋歌，唇边便不觉露出微笑。那并非嘲笑源渡的微笑，而是对他为了取悦女子特意学写诗感到可爱。或者，他用心取悦我所爱的女子，可能给予了作为爱人的我某种满足感。

然而，我是否真那么爱袈裟呢？我和袈裟的恋爱，分为现在和过去两个时期。在袈裟和源渡未曾结缘之前，我已经爱着袈裟，或者自以为爱着。可是，现在想起来，那时候我心中不纯的想法也不少。我追求袈裟什么？童贞时的我，显然追求袈裟的身体。如果允许夸张些，我对袈裟的爱，其实不过是将那欲望美化的感伤之情。其证据在于，和袈裟断了来往的三年时间里，我确实没有忘记她。如果在那之前和她有了肌肤之亲，我还会那么念念不忘吗？惭愧的是，我没有肯定回答的勇气。之后我对袈裟的爱恋之中，也混杂了难以割舍的未有肌肤之亲的遗憾。然后，带着这样郁结的心情，终于变成现在这样，我所恐惧又期待已久的关系。要说现在，我再问自己，我真的爱着袈裟吗？

在回答之前，即使不情愿，也有必要把个中经过再回忆一遍——

---

① 袈裟，生活于平安时代末期。衣川殿的独女，源渡之妻，袈裟为其爱称。被远藤盛远爱慕，后顶替丈夫被盛远杀死。

渡边的新桥落成做法事时，时隔三年又遇见了袈裟。之后大约半年里，为了制造幽会的机会，我尝试了各种手段，最后终于成功了。那时候，我如愿以偿，亲近了袈裟的肌肤。然而支配着那时的我的，未必是前面所说的难以割舍的未有肌肤之亲的遗憾。我在袈裟位于衣川的家中，和她坐在房间的榻榻米上，察觉到那种不舍之情已经淡薄了。我已不是童贞之身，在那时候，这也帮助我减弱了自己的欲望。然而更主要的原因是，她的姿色已不如从前。眼前的袈裟，不是三年前的袈裟，皮肤失去了光泽，眼睛周围有浅浅的黑晕。脸颊周围和下巴，难以置信地失去了往日的丰腴。唯一没变的，是黑漆漆、水汪汪的眼睛吧——那变化对我的欲望，确实是恐怖的打击。三年后第一次和她面对面独处时，忍不住要移开视线的强烈冲动，至今仍清晰记得……

那么，对肌肤之亲没那么大执念的我，为何与她发生关系呢？首先，是奇怪的征服欲作祟。袈裟和我对坐，故意夸张地告诉我她有多爱丈夫。然而那只触发了我的空虚之感。“她对丈夫抱有虚荣心。”——我想。“或许这也是她不想让人怜悯，内心抵抗的体现。”——我又想。与此同时，想揭穿这谎言的冲动，与时俱增。但是，为什么我认为那是谎言？如果说认为是谎言的理由之中有我的自恋，我自然没有辩解的理由。但即便如此，我仍然相信那是谎言。如今依然相信。

然而，征服欲并非是支配那时的我的唯一原因。此外——感觉一说自己就会脸红——驱动我的还有纯粹的情欲。那不是想了解她肌肤的执念，而是更为低俗的，不是非她不可的，单纯以欲望为目的的欲望。或许买春的人，也没有那时的我低俗。

总之，出于种种动机，我终于和袈裟发生了关系。确切地说，我凌辱了袈裟。现在，回到最初提出的问题——不，是否爱着袈裟的问题，如今，再怎么都不必问自己了。毋宁说，有时甚至对她感到憎恶。尤其在事情做完之后，我强行抱起伏身哭泣的她，袈裟比不知廉耻的我，更像不知廉耻的女人。不管是蓬乱的头发，还是脸上汗湿的妆容，无一不显露出她内心与身体的丑陋。如果之前的我爱着她，那天便是爱的终结，爱永远消逝之时。换言之，如果我之前没有爱过她，从那天起，心中还增生了新的憎恶——这么说也无妨。然后，啊……今晚我要为了不爱的女人，杀死并不憎恨的男人！

这也完全不是任何人的罪孽。我用自己的口，公然说过："不如杀了源渡吧。"——想起曾在她耳边如此低语，我都怀疑自己是不是疯了。然而我的确这么说了。心里不想说，还是紧咬牙关说了。为什么自己要那么说，现在回想起来，自己也不明白。如果硬要想个理由，那就是自己越看轻她，越憎恶她，越想施加凌辱。要达到这个目的，没有比杀死渡左卫门尉——袈裟向我夸耀的爱着的丈夫，并让她毫不犹豫应承下来更好的了。因此我像深陷噩梦的人，本不想杀人，却力劝她同意。我杀死源渡的动机不充分，人所不知的力量（可以说是天魔之力），诱惑着我的意志，让我陷入邪道。——唯有如此解释。总之，我执着地在袈裟耳边低语，一遍，又一遍。

袈裟沉默了片刻，忽然抬起头，认真地看着我，用眼神表示同意。答案来得太容易，我不仅仅是感到意外。我望着袈裟的脸，她眼睛里有我从未见过的奇异光芒。奸妇——我立即想到这个词。同时近乎失望的心情，突然使我露出恐怖的眼神。那时，她淫荡、凋敝的容颜让人生厌，不断地折磨我——这也无须赘述了。如果可能，我想当场反悔，撕毁那约定。想借此将那不贞的女人，推入凌辱的深渊。这样我的良心，即使在玩弄了她之后，还能在那义愤背后找到避难之处。可是我无论如何都无法获得回旋的余地。她似乎看穿了我的心思，凛然变色，目不转睛地注视我的双眼。那时——坦白说，我之所以陷入绝境，答应在某天某个时辰杀害源渡，完全是出于恐惧，怕万一自己不答应，袈裟会报复我。其实，那种恐惧，现在仍然笼罩着我的心。嘲笑我胆怯的，大可尽情嘲笑。你们不知道那时候的袈裟是怎样的。“如果我不杀源渡，即便袈裟自己不动手，我也必定为她所杀。与其如此，还不如我杀死源渡。”——我看着袈裟似哭非哭的眼睛时，如此绝望地想过。而且我的恐惧，在我发誓之后，看见袈裟苍白的脸上酒窝一闪，低头微笑时，更为确凿无疑了。

啊……我要为了那可恶的约定，在肮脏又肮脏的内心上，多加一重杀人的罪。在今天之前毁除那约定也是我无法承受的。一者，一言既出，驷马难追；再者——我恐惧报复。这绝非谎言。然而，此外还有某种力量，那是什么？把这样的我，这样胆怯的我放逐，让我杀死无辜的男人。那巨大的力量是什么？我不明白。不明白有时候——不，没这种可能。我看轻她，畏惧她，憎恶她。可是，或许是因为我依然爱着她。

盛远徘徊再三，不再开口。月光下，隐约传来吟唱《今样》① 的歌声。

天黑黑啊是人心，阴暗又无光。

① 平安时代中期流行的歌谣之一。一般由四句七五音节的歌词构成。

行将消失的命啊，烦恼心共燃。

下

夜晚，袈裟在寝台外，背对着油灯的火光，咬着衣袖陷入沉思。

袈裟的独白

他会来吗？还是不来？说不定不来了。月亮渐渐落下去，还听不见脚步声，该不会突然改变主意了吧。万一他不来——啊……我就得像个出卖身体的女人，仰着羞耻的脸继续面对太阳。我怎能做那么厚颜、邪恶的事？那时候的我，和丢弃在路边的尸体没有任何差别。我被侮辱、践踏，最终还要把羞耻的身体暴露在日光下，即便如此，还要像哑巴一样保持沉默。万一变成那样，我死也不瞑目。不，不，他一定会来。上次分别时，我盯着他的眼睛，之后便一直这么想。他害怕我。他恨我，轻视我，又害怕我。如果我只靠自己，他未必会来。可是我依赖他，指望他的利己心。不，是指望引起利己心的卑微的恐惧。所以他对我那么说。他一定会偷偷来……

可是，无法依靠自己的我，多么可悲啊。三年前的我，把自己的美丽，当作最大的依靠。说三年前，或许还不如说到那天为止更接近事实。那天在婶婶家的房间里，和他相见时，我一眼就看出自己映在他心里的丑陋。他装作若无其事，柔声细语，想方设法挑逗我。然而一旦知道了自己的丑陋，女人的心又怎会在那样的甜言蜜语中得到慰藉呢。我很少说话。心中既恐惧，又悲伤。小时候被奶妈抱着看月食有过恐惧，和那时候的心情比起来，现在不知强多少倍。我的种种梦想，一下子消失无踪。此后，只有雨中黎明般的寂寞，始终包围在我身边——我因寂寞而颤抖，终于把与死无异的身体，给了那个我并不爱的人，给了憎恨我、轻视我的好色男人——我是因为自己的丑陋被人看见，而难以忍受那寂寞吗？于是把脸贴在他的胸上，想在被燥热包裹的瞬间欺骗一切吧。如果不是那样，我不过和他一样，是被肮脏的心情驱使着吧。光是这么想就让我感觉羞耻、羞耻、羞耻。尤其在离开他的怀抱，身体恢复自由时，我觉得自己多么下贱啊。

我又气恼又寂寞，想忍住不哭，泪水还是不住地流下来。但那并不仅仅是失去贞洁的悲伤。失去贞洁，而且被他小看，就像得了癞病的狗，被人讨厌，被人欺负，这才真正让我痛苦。后来我究竟做了什么？现在想起来，仿佛是很久以前的记忆，朦朦胧胧的。不过，我记得在抽泣的时候，他的胡子触碰到我的耳朵，低沉的声音伴随着灼热的呼吸。他低声说："不如杀了源渡吧。"我听见了，同时感到如今都无法理解的，充满生机的心情。生机？如果说月光是明亮的，那也体现了生机勃勃的心情吧。可是，那又是和月光的明亮不同的，充满生机的心情。可是，我毕竟因那恐惧的低语，得到了慰藉吧。啊……我，女人这东西，是为即使杀夫也有人爱而感到喜悦吗？

我和那晚明亮的月夜一般，感到寂寞又充满生机，继续哭了一会儿。然后？然后？是什么时候，我拉住他的手，相约杀死丈夫？然而在约定的同时，我才想起了丈夫。诚实地说，那时候我才想起他。之前我的内心，始终想着自己，被欺辱的自己。而那时，我想起丈夫，内向的丈夫——不，不是丈夫，那时候我眼前真切出现的，是微笑的丈夫的脸。我的心中忽然想到那个计划，恐怕是在想起丈夫的脸的一刹那。原因在于，那时候我做好了死的打算，而且对那决心感到欣喜。但是当我停止哭泣，抬起脸看他，发现我映在他心里的丑陋样子时，我的欣喜忽然之间彻底消散了。那是——我又想起和奶妈看过的月食的黑暗——仿佛隐藏在喜悦深处的种种鬼怪一下被释放出来。我打算替丈夫死，真是因为爱着丈夫吗？不，不是。在这冠冕堂皇的借口背后，是委身于人想要赎罪的考虑。我没有自杀的勇气。我的想法卑鄙，想让世间看到一个良善的我。然而那样看还是宽容的吧。我更下贱，更丑陋。我把替丈夫去死作为挡箭牌，他的憎恶、轻蔑、玩弄我时邪恶的情欲，我都要以牙还牙进行报复呢。证据就是，我一看到他的脸，那仿佛月光般不可思议的生机便消失了，只有悲伤的心情，迅速冻住我的心。我不是为丈夫而死，我要为自己去死。为了内心受到创伤的懊悔，为了身体被玷污的恨意，为此去死。啊……我不仅没有活着的意义，甚至没有死亡的意义。

可是，即便是没有意义的死，也比活着多少值得期待。悲伤的我强装微笑，反复叮嘱他别忘了杀夫的约定。他是个聪明人，从我的话里面大概能推测出，万一他不遵守约定，我会如何报复。这样看来，他既然向我发了誓，就不可能不来——那是风的声音吗？——那天以来焦灼的内心，今晚终于熬到了头。想到这个，心情也仿佛舒缓下来。明天的太阳，一定会将寒光照在我没有了头颅的尸体上。丈夫看见了——不，我不去想丈夫，他爱着我。但是，我对那份爱，无力应对。从以前到现在，我只爱过一个男人。而这个男人，今晚要来杀我。连这灯台的火光，对于我来说都太隆重了。更何况我已被我的爱人，折磨得遍体鳞伤。

袈裟吹灭了灯火。不一会儿，黑暗中传来格栅木门被推开的声音。与此同时，淡淡的月光照了进来。

俊宽 ①

俊宽其人……与神明无异。唯吾等至诚……唯应修行佛法，以超生死。

——《源平盛衰记》

（俊宽）益发感慨，如此思虑："矶石岸边柴作庵，有心示友空惆怅。"

——同上

一

俊宽大人的事？世上以讹传讹者，莫过于此。其实不仅俊宽大人，好比我——有王②自己的事，传闻中也不乏无稽之谈。前些时日，我听一个琵琶法师说唱，说俊宽大人哀叹之余，以头撞岩失狂

① 俊宽（？—1179），平安时代末期的僧人。仁和寺法印宽雅之子。1177 年参与藤原成亲父子讨伐平氏，因计划泄露被流放鬼界岛，后死于孤岛。事迹被改编成同名能乐作品，上演至今。

② 俊宽的仆人，自幼侍奉俊宽。俊宽被流放后赴鬼界岛与之相伴。在俊宽死后为其收殓遗骨葬于高野山。后出家为僧。

而死；而我肩扛大人的遗骸，投海而死。又有琵琶法师一本正经地说，俊宽大人与海岛之女喜结良缘，儿女绕膝，比在京城过得更为惬意。第一个琵琶法师所讲的，只要我有王还活着，便能明白是毫无根据的胡说；后一个讲的，也是胡编乱造，瞎说而已。

琵琶法师这种人，毕竟是自以为是，尽胡编乱说的。不过，编得像模像样这点，连我都不禁佩服。当我听到俊宽大人在竹叶屋顶的小屋里和孩子们玩耍，不禁为之莞尔；听到他在浪声隆隆的月夜发狂而死，忍不住为之落泪。虽为不实之言，琵琶法师虚构之事，必定如琥珀中的小虫，能传诸后世吧。如此看来，正因为有那种编造的故事，我才想着如果不趁现在把俊宽大人的事讲出来，琵琶法师编造的，说不定什么时候就被信以为真——所以我才对您讲述啊。这也是应该的。好在夜长人静，我就讲讲远途跋涉到鬼界岛见俊宽大人时的事情吧。不过，我没有琵琶法师那么能说会道。可取之处在于，都是我有王亲眼所见，不经修饰的真实故事。即便无趣，也请垂听片刻。

二

我到达鬼界岛是治承三年[①]五月末，一个阴沉的下午。琵琶法师也讲过，那天差不多天黑的时候，我终于找到了俊宽大人。而且那是杳无人迹的海边——只有灰色的海浪不停地涌上沙滩，寂静无比。俊宽大人当时的模样——对了，世间流传的是这样："发虽垂髫，

① 公历 1179 年。

面相苍老，并非童颜；虽为僧人，头发蓬生，且多白发。衣衫多灰尘碎藻，不加扫拂；颈瘦腹鼓，面色黝黑，手足细长。似人非人。”这多半是虚构的，尤其颈瘦腹鼓，或许出自《地狱变相图》的联想吧。处于鬼界岛，便使用形容饿鬼的词。而当时的俊宽大人，头发虽然长长了，面色也晒得黑了，其他却和从前没有变化——不，并非没有变化，而是更结实、更显沉稳了。在海风轻柔的吹拂下，僧衣翩翩地独自走在海边——我忽然发现，他的手中竟拿了一支细竹，上面串了一串小鱼。

“僧都大人！给您请安。是我，有王啊！”

我忍不住跑到近前，喜悦地喊道。

“啊，是你啊，有王！”

俊宽大人惊讶地望着我。此时的我已经抱着主人的腿，喜极而泣了。

“有王，你来得好！我还以为这辈子再也见不到你了呢。”

俊宽大人眼中含泪，过了一会儿，抱我起来。

“别哭，别哭。至少今天又相见了，多亏菩萨慈悲垂怜。”他像父亲似的安慰我。

“嗯，我不哭了。僧都大人——您住的地方，就在这附近吗？”

“住处？在那座山后面呢。”

俊宽大人抬起提着鱼的手，指着附近的礁石山。

“说是住所，却不是桧皮屋顶的宅子哦。”

“嗯，我知道。毕竟是在离岛上……”

我说着，还有些哽咽。主人和从前一样，温和地微笑着。

“不过住着感觉不坏。你睡觉的地方总是有的。来吧，一起去看看。”他语气轻松地招呼我同去。

没过多久，我们就从浪声喧嚣的海边来到一座寂静的渔村。浅白色的道路两边，榕树悬垂的枝条上，厚厚的树叶光泽油亮——树木之间可见零星的竹叶铺就的屋顶，是这岛上的土著人家。看见家中红红的炉火、久违的人影，我至少觉得村庄有种亲切感。

主人不时回头告诉我，那家住的是琉球人，那边栅栏里养了小猪之类的。可是最让我欣喜的是，连乌帽子都不戴的土著男女，看见俊宽大人都低头致意。连一户人家门前赶鸡的小女孩，不也鞠躬了吗？我很开心，又觉得不可思议。悄悄问主人，这是怎么回事。

“在成经、康赖①大人口中，这座岛上的土著和鬼一样，不通人情……”

“的确。京城的人肯定会这么想。可是，被流放的人都是京城来的啊。不管什么朝代，边土的百姓见到京城来的人总要低头。朝臣业平②、实方③——大家都大同小异吧？他们也和我一样，去往东国、陆奥，经历格外愉快也未可知。”

“可是人们传说，朝臣实方死后，还是一心思念京城，最后变成御膳房的麻雀了呢。”

“编造这种传说的，是和你一样的京城人呢。说起鬼界岛的土

① 藤原成经、平康赖，因推翻平家政权的计划泄漏，和俊宽一同被流放到鬼界岛。次年被赦免回到京都。

② 在原业平（825—880），阿保亲王之子，诗人。《伊势物语》的主人公。曾被流放东国（关东地区）。

③ 藤原实方（？—998），诗人。曾被降职为陆奥守。

著，京城人都以为他们是鬼怪。由此可见，那说法也靠不住。”

这时又有一个女人向主人低头致意。她站在榕树树荫下，抱着一个婴儿。或许是因为树叶的遮掩，红染单衣的身姿浮现在夕阳的光线中。主人和善地对她点头回礼。然后低声告诉我：

“那是成经的夫人哦。”

我吃惊不小。

“夫人？成经大人和她结为夫妻了吗？”

俊宽大人微笑着对我轻轻地点了点头。

“她抱的也是成经的子嗣。”

“难怪呢，这么说来她长得好看，不太像偏僻地方的人。”

“什么？她长得好看？怎样的脸算好看？”

“嗯，细眼睛，脸颊丰满，鼻子不能太高，面相温和的……”

“那也是各人喜好。在这岛上，都喜欢眼睛大、脸颊略瘦、鼻子稍高，五官精致的脸。所以刚才的女人，在这里没人觉得她好看。”

我忍不住笑了。

“说到底，土著的可悲，在于不知道什么是美呢。岛上的土著要是见了京都的贵妇，会笑她们都是丑八怪吧？”

“不，岛上的土著并非不懂什么是美，只是喜好不同罢了。而且喜好这东西，也不是万代不变的。要想证明这点，可以拜观各个寺庙的佛像。三界六道的教主、十方最胜、光明无量、三学无碍、引导亿万众生的菩萨、南无大慈大悲释迦牟尼如来也是三十二相八十种好的身姿，也随着时代变迁而产生各种变化。菩萨尚且如此，更不用说美人了。自然是每个时代都不同。即使京城，过上五百年，或者一千年，喜好发生了变化时，别说这岛上的土著女人，说不定会流行南蛮北狄女子那种长相吓人的脸呢。”

“那种事才不会发生呢。我邦风俗，千秋万代之后，也还是我邦风俗。”

“可是即便是我邦风俗，也会随着时间和境况产生变化。比如当世贵妇的脸，不过是照搬了唐朝佛像。京城对容貌的喜好，不就证明了墨守唐土风俗吗？因此若干代之后，人皇迷恋碧眼胡人女子的容貌，也未可知呢。”

我很自然地微笑了。主人从前曾经这样教诲我们：“不变的不仅是长相，心也和过去一样。”——想到这个，我的耳边仿佛传来了遥远的京城的钟声。可是，主人在榕树荫下缓步前行，又说了这么一句：

“有王，你知道我来这海岛上，最开心的是什么吗？每天不用听那啰唆的老婆唠叨了啊。”

三

那晚，我借着灯台的火光，享用主人准备的饭食。原本这种事，会令我诚惶诚恐，不过主人如此吩咐，又有兔唇的童子张罗服侍，便忝陪用餐了。

房间以竹子围建而成，样式接近僧庵。檐廊的垂帘之外，种了竹林。可是山茶油的火光，难以照到那里。房间里不仅有皮箱，还有佛龛和桌子——皮箱是从京城启程时带来的。佛龛和桌子都是岛上土著做的，虽然不精致，据说也是琉球红木的工艺。佛龛里放了佛经，还有一尊阿弥陀如来像，发着澄净的金光。听说，那似乎是康赖大人回京时留给主人做纪念的。

俊宽大人惬意地坐在圆草垫上，请我吃丰盛的菜肴。当然因为在岛上，醋和酱油不如京城的美味，但是菜肴十分稀罕，汤羹、海鲜脍、炖煮、水果——知道名字的，几乎一个也没有。主人见我惊讶地忘了动筷子，愉快地笑着向我介绍：

"怎么样，汤的味道？这是岛上的特产，叫作臭梧桐的东西。这个鱼也尝尝看，也是特产，永良部鳗鱼。那个碟子里是白腹鸟——对，就是那个烤肉——京城难得见到。白腹鸟青背白腹，形状像鹳鸟。当地人说吃了它的肉，能去湿气。那山芋味道格外好。叫什么？叫琉球芋。梶王他们每天不吃饭，光吃这山芋。"

梶王就是刚才提到的，兔唇的童子。

"尽管吃，别客气。以为光喝粥就能得解脱，是沙门常有的谬论。释尊成道时，不也接受了牧牛女难陀、婆罗的乳糜之供吗？如果那时候饿着肚子，说不定第六天魔王波旬不必派三魔女，而要用六牙白象王的味噌咸菜、天龙八部的酒糟腌菜、天竺的珍馐美味来诱惑他了。饱暖思淫欲，是我等凡夫俗子的惯习。派出三魔女的波旬也是了不起的天才啊。不过魔王的浅陋之处在于，忘了献乳糜的难陀、婆罗也是女人。牧牛女难陀、婆罗献上乳糜——释尊入无上之道，较之雪山六年的苦行，这反而重要得多。'取彼乳糜如意饱食，悉皆净尽。'——《佛本行经》第七卷中，这种可贵的记录并不多——'尔时菩萨，食糜已讫，从座而起。安庠渐渐向菩提树。'如何？'安庠渐渐向菩提树。'看了女人，饱食乳糜、端严微妙的释尊宝相，岂非近在眼前可供参拜吗？"

俊宽大人愉快地用完晚餐，把圆草垫移到凉爽的竹檐廊附近。

“你要是吃饱了，就给我讲讲京城的消息吧。”主人催促我。

我不由得低垂下视线。虽然已早有准备，但到了开口的时候，又胆怯踌躇起来。而主人却满不在乎地手拿芭蕉扇，继续催我讲。

“家中怎样？我妻子是不是老样子，总是抱怨？”

我只好低垂着头，将主人不在家时的各种艰辛讲述了一遍。主人被捕之后，近侍们都逃走了，京极的宅邸、鹿谷的山庄都被平家的武士夺去。去年冬天，夫人去世；公子得了严重的疱疮，也随之辞世。如今主人的家人，只剩郡主一人，被奈良的婶婶收留，避人耳目地生活——讲着讲着，眼中的灯台火影渐渐暗淡了下来。檐廊的垂帘、佛龛上的佛像——那些也都无暇顾及了。讲到一半，我忍不住哭了起来。主人始终沉默地听着。当他听到郡主时，忽然心生牵挂，移膝靠近我。

“郡主现在可好？和婶婶亲近吗？”

“嗯，和婶婶相处得很好。”

我一边流泪，一边呈上郡主的信。在来鬼界岛之前，即将从门司、赤间关出航时，听说盘查很严，我便把信藏在发髻中。主人立即在灯台的火光下展开书信，断断续续地低声读道：

“……世间昏昏，心无晴日……三人流放孤岛……父亲大人独留彼处……京城紫草已枯……那时，寄居奈良婶母家中……虽非蜗居，请想那独居寂寞……倏忽已至第三载，不知父亲大人康健与否……盼速速回京，思之尤深，念之尤切……敬拜，敬拜……”

俊宽大人放下信，双臂交叉长叹道：

“郡主已经十二岁啦——我对京城并无不舍，唯独想见她一面。”

我体察主人的心情，却无言以对，唯有拭泪。

“不过，要是见不到——别哭，有王。不，想哭就哭吧。只是这婆娑世界，伤心事情太多，哭也哭不完。”

主人慢慢地倚在身后的黑木柱子上，寂寞地微笑着。

“妻子死了，儿子也死了，女儿可能这辈子再也见不到了。府宅和山庄也不是我的了。我独自在离岛等待终老——这就是我现在的样子啊。可是受苦的，并不止我一个人。认为自己一人在众苦之海中沉浮，是和佛门弟子不相称的增长慢①。‘增长骄慢，尚非世俗白衣所宜。’夸耀多苦多难的心，无疑是邪业②。如果除去这心，就能明白，即使在这僻远之地，像我一般受苦的人，或许多过恒河的沙粒。不对，生在人界的，就算没有流放到这岛上，也和我一样，发出孤独的叹息。生为村上御门天皇第七王子、二品中务亲王的六代后裔，仁和寺法印宽雅之子、京中源大纳言雅俊卿之孙的，仅有我俊宽一人。而普天之下有一千、一万、十万、百亿个俊宽被流放呢。”

俊宽大人说完，眼中闪烁着愉快的光芒。

“如果一条、二条的大路口有一个盲人，世人或许会怜悯他。可是看那广阔的洛中洛外，充斥着无数的盲人——有王，你怎么应对？换了我，会不禁失笑。那和我流放海岛完全一样。想想遍布四方的俊宽，都仿佛只有自己被流放一样哭喊不已，就忍不住含泪而

---

① 增上慢，佛教术语，七慢之一。以自己证得增上之法（卓越法门）等而起慢心，认为自己胜过他人。见于《俱舍论》《法华经》等佛教经典。芥川写作“增长慢”，也见于《地狱变》等作品。

② 佛教语，与“正业”相对，由贪嗔痴引起的不正的身业。如杀生、不与取、邪淫等。

笑。要学会笑，先要舍弃增长慢。有王，既然懂了三界一心，最要紧的是学会笑。学笑就要先舍弃增长慢。释尊诞生，便是为教我等众生如何笑。他涅槃时，摩诃迦叶不也微笑了吗？”

这时我脸颊的泪水已经干了。主人的目光越过垂帘，看着遥远的星空。

“你回到京城，告诉郡主不要悲叹，学会去笑。”他若无其事地说道，“京城，我不回。”

我的眼中又涌上新的泪水。是怨恨这句话的泪水。

“我来这里，便是为了和在京城一样，侍奉大人左右。我抛下年长的寡母，没有告诉兄弟们详情，千里迢迢来到海岛，不就为了这个吗？我像大人说的那样贪惜生命吗？我是那般不知恩义，不配做人吗？我有那么……”

“你没那么笨。”

主人又和刚才一样，笑盈盈地说道：

“你要是留在岛上，谁来告诉我郡主是否安好？我一个人生活并无不便，况且还有梶王在——这么说不是让人妒忌吗？而她是没有音信的孤儿，被流放孤岛的小俊宽啊。下次有船来，你便速速回京城去。今晚我要告诉你，我在岛上如何生活。你回去讲给郡主听。你怎么又哭了？好吧，你就哭着听我讲，我呢，笑着继续说。”

俊宽大人悠然挥着芭蕉扇，讲起他在岛上生活的趣事。逐光的飞虫撞在檐廊的垂帘上，发出窸窸窣窣的声响。我低垂着头，静听主人讲述。

四

“我被流放到这个海岛，是治承元年[①]七月初。我并不记得和成亲卿[②]密谋夺取天下。先是被关在西八条，后来突然流放到这里。刚开始我心中不快，连吃饭的心思都没有。”

“可是京城里传言……”我插话道，“僧都大人也是主谋之一……”

“人们肯定是这么想的。据说成亲卿也把我列为主谋者之一。不过，我不是主谋。天下是净海入道[③]的也好，是成亲卿的也罢，都和我无关。说不定成亲卿比净海入道更为乖戾，不适合执政以治天下。我只是觉得，平家得天下，聊胜于无。源平藤橘[④]，哪家夺取天下，结果都是聊胜于无。你看这座岛上的土著，不管天下是平家的，还是源氏的，一样吃山芋，一样生孩子。以为天下没有官吏，就要亡天下，不过是官吏的自以为是。

“可是，如果天下是僧都大人的，就不会有遗憾了。”

俊宽大人的眼中仿佛映着我的微笑一般，也浮现出微笑。

“或许和成亲卿的天下一样，比平家的统治更坏。原因在于我比净海入道明事理。不去分辨是非曲直，追逐庞大的梦想——这正

---

① 公历1177年。

② 藤原成亲（1138—1177），治承元年，与平宗盛争夺右大将之位，失败后密谋推翻平家。于难波被捕杀。

③ 平清盛（1118—1181），号净海入道。官至太政大臣，以皇室外戚的身份左右政权。1168年辞官出家。

④ 奈良时代之后位高权重的四家贵族：源氏、平氏、藤原氏、橘氏。

是高平太①的厉害之处。小松内府②太聪明，治理天下的本事，比净海入道相去甚远。内府始终疾病缠身，如果为平家一族考虑，早死早好。而且，我难脱食色之性，这与净海入道很像。我等凡夫得了天下，对众生并无好处。毕竟让人界变为净土，唯有等待菩萨一统天下——我如此考虑，自然对争天下没有丝毫兴趣。”

“可是，那时候主人不是几乎每晚都去中御门高仓的大纳言③家去吗？”

我仿佛责备主人行事疏忽，望着他的脸。事实上当时的主人，似乎不知夫人担心，晚上很少在家住。可是主人依然一脸平静，扇着芭蕉扇。

“那正是凡夫多轻浮啊。就在那时，他家有一个名叫鹤前的年少女子。她究竟是何种魔女的化身？竟让我沉迷不能自拔。不妨说我这一生的不幸，都是因为她才不期而至的。我被妻子打耳光；出借鹿谷山庄④；流放孤岛——不过，有王，你要为我高兴。我虽然迷恋鹤前，却没有成为反叛的主谋。因女人而生爱乐⑤的先例，古今圣人中也不罕见。连阿难尊者都被擅长幻术的摩登伽女⑥迷惑；龙树菩萨尚未出家时，为了得到宫中美人而修行隐身术。可是谋反的圣

① 平清盛少年时的绰号。意为穿高齿木屐的平家太郎。

② 平重盛（1138—1179），平清盛的长子。

③ 藤原成亲。

④ 史称鹿谷事件。1177 年 5 月，藤原成亲、师光、成经、俊宽等人，于俊宽位于京都东山鹿谷的山庄密谋讨伐平氏，被告发而失败。

⑤ 见于《日本灵异记》的佛教词汇。意为孜孜以求。

⑥ 摩登伽女，释迦牟尼在世时，以幻术引诱阿难，后经释迦点拨，出家并证得阿罗汉果。

人，不论天竺、震旦、本朝，从未听说过。未曾听说也不出奇。因女人而生爱乐便是抛弃了五根之欲，而谋图叛乱，却中了贪嗔痴三毒。圣人抛五欲，不受三毒之害。如此看来，我的慧光虽因五欲而生了阴翳，却不曾消失——不说这些，我刚来这岛上时，每天都很气恼。"

"一定过得很艰难吧。吃穿想必不如意。"

"那倒不是。衣食春秋各送两次。从肥前国鹿濑庄送到少将这里。鹿濑庄是少将舅父平教盛①的领地。而且一年之后，我也习惯了岛上的风土。不过忘记心中的不快并不容易，总怪一起被流放的同伴。丹波少将成经他们，心情不郁闷时就白天睡大觉。"

"成经大人年纪还轻，想到父亲遭遇不幸②，伤心哀叹也是自然的。"

"并非如此。少将和我一样，对天下并不放在心上。他弹弹琵琶，赏赏樱花，给贵妇写写情诗，便快乐无比。所以他只要见到我，就会对谋反的父亲心生怨言。"

"可是我听说，康赖大人和主人关系亲密。"

"他可难对付了。康赖深信只要自己虔诚祈祷，天地众神、诸佛菩萨，都要按他说的给予利益功德。换句话说，在康赖看来，神佛和商人相同。只不过神佛不像商人，金钱买不到庇护。所以他读祭文、供香火。后山上挺拔的松树被他砍光了。砍了做什么呢？他用松木做了一千块卒塔婆③，每一块都写上和歌，扔进海里。我从没见过康赖这么功利的人。"

---

① 平教盛（1129—1185），平忠盛之子，平清盛之弟。

② 成经的父亲藤原成亲谋反败露后被杀。

③ 原意为佛塔，后指竖立在坟墓后方、上端为塔形的木板，作为佛塔的象征。

“这也不能小看。我在京城听说，那卒塔婆一块漂到熊野，一块漂到岩岛。”

“一千块之中，总有一两块能漂到日本的土地上。如果真相信神佛庇佑，不妨只扔一块。而且康赖在扔卒塔婆的时候，始终观察风向，等着顺风呢。我见他漂流卒塔婆时，归命顶礼熊野三所之权现。其次拜日吉山王、王子众社。上拜梵天、帝释，下拜坚牢地神，无一遗漏。尤其不忘内海外海龙神八部，诚求庇护。然后再求西风大明神、黑潮权现也多多保佑。最后还‘谨上再拜’。”

“主人把康赖大人说得真好笑。”

我忍不住笑出声来。

“然后，康赖就发怒了。如此大发嗔恚，别提现实利益功德了，连往生极乐也没指望了——不久之后，让人头疼的是，少将也和康赖一起开始信神了。他们拜的不是熊野、王子等来历光正的神，而是保佑岛民免受火山之苦的叫作岩殿的小庙。他们去参拜那岩殿——说到火山我才想起，你还没看过火山吧？”

“没看过。刚才在榕树梢上瞅见红色薄烟缭绕的秃山。”

“那么明天和我爬上山顶去。到了山顶不仅能看到海岛，大海的景色也好像近在眼前。岩殿也在去山顶的路上。康赖叫我也去拜神，我没轻易答应他。”

“京城里传说，因为只有僧都大人不去拜神，所以被留在岛上了。”

“嗯，说不定是这个原因。”

俊宽大人表情认真地摇了摇头。

“如果岩殿的神灵验，让我一人留下，其他两人返回京城，那不是祸津神[①]嘛。你还记得我刚才介绍的少将的夫人吗？她每日每夜都去岩殿求神，保佑少将能离开孤岛，可是迟迟不能如愿。如此看来，岩殿神不是比天魔更邪恶吗？自从释尊出世，天魔的修行便是遍行诸恶。如果岩殿里供奉的是天魔，那少将在回京的途中，要么翻船，要么得热病，肯定会死于非命。这是少将和那女人同时毁灭的唯一途径。可是岩殿神和凡人一样，不遍行诸善，也不遍行诸恶。并非仅仅岩殿神如此。奥州名取郡的笠岛道祖神[②]有一女儿，即出云路道祖神，住在京都加茂河原之西、一条北边。可是，没等父亲给她找一个门当户对的神做夫婿，出云路道祖神就和京都的年轻商人结为夫妻，结果被父亲赶去了奥州。这样和凡夫俗子不是毫无区别吗？实方中将[③]经过出云路道祖神时，没有下马参拜，竟被踢死了。那种和凡人相近的神，未脱五尘[④]，行事无常，对他们不可大意。从这个例子就能知道，神灵不脱离凡俗，没必要加以膜拜——对了，说岔了。康赖和少将虔诚地去岩殿拜神，而且模仿大和，称岩殿为熊野，某处海滩为和歌浦，某处山坡为芜坂等，一一取名。把侍童叫作"鹿狩"，却和追逐小犬的把戏没有区别。不过，无音瀑倒是比原物壮大很多。"

"可是京城里传说，这里发生了异相？"

---

① 引发灾祸的神灵。

② 日本民间信仰中，为防止恶灵、疾病侵入而在山岭、路口、村口等祭祀的神，以天然石块、阴阳石、男女和合石像等作为神体。保佑姻缘、旅途安全等。

③ 藤原实方（？—998），平安中期和歌诗人，中古三十六歌仙之一。995 年赴任陆奥守，客死任地。

④ 佛教认为色、声、香、味、触能污染真性，故称"五尘"，也称"五境"。

“所谓异相，是这样的：那天，二人在岩殿前祈愿，双手合十念诵经文时，山风吹动树叶，忽然落下两张山茶叶来。两张叶子上都有虫子咬的洞。一张上面是‘归雁’，另一张是‘二’字。合起来就是‘归雁二’——康赖似乎十分开心，第二天得意扬扬地拿给我看。‘二’字倒也说得过去，‘归雁’就实在勉强了。我觉得很可笑，次日去了山上，回来时捡了几张山茶叶给他。把虫眼连成字，那效果岂止‘归雁二”能比。有‘明日归洛’，有‘清盛暴毙’，还有‘康赖往生’。我以为康赖肯定会高兴……”

“他生气了吧。”

“康赖易怒。舞蹈在洛中排不上号，发怒的本事却数一数二。他参与谋反，必定是被嗔怒所累。而嗔怒究其根源，仍是增长慢所致。平家从高平太开始全是恶人；己方从大纳言①开始全是善人——康赖作如此考虑。而那自负并无益处。刚才讲过，我们凡夫俗子，每个人都和高平太相同。是康赖发怒好，还是少将叹息好，我并不知道。”

“只有成经大人有妻有子，应该能够忘忧吧。”

“可是他始终面色苍白，总因小事而抱怨。看见山谷里的山茶花，就说岛上没有樱花；看见火山顶的喷烟，就说岛上没有青山。有的东西不说，光是罗列没有的东西。有一次我和他去矶山摘款冬。他说，我该如何是好？这里没有加茂川。我当时没有笑出声来，肯定是土地神的保佑。不过我觉得很荒唐，便说，这里既没有福原的大狱，也没有平相国入道净海，可喜可贺。”

① 藤原成亲。

“您这么说，少将肯定生气了吧。”

“嗯，我就是要让他生气。可是少将望着我，悲伤地摇摇头，说你什么都不懂，你真幸福。那样的回答，比生气更让人为难。我——其实那时候，心情莫名地低沉。如果真像少将所说，我什么都不懂，可能就不会低沉了。可是我还是懂的。我一度像少将那样，眼中含泪。透过泪水看死去的妻子，是多么美丽啊——我想到这些，忽然觉得少将可怜。而即使以可怜的眼光去看，可笑的仍然可笑。于是我笑着，措辞认真地安慰他。少将对我发怒，唯有那一次。我刚出言安慰，他忽然恶狠狠地说：‘你这骗子。比起安慰，被你嘲笑才是我所希望的。’——你说奇怪不奇怪？我终于忍不住笑了出来。”

“少将后来怎样了？”

“后来四五天，就算碰见我，也不搭理。后来又碰见他时，他悲伤地摇头说，啊……我想回京城。这里连牛车都没有。他比我幸福——不过，少将和康赖，在这里比不在要好。他们回京城之后，我这两年，每天都十分寂寞。”

“京城里传言，您岂止是寂寞，简直哀叹欲死。”

我尽量详细地把听到的说给主人听。琵琶法师是这么说的：“仰天俯地，悲不自胜……手执缆绳逐船而行，海水及腰，复又至肋，曳行至没顶方止。水既没顶，无奈游回岸边……狂呼曰：带我同去，让我上船。船行已远，唯余白浪。”这是其中讲主人狂乱的一段。俊宽大人颇感兴趣地听着。讲到他一直挥手，直到船看不见的名段时，他说道：“那并非完全为虚言。我招了好几次手。”他诚实地点了点头。

“是和京城里的传言那样，如同松浦的佐用姬①，依依惜别吗？”

“毕竟是同住孤岛两年，推心置腹的朋友啊。依依惜别也是自然的吧？不过招手不完全是因为惜别——那时候到我家，告诉我船来了的是岛上的琉球人。他从海边跑来，气喘吁吁地说船，船。船我听得懂，可是来的是什么船，其他词完全不懂。那是因为他太过急迫，说的话里有日语，又有琉球语。我听到来船，便立即去海边。到了那里，已经聚集了很多土著。桅杆高耸的，无疑是接我们回京的船。我看见那艘船，心中自然十分雀跃。少将和康赖抢在我前面，跑到船边，喜悦非同一般。琉球人甚至以为他们被毒蛇咬了，因而癫狂。六波罗②派来的使节——丹左卫门尉基安将赦免文书递给少将。少将读完，却没有我的名字。唯独我没有得到赦免——我的心中，弹指之间浮现出形形色色的景象。儿女的脸、责骂的妻子、京中宅子的院中景色、天竺的早利即利兄弟③、震旦的一行阿阇梨④、本朝实方的朝臣——难以历数。而最滑稽的，是忽然看见了拉车的红牛的屁股。然而，我努力作出平静的样子。少将和康赖同情地安慰我，请求使节让俊宽同船回京。可是没有大赦令，无论如何也不能登船。我维持内心的平静，反复思量为什么唯独我不被赦免。高平太憎恨我——必定如此。然而他不仅恨我，内心还惧怕我。我之前是法胜寺住持，不懂兵仗之道。可是或许我出谋划策，天下必有

① 传说中居住在长崎松浦附近的美女。登高送别丈夫，化为石头。

② 地名，位于京都五条、七条之间。指平家居住的六波罗殿。

③ 古印度波罗奈国月盖王的两位王子，哥哥毒瞎了弟弟的眼睛，被流放，失去王位继承的资格。

④ 一行阿阇梨（683—727），唐代僧人，真言宗之祖。蒙冤流放。

回应——高平太恐惧的是这个。想到这里，我不禁为之苦笑。为山门①、源氏的武将们出谋划策，西光法师②才是合适的人选。我才不会为渺不足道的平家劳心费神。刚才和你说过，谁得天下都没有差别。除了一卷经书，只要有鹤前就心满意足了。可是净海入道这人，才疏学浅之可悲，连我都觉得可怕。与其被砍脖子，独自留在岛上可能更幸福——思虑之间，到了开船的时候。少将的妻子抱着婴儿请求上船。我很同情，便恳求使节基安，不要为难女人。可是他不答应。他除了肩负的使命，只是个一无所知的木偶。我不想责怪他。罪孽深重的是少将……”

俊宽大人气恼似的，吧嗒吧嗒挥着芭蕉扇。

“女人发了疯一样想要上船，而船夫们不准。她终于抓住了少将直垂外衣的下摆。少将脸色苍白，狠心地推开女人的手。女人倒在沙滩上，放弃了上船的努力，号啕大哭起来。那一瞬间，我的嗔怒不输给康赖。少将是人面畜生。康赖坐视不管，也不是佛门弟子所为。而且，除了我，没人请求使节让女人上船——一想到这个，我现在都忍不住要破口大骂，用尽所有詈骂谗谤的词语。而且我要说的，不是京城孩童的那种骂人话，我要劈头盖脸用八万法藏十二部经中恶鬼罗刹的名字来骂他。可是，船渐行渐远，女人依旧伏地哭泣。我跺着脚，招手叫她回来。”

主人虽然生气，我听着听着，自然地微笑了。然后，主人也笑了。

“我招手的事都传开啦。因为这个，嗔怒才得了报应。如果那

① 比睿山延历寺的异称。

② 西光法师（？—1177），本名藤原师光。与俊宽等人密谋推翻平家，事情败露后被平清盛杀死。

时候我不恼怒，自然也不会生出俊宽一心要回京，如癫似狂的传言了。”主人似乎有些无奈。

“在那之后，您没有再哀叹过吗？”

“哀叹也于事无补啊。而且随着时间流逝，寂寞也渐渐消失了。现在，我在己身之中，除了发现本佛[①]，没有其他愿望。如果视自土为净土，那么大欢喜的笑声，好像火山喷发，会自然奔涌而出。我深深地相信自力——哦，还忘了一件事。她伏在地上哭着，一动也不动。不一会儿，土著人都散去了，船只也隐没在蓝天之中。我觉得女人实在可怜，想着去安慰她。轻轻从身后抱起她。结果你猜她是什么反应？她突然把我推倒了。我头晕目眩地仰面倒在地上。栖宿在我肉身中的诸佛诸菩萨诸明王，肯定也受了惊吓。等我站起身，女人已经沮丧地向村子走去了。她为什么推倒我？这要去问她自己。说不定是以为四周无人，会被我侵犯。”

五

次日，我和主人去爬岛上的火山。陪了一个月之后，我依依不舍地回到了京城。“矶石岸边柴作庵，有心示友空惆怅。”——这是主人临别时送给我的和歌。现如今，俊宽大人依旧在那孤岛上竹叶铺顶的房子里，悠然度日吧。说不定今晚也吃着琉球山芋，思考着菩萨、天下大事。除此之外，主人还告诉我很多事情，有机会我再讲吧。

---

① 自己内心的佛性。

地狱变

一

堀川①殿下乃千金贵体，古往今来自不用说，即使放诸后世，也绝无仅有。听闻殿下诞生的时候，大威德明王②曾显灵于老夫人枕边。殿下生来便非常人，言行举止无不出人意表。且看堀川的宅邸，壮大乎，奢华乎，远非我等凡人俗见可以置喙。其中也不乏各类评点：殿下之行止，堪比秦始皇、隋炀帝。然而这种评说不过是盲人摸象而已。殿下思虑的，绝非己身富贵荣耀。体恤下民，与天下同乐，方是他的轩昂气度。

殿下在二条大宫③遇百鬼夜行，丝毫不以为意；在以陆奥盐釜

---

① 京都西部自北向南流淌的河流，也是平安京的路名。日本古代常以地名指代人物，如“六宫郡主”。

② 五大明王之一，镇守西方。全身青黑，六臂六足，背负火焰。能断除一切魔障，摧伏一切毒龙。

③ 二条、大宫均为古代日本平安京（京都的中心）的地名，东西向的主干道以“条”命名。大宫位于四条附近。

风景画而闻名的东三条河原院，融左大臣[1]之灵也被他斥退，消散弥形。那时候，洛中的百姓慑于其威严，言及殿下必尊为菩萨再世，也是情理之中。一天，宫中梅花宴之后，途中牵车的牛脱了轭，伤及路旁的老者。老者却双手合十，欣然叹道：草民为殿下的牛所伤，幸甚幸甚。

如是，堀川殿下一生行止，后世传诵者甚众。御宴时受赐白马三十匹；派遣男童立在长良川桥柱底下；延请得到华佗真传的震旦僧人疗治腿疮——若是一一列举，难以穷尽。然而，众多逸事中，无一能及家府珍藏的《地狱变》[2]屏风。画面的动魄之处，连平日处变不惊的殿下也不禁为之惊惶。侍奉一旁的我等为之魄散，自不必说。在下已服侍主公二十年，从未曾见如此惨烈之象。

且容在下先说说绘就此幅《地狱变》屏风的画师——良秀吧。

二

说起良秀，如今是否还有人记得？那时候，论画技，无人能出良秀其右。回想当年，世事流转已近五十载了。看他的外表，不过是矮小、皮包骨头、脾气古怪的老者。初到殿下宅邸时，时常身着浅褐色狩衣，头戴揉乌帽子。他人品卑劣。不知为何，年岁既高，嘴唇竟鲜红异常，让人恶心，莫名有种类似野兽的感觉。有人说那是他舔画笔时沾上的红色，是否如此呢？有人更为恶毒，说他举止

---

① 原融（822—895），平安时代前期的大臣。

② 全称《地狱变相图》，又名《地狱经变图》，佛教绘画题材之一，描绘人堕入地狱受种种罪报之惨状。唐代画家吴道子的代表作中便有《地狱变相图》。

像猴子，给他取了个猿秀的绰号。

说起猿秀，还有另一桩故事。那时候殿下家中，有一个十五岁的妾侍，是良秀的独生女。她全然不像父亲，是个和善活泼的姑娘。而且，或许因为母亲早早过世，她早熟乖巧，体恤他人。年纪虽小，却懂得察言观色。殿下与众妻妾均十分疼爱她。

说来也巧，某次从丹波国进献来一只驯熟的猴儿。少主人一时兴起，给猴子取名为良秀。猴子举止本就滑稽，取了这个名字，宅中无人不为之捧腹。单是笑话也便罢了，众人以此为乐，每当看见猴子爬在松树上、将官署的榻榻米弄脏，便“良秀，良秀”地叫个不停，有意欺负它。

然而有一天，前文所说的良秀之女，手持缚在寒梅枝上的书信，经过长廊。从远处的拉门方向，一瘸一拐地跑来了小猴“良秀”，它似乎伤了腿，不似平日那般攀檐上柱。而其后追来的，不正是手挥细枝的少主人吗，嘴里还叫骂着：“站住！偷柑橘的小贼，给我站住！”良秀之女见状，稍有踌躇，猴子恰好跑来，攥住她的裙摆吱吱地哀鸣——或许怜悯心忽然间难以抑制，她单手持着梅枝，伸出紫匂色①衣袖，温柔地抱起猴子，半蹲在少主人面前，语气平静地恳求道：“恕我冒昧，它只是个畜生，请饶恕它吧。”

少主人兴冲冲追过来，见此情形不禁连连顿足，满脸不快地责备：

“你护猴子？它偷了柑橘。”

“它只是个畜生……”

① 表里异色的布料，袭色目之一，表面为紫色，内里为浅紫色。

姑娘重复了一遍，寂寞地微笑着说：“它叫良秀，看见父亲受苦，做女儿的哪里忍心呢。”她说得坚决，连少主人也只好让步。

“如此说来，有女儿求情，姑且饶你一次吧。”

少主人悻悻地说完，便扔下树枝，转身回去了。

三

打那以后，良秀之女便和猴子成了好朋友。郡主赏赐的金铃铛，她拿红线穿了，挂在小猴的脖子上。而小猴，无论何时何地，几乎都和她形影不离。有一次姑娘得了风寒卧床养病，小猴乖乖地坐在枕边，频频咬自己的指甲。或许是境由心生，人总觉得小猴忧心忡忡。

说来也怪，如此一来再也没人欺负那小猴，反倒对它疼爱有加。后来连少主人也时常扔些柿子、栗子喂它；有武士踢小猴，他还大发雷霆。后来，殿下也特意吩咐良秀之女抱上猴子前来参见，想必是对少主人动怒之事有所耳闻，自然而然地得悉姑娘为何疼爱猴子了吧。

“这孩子孝顺，值得嘉赏！”

承殿下美意，姑娘受赐鲜红袙衣①一件。而小猴见样学样，毕恭毕敬地低头接过赏赐。殿下见状大悦。因此，殿下之疼爱皆因怜惜小猴，以及勉励孝顺与父女情深之故，绝非世间风闻那般出于好色。然而传言也并非毫无缘由，且待后文慢慢道来。此处需先言明，姑娘再美艳，殿下也不会对不足一提的画师之女动心。

---

① 外衣与内衣之间的单衣。

姑娘受到赏赐，自然风光。她原本就伶俐乖巧，并未被其他坏心肠的妾侍妒忌。反倒是从此以后，她时常陪伴郡主左右，外出赏玩也时刻不离。

姑娘暂且不表，先说说其父良秀吧。猴子不久便得到众人的疼爱，而更为要紧的人物良秀却依然人见人嫌，大家都在背后叫他猿秀。况且不仅在自家，连横川①的僧都②大人，说起良秀都为之色变，面露憎恶之色。（这也难怪，据说良秀将僧都大人的举止绘成了戏画，虽然是巷议之说，但大约确凿无疑。）总之，他的口碑，从任何人口中听到的皆大致如此。要说不作恶评的，也只有两三个同为画师的伙伴，以及只知其画不知其人的数人而已。

其实，良秀不仅外表卑俗，脾性更为人厌恶，一切都可谓自作自受。

四

说起他的脾性，吝啬、残忍、无耻、懒惰、贪婪——其中最为过分的当属狂妄、自傲，时刻摆出一副吾乃本朝第一画师的神气。如果仅仅是画技倒也罢了，一旦他不服输，便将世间所有成规习俗视为粪土。听常年侍奉良秀的弟子说，殿下府中延请有名的桧垣女

---

① 京都比睿山延历寺的三塔之一，包括中堂、四季经堂、定光院、惠心院在内。

② 古代的僧官之一，仅次于僧正，大僧都、少僧都之下又分为大僧都、权大僧都、少僧都、权少僧都四个等级。

巫[①]，当她神灵附体，宣授令人悚然的神意时，良秀却充耳不闻，用手边的笔墨仔细描画女巫可怖的表情。或许死灵的诅咒，在他眼中也不过是骗小孩的把戏吧。

脾性使然，他将吉祥天的尊容画作卑贱的妓女；笔下的不动明王，身姿被绘成无赖的捕头。如此不成体统之事，难以枚举。即便被责问，他也扬扬自得："尔等何时听过，我良秀曾因画神佛而遭受天罚？"即便是徒弟，也不禁为之瞠目结舌，也见过不少忧虑将来而匆匆辞而不顾者——简要说来，真可谓罪孽深重啊。说到底，他是个普天之下唯我独尊的人。

但无论何等画技，良秀均高居其巅，这无须赘言。其中最为神妙者，当属色彩之运用。与其他画师判若云泥自不待言，交恶的画师谓之诈术，也可见一斑吧。据闻川成、金冈及古时名家的笔下，破旧板门上的梅花，每逢月夜便香气袭人；屏风上的贵人，其笛声也曾有人耳闻……诸多佳话流传于世。而良秀之画，唯有毛骨悚然的怪评。譬如他于龙盖寺山门绘就的《五种生死图》，夜半经过山门之下，便听见天人的叹息与哭泣。不仅如此，甚至有人说闻见尸腐的臭气。殿下吩咐他画妾侍的肖像，被画之人不出三年，都患病而死，魂消魄散了呀。往坏处说，这便是良秀之画坠入邪道的证据。

前文已述，良秀不同常人，也因此自傲。殿下偶然谈笑时说起，"汝颇喜丑陋之物"，良秀那与他年岁不相称的红唇边，现出诡异的

① 其原型可能是平安时代中期的女诗人桧垣妪，由于世阿弥的能乐作品《桧垣》而广为人知。

微笑。“主公所言极是，平庸画师岂懂丑中之美。”回答甚为倨傲。尽管是本朝第一的画师，受殿下召见，竟出此狂放之言。也难怪列席为之见证的徒弟，背地里给师傅起了“智罗永寿”① 的绰号，讥讽他增长慢，不知羞耻。众所周知，“智罗永寿”是古时候来自震旦的天狗之名。

然而良秀——这一无可取、桀骜不驯的良秀，也有唯一一个普通人的感情寄托。

五

那便是对独生女近乎癫狂的疼爱。先前说过，女儿温柔，体贴父亲。而这男子的舐犊之情，也绝不输给她。要说女儿的衣物、头饰，去寺庙从不乐施的他，也不吝惜金钱，给女儿采办齐全。简直让人难以置信。

可是良秀疼爱女儿，单纯只疼爱，从未想过为她找个好婆家。不消说，有人对女儿有所企图，他竟会纠集无赖，让他吃些哑巴亏。因此，殿下垂爱其女做妾侍时，作为父亲甚为不满，参见殿下时，神色极为不悦。坊间传言殿下为姑娘之美貌所惑，不顾其父反对，纳为妾侍。其情形，也大致可以推测得见了吧。

虽然传闻不实，但确凿无误的是，一心疼爱女儿的良秀，始终祈念女儿降为庶人。有一次，他得了殿下吩咐，画童身文殊菩萨像，

① 出自《今昔物语集》第二十卷《震旦天狗智罗永寿渡此朝语》。讲述来自中国的天狗狂妄自大，遭受挫折的故事。

与其宠爱的男童惟妙惟肖，殿下极为满意。

“有赏。想要何物尽管开口。”殿下开了金口。良秀思忖片刻，恭敬地答道：“恳请殿下，将在下之女降为庶人。”语气毫不踌躇。别的贵人家先不说，侍奉堀川殿下受到青睐，便如此冒昧无礼地替女儿请辞，观之诸国，哪里有这种人。就连宽宏大量的殿下也有些不快，盯着良秀良久不语。

最后，尊口中挤出一句“此事不许”，便拂袖而去了。这样的事情，前后有过四五回吧。如今回想起来，殿下看良秀的目光，一天比一天冷淡。而女儿也因此担忧父亲的安危，回到住处后，经常咬着衣袖，默默啜泣。此时，殿下倾心于良秀之女的事越传越广，甚至有人说，《地狱变》屏风的由来，其实与殿下有意、姑娘不从有关。当然，实无此事。

以我等的眼光看来，殿下没有遣回良秀之女，完全是出于同情姑娘的身世。与其让她在顽固的父亲身边，不如住在殿下的大宅里，过舒坦日子。这自然是脾气温和的姑娘，受到殿下照拂。说什么殿下出于好色，恐怕是牵强附会之说。这种捕风捉影的流言，真该适可而止。

此事暂且不说。此时，因为女儿之事，殿下对良秀的态度越发不佳。不知何故，殿下忽然召见良秀，命他画一幅《地狱变》屏风。

六

一说到《地狱变》屏风，我眼前便仿佛真切地浮现出那恐怖的画面。

即使同为《地狱变》，良秀所画与其他画师的相比，构图便大为不同。一张屏风的角落里，画着十王[①]及其下属；剩下的画面被红莲、大红莲[②]的烈焰占据，火焰翻卷着，几乎融化了剑山刀树。除了唐土模样的冥官衣服上点缀着蓝色与黄色，到处都是熊熊烈焰的颜色，其中升腾起墨色飞溅的黑烟与喷洒金粉的火星，如卍字般肆意舞动。

单凭这笔势，便足以让人心惊目眩了。况且画面中被业火灼烧、苦苦挣扎的罪人，没有一个是通常的地狱图中的人物。要说原因，良秀在众多的罪人中，上至公卿贵族，下至乞丐非人[③]，描绘了各种身份的人物。身着朝服面相尊严的殿上人、身穿五衣[④]正装姿色动人的武士之妻、手持念珠的念佛僧人、穿着高足木屐的年轻武士、长衫打扮的女童、高举币帛[⑤]的阴阳师——如果一一列举，怕是没法穷尽。各色人等，身处翻卷的火焰与黑烟之中，受着牛头马面狱卒的折磨。他们好似被风吹散的落叶，纷纷往四面八方逃窜。头发缠在钢叉上、手脚蜷缩得比蜘蛛还厉害的，大概是女巫之类吧。胸口被短矛贯穿、倒挂如蝙蝠的男人，肯定是个小地方官。此外还有经受铁杖拷打的、被千钧磐石压着的、被怪鸟叼在嘴里的、被毒龙巨颚咬住的——罪人既多，责罚的花样也层出不穷。

① 冥府十殿阎王。出自初唐藏川《佛说十王经》。

② 八寒地狱中，裂如红莲地狱、裂如大红莲地狱。

③ 等级制度中最下层的身份，多从事污秽卑贱的工作。

④ 贵族女子的正装之一，五重单衣，故称“五衣”。

⑤ 日本神道所用宗教器具之一，木棍上垂饰以纸片或布，用以驱邪。

而其中最为惨烈的，莫过于车身半掠过兽牙般林立的刀树（被刀剑刺穿的尸体，累累地挂在树梢上）顶端、自半空坠落的一辆牛车。地狱烈风扬起车帘，露出里面着华丽盛装的女子，容貌宛如女御、更衣①。乌黑的长发飘在火焰之中，洁白的脖子后仰着，表情十分痛苦。她的样子、燃烧的牛车，无不让人感受到炎热地狱的折磨。巨幅画面的可怕之处，可以说全部集中到这一人物身上了吧。看着她，耳中仿佛自然传来了凄惨的叫声，画得神乎其技。

对了，是这样的。为了画这幅屏风，发生了那件恐怖的事。而如果没有那件事，即便良秀也无法画出如此逼真的地狱惨状。他为了画这幅屏风，经历了与舍弃生命无异的惨事。如此说来，这幅画中的地狱，便是本朝第一画师良秀，自己将要堕入的地狱……

关于这幅罕见的《地狱变》屏风，我讲得太急，或许颠倒了叙述的顺序。不过，接下来让我们去看看，领受殿下之命去画地狱图的良秀吧。

七

之后的五六个月里，良秀不再去殿下的宅邸，专注于绘制屏风。他那么疼爱女儿，一旦画画便无心去看女儿，也是咄咄怪事吧。借之前提到的徒弟的话，他只要开始工作，就像狐仙上了身。不对，其实当时都传言，良秀之所以在绘画上成名，是因为他向福德大

---

① 女御、更衣均为天皇寝宫中的女官。女御主要由摄关之女担任，平安时代中期之后确立了从女御中选皇后的惯例。更衣比女御低一级。

神[①]立过誓。其证据便是有人说，在他作画时，如果躲在暗处偷偷观看，必定会发现不止一只灵狐，围绕在他前后左右。良秀作画已是如此境界，一旦拿起画笔，便完全忘记作画以外的事。昼夜不分，闭门不出，几乎不见日光——画《地狱变》屏风时，尤为专注，心无旁骛。

这么说，即使白天他也待在关闭木板窗的房间里，在结灯台[②]下调制秘密的颜料，或是让徒弟穿上水干、狩衣，戴上各种装饰，逐一细致描绘——其实并非如此。此种稍稍出人意表之事，即使不画《地狱变》屏风也是如此。只要开始画画，他随时会做出令人惊愕的事。对了，给龙盖寺画《五趣生死图》时，普通的人根本吸引不了他的目光，他走到路上的尸体前面悠然坐下，将半腐烂的脸和手脚，甚至头发都一丝不差地画下来。所以，无论怎样描述他专注的样子，想必总有人无法理解吧。如今没有时间细细讲述，先讲几件主要的，大致如下：

良秀的一个徒弟（前面也曾提到他）一天在调颜料，师傅忽然来了。

“我要午睡一会儿。最近老是做噩梦。”师傅说。这样的事并不罕见，所以徒弟没有停手，只是平常地应了一声“是吗？”然而，良秀的表情从未如此寂寞。

“我午睡的时候，你坐在我枕边可好。”他居然如此顾虑地请求。徒弟也觉得反常，师傅如此在意做梦，真让人不得其解。不过这并

① 福德圆满的大神，如奈良宝山寺的守护神。

② 三根木棍交叉，顶端放置油灯的灯架。

不难做到，于是他便回答：“遵命。”

师傅依然担心似的，犹豫着吩咐他：“到里屋来，要是有其他徒弟来，别让他们打扰我休息。”所谓里屋，是他画画的房间，白天也关窗闭户，好像夜晚一般。室内点着昏暗的油灯，四周围绕着刚刚用炭笔勾勒出草图的屏风。良秀进了屋，手枕着胳膊，疲惫至极似的，沉沉地睡熟了。不到半个时辰，坐在枕边的徒弟耳边，传来师傅难以描述的恐怖声音。

八

一开始那只是单纯的声响，片刻之后变成了断断续续的词语，仿佛溺水者在水中呻吟一般，说着这样的话：

“什么？叫我过去？——哪里？——去哪里？来地狱。到炎热的地狱来。——是谁？你是谁？——你是谁？——我还以为是谁呢。”

徒弟不禁停住调制颜料的手，惊恐地望着师傅的脸。只见那张满是皱纹的脸一片苍白，渗出大颗大颗的汗珠，嘴唇干涸，牙齿稀疏，喘息似的大张着。那张嘴里，仿佛有什么东西被丝线之类的牵扯，不停地动着。那不是他的舌头吗？断断续续的话语，便是从那舌头处发出的。

“我还以为是谁呢——哦，是你啊。我也猜是你。什么？我来接你？别啰唆，来吧。到地狱来。地狱里——地狱里，你闺女正等着呢。”

这时，徒弟看见朦胧、异样的影子贴着屏风表面络绎不绝地飘降下来，让人毛骨悚然。不用说，徒弟立即伸手去推良秀，想用力推醒他。可是师傅还在迷迷糊糊地自言自语，并未马上醒来。于是徒弟心一横，将身旁笔洗里的水，全浇到师傅脸上。

“等着呢，快上车。——上了车，到地狱来吧——”话音刚落，他的声音就变成了被掐住脖子般的呻吟。与此同时良秀睁开眼睛，比被针刺更为惊惶地弹起身来。或许是梦中的异类异形仍未从眼睑里彻底消退吧，他目光惊恐，大张着嘴，眼神空洞呆滞。过了好一会儿才缓过神来。

“没事了，你到那边去。”良秀若无其事地吩咐道。徒弟知道，这时要是不顺着他，必定是家常便饭般的一通臭骂，于是匆匆走出师傅的房间。当他看见屋外明亮的阳光，仿佛是自己从噩梦中醒来，总算松了一口气。

而这还算好的。过了大约一个月，这次是另一个徒弟，被特意叫进里屋。良秀依旧坐在昏暗的油灯下，咬着画笔。他突然转向徒弟说道：

“有劳你把衣服全部脱掉。”之前师傅也有过类似的吩咐，因此徒弟迅速脱得一丝不挂。良秀表情奇怪地皱着眉。

“我要看看人被链子捆绑的样子。得委屈你一下，就按我说的去做吧。”然而他并无半点怜惜之色，冷冰冰地说着。这个徒弟原本就是握刀好过握笔的精壮小伙，那次着实被吓坏了。日后说起当时的情形，他叫苦不迭，“我还以为师傅失心疯，要杀了我呢。”见他磨磨蹭蹭，良秀急躁起来，双手摆弄着不知哪儿拿来的细铁链，忽然猛扑着压到徒弟背上，也不管他愿不愿意，便反剪他的双臂，缠上几道铁链，接着便狠命一拽。这突如其来的袭击，使徒弟咚的一声跌倒在地板上，就此横卧不起了。

九

那时候徒弟的样子，就像躺倒的酒坛吧。手脚惨不忍睹地弯折着，只有脑袋能动弹。肥胖的身子被铁链捆着，血液循环不畅，不管是脸还是身子，全身皮肤都紫涨着呢。而良秀对此并不在意，绕着酒坛般的身子打量着，画了好几幅几乎同样的速写。这期间徒弟的身体被捆绑住，有多痛苦，也不必详述了。

可是，若不是旁生枝节，其痛苦恐怕也不致加剧。所幸（或许倒不如说是不幸）过了一会儿，房间角落的坛子背后，一缕黑油般的东西，蜿蜒着流淌过来。刚开始像极为黏稠的东西，动得很缓慢；渐渐地越来越滑溜，闪着光流到徒弟鼻子前面。他不禁倒吸一口凉气。

“蛇！——有蛇！”他嚷道，同时全身的血液都仿佛凝固了。这也极为自然。事实上，蛇冰冷的舌尖，眼看就要碰到他被锁链勒住的脖子了。良秀再怎么冷血，见此变故，也不禁大吃一惊。他慌忙扔下画笔，身子一弯，迅速揪住蛇尾，将其提溜起来。蛇身子倒垂着，依然昂着脑袋，频频试图卷上来，但终究碰不到良秀的手。

“可惜，这一打岔，画坏了一笔。”

良秀恨恨地嘀咕着，把蛇扔回墙角的坛子里。然后悻悻地解开捆在徒弟身上的铁链。而且仅仅是解开而已，对做出如此牺牲的徒弟，并无一句体贴之言。或许比起徒弟被蛇咬，画坏一笔更叫他耿耿于怀吧。——后来听说，那蛇也是良秀为了画画而养的。

光是听这些，良秀专注于绘画而近乎癫狂，让人生畏，也可见一斑了吧。最后再说一件事，这次是年仅十三四岁的徒弟，因为《地狱变》屏风差点丢了性命的可怕遭遇。那个徒弟生来皮肤白皙，不输给女人。一天晚上，他被叫去师傅的房间。灯火下良秀掌托一块腥气的肉，喂食一只陌生的鸟。那只鸟有普通的猫那么大吧。这么说来，那只鸟的羽毛像耳朵一般支棱着，还有那琥珀色的大圆眼，看起来颇像一只猫。

十

良秀此人，非常厌恶别人对自己所做的事说三道四。正如刚才所讲，良秀在自己房间里养了蛇，却从未让徒弟们知道。因此，有时桌上放着骷髅，有时又摆上银碗或者莳绘①的高足盘。每次作新画，便会出现各种意外之物。而平日里他将这些东西收放何处，竟无人得知。传言他得到福德大神保佑，至少是因为确实有此种事情发生吧。

徒弟心想，桌上的怪鸟准是用来画《地狱变》屏风的。他恭敬地走到师傅面前，问道："不知有何吩咐？"良秀似乎没有听见，舔着他的红嘴唇，对着鸟扬了扬下巴："怎么样？驯养得乖巧吧。"

"这叫什么鸟？我还从没见过呢。"

徒弟说着，畏惧地打量着那只长了耳朵、像猫一样的鸟。良秀依旧是平时那般嘲笑的语气：

"什么？居然没见过？京城长大的人真是没辙。这是两三天前，鞍马②的猎人给我的，叫猫头鹰。不过，像这样驯养好了的，不多。"

良秀说着话，朝正在吃食的鸟伸出手去，自下而上轻抚其背羽。

---

① 日本特有的工艺品，器具表面以生漆绘制图案，敷以金粉银粉。

② 位于京都左京区的山。

就在这时，鸟儿忽然尖锐地发出一声短促的鸣叫，迅速从桌上飞起，张开双爪向徒弟脸上抓来。如果徒弟没有急忙举起衣袖遮住脸，肯定已经留下一两处伤口了吧。他啊的一声，挥舞衣袖想赶走鸟儿。而猫头鹰趁着攻势，鸣叫间又是一啄——徒弟忘了师傅还在，或站或坐，或防御或驱逐，不由自主地在狭窄的室内四处躲避。怪鸟则紧追不舍，高飞低翔，瞅到机会便冲他的眼睛猛扑过来。每次，怪鸟都吧嗒吧嗒地猛闪着翅膀，散发出不知是落叶的气味，还是瀑布飞沫或是猿酒熏人的热气。这一切营造出怪诞的气氛，让人惊惧不已。如此说来，徒弟也将昏暗的油灯之光当作了朦胧的月色，感觉师傅的房间好似深山之中妖气弥漫的山谷，无助至极。

徒弟恐惧的，还不仅仅是被猫头鹰袭击。不，比这更毛骨悚然的是，师傅良秀对这慌乱的场面冷眼旁观，不慌不忙铺好纸，舔了舔笔，画起这如女子般的少年被怪鸟折磨的惨状来。徒弟瞥见，感觉到无以言表的恐惧，心里甚至闪过一个念头：会不会因为师傅而丢了性命。

十一

为师傅所杀，也不能说完全没这可能。其实，良秀那晚特意叫徒弟去，早已计划好唆使猫头鹰攻击弟子，画下他逃窜的样子。因此，瞧见师傅作画，弟子下意识地用两袖捂住脑袋，发出连自己都不明白是什么意思的惨叫，蹲在墙角的拉门底下。忽然，良秀发出惊慌的声音，似乎站了起来。猫头鹰翅膀扇动得更为急促，传来东西打翻、破碎的嘈杂声音。徒弟再次狼狈地抬起捂着的脑袋，房间里一片漆黑，师傅在喊徒弟们进来，黑暗中的声音非常焦躁。

终于有一个徒弟从远处回应，点了灯匆匆赶来。借着散发着煤烟气的火光，可以看见结灯台倒在地上，地板和榻榻米上全泼了油。刚才那只猫头鹰倒在地上，扑腾着一只翅膀原地打转。良秀在桌子对面，半起着身，呆若木鸡地嘟囔着，那话无人能听懂。——也难怪他这样。那只猫头鹰的身体上，一条漆黑的蛇从脖子缠到它的一只翅膀上。大概是徒弟蹲下去时，突然碰翻了那里的坛子，蛇从里面爬了出来。猫头鹰轻率出手，结果酿成了大乱。两个徒弟交换了一下眼色，呆呆地注视着这诡异的景象。片刻之后，他们对师傅默然致意，悄悄地退了出去。至于蛇和猫头鹰后事如何，无人得知。

此类事情还有不少。前面忘了说，殿下命令良秀画《地狱变》屏风，是在初秋；直到冬末，徒弟们没少受良秀怪异行为的折磨。然而到了冬末，良秀似乎在屏风画上遇到了什么掣肘之处，脸色比先前更阴沉，言谈也越发粗暴起来。这时的屏风画，底稿完成了八分左右，便再无进展。而且，已经画好的部分，也时常有忍不住涂改的痕迹。

良秀的画遇到什么困难，无人知晓。而且没人想知道。徒弟们已经被各种怪事折磨得心有余悸，心情好像与虎狼同处一笼，采取尽量对师傅敬而远之的策略。

十二

此间的事并无什么特别值得讲述的。如果硬要说有什么，便是那固执的老头，不知为何变得爱哭，经常在没人的地方独自哭泣。

某日，一个徒弟有事到院子里去，看见师傅在走廊上眺望春日低沉的天空，眼中含满泪水。徒弟见了反而觉得不好意思，默默地折回去了。为了画《五趣生死图》而去路旁写生尸体，内心坚硬的师傅，因为屏风画得不顺利，像个孩子似的哭鼻子，实在不寻常吧。

然而，良秀如此投入地画屏风，仿佛完全丧失了正常的心智。他女儿却无端地越发忧郁，连我们都能见到她泪眼盈盈的样子。她原本就面带愁容，皮肤白皙，举止端庄，如今睫毛似乎更显浓重，投下的阴影让人更觉寂寞。一开始有各种臆测，说是因为思念父亲，或是相思所致。后来出现传言，说是因为殿下要她应从。之后大家便好像忘了这事，全然不提良秀女儿的事了。

记得就是在那段时间。一天夜阑人静后，我独自经过走廊。那只猴儿“良秀”忽然蹿出来，频频扯我的裤脚。那是洋溢着梅香，月光清淡的温暖夜晚。借着月光，我看见猴子龇着白牙，皱着鼻子，疯了般吱吱乱叫。我三分讨厌，七分是新裤子被拉扯的恼火，想踢开它径直离开。转念一想，之前有武士欺负它，被少主人责怪过。而且这猴子的举动，似乎不同寻常。于是，我打定主意，跟着它朝拽的方向走了五六间①远。

转过走廊的拐角，夜色之中，枝条袅袅低垂的松树对面，现出一面洁白的池水。就在此时，耳边传来急促却静寂的声响，似乎附近的房里有人争抗。四周寂静无声，辨不清是月色还是雾霭，除了鱼儿跳出水面，听不见一丝人声，然而却听见了那声音。我不禁停

① 日本旧时的度量单位，一间为六尺，约 1.82 米。

下脚步，思忖着如果有人动粗，可得让他吃点苦头。我屏住呼吸，悄无声息地贴近拉门。

十三

然而，“良秀”似乎嫌我磨蹭，急躁地在我脚边直转。忽然喉咙被扼住似的一声低嘶，猛地朝我肩部扑来。我下意识地扭过脖子，避免被它抓到。它又咬住水干的袖子，以免从我身上滑下去——被它一闹，我趺趺撞撞地退了两三步，背结结实实地撞在拉门上。容不得片刻犹豫，我将门拉开少许，正要跳进月光无法照入的室内。这时，有什么人像受了惊吓，从我眼前一闪而过——不，我吓得更甚。因为与此同时，一个女人从屋内急奔而出，差一点撞到我。她摔倒在地，随即跪坐起来，呼吸急促地，战栗着仰望我的脸，仿佛看着什么可怕的东西。

无须多说，那便是良秀的女儿。但是那天晚上，我看到的宛如另一个人。她充满生机，大眼睛熠熠生辉，脸颊泛着红晕。衫裙凌乱，与平日的年幼形象迥异，多了几分艳色。这果真是那个柔弱、凡事谨小慎微的良秀之女吗？——我身子靠在拉门上，望着月色中她动人的身姿，指着慌慌张张走远的足音方向，用眼神问她那是谁。

而姑娘咬着嘴唇，默默地摇了摇头。那样子极为不甘。

我弯下腰，贴近她的耳朵问道：“那是谁？”可是姑娘只是摇头，并不回答。同时，她长长的睫毛上已经挂满了泪珠，嘴唇咬得更紧了。

生性愚钝的我，能明白的再清楚不过，可惜此外的都不懂。因此，我不知该说些什么，静静地站在一旁，凝神听着她的心跳。一个原因就是内心不忍，感觉再追问并不合适。

不知持续了多久，我合上拉门，扭转头看着潮热稍退的姑娘，语气尽量温和地说道："回住处吧。"我内心不安，仿佛见到了不该见的东西，感觉比谁都丢脸，我往来路走去。可是还没走上十步，裙裤又被谁从后面扯住了。我吃惊地回过头去。您说那会是谁？

我一看，脚边竟是猴儿"良秀"，它像人一样双手伏地，郑重其事地频频俯首，金铃叮叮作响。

十四

发生那晚的事情之后，大约过了半个月，一天，良秀忽然来到府宅，要直接参见殿下。他身份卑下，平日殿下召见才能进去吧。并不轻易见人的殿下，那天欣然应允，将其召至近前。良秀依旧一身浅褐色的狩衣，戴着软塌塌的乌帽子，表情比平时更为阴郁。他恭敬地平身伏地，嗓音沙哑地说道：

"殿下吩咐的《地狱变》屏风，在下日夜思虑，殚心竭虑，乃有小成。画面已大体成型。"

"可喜可贺，诚为乐事啊。"

殿下的回答似乎有些有气无力。

"惭愧，不值得庆贺。"良秀的声音里透着些许怒气，低着头继续说道，"虽已大体成型，却有一样，我画不出。"

"什么？有一处画不出？"

“大人明鉴，在下所画无不是亲眼所见。若非如此，便不得要领。如此，与画不出又有何异？”

殿下听了，脸上浮现出嘲讽般的微笑。

“如此说来，画《地狱变》屏风，必亲见地狱吗？”

“此言不差。旧年大火之时，我亲眼目睹不逊于炎热地狱之烈火。想必殿下也知晓，我绘就‘扭曲不动明王’之火焰，也是在亲睹那火灾之后。”

“可是罪人呢？狱卒也没见过吧？”殿下似乎没听见良秀所说，追问道。

“我见过罪人被铁链捆锁，细致描绘人被怪鸟追逐之行状。罪人如何被折磨，何曾不知。至于狱卒……”良秀怪异地苦笑着，“在我眼中，狱卒或幻或真，牛头马面，或是三头六臂鬼怪之身。它们拍手张嘴，却无任何声音，几乎没日没夜地苦苦折磨我——我要画却画不出的，并非这种景象。”

对此，殿下也颇为惊讶吧。他沉吟不语，压抑怒气般瞥着良秀，随后抽动着眉毛，决然问道：

“你还有什么画不出？”

十五

“我要在屏风的正当中，画一辆槟榔羽车[①]，从天上坠落。”良秀这才抬起头，目光炯炯地看着殿下。听说他画起画来，就变得像

① 将槟榔叶撕为细条，晒至白色贴在车厢上的牛车，供太上皇、亲王等贵人乘坐。

个疯子。当时他的眼神里确实有那种令人恐惧的东西。

“车中有一贵妇，黑发在烈火中蓬散着，苦苦挣扎。她被浓烟呛得皱起眉头，仰望着车棚。她的手扯着竹帘，像是要挡住纷飞如雨的火星。周围飞着十几二十只怪鸟，鸣叫着不停盘旋——啊……那车中的贵妇，我总也画不出。”

“如此说来——可有办法？”

殿下莫名地面带喜色，追问良秀。而良秀鲜红的嘴唇颤抖着，如同发烧了一般，语气仿佛身处梦中。“我画不出。”他重复了一遍，忽然以扑食猎物般的气势说道，“请殿下准备一辆槟榔羽车，在我面前烧掉。如果能这样——”

殿下沉下了脸，忽然大笑起来。他笑得上气不接下气。

“好，凡事按你说的去做。画不画得出，多说无益。”

我听了，忽然有种不祥的预感。殿下的表情不同寻常，他似乎被良秀的癫狂感染，嘴角边挂着白沫，眉毛抽动得犹如闪电。话音刚落，又爆发出一连串嘎嘎的大笑。

“那就烧槟榔羽车，找个美女，作贵妇装扮。车中女人在火焰与黑烟夹击之下，痛苦地死去——能想到画这个场面，不愧是天下第一的画师。值得褒奖。嗯，重重有赏。”

殿下的这番话，使良秀忽然为之失色。他喘息般颤动着嘴唇，身体忽然失去了气力一般，瘫在榻榻米上双手伏地。

“多谢殿下成全。”良秀郑重地道谢，声音低得几乎听不清。或许是他所描绘的恐怖场景，被殿下如此一说，真切地浮现在眼前了吧。我一生中唯有这次，觉得良秀值得怜悯。

十六

两三天之后的一个夜晚，殿下依约召见良秀，让他在近处目睹焚烧槟榔羽车。当然，地点不是在堀川的府内，而是俗称雪解御所①的，昔日殿下之妹居住的城外山庄。

雪解御所长久无人居处，宽阔的院子也任由其荒芜。或许人们见此处荒无人烟而加以臆测，便有了在此亡故的郡主的传闻。其中传得厉害的是，每当月黑之夜，郡主会穿着绯红色的怪异裙裤，衣不沾地走在廊上——这也难怪，御所白天也寂寥无人，一到天黑，流水声益发显得阴森，星光中飞过的灰鹭仿佛异形怪物，让人为之惊悚。

那天晚上恰好也没有月亮，漆黑一片。借着油灯的火光，可以看见殿下坐在靠近檐廊的地方，身穿浅黄色直衣②与深紫浮纹的指贯③，高高地盘腿坐在白底锦边的草绳蒲团上。五六个侍从，恭敬地侍奉左右。这些无须特别讲述。不过侍从中有一人，一看便不同寻常。这个孔武有力的武士，早年在陆奥之战中饿急，吃过人肉，后来还徒手掰断过鹿角。他裹了围腰，长刀之鞘像鸟尾一样翘着，凛然蹲在檐廊下面。——这些都在夜风中摇曳的火光下忽明忽暗，分不清是梦幻还是现实，显得阴惨莫名。

这时，槟榔羽车早已拉到院子里，高高的顶棚投下浓重的黑影。车没有拴牛，黑漆车辕斜斜地搁在踏脚台上，装饰物金光闪闪，仿

---

① 皇族、贵族居住的场所。

② 平安时代开始，皇族、贵族穿着的常服。没有根据官阶限定颜色、纹样，下身穿“指贯”，经常以乌帽子代替冠帽。

③ 古代穿直衣、狩衣时所着的裤装，脚踝处以细绳束口。

佛星星发出的光芒，让人在春夜里感到莫名的寒意。浮纹绸缎包边的青色竹帘遮挡着，看不见车厢里有什么。几个家丁手持火把守在车旁，显得十分谨慎，生怕烟雾飘向檐廊方向。

而良秀跪坐在稍远之处，恰好面对着檐廊。他依旧是那身浅褐色狩衣、软塌塌的乌帽子，或许在星空的重压之下，显得比平时更为矮小、寒酸。他身后蹲着一个身穿相同狩衣、戴乌帽子的，大概是他带来的徒弟。两人缩在远处的黑暗中。我站在檐廊下，连狩衣的颜色都看不太清楚。

十七

时辰已经接近半夜了吧。笼罩林泉的黑暗寂静无声，想要细听众人的呼吸声，却只听见微弱的夜风的声音，闻到风起时火把的烟所带来的焦臭味。殿下沉默着，望着这诡异的景象，终于向前挪了挪膝盖。

“良秀。”他尖声叫道。

良秀似乎回答了什么，但是我的耳朵只听见呻吟般的声音。

“良秀，今晚就如你所愿，放火烧车。”

殿下说着，侧目瞄了瞄近旁的侍从。殿下与侍从相视含笑，似乎意味深长。那也许只是我的错觉。此时，良秀畏缩地抬起头望着檐廊，依旧拘谨得没有出声。

“看清楚咯，这是吾平日乘坐的牛车，你也记得吧。——吾现在烧了它，让你亲眼瞧见，何为炎热地狱。”

殿下又刹住了话头，对身边的侍从眨了眨眼，语气忽然沉重起来。“车里面，绑了一个人，是犯了大罪的妾侍。只要一点火，这贱人必将皮焦肉烂，痛苦地一命归西。想要完成屏风，这是极难得的范本。白雪般的肌肤被烧得焦烂，可别漏看了。黑发变成火星升腾的样子，也得看仔细咯。”

殿下的话第三次中断了，他似乎想到什么，耸动着肩膀无声地笑了。

“此等奇观，下辈子也无缘得见啊。吾也在这里观赏吧。来人啊，把帘子撩起来，让良秀看看里面的女人。”

一个家丁听到吩咐，单手高高举起火把，大步走到车旁，略一伸手便轻松地撩起了竹帘。噼啪作响的火把，红光频频摇曳，倏忽之间将车内照得一览无遗。车座上被铁链残忍地绑住的妾侍——啊，谁又会看错呢？绘有樱花图案的唐衣①华丽锦绣，乌黑发亮的长发低垂着，斜插的金钗也极华美，然而仅仅是服饰的不一样而已。纤秀的体格、洁白的脖颈，还有那沉静得寂寞的侧脸，无疑就是良秀的女儿。我差点叫出了声。

就在这时，我对面的武士急忙站起身，手按刀柄，严峻地瞪着良秀。我吃了一惊，只见他似乎被这景象惊呆了。一直蹲着的他，忽然站立起来，双手伸向前方，似乎忍不住要朝牛车跑去。如前文所述，可惜我身处远处的黑暗之中，看不清他的表情。我的思绪只持续了一瞬，失去血色的良秀的脸，不，仿佛被无形的力量悬在空中的良秀的样子，忽然好像从黑暗中剪出似的，真切地浮现在我眼前。这时，女儿身处其中的槟榔羽车，随着殿下一声令下“点火”，

① 平安时代，女性穿在“十二单”（十二层单衣）外面的短衣，以锦缎制成。

便被家丁扔出的火把点燃，熊熊燃烧起来。

十八

火焰转眼之间便烧到了车篷，檐下装饰的紫色流苏，在热风中飘动，即使在黑夜中，也清晰可见下方浓重的白烟卷动着，火星如雨点般升腾而起，竹帘、车身、车顶的金属装饰物似乎都在一瞬间灰飞烟灭。——那惨状可谓空前绝后。不仅如此，跃动的火舌攀住车身的格栅，蹿至半空。烈烈升腾的火焰之色，仿佛日轮坠地，天火乍迸。刚才差点喊出声的我，现在却魂魄飞散，只能茫然地张大嘴巴，呆呆地看着这可怕的景象。然而身为父亲的良秀——

那时候良秀的表情，我今日都无法忘记。忍不住要朝牛车跑去的他，在火焰燃起的瞬间停住了脚步，双手保持前伸，眼神直勾勾的，仿佛被包裹牛车的火焰牢牢吸住了。火光映照全身，他满是皱纹的丑陋的脸上，连胡须都纤毫毕现。然而，大睁的双眼、歪斜的嘴角、不住颤抖的脸颊肌肉，都清晰地呈现出良秀心中交杂的恐怖、悲伤与惊惧。即将被砍头的盗贼，或是被拖到十王阎罗殿上，犯下十逆五恶[①]的罪人，也不会有那么痛苦的表情。连那个强悍的武士，也为之色变，畏惧地望着殿下的尊颜。

殿下却紧紧咬着嘴唇，不时露出瘆人的微笑，目不转睛地望着牛车方向。在车子里面——啊，那时我眼中的姑娘又是怎样的呢？我没有勇气详细地加以描述。被浓烟呛得后仰的苍白的脸，因躲避

① 又称“五罪十逆”，佛教中的罪业，犯了罪逆，会堕入无间地狱，经受折磨。

火焰而凌乱了的长发，眼看着化为火焰的华美樱花唐衣——这是多么惨烈的景象啊。尤其当夜风乍起，将浓烟吹散，赤红之上遍洒金粉般的火星时，姑娘牙咬长发，剧烈扭动身姿想要挣脱铁链的束缚，仿佛地狱的业苦再现于眼前。连我在内的众人，包括那强悍的武士都不禁感到汗毛直立。

这时，夜风又起，沙沙地拂动庭中树木的枝梢——所有人都有此感觉吧，那风声在无边的黑暗中，不知吹向何方。忽然一个黑色的东西，从御所的屋顶如皮球般跳下，没有跳向地面或是空中，而是一头扎进燃烧的车里。车身的格栅被烧得仿佛涂了朱漆，咔咔坠落。它抱住身子后仰的姑娘的肩膀，发出裂帛似的尖叫，绵延的声音饱含着无以名状的痛苦，穿透了浓烟。接着，又是两三声——我们不禁异口同声“啊”地惊呼起来。穿过帷幕般的火焰，抱住姑娘肩膀的，竟是被拴在堀川宅邸里的，那只绰号“良秀”的猴子。它怎么偷偷跟来御所，自然没人知晓。然而，为了平日疼爱自己的姑娘，猴子也跳入了火海之中。

十九

猴子现身，不过是转瞬之间的事。金粉般的火星腾腾地直冲天空时，猴子也好，姑娘也好，都被黑烟遮蔽。院子的正中间，只有一辆火之车巨响连连，剧烈地燃烧着。与其说是火之车，说是火之柱或许更为恰当。那直冲星空，煮沸云霄，可怖的火焰。

火柱前面，仿佛凝固了一般呆立着的良秀——是多么匪夷所思啊。刚才还为地狱的痛苦而困恼的良秀，皱巴巴的脸上竟露出了难以形容的光彩，仿佛因法喜[①]而恍惚的光彩。他似乎忘了殿下的存在，双手紧紧交叉，抱于胸前，静静伫立着。似乎在他眼中，没有正在痛苦地死去的女儿，唯有美丽的火焰之色。火中苦苦挣扎的女人，让他内心无限喜悦——这便是我眼中的景象。

他坐视独生女儿濒临死亡，却面露喜色。更令人不解的是，此时良秀的面相不像是人，虚幻之中，仿佛狮王发怒般，带有诡异的威严。因此，被突如其来的大火惊吓，聒噪着盘旋的、难以计数的夜鸟，似乎也不敢靠近良秀的揉乌帽子附近。鸟没有人心，或许在它们眼中，良秀的头上悬着圆光，露出奇特的威严之相。

夜鸟尚且如此，遑论我等。连家丁们也不敢大声呼吸，全身发抖，充满异样的随喜[②]之念，目不转睛地注视着良秀，仿佛看见了开眼佛[③]。烈烈燃烧、遍照天空的牛车的火焰，以及心魄为之所摄，岿然伫立的良秀——何等庄严，何等欢喜啊。然而，只有坐在檐廊上的殿下，仿佛变了个人，脸色苍白，嘴角浮着口沫，双手用力抓住穿了紫色指贯的大腿，仿佛口渴的野兽般不住地喘息……

二十

那天晚上，殿下在雪解御所烧牛车之事，不知由谁传到了外间。对此，出现了各种各样的评说。首先，殿下为何要杀死良秀的女儿——因为得不到而因爱生恨，此种传言为数最多。然而，殿下所

---

① 佛教语。听闻、参悟佛法而产生的喜悦。

② 佛教语。见到他人行善而生欢喜之意。

③ 佛教语。开眼意为开光，使佛像具有法力。

考虑的，无疑是即便烧车杀人，也要对执迷于画屏风而心性扭曲的画师加以惩戒。没错，我就听殿下亲口如此说过。

而良秀目睹女儿被烧死，依旧要画屏风，其木石之心颇受诟病。其中有人痛骂，因为绘画而忘记父女之爱，实为人面兽心之怪物。横川的僧正上人，也赞同这样的想法。上人评之为："技艺再出众，人若不辨无常，必堕入地狱。"

然而过了一个月，《地狱变》屏风终于画成了。良秀立即拿到王府，恭敬地请殿下观赏。当时僧正上人恰巧也在，刚看了一眼屏风画，便为那一幅撼动天地的恐怖火海所震惊。先前他还板着脸打量良秀，此时竟忍不住拍腿叫好："真乃神作。"殿下闻言，不禁苦笑。那模样我至今未曾忘记。

之后，至少在王府之中，几乎无人再对良秀加以恶评。所有见到屏风的人，即使平日里再讨厌良秀，也感到莫名的震撼，心生庄严之感。也许是真切地感受到炎热地狱的深重苦难吧。

然而，此时良秀已是隔世之人中的一员了。屏风完成之后的第二天夜里，他在自己屋子的房梁上拴上绳子，自缢而死。女儿已经不在人世，他恐怕也难以在这世上安稳度日了吧。他的尸骸如今还埋在他家附近。那块小小的墓碑，经历了几十年的风雨，想必已经生满青苔，看不出是谁的墓了。

那不是丸善书店金学士他妈吗……

饶舌

不知秦始皇出于什么考虑，竟把书全烧了。报纸上说，神田的旧书店都失了业。我心想，这可太过分了，便走去丸之内看看书到底被烧成什么样子。走到银座尾张町的十字路口，街角派出所那边围了一堆人。透过人墙往里看，只见一个中国老婆婆，正在警察面前呜呜哭个不停。虽说是中国人，却不是现在的中国人，好像从平福百穗[①]所画的《豫让》[②]中跑出的、服饰古雅的老婆婆。巡警不停地说教，可老婆婆似乎完全没听进去。总之，老婆婆哭得非常剧烈，不知发生了什么。这时，只听见旁边的两个邮差在说：

"那不是丸善书店金学士[③]他妈吗？"

"是啊，可为啥哭得这么伤心啊？"

---

① 平福百穗（1877—1933），日本画家。生于秋田县，本名贞藏。帝国美术院会员，代表作《豫让》于1917年获第十一届"文部省美术展览会"最高奖。

② 平福百穗的日本画代表作，主题为晋国刺客豫让刺杀赵襄子，画面为横幅，构图简洁。豫让持剑位于画面左侧，右侧为受惊马匹以及马车上的赵襄子与车夫。具有宗达光琳画派的装饰风格。

③ 丸善书店洋书部的店员栗本癸未，对于西洋书籍非常博识，作家、学者经常向他咨询请教。

“你不知道啊，秦始皇今天把东京所有的学者扔进日比谷公园的池子里，全部活埋了。金学士也被埋了，所以他妈妈在哭啊。”

“可是，金学士又不是啥学者。”

“虽然不是学者，可是啥都懂。他在丸善书店，被起了个绰号叫学士啊。警察以为他也和大学教授是一类人，就活埋了呗。”

这时，旁边穿小仓裙裤的书生愤慨地说道：

“不像话。为了名义而罔顾事实，阀族行事极为残暴。”

“真是不像话啊。”

我也觉得太过胡来，对于书生的意见表示赞同。书生获得赞同，或许以为得到了一个大知己吧。他对着我滔滔不绝地雄辩道：

“万事均如此做派，让人惊讶。就连最能理解此种情况的文坛，也动辄以某某主义束缚人。一旦出现新技巧派①的名词，便竭力推而广之。糊弄时糊弄，伐异时伐异。我们青年，必须打破此种恶习。此前我在博浪沙②，本想以铁锤将秦始皇击落车下，可惜未能得手。不过，我雄心依旧。”

书生讲完，高声鼓动群众们：

“诸位，为了拥护宪政③，我们把派出所砸了吧。”

随即有人响应，不知哪儿斜飞过来一块石头，啪的一声击穿了派出所的窗玻璃。我被这声音一吓，突然发现自己正坐在保罗咖啡

---

① 大正初期的文艺思潮之一，以芥川龙之介等《新思潮》杂志作家为核心，对抗当时流行的自然主义文学。

② 中国古地名，位于现河南省原阳县。韩国丞相后裔张良曾派大力士于此地以大铁锤刺杀秦始皇，未遂。

③ 大正二年（1913），在野党以“拥护宪政”为口号，煽动群众打砸烧毁派出所。

馆[①]的桌前。“啪”的响声，似乎是咖啡勺从手中滑落，掉到碟子上的声音。我正和身着黑色晨礼服、相貌魁梧的绅士对坐，做了一个白日梦。绅士见我回过神来，便问道：

“您能给新年的报纸写点东西吗？”

“不行，最近什么都不想写。”

“瞧您说的，随便什么都行，写点什么吧。比如，《关于新技巧派》这种文章。”

我吃了一惊，难不成他知道我做的梦不成。

“要不，就写《旧技巧与新技巧》，怎么样？”

“不行。首先，我从来没想过什么新技巧。”我坚定地回绝道。

“可是，总能写点什么吧。”

“能写的，就是你要我写东西这件事。”

“那也行，您就写吧。”

绅士从口袋里摸出稿纸和钢笔。店外，岁末促销的乐队在奏乐；隔壁桌有人在谈论克伦斯基[②]；咖啡的香味，侍者下单的声音，还有圣诞树——在这样闹腾腾的环境里，我苦着脸，颇不情愿地接过稿纸和钢笔。之后写下的，便是这几页愚不可及的饶舌之言。因此，若问孟浪杜撰之责，在于正坐在我面前、相貌魁梧的绅士，而非信笔饶舌的我。

---

① 1911 年于银座开业的咖啡馆，店名为 Café Paulista。

② 亚历山大・弗多洛维奇・克伦斯基（Alexander Fyodorovich Kerensky，1881—1970），俄国社会革命党人。十月革命后流亡巴黎。1940 年移居美国。

尾生之信

尾生站在桥下，一直等待女子出现。

抬头望去，高高的石桥栏杆，一半被蔓草覆盖。桥上间或有人经过，白色的衣裙下摆在绚烂的夕阳映照下，悠然远去。然而，女子还没有来。

尾生吹着口哨，轻松地眺望着桥下的泥洲。

桥下的黄泥洲大小超过两坪①，与水面相接。水边的芦苇之间，大概有螃蟹栖居，现出若干圆洞，每当水波冲击，便发出汩汩的响声。然而，女子还没有来。

尾生等得有些焦急，移步走到水边，望着并无船只经过的安静的河面。

河边密密生长着芦苇，没有一丝空隙。此外，散布于芦苇之间的柳树，树冠葱郁浑圆。因此，两岸之间的水面看起来比河道窄许多。不过，腰带般的清澈河水，为一片宛如云母的云影镀上金色，在芦苇之间静静地晃动。然而，女子还没有来。

---

① 日本度量单位，一坪约 3.3 平方米。

尾生改换方向，从水岸走到不太宽阔的泥洲之上。暮色渐浓，他四处走着，凝神倾听周围的动静。

桥上也许暂时没了人迹，已经听不见那边有足音、蹄声、车轮声，只有风声、芦苇声、水流声——以及不知从何处传来的高亢的苍鹭啼鸣。尾生停住了脚步，似乎开始涨潮了，冲刷着黄泥的水色闪闪发光，比刚才更近了一些。然而，女子还没有来。

尾生紧皱眉头，快步走出桥下微暗的泥洲。这时候，河水一寸一寸、一尺一尺地漫上了泥洲。与此同时，水藻与河水的气味自河面升腾而起，凉凉地缠绕住他的肌肤。抬头看时，桥上绚烂的夕阳已然消退，只有石栏杆映着微青的傍晚天空，清晰地呈现出黝黑的轮廓。然而，女子还没有来。

尾生终于站定下来。

河水已经濡湿了鞋子，泛着比钢铁更冷的光芒，漫漫然涌到了桥下。如此下去，双腿、小腹、胸部势必于顷刻之间，被这残酷的涨潮的河水淹没。不妙，转瞬之间小腿已经没在了水波之下。然而，女子还没有来。

尾生立在水中，尚抱有一丝希望，频频向桥上的天空张望。

水没到了腹部，河面终于被苍茫的暮色笼罩。远近各处繁茂的芦苇与柳树，叶片摩擦着发出寂寞的声音，在茫茫的暮霭中传到耳边。忽然，似乎是一条鲈鱼，翻腾中露出白色的鱼肚，从尾生的鼻前掠过。鱼儿跃过的天空，已经露出稀疏的星光，藤蔓缠绕的栏杆，其轮廓也迅速隐没在夜晚的黑暗之中。然而，女子还没有来。

夜半的月光，洒满河中的芦苇与柳树上，此时的河水与微风低声细语着，将桥下尾生的尸骸，温柔地向大海送去。可是，尾生的魂魄，也许还恋慕着寂寞的天心的月光。它悄然脱离尸骸，朝着微明的天空——宛如河水、水草的气味无声地自河面升起一般——轻盈地向高处飞升。

几千年之后，他的魂魄经历了无数次轮回，又不得不托生为人。那就是寄居在我体内的灵魂。因此，我虽生于现代，却不去做任何有意义的事，无论白天还是黑夜，茫然过着多梦的生活。我只是在等待某种应该到来的，不可思议的东西。正如尾生在薄暮的桥下，等待着，等待着，那永远不来的恋人。

附:《庄子·盗跖》

尾生与女子期于梁下，女子不来，水至不去，抱梁柱而死。

英雄之器

“项羽其人，终非英雄之器啊。”

汉军大将吕马通[①]一张长脸拉得越发地长，捋着稀疏的胡子说道。在他的脸周围，十几张脸映着正中央的火光，红通通地浮现在军营的夜色之中。那些脸上都带着平日没有的微笑，这是因为今日大胜，取了西楚霸王首级，喜悦尚未消散吧……

“当真如此？”

一张鼻梁高挺、目光锐利的脸，唇边带着微微嘲讽的微笑，凝视着吕马通的眉间。吕马通不由得显得有些狼狈。

“项羽其人，强则强矣。毕竟传说中他曾力扛涂山禹王宫的石鼎。今日一战也是如此，我一度以为性命难保。李佐被杀，王恒也死于其手。然而，强则强矣，其势已竭。”

“呵呵。”

对方依然面带微笑，从容地点了点头。营帐外鸦雀无声，除了远处两三度吹响的号角声，连马的嘶鸣声都听不见。空气中隐约传

---

① 吕马童，秦末人，是项羽旧识。后投奔汉军，于垓下围攻项羽。项羽自杀后，参与争抢肢体，受封中水侯。《西汉演义》中记为“吕马通”。

来枯叶的气息。

“然而，”吕马通环视众人的脸，并且与“然而”相应般地眨了眨眼。

“其终非英雄之器，今日之战便是佐证。被逼至乌江时，楚军仅剩二十八骑。与我方遮云蔽日般的大军对阵，毫无胜算。况且乌江亭长出来相迎，劝其乘舟渡去江东。如若项羽有英雄之器，忍辱也要渡过乌江，以期东山再起。彼时已无暇顾及颜面。”

“如此说来，所谓英雄之器，便是精明算计吗？”

听见这句，众人不禁发出沉着的笑声。而吕马通却不显畏缩之色。他将手从胡须上移开，微微挺直身子，不时瞄一眼那张鼻梁高挺、目光敏锐的脸，坚决地说道：

“不然，并非如此——我说项羽其人。今日之战尚未开始，他便当着二十八名部下说‘亡项羽者天也，非人力之不足。以我军之势，必三破汉军，如是可证之’。其后楚军的胜绩何止三次，足有九次。依我看来，这是项羽的卑怯之处。将自己的成败归咎于天——天又何辜啊。若是渡过乌江，纠集江东健儿再度逐鹿中原，其后再说倒也罢了。然而并非如此。明知生路在前，却自蹈死地。我说项羽并非英雄之器，不仅是他不精明算计，而是将一切交付天命——其实不可啊。窃以为英雄不当如此，硕学如萧丞相，不知如何评说。”

吕马通得意地环顾左右，暂时缄口不言。这番评说似乎言之有理，众人微微颔首，释释然静默无语。继而，人群中那张鼻梁高挺的脸，眼中竟忽然现出一丝激动。黑色的眼瞳熠熠闪烁，仿佛带着炽热。

“当真？项羽那般说过？”

“传闻如此。”

吕马通用力点头答道。

“那岂不是弱者？至少不似男人所为。我以为，所谓英雄，当与天争战。”

“确实。”

“虽知天命，也应争战不息。”

“确实如此。”

“如此说来，项羽他——”

刘邦抬起锐利的目光，凝视着秋夜中闪烁的灯火，半是自语般地徐徐答道：“他才是英雄之器啊。”

附：《西汉演义》第八十四回“楚霸王自刎乌江”

却说汉将吕马通等五将，持项羽头见汉王。汉王起身见项王头，面目如生，汉王泣曰：“吾与王曾拜兄弟，后图取天下，遂与王有隙。然王虽虏太公、吕后，恩养三年，凌未敢犯，此古烈丈夫之所为也，吾实不能及焉！不意王今死矣，吾甚惜之！”左右闻汉王言，皆泣下。项王已死，楚地已定。遂封吕马通为中水侯，封王翳为杜衍侯，封杨喜为赤泉侯，封杨武为吴防侯，封吕胜为涅阳侯。乌江立庙，命有司四时享祭。

女仙

古时候，中国某个村里住有一书生。毕竟在中国，想必他正于桃花夭夭的窗下苦读吧。邻家住着一个年轻女子——而且这位丽人，并无仆人服侍。书生觉得年轻女子有些古怪也不出奇。其实，不仅她的来历，连她做何营生，也无人知晓。

一个无风的春日傍晚，书生偶然走出屋外，忽然听见女子的斥骂声，在鸟儿竞相鸣啭声中尤为刺耳。书生好奇，便走去她家察看。只见女子柳眉倒竖，按住一个上了年纪的砍柴老大爷，卜卜地敲打他的脑袋。而且老爷爷泪流满面，一个劲儿地赔不是呢！

“究竟怎么回事？说什么也不应该打如此年长之人啊！……”

书生按住女子的手，热心地上前劝阻。

“殴打长者可使不得，非修身之道也。”

“长者？这砍柴的，年纪比我小。”

“别说笑了。”

“谁说笑？我是他妈。”

书生愣住了，不禁端详她的脸。终于放开砍柴人的她，与其说美，不如说带有凛然之色。她脸色潮红，眼睛眨都不眨。

“为了这孩子，我吃了多少苦。他却不听话，由着性子来。这不，老了吧。”

“如此说来……这位樵夫也有七十岁了吧。您是他母亲，请问高寿啊？”

“我？三千六百岁了。”

书生一听，忽然意识到，这位美丽的邻家女子竟然是仙人。然而，就在此时，仙气凛凛的女子忽然消失了。春日的和煦阳光中，只剩下砍柴的老大爷……

附：《太平广记·女仙四·西河少女》

西河少女者，神仙伯山甫外甥也。山甫雍州人，入华山学道，精思服食，时还乡里省亲族。二百余年，容状益少。入人家，即知其家先世已来善恶功过，有如目击。又知将来吉凶，言无不效。见其外甥女年少多病，与之药。女服药时，年已七十，稍稍还少，色如婴儿。汉遣使行经西河，于城东见一女子，笞一老翁。头白如雪，跪而受杖。使者怪而问之，女子答曰：“此是妾儿也。昔妾舅伯山甫，得神仙之道，隐居华山中。悯妾多病，以神药授妾，渐复少壮。今此儿，妾令服药不肯，致此衰老，行不及妾，妾恚之，故因杖耳。”使者问女及儿年各几许，女子答云：“妾年一百三十岁，儿年七十一矣。”此女亦入华山而去。

黄粱梦

卢生以为自己死了。眼前暗淡下来，子孙的啜泣声渐渐消失在远处。足尖仿佛缚着看不见的秤砣，身子逐渐向下沉——忽然，他被什么惊吓到，猛地睁大了眼睛。

只见道士吕翁依旧坐在他的枕边，店家的黄粱饭好似还没蒸熟。卢生从青瓷枕上抬起头，揉着眼睛打了个大大的哈欠。邯郸的秋日午后，日光照着叶落的树梢，尚有些寒意。

“你醒了。”吕翁咬着胡须，那表情似乎强忍着笑意。

“嗯。”

“做梦了吧？”

“是的。”

“做了什么梦？”

“一个很长很长的梦。先是和清河崔氏的女儿成了亲，她好像是个端庄守妇道的女人。次年中了进士，授渭南尉，而后迁任监察御史、起居舍人知制诰，顺利地升至中书门下平章事。却因小人谗言招来杀身之祸，幸而得以保全性命，流放到驩州。闲居五六年后沉冤得雪，官拜中书令，封燕国公。那时我已年迈，有儿五人，孙数十人。”

“在那之后呢？”

“后来便死了，我记得好像活过了八十岁。”

吕翁得意地摸着胡须。

“这么说，荣辱之运、穷达之命，你都经历了一番，如此甚好。所谓生，与你做的梦并无差别。而今，你对人生的贪恋也已消退了吧。若是悟了得失之理、生死之情，人生委实无趣。是否如此？”

卢生表情急迫地听着，吕翁问询的话音刚落，他便抬起那张年轻的脸，目光炯炯地说道：

“因为是梦，我才更想活着。正如刚才的梦会醒，现在的梦也有醒的时候。我要在梦醒之前好好活着，最后敢说自己真正地活过。你不觉得这样才对吗？”

吕翁板着脸，不置可否。

附：《枕中记》

开成七年，有卢生名英，字萃之。于邯郸逆旅，遇道者吕翁，生言下甚自叹困穷，翁乃取囊中枕授之。曰：“子枕吾此枕，当令子荣显适意。”时主人方蒸黍，生俯首就之，梦入枕中，遂至其家，数月，娶清河崔氏女为妻，女容甚丽，生资愈厚，生大悦。于是旋举进士，累官舍人，迁节度使，大破戎虏，为相十余年，子五人皆仕宦，孙十余人，其姻媾皆天下望族，年逾八十而卒。及醒，蒸黍尚未熟。怪曰“岂其梦耶？”翁笑曰：“人生之适，亦如是耳！”生抚然良久，稽首拜谢而去。

女体

一个夏夜，中国人杨生因暑热而醒。他支着下巴趴在床上，陷入漫无边际的游思妄想。忽然，他发现床边爬着一只虱子。在房间昏暗的灯光下，虱子微小的脊背上闪着银粉般的光芒，朝杨某身边熟睡的妻子的肩头慢慢爬去。妻子光着身子，面朝杨某躺着，鼻息安详地呼吸着。

杨生望着步履缓慢的虱子，心想这种虫子的世界是怎样的呢。自己走两三步的距离，虱子要爬上一个小时。而且它能涉足的，仅限于床铺之上。如果自己生为虱子，应该十分无趣……

茫茫然思忖的当儿，杨生的意识渐渐模糊起来。这无疑并非做梦，也并非现实，不过是他正越来越深地陷入奇妙的恍惚感觉之中。没多久，当他忽然清醒的时候，魂魄进入了虱子的身体，在散发着汗味的床上，慢吞吞地向前爬行。杨生十分意外，不觉茫然驻足。

前方耸立着一座高山，浑圆温润，自视力无法企及的上方，如钟乳石般倒垂下来。接触床铺的部位，呈现出如同蕴藏了火一样的淡红色石榴的形状。除此之外，浑圆的山体无一处不白皙。那种白，宛如凝脂，柔润光滑。连山腹处线条柔和的凹陷，也如同映照雪地的月光，现出微微的淡蓝的光影。灯光所及之处，带着即将融化的龟甲般的色泽。没有一处山峦好似这般，在遥远的天际画出美妙的曲线……

杨生惊叹地睁大眼睛，望着这座美妙的高山。然而，当他发觉这座山是妻子的一只乳房时，该有多么惊讶啊。他忘记了爱憎，甚至性欲，只凝视着如同象牙山一般巨大的乳房。他惊讶得似乎忘记了床铺的汗味，身子仿佛凝固了似的一动不动——当他变成虱子，才第一次如此真实地观赏到妻子的肉体之美。

不过，对于从事艺术的人士而言，值得如虱子这样去观看的，并不限于女体之美。

寒山拾得

好久未见漱石先生，今日前往拜访，只见先生坐在书斋正中央，抱着胳膊想事情。“先生，怎么了？”我问道。“今天去了护国寺[①]的三门[②]，看了运庆[③]雕刻的仁王，刚刚回来。”[④]先生回答道。在这个忙碌的世间，运庆之类我觉得无关紧要，便缠着兴致不高的先生，聊了一会儿包括托尔斯泰、陀思妥耶夫斯基在内的高深话题。之后从先生家出来，在刚才的江户川的终点坐上了电车。

车内十分拥挤。我好不容易抓住角落里的吊环，便读起揣在怀里的俄国小说[⑤]英译本来。里面尽是革命的描写，工人因为情感纠葛，疯狂地投出炸药，结果女人也为之丧命。所有的情节都很紧张，有一种暗沉的力量。日本的作家，这样的作品连一行都写不出。我非常佩服，站立着拿彩色铅笔在字里行间画了好几道线。

---

① 位于东京文京区的真言宗寺庙。

② 寺庙的正门。

③ 运庆（？—1223），镰仓初期的雕刻家。代表作有圆成寺大日如来像，与快庆合作的东大寺南门仁王像。

④ 此处出自夏目漱石《梦十夜》之第六夜的故事。

⑤ 高尔基描写1905年俄国革命的作品《母亲》。

接着，到了饭田桥换乘的车站，我忽然发现，车窗外的街道上走着两个奇怪的男人。两人都穿着褴褛的衣衫，胡子和头发肆意生长，相貌也十分古怪。我觉得在什么地方见过他们，但怎么也记不起来。这时，旁边手抓吊环，像是经营古董店的男人说道：

“瞧，又见到寒山拾得了。”

这么一说还真是，两个男人扛着扫帚，手持画卷①，仿佛从池大雅②的画里走出一般，慢悠悠地走着。然而，竞拍再怎么兴盛，真人寒山拾得成对出现，走在饭田桥，还是让人不得其解。我拉了拉旁边像是古董商的男人的衣袖。

“他们真是从前的寒山拾得吗？”我想问个明白。男人的表情仿佛感觉十分稀松平常。

“是啊，前些时日我还在商业会议所外面碰到他们呢。”

“哎？我以为他们早就死了。”

“才不会死呢，外表虽然不堪，其实他们是普贤菩萨和文殊菩萨。他们的朋友丰干禅师③经常骑着老虎，在银座大街出没呢。”

五分钟之后，电车开了。这时我又读起刚才没看完的俄国小说来。一页尚未读完，吸引我的已不再是炸药的气味，而是刚才见到的寒山拾得的怪模样。我透过车窗向后看去，他们的身影已经小得像两颗豆粒，但依然清晰可辨，扛着扫帚走在晚秋的日光之中。

---

① 禅宗绘画《寒山拾得图》中，寒山大多拿扫帚，拾得往往拿着经书。

② 池大雅（1723—1776），日本江户中期的画家、书法家。代表作有《日本名胜十二景图》《山水人物图》《楼阁山水图屏风》等。

③ 唐代禅宗高僧，居住在天台山国清寺，寒山拾得在国清寺厨房修苦行时与之交往。

我抓着吊环，把书揣回怀里，寻思着回家后马上给漱石先生写信，告诉他今天在饭田桥遇见了寒山拾得。这么说来，他们走在现代的东京街头，似乎也并非什么不可思议的事。

唐都洛阳的西城门下，
一个年轻人仰望天空……

杜子春

一

一个春日的黄昏时分。

唐都洛阳的西城门下，一个年轻人茫然地仰望着天空。

年轻人名叫杜子春，原是富家子弟，如今荡尽家财，潦倒落魄，连当日生计都没有着落。

当时的洛阳举世无双，是极为昌盛的国都。路上车水马龙，城门中满溢着油润的夕照，老人头戴薄纱帽，土耳其女人戴着金耳环，白马佩着斑斓的缰绳，往来如织，美得像画。

而杜子春依旧靠在城门的墙壁上，呆呆地眺望天空。天际一弯纤月，在逶迤的晚霞中，仿佛一丝白色的抓痕，浅浅地浮现出来。

“天黑了，肚子饿，而且不管去哪儿，都无处可以留宿——如此不堪地活着，或许还不如投河自尽来得爽快。”

自打刚才起，杜子春就这般独自胡思乱想着。

这时，悄然走来一个独眼的老人，忽然在他面前停住脚步。他被夕阳照着，在门内投下巨大的影子。他直视杜子春的脸，傲然问道：

“你在想什么？”

“你说我吗？我在想今晚没处歇息，正发愁呢。”

老人问得很突然，杜子春不禁低垂视线，如实作答。

“是嘛。真是不幸啊。”

老人思索了片刻，随即指着照射在道路上的夕阳余晖说：

“那么，我给你指一条生路吧。你的影子落在地上，记住头所在的方位，半夜来挖，那里必定埋有一车黄金。”

“此话当真？”

杜子春惊讶地抬起眼。然而更为匪夷所思的是，那个老人已消失不见，不知去了哪里，连个影子都没有。唯有天空的月色比之前更白，行人往来的道路上，两三只性急的蝙蝠已经在翩翩飞舞了。

二

杜子春一日之内，变成了洛阳国都中最富有的人。正如那位老人所说，他半夜悄悄地找到白天记好的地方，果然挖到一辆大车都装不下的黄金。

骤然巨富的杜子春立即买了气派的宅院，过上了不输给玄宗皇帝的奢侈生活。买兰陵美酒；购桂州龙眼；庭院栽种一日变四色的牡丹；养白孔雀；收集美玉；定制锦衣；香木做车；象牙为椅。生活之奢靡若是一一写来，不知何时能够穷尽。

听闻他暴富，之前在路上见到都不打招呼的朋友纷纷不请自来，夜以继日地玩乐。来者与日俱增，仅半年的光景，洛阳国都中有名的才子佳人，没来过杜子春家的，一个都没有。杜子春对宾客每日飨以酒宴，酒宴之丰盛，也难以详述。撷其一例，可窥全貌。杜子春以金杯酌饮产自西域的葡萄酒，观赏生于天竺的魔法师表演吞刀之技；近旁有女子二十人，十人戴翡翠莲花头饰，十人戴玛瑙牡丹头饰，吹笛鼓琴，奏乐以增余兴。

然而再怎么富有，金钱也有用尽的时候。奢侈度日的杜子春，也在一两年中渐渐变穷了。人是薄情寡义的，昨天还日日登门的朋友，今天从门前经过，也不来问候一声。转眼间到了第三年春天，杜子春又像从前一样不名一文。偌大的洛阳城，竟找不到一家留宿他的地方。何止借宿，如今连施舍他一碗水的人都没有。

某个黄昏，他又来到洛阳的西城门下，茫然地仰望天空，日暮途穷地呆立着。忽然，和三年前一样，独眼老人又悄然出现了。

他问，“你在想什么？”

杜子春看见老人，无颜以对地低下头，半晌没有回答。然而老人那天也很热心，重复了一遍问题。杜子春便战战兢兢地回答了同样的话：

“我在想今晚没处歇息，正发愁呢。”

“是嘛。真是不幸啊。那么，我给你指一条生路吧。你的影子落在地上，记住胸所在的方位，半夜来挖，那里肯定埋了一车黄金。”

老人说完，随即又如同被擦去般消失在人群之中。

第二天，杜子春又忽然变成了天下首富，再次过上了随心所欲的奢侈生活。庭院中盛开的牡丹，安睡于花丛中的白孔雀，以及来自天竺表演吞刀的魔法师——一切均如从前一般。

满满一车黄金，三年之内又挥霍一空。

三

“你在想什么？”

独眼老人第三次出现在杜子春面前，问了同样的问题。不必说，那时他正站在洛阳的西城门下，望着冲破晚霞的弯月之光，茫然伫立着。

“说我吗？我在想今晚没处歇息，正发愁呢。”

“是嘛。真是不幸啊。那么，我给你指一条生路吧。你的影子落在地上，记住腹部所在的方位，半夜来挖，那里肯定埋了一车……”

老人说到这里，杜子春忽然抬起手，打断了他：

“不，我不要黄金了。”

“你不要黄金了？哈哈哈，看来，你已厌倦奢侈的生活了。”

老人眼神中带着疑惑，注视着杜子春。

“哪里，我才没厌倦呢。只是不喜欢人这种东西了。”

杜子春表情愤然，没好气地回答道。

“这倒有趣。为何不喜欢人了？”

“人都薄情。我有钱时巴结奉承，一旦穷困潦倒，你看，连个好脸色都没有。我寻思，就算再变成巨富，也无济于事。”

老人听杜子春这么说，忽然呵呵笑了起来：

“是嘛。嗯，你不像个后生，很明事理。那么你打算就这么安于贫穷，太平度日吗？”

杜子春犹豫了片刻，随即以坚决的目光，恳求般地注视着老人。

“现在的我做不到。所以我想做您徒弟，学习仙术。不，实不相瞒。您想必是德行高超的仙人。若非如此，必不能使我一夜之间成为天下首富。请您做我师傅，传授神奇的仙术。”

老人皱着眉，良久不语，似乎在思考什么。不一会儿他展颜笑道：“其实，我是峨眉山的仙人，名叫铁冠子。第一次见你，便觉得你有慧根，所以让你两次成为富翁。你若真想成仙，便收你为徒吧。”他痛快地答应了请求。

杜子春欣喜莫名，不等老人说完，就连连叩头及地。

“不必了，此种虚礼并无必要。我虽收你为徒，能否成为出众的仙人，取决于你自己。——对了，你先随我到峨眉深处去吧。哦，幸好这里落有一支竹杖。快骑上它飞去峨眉吧。”

铁冠子捡起地上的一支青竹，口中念着咒语，和杜子春像骑马般跨上竹杖。多么神奇啊。竹杖忽然像龙一样，腾空而起，在晴朗的春日晚空中向峨眉山方向飞去。

杜子春魂飞魄散，惊恐地向下方看去，唯见群山青黛承着夕照，洛阳国都的西城门（早被晚霞遮住）已经看不到了。此时的铁冠子白须临风，放声吟唱：

朝游北海暮苍梧，
袖里青蛇胆气粗。
三入岳阳人不识，
朗吟飞过洞庭湖。[1]

---

① 传说中吕洞宾的诗作，见于《全唐诗》。第三句多为“三醉岳阳人不识”。

四

二人骑着青竹，不久便飞到峨眉山。

前面是紧贴深谷的一块宽大石台，看似绝高之处，垂挂在中天的北斗七星光芒闪耀，有碗口那么大。那里本是渺无人迹的深山，故而四周一片寂静，耳朵里只听见后面绝壁之上，一棵蟠曲的老松，在夜风中发出呼呼的松籁。

二人落到石台上，铁冠子随即让杜子春坐在绝壁之下。

“我这就去天上拜见西王母，你在这里坐着，等我回来。我不在的时候，会有种种魔障来迷惑你的心智。不论发生什么，绝不可出声。记住，口出片语便无法成仙了。明白吗？即使天崩地裂，也要保持沉默。”

“师傅放心，我决不出声。就算丢了性命，也不开口。”

“嗯，如此甚好。我去去便回。”

老人告别杜子春，又骑上竹杖，朝着群山如削的天空笔直飞去。

杜子春独自坐在石台上，静静地眺望星斗。过了半个时辰，深山夜冷，沁透了寒衣。此时，空中忽然传来声音：

“何人在此？”好像有人斥问。

可是杜子春听从仙人的吩咐，没有回答。

过了片刻，那声音再度响起，森严地威吓道：

“若不回答，这就受死吧。”

杜子春自然沉默不语。

忽然，一只目光如炬的老虎跳上了石台，盯着杜子春一声巨吼。与此同时，头顶的松枝剧烈摇晃，从身后的绝壁爬下一条粗如水桶的白蛇，吐着火焰般的信子逼近过来。

杜子春泰然端坐，连眉毛都不动。

老虎和白蛇打量着唯一的猎物，似乎忌惮对方，僵持了一会儿。忽然两者难分先后，同时扑向杜子春。不知是被虎牙咬住，还是被蛇信子卷住，杜子春眼看要一命呜呼。就在这时，老虎和白蛇仿佛雾气一般，和夜风一同消失了。其后，唯有绝壁上松籁依旧。杜子春松了一口气，继续等待，不知接下来会发生什么。

一阵夜风吹过，黑漆漆的乌云遮蔽四周，一道浅紫色的闪电闪过，将夜幕劈成两半，隆隆的雷声随之响起。不仅如此，骤然间暴雨如注，仿佛瀑布一般。杜子春依然端坐，并不畏惧天气巨变。风声、雨滴、不断划过的闪电，一时间笼罩住峨眉山，还不时传来震耳欲聋的雷声。忽然，卷动的乌云之中，一道通红的火柱，朝杜子春头上落下。

杜子春不禁捂住耳朵，伏倒在石台上，可是转瞬之后睁开眼睛，却见一片晴空。对面耸立的群山之上，碗口大的北斗星依旧光芒闪耀。如此看来，刚才的暴风雨、老虎、白蛇，都是铁冠子走后，魔障的试练。杜子春稍稍放宽心，擦了擦额头的汗，重新在石台上坐定。

喘息未定之际，他的面前忽然出现身穿金甲、身高三丈、神情威严的天将。他手执三叉戟，突然将戟尖对准杜子春的胸前，瞋目斥问道：

“汝为何人？此峨眉山自开天辟地以来，为吾之居所。从未有凡人胆敢踏足于此。若要保命，速速答来。”

然而杜子春依然按照老人的吩咐，沉默不语。

“汝不答？——无意作答啊。好，悉听尊便。别怨吾之部下，将汝裂为齑粉。”

天将高高举起戟，向对山的空中招了招。黑暗的天幕忽然裂开，数不胜数的天兵如同云朵占满天空，他们手中刀枪闪着寒光，眼看要像潮水般杀将过来。

杜子春见此情形，不禁要失声尖叫。随即想起铁冠子的吩咐，竭力保持沉默。天将见他并不畏惧，勃然大怒。

“顽愚之甚，汝既不答，速速纳命来！”

天将怒吼着，手持三叉戟向杜子春杀来。他忽然哈哈大笑，笑声响彻峨眉山，身影消失不见了。此时，无数的天兵也与吹拂的风声一起，如同梦幻般消隐了。

北斗的星光又寒气逼人地照耀着石台。绝壁上的松树也依旧发出呼呼的风声。而杜子春却仰面倒下，气息断绝。

五

杜子春的身体仰面朝天倒在石台上，魂魄却悄然钻出身体，向地狱飘去。

此世与地狱之间，有一条暗穴道[①]相通。那里终年暗无天日，冰寒之风呼啸不止。杜子春顶着风，像树叶一样飘忽前行，终于走到挂着森罗殿匾额的宫殿之前。

殿前众多小鬼，一见杜子春便迅疾围上来，将其带到台阶下。殿上端坐着一位黑袍金冠的大王，威严地注视着杜子春。那必定是

---

① 传说中通往果罗国有三条道路：轮池道、幽地道、暗黑道。

久闻其名的阎魔王。杜子春不知将遭遇什么，忐忑地跪了下来。

“呔！汝为何坐于峨眉山上？”

阎魔王声如巨雷，在殿上问道。杜子春刚想回答，忽然响起铁冠子“绝不可出声”的告诫，便只好低垂脑袋，像个哑巴般不开口。于是阎魔王高举手中铁笏，胡须倒竖着厉声怒斥：

“此处岂是等闲之地！快快答来。如若不然，即刻让汝遍尝地狱之苦。”

然而杜子春依旧一言不发。阎魔王见状，立即厉声吩咐小鬼。小鬼恭敬领命，随即拖起杜子春，飞向森罗殿的上空。

众所周知，地狱黑漆漆的天空之下，除了剑山血池，还分布着名为焦热地狱的火焰谷、名为极寒地狱的冰之海。小鬼们将杜子春逐次抛入其中。于是杜子春凄惨地经受了剑贯其胸、焰灼其面、拔舌、剥皮、铁杵撞、油锅煮、毒蛇吸脑髓、猎鹰啄眼睛……杜子春经受的折磨之多，难以计数。而他依旧咬紧牙关，一言不发。

想必连厉鬼都为之惊诧吧。他们飞上夜一样的天空，回到森罗殿前，将杜子春押在殿前，异口同声地禀告阎魔王：

“此犯总不开口。”

阎魔王皱着眉思索了片刻，忽然计上心来，吩咐一个小鬼：

“其父母陷于畜生道，速速领来此地。”

小鬼立即御风飞上地狱的空中，一转眼又如流星般，赶着两只野兽来到森罗殿前。杜子春见状，别提有多惊诧了。因为这两个，身子虽然是瘦弱不堪的马，脸却是做梦也不会忘记的，死去的父母。

“呔！汝为何坐于峨眉山上，速速招来。汝若不言，父母便受苦。”

阎罗如此恐吓，杜子春依然不作答。

“不孝畜生！父母受苦反倒成全汝矣。”

阎魔王声震森罗殿，厉声高喝：

“小鬼们，给我打！把这两只畜生，打到肉烂骨断！”

小鬼齐声回道：“喳！”接着便举起铁鞭，从四面八方无情地鞭打这两匹马。铁鞭带着嗖嗖的风声，雨点般落在马身上，处处皮开肉绽。马——变成畜生的父母，痛苦地挣扎，眼中血泪横流，嘶鸣之状让人不忍直视。

“如何？还不招来吗？”

阎魔王让小鬼暂且止住鞭打，又追问了一遍杜子春。这时两匹马已经骨肉碎裂，奄奄一息地倒在大殿台阶之下。

杜子春竭力想着铁冠子的嘱咐，紧闭双眼。这时耳边忽然传来细微得几乎听不见的声音：

“别担心。你能幸福比啥都好，我们怎么都成。不管大王说什么，不想说就别出声。”

那确实是他怀念的母亲的声音，杜子春不禁睁开眼。其中一匹马，无力地瘫倒在地上，悲伤地注视着他。母亲在那样的痛苦之中，仍然顾及儿子的心思，厉鬼鞭打也没有任何怨恨之色。和世间那些“穷则无问津，富则多谄媚”的人相比，志气多么可贵，决心多么坚定啊。杜子春忽然忘了老人的训诫，连滚带爬跑到近前，双手抱住半死的马的脖子，眼泪扑簌簌地往下流，叫了一声“娘”……

六

杜子春忽然被这声音惊醒。睁眼一看，自己依然沐浴着夕阳，茫然地站在洛阳的西城门下。晚霞的天空、洁白的弯月、川流不息的人群与车辆——一切都与去峨眉山之前一样。

“如何？虽能做我徒弟，却做不成仙人啊。”

独眼老人微笑着说道。

“我做不到。虽然如此，我却因为做不到而感到欣喜。”

杜子春的眼中还含着泪，不由自主地握住老人的手。

“就算能成仙，在地狱的森罗殿前，也不能坐视父母被鞭打。”

“你如果一直不出声……”铁冠子忽然凛然注视着杜子春，“如果你不开口，我便当即了结你的性命。——你现在已经不能做仙人了，也已厌倦了做富翁。从今以后，你想怎样呢？”

“不管变成什么样，我都要像一个真正的人，踏踏实实地生活。”

杜子春的话里带着从未有过的朝气。

“此话需牢记。今日一别，以后便不再相见了。”

铁冠子说着迈步而行。忽然又停下脚步，转过身对着杜子春，愉快地加了一句：

“哦……幸好想起来了。我在泰山南麓有一处房子，房子和田地都馈赠于你，快去那里住吧。这时节，房子周围的桃花开得正好吧。”

奇遇

编　辑　听说您要去中国旅行。去南方还是北方？

小说家　先是南方，然后周游去北方。

编　辑　都准备好了吗？

小说家　基本准备好了。不过应该阅读的游记、地理志还没读完，让人发愁。

编　辑　（似乎没有兴趣）这类书很多吗？

小说家　出乎意料得多啊。日本人写的就有《七十八日游记》《中国文明记》《中国漫游记》《中国佛教遗物》《中国风俗》《中国人的气质》《燕山楚水》《苏浙小观》《北清见闻录》《长江十年》《观光游记》《征尘录》《满洲》《巴蜀》《湖南》《汉口》《中国风韵记》……

编　辑　这些都要读吗？

小说家　哪里，一册都还没读呢。中国人写的有《大清一统志》《燕都游览志》《长安客话》《帝京》……

编　辑　可以了，光是书名就够多了。

小说家 西洋人写的，我一册都没说呢——

编　辑 西洋人写的，反正也不值得一提吧。最要紧的是，您出发之前，肯定能给我们写一篇小说吧。

小说家 （忽然消沉了）嗯，按计划是在那之前写好的。

编　辑 究竟什么时候出发呢？

小说家 其实，计划今天出发。

编　辑 （惊讶地）今天吗？

小说家 是的，应该是坐五点的特快列车。

编　辑 这么说离出发，不是只有半小时了吗？

小说家 嗯，是这么计划的。

编　辑 （气愤地）那小说怎么办？

小说家 （越发消沉）我也在想，怎么办呢。

编　辑 您这么不负责任，真让人为难啊。不过，毕竟只有半个小时，急着写也写不出……

小说家 对了，魏德金①的戏剧里，半个小时可以发生各种奇事，怀才不遇的音乐家突然出现，哪个太太自杀了之类。——稍等，说不定书桌的抽屉里，还有什么没有发表的稿子。

编　辑 如果那样，再好不过——

小说家 （翻书桌的抽屉）论文不行吧。

① 弗兰克·魏德金（Frank Wedekind，1864—1918），德国表现主义先驱作家，代表作有《地神》《潘多拉的盒子》等。

编　辑　什么论文？

小说家　题目是“新闻业对于文艺的毒害”。

编　辑　这种论文不合适。

小说家　这个怎么样？嗯，体裁是小品——

编　辑　题目叫“奇遇”啊，写的是什么啊？

小说家　要不你看看？二十分钟就能读完——

那是至顺[①]年间的事。毗邻长江的古金陵之地，有位叫作王生的年轻人，天生才俊，又风姿绰约。既然人称奇俊王家郎，其风采可想而知。他已是弱冠之年，尚未婚娶。其家门第清正，祖业丰厚。恣意诗酒风流，正是绝佳的身份。

其实，王生有一好友赵生，两人生活自由不羁。时而听戏，时而赌博，整晚混迹于秦淮的酒肆，饮至天明也有过。这种时候，安静的王生面对花瓷盏，意识朦胧地听着别处传来的歌声；爱热闹的赵生则以醋蟹为肴，酌饮盈杯的金华酒，热议妓品之类的话题。

不知为何，王生从去年秋天起，仿佛彻底断绝了痛饮的喜好。嗯，不单是痛饮，吃喝嫖赌的玩乐，也彻底敬而远之。赵生及众多好友，对此变化均感匪夷所思。有说他已经厌倦了玩乐，也有说他有了相好的。而关键的是王生自己，问了他好几次，总是微笑，却不解释其中缘由。

---

① 元代年号，公元 1330 年至 1333 年。

这样的情形持续了一年左右。某天，许久未曾谋面的赵生登门拜访，王生拿出元稹《会真诗三十韵》给赵生看。诗歌华丽的对句中，流露出缠绵的嗟叹之意。若不是爱恋中的青年，那样的诗哪怕一行也写不出。赵生将诗稿还给王生，狡黠地望着他说道：

“你的莺莺在何处啊？”

“我的莺莺？怎么可能有。”

“骗人。说辞不如证据，那个戒指是什么？”

赵生手指着桌上。一枚紫金碧钿的戒指，正放在读到一半的书上。戒指的主人绝非男子。而王生拿起戒指，面色低沉，又甚为坦然地徐徐讲述道：

“她并非我的莺莺，而我确有爱恋的女子。去年秋天之后，不再与你们痛饮，确实是因为有了她。然而她与我的关系，并非诸位想象的那种，平常的才子佳话。我这么说，你自然无法明白究竟是何事。非也，无法明白倒也罢了，或许还会怀疑一切皆为谎言。因此我虽不想说，仍旧决定将事情原原本本地说给你听。就算无趣，你也听听那个女子的故事吧。

“你也知晓，我在松江拥有田亩。每年秋天我都亲自去收当年的秋租。然而就在去年秋天，自松江返程，船行至渭塘之畔，见柳树槐树环绕之间，有一店家挑着酒旗。朱漆栏杆如画中一般曲折有致，里面似乎颇为宽敞。连绵的栏杆之外，还有几十株红色芙蓉，倒映于河面。我口很渴，便吩咐船家快去挑有酒旗的店家。

“上岸一看，果然不出我所料，店内颇为宽敞，店主老翁也不显低贱。而且酒有竹叶青，菜肴有鲈鱼、螃蟹，你可想见我多么心满意足。事实上我也忘了旅愁之类，陶然举杯畅饮。忽然，感觉有人在帷幕后面偷窥。我往那边看，那人便迅速躲在幕后；我把视线移开，又直直地盯着我看。我感觉到帷幕之间，闪露出翡翠簪子、黄金耳环，但又无法确定。我瞥见一张白玉般的脸在那边闪过，转头看时，只见帷幕慵懒地低垂着。如此再三之后，喝酒也没了兴味，我便扔下几枚大钱，匆匆回到船上。

“然而，当晚我在船上迷迷糊糊睡着之后，在梦中又去了那家挑着酒旗的店。白天来时并不知道这家重门叠户，穿过这些门户之后，我看见内室后面有一幢精巧的绣阁。前面是气派的葡萄架，架下是石块围砌的一丈见方的清泉。现在仍然记得，我走到池边时，月光下，池中的金鱼历历可数。池塘左右种了两棵树，都是垂丝桧。墙边翠柏筑成了一道屏风。下方是仿佛天工般的石筑假山，假山上也皆为金线草、绣墩草①之类，值此微寒天气也未凋零。窗间挂有雕花鸟笼，养着绿色鹦鹉。那鹦鹉见到我，也没忘了给我请安。屋檐下悬挂着一对木雕仙鹤，嘴里叼着烟雾袅袅的线香。透过窗户向里面望去，只见桌上的古旧铜瓶中插着几枝孔雀尾羽，旁边是笔墨纸砚，布置均十分整洁。而且还放着碧玉箫，仿佛静待佳客。墙壁上贴四幅金花笺，上面题有诗作，诗体似乎模仿东坡《四时词》，笔法学自赵松雪②。那几首诗我都记得，现在也无须展示。更想告诉你的是，月光照见的房间里，坐着一位宛如璧人的女子。我见到她，才懂得何为女子之美。”

“正所谓‘有美闺房秀，天人谪降来’③啊。”

---

① 麦冬草的品种之一。

② 赵孟頫（1254—1322），南宋末年、元朝初年的官员、书画家、诗人。

③ 出自《渭塘奇遇记》。

赵生微笑着，吟诵着刚才王生所示《会真诗》首二句。

“嗯，是这样吧。”

王生欲言又止，随后便噤口不言了。

赵生却迫不及待地捅了捅王生的大腿。

“其后有何故事？”

“其后便是闲谈了。”

“闲谈之后呢？”

“女子吹箫给我听。记得曲子是《落梅风》——”

“仅此而已？”

“箫吹完之后，又聊了一会儿。”

“之后呢？”

“后来，我忽然醒了。醒来之后发现自己躺在船上，舱外唯有无边无际、茫茫月夜中的河水。那时，要说我的寂寞，真可谓普天之下我一人独有。

“从此以后，我心中始终记挂着那女子。奇怪的是，我回到金陵之后，每晚熟睡后必定梦见那个人家。前天晚上我赠予她水晶双鱼扇坠，她取下紫金碧钿的戒指给我。思虑间醒来，扇坠不见了，而我的枕边多了一个戒指。如此看来，我遇见那女子，也并非全然是梦。然而要说若非是梦又为何——我也无从作答。

“如若是梦，我在梦境之外，并未见过那家女子。她是否存在，我也无从知晓。但我思慕她，即便她非此世之人，此心也不会改变。我但凡活于这世上，便无法不思念梦中所见的女子，与那池塘、葡萄架、绿鹦鹉一同思念。我要说的故事，就是这些。”

“委实离奇，实非寻常的才子韵事。”

赵生半带同情地看着王生。

“那么之后你就没去造访其府上吗？”

“嗯，再也未曾去过。不过，十日之后，我又需去松江，心想经过渭塘时，务必将船泊于那挑着酒旗的店家。”

十天之后，王生乘船去往下游的松江。回程时——赵生与众多好友，见到与其一起离舟上岸的少女，均为其美貌所挢舌。据说，其实那少女在窗下喂着绿鹦鹉，自去年秋天从帷幕背后窥视王生后，一直梦见他。

“说奇怪，还真是咄咄怪事。不知何时，水晶双鱼扇坠，又在枕边了——”

赵生逢人便说起王生的奇遇。后来这个故事传到了钱塘文人瞿祐耳中。瞿祐遂将其写成隽美的《渭塘奇遇记》……

小说家 感觉怎么样？

编　辑 浪漫的成分似乎不错。这个小品我就收下了。

小说家 稍等。后面还有一小部分。嗯……写成隽美的《渭塘奇遇记》，说到这里了吧？

然而，钱塘的瞿祐自不待言，赵生等一众好友也不知王生两夫妻乘船离开渭塘酒家时，王生与少女曾有过这么一段对话：

“戏总算没露破绽。我骗你父亲，编小说一样讲每晚梦见你，记不清多少次胆战心惊呢。”

“我也担心死啦。你对金陵的朋友也说谎了呢。”

“啊……还是说谎了啊。刚开始我什么都没说。朋友看到这个戒指，不得已，我才把本想对你父亲说的梦中奇遇说出来了呀。”

“那么晓得真相的，一个人也没有吧。去年秋天，你偷偷跑进我房间里来——”

“我晓得。我晓得。”

两人惊诧地循声望去，随即笑出声来。桅杆上悬挂的雕花鸟笼里，绿鹦鹉机敏地俯视着王生与少女……

编　辑　这是画蛇添足。不是把读者难得的兴致都打消了吗？这小品要是登在杂志上，最后一段务必删掉。

小说家　还不是最后一段，后面还有一点，请耐心听着。

钱塘的瞿祐自然也不知道，当满怀幸福的王生夫妇乘船离开渭塘时，少女的父母有过以下一番对话。父母手搭凉棚，在水边的槐树柳树下目送船儿远去。

“老太婆。”

“老头子。”

“戏总算没穿帮。真是可喜可贺啊。”

“这么喜庆的事体，世上少见呢。不过啊，看女儿女婿那么勉为其难地说谎，真是辛苦啊。你叫我装作啥都不晓得，不好吱声，我才拼命装作看不见啊。其实不用编那种谎话，两个人也能在一起——”

“我讲，你不要啰唆了。我家女儿女婿说谎容易吗？又要面子，又要动脑筋。而且女婿那身份，不那么讲，说不定当我们不想把独生女给他呢。老太婆，你做啥啦？这么喜庆的好日脚，为啥哭哭啼啼啊？”

“老头子，你才哭哭啼啼呢……”

小说家 再有五六页就结尾了。你顺便把剩下的也读一下吧。

编　辑 哦，不用了。后面的就算了。请把稿子给我。我不打断，作品就越来越糟了。现在看起来，在中间结束远比现在好——总之，这个小品我收下了，请您做好心理准备。

小说家 从中截断不是叫我为难吗——

编　辑 哎呀！您不抓紧就赶不上五点的特快列车啦。稿子的事您就别费心了，赶紧叫汽车吧。

小说家 是吗？那可不妙。再见，以后还请多多关照。

编　辑 再见，一路平安。

秋山图

“……说到黄大痴[①]，南田兄可曾见过大痴所作《秋山图》？”

某个秋夜，在瓯香阁做客的王石谷[②]与主人恽南田[③]饮茶时，顺便聊到这个话题。

“未曾见过。石谷兄可曾得见？”

大痴老人黄公望，与梅花道人[④]、黄鹤山樵[⑤]，均为元代的绘画大家。恽南田说着，眼底便朦胧地浮现出曾经寓目的《沙碛图》《富春卷》[⑥]。

---

① 黄公望（1269—1354），字子久，号一峰、大痴道人等。元代画家。擅长山水画，名列“元四家”之首。

② 王翚（1632—1717），字石谷，号耕烟散人、剑门樵客、乌目山人、清晖老人等。清初“四王”（王时敏、王鉴、王翚、王原祁）之一，擅长山水画，被称为“清初画圣”。

③ 恽南田（1633—1690），原名格，字寿平，号南田，别号云溪外史、东园草衣、白云外史等。明末清初著名书画家，常州画派的开山祖师，“清六家”（“四王”加上恽南田、吴历）之一。

④ 吴镇（1280—1354），字仲圭，号梅花道人。元代画家、书法家、诗人。

⑤ 王蒙(1308—1385),字叔明,号黄鹤山樵、香光居士。元末画家。赵孟頫的外孙。

⑥ 即《富春山居图》。

“嗯……是否见过颇难断言，匪夷所思……”

“是否见过，颇难断言？……”恽南田惊讶地望着王石谷，“石谷兄所见可是摹本？”

“并非摹本，是真迹——不止我一人所见。至于《秋山图》，烟客先生（王时敏[①]）、廉州先生（王鉴[②]）与此画也有渊源。”

王石谷喝了口茶，意味深长地微笑着。

“若是南田兄不觉无趣，我且说说，不知可否？”

“愿闻其详。”

恽南田拨亮铜灯台的灯火，殷勤地催促客人。

那时，元宰先生[③]尚在人世。某年秋天，先生与烟客翁坐而论画，忽然问道，可曾看过黄一峰的《秋山图》？众人皆知，烟客翁画事唯尊黄大痴，凡是大痴存世的画作，可谓皆有经眼。唯独这幅《秋山图》，始终无缘得见。

“可惜，不但未见，尚且未闻。”

烟客翁答道，似乎颇为惭愧。

“如有机缘，务必亲见。大痴老人所作，较之《夏山图》《浮岚图》，此画首屈一指，尤为出色。”

---

① 王时敏（1592—1680），本名王赞虞，字逊之，号烟客，别号偶谐道人、西庐老人。明末清初画家，“四王”之一。

② 王鉴（1598—1677），字元照，一字圆照，号湘碧，别号染香庵主。明末清初画家，“四王”之一。曾任廉州知府，世称“王廉州”。

③ 董其昌（1555—1636），字玄宰，号思白，别号香光居士。明朝后期大臣，书画家。芥川作品中记为“元宰”。

“如此出众？真是令人神往。此画现为何人所有？”

“现为润州[1]张氏所藏。若去金山寺，可登门拜访。我为你作书一封。”

烟客翁得了先生的手书，立即前往润州。家藏中有如此神品，想必尚有许多历代珍稀书画——每念及此，烟客翁便心神不宁。身处西园的书房，却一刻也无法安坐。

然而，来到神往已久的润州张家，却见此处虽为深宅大院，却颇为荒凉。外墙藤蔓丛生，院中遍生杂草，鸡鸭好奇似的打量着来客。烟客翁忽然有些怀疑元宰先生所言，如此人家竟然藏有大痴的名画？不过，既然专程来访，未曾见到主人便打道回府，不合他的本意。于是，烟客翁对出来相迎的小厮说明来意：远道而来，只为观瞻黄一峰的《秋山图》。并递上思白先生的荐书。

片刻之后，烟客翁被引至中堂。堂上整齐摆放着紫檀桌椅，却令人感到冰冷的尘埃气——方砖之上仿佛飘荡着荒凉的气息。好在出来待客的主人虽然面相病弱，却并非人品不济之人。不，毋宁说他苍白的脸、纤柔的手指，都带有贵族气质。烟客翁与主人寒暄了几句，便直截了当地请求观赏黄一峰的名画。据烟客翁说，他莫名地有种迷信的感觉，那幅名画如果不趁当下去看，似乎将如烟雾一般消失不见。

主人爽快地允诺了，在中堂的白壁上挂上一幅卷轴画。

“这幅画，便是尊客要看的《秋山图》。”

甫一展视，烟客翁便不禁发出惊叹之声。

---

① 隋代开始设立的行政区划，在现在的镇江市。

画以青绿设色，溪水呈逶迤之势，村落小桥散布其间——上方隆起的主峰山腹处，秋日逶迤的云彩以蛤粉绘就，浓淡有致。群山以房山①米点皴叠画而成，现出新雨之后的翠黛之色；间以朱砂点缀，绘出丛生的红叶。画面之美该如何言表，竟寻觅不到合适的辞藻。这幅画看似华丽，然而布局极宏大，笔墨极雄浑——不妨说，灿烂的色彩之中，充溢着空灵澹荡的古意。

烟客翁心神恍惚，久久地凝视着。而且那幅画，越看越觉神妙。

“如何？未知可合尊意？”

主人微笑着，在侧旁看着烟客翁的脸。

“神品。元宰先生的美誉纵然有所不及，也无谬赞之虞。诚然，在下寓目之画作不胜枚举，若与此画相比，皆可谓望尘莫及。”

烟客翁说话时，目光也未离开画轴。

“此言当真？果真如此出众？”

烟客翁不禁惊讶地将目光转向主人。

“有何不妥？”

“非也，并无不妥，实不相瞒……”

主人狼狈地如处子般涨红了脸，随后露出寂寞的微笑，打量着墙上的名画，继续说道。

“实不相瞒，每观此画，双目圆睁却如置身梦中一般。《秋山》诚美，然此种美感，是否唯吾独有？或他人观之，仅为泛泛之

① 原文为“高房山”。高克恭（1248—1310），字彦敬，号房山。元代大臣、画家。擅长山水、墨竹。画山石擅用米点皴。

作？——不知为何，始终为此疑惑所困扰。是己身错觉，抑或此画绝美，本不应为人间所有。原因虽不明了，但觉不同寻常。先生赞誉，令在下印象尤深。”

然而，此时的烟客翁，并未特别在意主人的解释。并非由于他沉醉于《秋山图》，而是以为主人胡言乱语，掩饰自己全无鉴赏的眼力。

此后，烟客翁辞别了宛如废宅的张家。

然而他始终无法忘记令人眼界为之一新的《秋山图》。其实，对于得到大痴真传的烟客翁而言，即便舍弃一切，也想将其收入囊中吧。况且他嗜好收藏，家藏墨宝之中，据说曾以黄金二十镒[①]易得李营丘[②]所作《山阴泛雪图》，但与《秋山图》的神趣相比，也不免逊色。因此，身为收藏家，烟客翁极欲将举世罕见的黄一峰真迹收入囊中。

烟客翁暂住润州，频频遣人前往张家，交涉转让《秋山图》之事。张家始终不应允。那位面色苍白的主人说：“果真喜好，但借赏无妨。一时不忍割爱，还望海涵。”烟客翁数度碰壁，多少有些不快。即便不借，我也必得之而后快——烟客翁心中暗想。但他最终还是放弃《秋山图》，离开了润州。

一年之后，烟客翁又去润州，顺道拜访张氏。外墙上蔓延的藤萝、庭院中的草色都与从前无异。接客的小厮却说主人不在家。烟客翁数次恳求，就算见不到主人，也请一睹《秋山图》。但不管怎么

① 中国古代重量单位，一镒合二十两。

② 李成（919—967），字咸熙。五代宋初画家，擅画山水。祖辈避乱迁至山东营丘，故又称李营丘。

央求，小厮都咬定主人不在家，不领他入室。到后来，索性上了门闩，不予理睬。烟客翁只能记挂着这荒凉人家收藏的名画，怅然而返。

然而，后来烟客翁又听元宰先生说起，张家不仅有黄大痴的《秋山图》，还有沈石田[①]的《雨夜止宿》《自寿图》这类杰作。

“之前忘了告诉你，那两幅与《秋山图》一样，可谓缋苑奇观[②]。我再修荐书一封。那两幅画，也务必观瞻。”

烟客翁随即遣人去张家。元宰先生手书之外，使者携橐金以购名画。而张氏一如既往，决不肯出让《秋山图》，烟客翁只好作罢。

王石谷沉默了片刻。

“这便是我从烟客先生处听来的故事。”

“如此说来，唯有烟客先生见过《秋山图》吗？”

恽南田抚弄着胡须，目视王石谷追问道。

“烟客先生说得以亲睹。可是否确实见过，无人知晓。”

“可此事听来……”

“嗯，故事尚未结束。待你听完，或许自然生出与我不同的想法。”

王石谷没有喝茶，继续娓娓道来。

① 沈周（1427—1509），字启南，号石田。明代绘画大师，“明四家”之一。

② “缋苑奇观”出自恽南田《记秋山图始末》。缋，同“绘”，绘画。

烟客翁告诉我这个故事，距离他见到《秋山图》，星霜荏苒，已近五十年。那时，元宰先生已经作古，张家也更迭了三代。因此《秋山图》如今藏在谁家，是否已成龟玉之毁，都不为人所知。烟客翁仿佛历历在目地怅然说起《秋山图》的神妙之处。

“黄一峰运笔，如同公孙大娘的剑器啊。虽有笔墨却不见笔墨。神气无以言表，直逼人心——可做龙翔之观，却不见人剑之形啊。”

此后又过了一个月，已是春风骀荡的季节，我将去南方独自行旅，并告之烟客翁。

烟客先生说：“此乃绝佳时机，兄可搜寻《秋山图》下落何处。倘若此画重现于世，则诚为画坛一大幸事。”

我也正有此意，便烦请烟客翁作书一封。无奈启程游历后，要去之处甚多，始终无暇去润州张家拜访。我携着烟客翁的书信，直到子规啼鸣的季节，也未曾去寻访《秋山图》。

不久之后，却听闻贵戚王氏得到了《秋山图》。如此说来，我于游历途中，曾以烟客翁的书信示观于人，而某人与王氏相交甚密，经由此人，王氏方知《秋山图》为张氏家藏吧。坊间传言，张氏之孙接待王氏的来使后，献上了家藏的彝鼎法书，黄大痴的《秋山图》也在其中。王氏大喜，待为上宾，命家姬作陪，奏乐飨宴，并以千金为寿。我听后雀跃不已。《秋山图》阅沧桑五十载，依然完好。而且纳入囊中者，为相识的王氏。昔日烟客翁想要重睹《秋山图》，鬼妒神忌般均未能如愿。而今王氏并未大费周折，此画便如海市蜃楼般自然地出现于我们眼前。真可谓，机缘成熟。我急忙赶赴金阊[1]的王府，一睹为快。

即便今日，我也仍然记忆犹新。那是无风的初夏，正午已过，王府院中的雕栏外，牡丹开得正艳。见到王氏，我匆匆一揖，不禁笑道：

"《秋山图》已入君囊中。烟客先生为此画费心劳力，如今尽可安心了。思虑及此，幸甚幸甚。"

王氏也满脸得意。

"今日，烟客先生与廉州先生也将光临寒舍。客既有先后，则请阁下先睹为快吧。"

王氏立即命人把《秋山图》挂在侧壁上。临水村庄的红叶、遮蔽山谷的白云、远近各处如屏风般耸立的青黛色山峰——眼前立即浮现出大痴老人所创造的，比天地更为灵妙的小宇宙。我心神激荡，仔细观赏墙上的画。

看这烟云丘壑，无疑是黄一峰的手笔。除了痴翁，无人擅画此般繁复的皴点，又保持墨色鲜活——设色如此之重，却不盖过笔意。无疑，旁人无法做到。然而——然而这《秋山图》与烟客翁曾于张家观瞻过的，实为另一黄一峰。而且较之之前的《秋山图》，这幅或许不算上品。

周围不仅王氏，座中的众食客也在察言观色。于是，我努力不现出失望的神情。可无论如何掩饰，仍然自然流露出了些许不甘之色。王氏等了一会儿，心怀忐忑地问道：

"此画如何？"

① 现在的苏州。

我即刻作答：

“真乃神品。难怪烟客先生为之绝倒，确在情理之中。”

王氏的忐忑神色有所消减。然而看他眉宇间的神色，我的赞誉多少有些不尽如人意。

随后前来的，正是对我描述《秋山图》神趣的烟客先生。烟客翁与王氏颔首致意时，也露出欣喜的微笑。

“五十年前初睹《秋山图》，在荒凉的张家；今朝有缘再赏，却在如此富贵之家。真乃意外因缘。”

烟客翁一边说，一边抬头仰望大痴的画作。这幅《秋山》是不是他亲眼所见的《秋山》，烟客翁自然比谁都清楚。因此，我与王氏一样，悉心留意烟客翁观画时的表情。果不其然，烟客翁的表情，不是眼看着就暗沉下来了吗？

片刻沉默之后，王氏越发不安似的小心翼翼地问道：

“此画如何？先前，石谷先生对此赞誉有加……”

我极为不安，生怕为人直率的烟客翁说出真实想法。然而，烟客翁也不忍心让王氏失望吧。他看完画，郑重地答道：

“收获此画，实乃大人之福。贵府他宝，亦因之生辉啊。”

王氏听了之后，脸色却越发凝重起来。

此时，如非廉州先生姗姗来迟，我等必定更加尴尬。正当烟客翁的赞誉略显踌躇时，幸好，廉州先生乐滋滋地进来了。

“此画便是传说中的《秋山图》？”

廉州先生随意地打了招呼，便观赏起黄一峰的画来。他咬着胡须，默不作声地看了一会儿。

“据闻，五十年前，烟客先生见过此画。”

王氏更加忐忑地补充道。廉州先生从未听烟客翁说起《秋山图》的神妙之处。

“依您鉴裁，此画如何？”

先生轻叹一声，依旧望着那画。

王氏强作微笑，又追问道：

“如何？此画……”

廉州先生仍然不作声。

“此画？……”

“此乃痴翁首屈一指之名作——大人且看，这云烟的浓淡，真可谓酣畅淋漓啊。林木之设色，也可谓天造地设。彼处可见远峰一处，全画之布局，因此生动许多。”

一直沉默不语的廉州先生，对着王氏一一列举画中的妙处，连连发出赞叹之声。无须多言，王氏侧耳聆听，表情渐渐释然。

此时，我与烟客翁默默地对视了一下。

“先生，可是那幅《秋山图》？”

我低声问道。烟客翁摇摇头，表情古怪地眨了眨眼。

“万事皆如梦幻。那张家的旧主，是狐仙也说不定啊。”

“这，便是有关《秋山图》的始末。”

王石谷说完，慢慢地品起茶来。

“此事，的确玄妙。”

恽南田一直望着铜灯台的火焰。

“此后，王氏仍然频频询问，痴翁《秋山图》是否有同题之作，张家却一无所知。因而，昔日烟客先生亲睹之《秋山图》，如今隐没于何处，抑或烟客先生的记忆有误，我无从知晓。或许，先生赴张家观赏《秋山图》，此事本身便为虚幻……”

“然而，烟客先生的心中，清晰地记着那幅奇怪的《秋山图》。石谷兄的心中也……”

“山石苍翠，红叶丹丹。其色如今尚历历在目。”

“如此说来，即便并无《秋山图》，也不足为憾吧？”

恽王两位大家已然会心，拊掌一笑。

附:《瓯香馆集·记秋山图始末》

董文敏尝称，生平所见黄一峰墨妙在人间者，唯润州修羽张氏所藏《秋山图》为第一，非《浮岚》《夏山》诸图堪为伯仲。间以语娄东王奉常烟客，谓君研精绘事，以痴老为宗，然不可不见《秋山图》也。奉常儴然，向宗伯乞书为介，并载币以行。抵润州，先以书、币往，比至门，阒然，虽广厦深间，而厅事惟尘土鸡鹜，粪草几满，侧足趑趄。奉常大诧，心语是岂藏一峰名迹家耶？已闻主人重门启钥，僮仆扫除，肃衣冠，揖奉常，张乐治具，备宾主之礼。乃出一峰《秋山图》示奉常，一展视间，骇心洞目。其图乃用青绿设色，写丛林红叶，翕霞如火，研朱点之，甚奇丽。上起正峰，纯是翠黛，用房山横点积成。白云笼其下，云以粉汁淡之，彩翠烂然。村墟篱落，平沙丛杂，小桥相映带，丘壑灵奇，笔墨浑厚，赋色丽而神古。视向所见诸名本，皆在下风，始信宗伯绝叹非过。奉常既见此图，观乐忘声，当食忘味，神色无主。明日，停舟使客说主人，愿以金币相易，惟所欲。主人哑然笑曰："吾所爱，岂可得哉？"不获。已而眈眈若是，其惟暂假，携行李往都下，归时见还。时奉常气甚豪，谓终当有之，竟谢去。于是奉常已抵京师，亡何。出使南还，道京口，重过其家，阍人拒勿纳矣。问主人，对以他往。固请前图一过目，使三反，不可。重门扃钥，粪草积地如故。奉常徘徊淹久而去。奉常公事毕，昼夜念此图，乃复诣董宗伯定画。宗伯云："微独斯图之为美也，如石田《雨夜止宿》及《自寿图》，真缋苑奇观，当再见之。"于是复作札与奉常。乃走使持书、装橐金，克期而遣之，诫之曰："不得画，毋归见我。"使往奉书，为款曲乞图，语峻勿就。必欲得者，持《雨夜止宿》《自寿图》去。使逡巡归报，奉常知终不可致，叹怅而已。

虞山石谷王郎者，与王奉常称笔墨交。奉常咨论古今名迹，王郎为述《沙碛》《富春》诸图云云，奉常勿爱也，呼石谷君知《秋山图》耶？因为备述此图。盖奉常当时寓目间，如鉴洞形，毛发不隔。闻所说，恍如悬一图于人目前。其时董宗伯弃世久，藏图之家，已更三世。奉常亦阅沧桑且五十年，未知此图存否何如，与王郎相对叹息。已，石谷将之维扬，奉常云："能一访《秋山》否？"以手札属石谷。石谷携书往来吴、阊间，对客言之。客索书观奉常语，奇之，立袖书言于贵戚长安王氏。王氏果欲得之，并命客渡江物色之。于是张之孙某悉取所藏彝鼎法书，并持一峰《秋山图》来。王氏大悦，延置上座，出家姬合乐享之，尽获张氏彝鼎法书，以千金为寿。一时群称《秋山》妙迹，已归王氏。王氏挟图趋金阊，遣使招娄东二王公来会。时石谷先至，便诣贵戚，揖未毕，大笑乐曰："《秋山图》

已在橐中！”立呼侍史于座，取图观之。展未半，贵戚与诸食客皆觇视石谷辞色，谓当狂叫惊绝。比图穷，惝恍若有所未快。贵戚心动，指图谓石谷曰:“得毋有疑？”石谷唯唯曰:“信神物，何疑？”须臾传王奉常来，奉常舟中，先呼石谷与语，惊问王氏已得《秋山》乎？石谷诧曰:“未也。”奉常曰:“赝耶？”曰:“是亦一峰也。”曰:“得矣何诧为？”曰:“昔者先生所说，历历不忘。今否否。焉睹所谓《秋山》哉？虽然，愿先生勿遽语王氏以所疑也。”奉常既见贵戚，展图，奉常辞色一如王郎气索，强为叹羡。贵戚愈益疑。又顷，王元照郡伯亦至，大呼《秋山图》来，披指灵妙，缅缅不绝口。戏谓王氏非厚福不能得奇宝。于是王氏释然安之。嗟夫！奉常曩所观者，岂梦耶？神物变化耶？抑尚埋藏耶？或有龟玉之毁耶？其家无他本，人间无流传。天下事颠错不可知，以为昔奉常捐千金而不得，今贵戚一弹指而取之，可怪已。岂知既得之而复有淆讹舛误。而王氏诸人，至今不寤。不亦更可怪耶？王郎为予述此，且订异日同访《秋山》真本，或当有如萧翼之遇辩才者。南田寿平灯下书，与王山人发笑。

酒虫

一

这些年从未有如此暑热。极目望去，家家户户用泥巴固定的屋瓦，如铅块般暗淡地反射着阳光。就连悬在下面的燕子窝，也叫人担心雏鸟与鸟蛋就此热死。更何况四处的田地里，麻也好，黍也罢，都被土地的热浪熏得耷拉着脑袋，尚带绿意、未被晒蔫的一株也没有。田野上的天空，也似乎被近来的暑气灼伤，接近地面的大气虽然晴朗，却浑浊凝滞，其间零星地浮着几片仿佛被炮烙煎烤过的、雪霰般徒有其形的云块——“酒虫”的故事，便要从冒着酷热，特意跑到大热天的打麦场来的三个男人说起。

奇怪的是，其中一人赤裸着仰面躺在地上。不知为何，他的手脚被绳子绑住了，可是他并未显出痛苦的神色。他个子低矮，气色很好，给人迟钝之感，胖得像头猪。他的枕边放着一只素陶瓶，不知里面装了什么。

另一人身穿黄色袈裟，耳朵上戴着小小的青铜耳环。乍一看是个相貌清奇的和尚，肤色比一般人黝黑，毛发蜷曲，看似来自葱岭以西。打先前起，他就手拿拂尘，不厌其烦地为赤裸男子赶走飞到身上的牛虻、苍蝇。他显得有些疲倦，现在走到素陶瓶旁边，以火鸡般的姿势煞有其事地蹲了下来。

还有一人，离他们很远，站在打麦场角落的草房屋檐下。下巴上长着稀疏得可怜的老鼠尾巴一样的胡须，布衫长得足以遮住脚跟，茶褐色衣带的结扣懒散地低垂着。看他不时摇动白羽扇的样子，应该是儒生之类。

三人均十分默契地一言不发，而且几乎一动不动。他们似乎屏息凝神，极为好奇地等待着什么事情发生。

日头怕是到了正午。或许连狗都午睡了，听不见一声犬吠。打麦场四周的麻与黍，绿叶在阳光下熠熠然寂静无声。田野尽头的天空，火热的炎霭蒸腾着，让人怀疑连云块都热得快断了气。所见之处，鼻子还出气的只有这三个男人。而这三人，又如关帝庙的泥菩萨一般沉默不语……

当然，这不是日本的故事——这是某个夏天，发生在中国长山的刘氏打麦场的事。

二

赤裸身体躺在烈日下的，正是打麦场的主人，姓刘名大成，是长山首屈一指的豪富。他唯一的乐趣就是喝酒，从早到晚酒杯不离手。据说他“每独酌，辄尽一瓮”，可见酒量超人。前面也说过，他“负郭田三百亩，辄半种黍”，完全不用担心喝酒拖累家业。

那么，他为何赤裸着躺在太阳底下呢？此事别有因缘——那天他和酒友孙先生（手持白羽扇的儒生）在凉风习习的房间里，倚靠着竹夫人[①]对弈。这时仆人进来禀告："来了个宝幢寺的和尚，说一定要见您。老爷您见还是不见？"

"啊，宝幢寺？"刘氏怕光似的眨了眨小眼睛，挪动看着都热的肥胖身体坐起身来，吩咐道："请他进来吧。"接着瞅了一眼孙先生，加了一句："多半是那个和尚。"

那个宝幢寺的和尚，是来自西域的番僧。据说他不仅医术高明，而且擅长房中术，在这一带颇受好评。比如，张三的黑内障忽然好转，李四的阳痿立竿见影地治好了。传闻四起，几近奇迹——二人也有所耳闻。那番僧为何今日专程来访？刘大成完全不记得请过他来府上。

顺便说一句，刘大成本来就不懂取悦来客之道。不过，如果有客在先，又来新客时，多半会欣然相见。因为他有点孩童般的虚荣心，喜欢在新客人面前显摆自己有客人来访。况且，今天来访的番僧，近来到处都传闻他颇为了得，见一见，也不丢面子————刘大成之所以见番僧，基本也就这点小算盘。

"他来作甚？"

"大概是要点钱物，说什么恳请信施吧。"

两个人正聊着，丫鬟领进一人。定睛看去，来人身材高挑，眼如紫石棱[②]，卷发散漫披垂。他手持红柄拂尘，悄然站在屋子正中间，既不寒暄，也不出声。

---

① 圆柱形竹制品，搁臂憩膝，用于消暑。

② 出自唐代房玄龄《晋书·桓温传》，"眼如紫石棱，须作猬毛磔"。

刘大成犹豫了片刻，莫名感觉有些忐忑，开口问道：“你为何而来？”

番僧答道：“喜欢喝酒的，就是您吧。”

“嗯……”问题十分唐突。刘大成含混地回答，求助般朝孙先生看去。孙先生却装作事不关己，独自往棋盘上落子，根本不接茬。

“这病十分罕见，您可知否？”番僧仿佛并无把握地问道。刘大成听到是病，表情惊讶地抚摸着竹夫人。

“这是……病吗？”

“是。”

“可是，我自小……”刘氏想继续说，却被番僧打断了。

“千杯不醉吧。”

“……”刘大成反复打量对方，闭口不言。事实上，他怎么喝都没醉过。

“这便是患病之据啊。”番僧笑道，“您腹中有酒虫，若不除去便无法痊愈。贫僧正为治病而来。”

“这，能治吗？”刘大成恍恍惚惚地说道。随后，自己都为之汗颜了。

“能治，我才来。”

此时，一直默不作声听两人交谈的孙先生突然插话道：

“您要用什么药吗？”

“不用，无需用什么药。”番僧不乐意地答道。

对于佛教、道教，孙先生素来不放在眼里，因此即使与道士、僧侣同席，也很少开口。他按捺不住，完全是被酒虫挑起了兴趣。孙先生好喝酒，听番僧这么说，有些担心自己肚里是否也有酒虫。

然而听了番僧颇为勉强的回答，突然觉得自己受了愚弄，于是略微板着面孔，又和刚才一样默默下起棋来。与此同时，内心觉得主人竟然见如此倨傲的和尚，也是够蠢的。

刘大成倒没放在心上。

“那么需要用针吗？”

“不，比这更简单。”

“用什么法术吗？”

“不，不用法术。”

如此聊了几句之后，番僧简单地介绍了治疗的方法——根据这方法，只需要赤裸身体，一动不动躺在太阳底下就可以了。刘大成觉得这极容易办到，倘若如此便能治愈，让他治治再好不过。而且，他没有意识到，让番僧治病，是因为好奇心多少起了些作用。

终于，刘大成主动要求：“那么，就请您给在下疗治。”——他赤身裸体躺在大太阳底下，便是如此缘故。

番僧说身子一动也不能动，因此将刘大成的身子用绳子密密地缠上，然后让一个童仆拿来一只装了酒的素陶瓶，放在他的枕边。他的糟邱①良友孙先生，由于当时在座，便来见证这一奇特的治疗了。

酒虫到底为何物，它从腹中消失后又将如何，枕边的酒瓶派何用处，这些都只有番僧才知道。对此一无所知，却赤身裸体躺在太阳下的刘氏，让人觉得愚蠢无知。然而寻常人等接受学校教育，其实大抵与此相仿。

---

① 出自中国宋代项安世《送孙监酒》等诗文，指美酒、酿酒。

三

热。额头上，汗滋滋地往外冒，刚变成汗珠，便带着温热哧溜溜朝眼睛流过来。身子被绑着，自然没法伸手去擦。于是想转动脖子，改变汗水的方向，却突然感觉头晕目眩，虽然心有不甘，也只好作罢。渐渐地，汗水打湿了眼皮，沿着鼻侧流经嘴角，淌到下巴上。实在令人恶心。

他先前还睁着眼睛，细细打量灼热煞白的天空、叶片低垂的麻田，等到汗水不住地流淌下来，连这也只好放弃。刘大成生平第一次知道，汗水流进眼里居然辣眼睛。他的表情就像屠宰场的羊，老老实实地闭着眼睛。他一直晒着太阳，脸也好身体也好，朝着太阳的皮肤，渐渐感到疼痛。整个皮肤的表面，充盈着向四面八方运动的力量，而皮肤本身却丝毫没有与之抗衡的弹力，因此四处都火辣辣地疼——那种痛感或许可以如此形容。这岂止是流汗的苦处，刘大成开始对接受番僧的治疗感到气恼。

可是，后来想想，这种苦还不算什么——不一会儿，他口渴了。刘大成也知道，曹孟德还是谁，告诉士兵前面有梅林，以解渴意。然而现在怎么想梅子的甘酸，也丝毫不改口干舌燥。他转动下巴，咬咬舌头，口中依然灼热。如果枕边没有素陶瓶，多少还好熬一些。可是，瓶口散发出馥郁的酒香，不停地飘进刘大成的鼻子里。而且，或许是错觉，感觉每过一分钟，酒香便浓了一分。刘大成想着至少看一眼酒瓶，便睁开眼睛。他翻着眼珠向上看，只看见瓶口和气派地鼓胀着的半个瓶身。眼见的唯有这些，同时，在他的想象中，酒瓶幽暗的内部，装满了黄金色泽的美酒。他不禁伸出干巴巴的舌头，舔了舔干裂的嘴唇，然而连唾液的影子都没有。现在连汗都被太阳晒干，不再像刚才那样流淌了。

这时，剧烈的眩晕感接踵而至，打先前起头就一直疼得厉害。刘大成心里越发怨恨番僧。我堂堂七尺男儿，竟然相信这种家伙的花言巧语，吃如此愚不可及的痛苦。想着想着，他益发口渴，心中莫名地气恼，再也坚持不住了。刘大成终于打定主意，想叫枕边的番僧停止治疗。他喘着气，张开了嘴巴——

就在这时，刘大成感觉到，一个不明所以的块状物，慢慢地从胸部爬上了喉咙。既像蠕动的蚯蚓，又好像壁虎，一点点地向前爬行。总之是一个柔软之物，软乎乎、慢吞吞地爬上了食道。它终于努力从喉结下方挤上来，然后仿佛泥鳅一般穿过黏稠的黑暗，奋力跳了出来。

与此同时，素陶瓶那边扑通一声，好像什么东西掉进了酒里。

这时候，一直稳坐的番僧抬起臀部，解开刘大成身上的绳子，告诉他酒虫已出，大可放心。

“出来了吗？”刘大成呻吟般地问道。他抬起晕乎乎的脑袋，惊异地忘记了口渴，赤裸着爬到酒瓶旁边。孙先生见状，手持白羽扇遮着日头，急忙朝两人所在之处走来。于是，三人一同向瓶中看去，只见一个肉色近似朱泥，像小娃娃鱼的东西在酒中游动。长约三寸，有口有眼，似乎在一边游动一边喝酒。刘大成见了，心里一阵恶心……

四

番僧的治疗可谓立竿见影。从那天起，刘大成便彻底断了酒。

据说如今连闻到酒味都讨厌。可是奇怪的是，刘大成身子一年不如一年。吐出酒虫，今年已是第三年，往年圆滚滚的丰腴身姿，已经没了踪迹。油腻黯淡的皮肤，包裹着嶙峋的骨头，霜侵的双鬓稀疏地残留在太阳穴上面。据说一年之中，卧床不起的天数难以计数。

而且，此后衰败的不仅是刘大成的健康，刘家的产业也日渐衰颓。负郭的三百亩田地，如今也多半换了主人。连刘大成自己，也被迫拿起生疏的锄头，萧条度日。

刘大成吐出酒虫之后，为何体渐瘦、家日贫——吐出酒虫与此后的颓败，但凡以因果关系来看，任何人都会产生这样的疑问。住在长山的各行各业的人对此议论纷纷，而且，众人口中答案纷纭。现今列举于此的，便是其中最有代表性的。

第一种答案：酒虫是福不是病。刘大成不巧遇见愚笨的番僧，欣欣然失去了天赐之福。

第二种答案：酒虫是病不是福。每独酌，辄尽一瓮，远非常人所能想象。如果不除去酒虫，刘大成必死无疑。如此看来，沦落到贫病交加，对他而言反倒是幸福。

第三种答案：酒虫既非病也非福。刘大成平生好酒，其一生除去酒，别无其他。如此看来，刘即酒虫，酒虫即刘。因此，除去酒虫等于杀死自己。换言之，自断酒之日起，刘既是刘，刘也不复为刘。刘大成既已消亡，失去往日的健康与财富也极为自然。

这些回答中哪个最为得当，我也不清楚。我只不过模仿中国小说家的 Didacticism①，将这些道德的评判，列在故事的后面而已。

---

① 英文，意为启蒙主义。

附:《酒虫》

长山刘氏，体肥嗜饮。每独酌，辄尽一瓮。负郭田三百亩，辄半种黍；而家豪富，不以饮为累也。一番僧见之，谓其身有异疾。刘答言:“无。”僧曰:“君饮尝不醉否？”曰:“有之。”曰:“此酒虫也。”刘愕然，便求医疗。曰:“易耳。”问:“需何药？”俱言不须。但令于日中俯卧，絷手足；去首半尺许，置良酝一器。移时，燥渴，思饮为极。酒香入鼻，馋火上炽，而苦不得饮。忽觉咽中暴痒，哇有物出，直堕酒中。解缚视之，赤肉长三寸许，蠕动如游鱼，口眼悉备。刘惊谢。酬以金，不受，但乞其虫。问:“将何用？”曰:“此酒之精，瓮中贮水，入虫搅之，即成佳酿。”刘使试之，果然。刘自是恶酒如仇。体渐瘦，家亦日贫，后饮食至不能给。

异史氏曰:“日尽一石，无损其富；不饮一斗，适以益贫：岂饮啄固有数乎？或言:‘虫是刘之福，非刘之病，僧愚之以成其术。’然欤？否欤？”

仙人

诸位：

我如今在大阪，就讲讲大阪的故事吧。

从前，有个来大阪做用人的男子，不知叫什么名字。他是来做饭的，因此都叫他权助[①]。

权助弯腰从门帘下进来，找到叼着烟袋的掌柜，请他介绍活儿干。

“掌柜的，俺要变成仙人，请给介绍个合适的主顾。”

掌柜愣住了，半天没出声。

“掌柜的，听得见吗？俺要变成仙人，请介绍合适的主顾。”

“真是对不住……”

掌柜总算恢复了常态，呼哧呼哧地吸起烟来。

“本店从来没有介绍过什么主顾，接收想成仙的用人。您去别处问问吧。”

权助似乎心有不甘，穿着青绿色细腿裤的膝盖向前挪动，讲了

---

① 江户时代，做用人和炊事的男人多叫“权助”。

这么一番说辞：

“话可不能这么说。你家的门帘上写着什么？不是说‘诚荐万家’吗？既然是万家，啥主顾都有。难不成店门口的门帘是写了骗人的？”

掌柜这么说，难怪权助恼火。

“哪里哪里。门帘上写的，当然不会有假。您不是要找个主顾，让您能成仙吗？明儿个再来吧。我今儿个找找有没有合适的。”

掌柜使了个缓兵之计，暂且应承下来。可是到哪家干活，能学到做仙人的法子呢？这原本就是个让人摸不着头脑的怪要求。于是他先把权助打发走，急匆匆地去了附近的医生家。说完权助的事，掌柜愁眉不展地问道：

“有啥法子吗？大夫。到哪家干活能成仙，有啥捷径吗？”

医生对此也觉得棘手吧。他胳膊交叉，定定地望着院子里的松树。可是，掌柜的话刚说完，旁边就有人接茬了。那是医生的老婆，她为人狡诈，绰号老狐狸。

“把他带到我家来吧。待在我家，不出两三年保管能成仙。”

“此话当真？这可帮了大忙。拜托拜托。我就估摸着，仙人和大夫缘分来得深呢。”

蒙在鼓里的掌柜，频频鞠躬，欢欢喜喜地回去了。

医生愁眉苦脸地目送着掌柜离去，懊恼地对老婆抱怨道：

“你怎么说那种蠢话？要是那个乡下人在咱家待上几年，埋怨咱们不教他仙术，该咋办？”

老婆毫无认错的意思，鼻子哼哼地嗤笑着。

“哎，你啥都别说了。像你这么古板，在这么艰难的世上，连饭都吃不上。”

一番话反倒把丈夫噎得哑口无言。

第二天，乡下来的权助和掌柜如约而至。今天头一回见主顾，连权助也穿了印有家纹的和服短褂。不过，看上去和乡下百姓并没有任何差别。这倒也蛮出人意料的。医生一个劲儿地打量着他的脸，仿佛看着一头来自天竺的麝鹿。

“听说你想成仙，怎么会有这样的念头？”医生狐疑地问。权助立刻答道：

“也没啥特别的缘由。只是当俺看见大阪城，想到连太阁大人[①]那么了不起的人物，也逃不过一死。这么看来，人这东西，就算享尽荣华富贵，也是虚的。”

“这么说只要能成仙，你什么活儿都能干？

医生狡诈的老婆迅速接住了话头。

“是。只要能成仙，啥活俺都肯干。”

“那么，从今天起你在我家干二十年。满了二十年，我就教你成仙的法术。”

“真的吗？谢天谢地。”

“代价是，二十年里没有工钱，一文钱都没有哦。”

“行，行。没问题。”

接下来的二十年里，权助一直在医生家做用人。打水、砍柴、烧饭、打扫。医生出诊时，背药箱跑腿——而且从来没有提过工钱

① 丰臣秀吉（1537—1598），日本战国、安土桃山时代的武将。在征战中统一全国，1583 年建大阪城，1591 年将关白之位传给养子秀次，改称太阁。

的事。这么难得的用人，找遍全日本也没第二个。

终于，过了二十年。权助穿上来时的和服短褂，来到两位主人面前，郑重道谢，说二十年承蒙关照。

“咱们老早之前说好的，今天，教会俺长生不老的仙术吧。”

听权助这么说，医生显然束手无策。让人干了二十年的活，一文钱都没给，现在说根本不知道什么仙术，于情于理都说不通。医生没办法，冷冷地把脸扭向一边：“懂得仙术的，是我老婆。你问她吧。”

然而老婆却极为坦然。

“我现在就教你仙术，不管多难，都要按我说的去做。要不然，不能成仙那是不用说，而且，不再干上二十年，你马上会遭报应，丢了性命。”

“好的。不管多难，俺一定照办。”

权助喜滋滋地等着医生老婆吩咐。

“爬到院子里的松树上去。”她吩咐道。

不用说，她根本不知道什么成仙的法术。她的小算盘是，尽出些权助做不到的难题，只要他办不到，就得再白干二十年。可是权助听了，马上爬上了院子里的松树。

“再高点，再爬高点。”

医生老婆站在檐廊边缘，抬头望着树上的权助。只见权助身上的和服短褂，已经在大松树最高的枝梢上迎风招展了。

“现在，放开右手。”

权助将左手牢牢握住松树的粗大树枝，迅速放开了右手。

“接下来，放开左手。”

“喂！左手再放开，那乡下佬就掉下来了。下面是石头，性命难保。”

医生忍不住也站到檐廊的边上，神色忧虑。

“轮不到你出来说话，交给我来——快点，把左手放开。”

话音未落，权助毅然松开了左手。他站在树上，放开双手肯定会掉下来。只见权助的身体、权助身穿的和服短褂，转瞬间便脱离了树梢。可是人虽然离了树，却没有下坠，他好像提线木偶，匪夷所思地站立在正午的天空中。

“多谢多谢。托您的福，我变成仙人了。”

权助郑重地鞠躬致谢，然后便无声地迈开步子，在青空中越走越高，消失在云中。

医生夫妻俩后来的事，无人知晓。唯有他家院子里的松树，一直都在。据说淀屋辰五郎[①]为了欣赏这棵松树的雪景，大费周折地把四人合抱的巨树拖到了自家院子里。

---

① 生卒年不详。江户初期的大阪富商，生活奢靡，后被没收所有家产。净琉璃、歌舞伎等通俗文学中保留了许多关于他的传说。

仙人·鼠戏

上

不知在什么年代，有个名叫李小二的卖艺人，游走于北方的城市。他靠驯鼠演戏招徕看客。一只装小鼠的口袋、一个装服装和面具的盒子、用作戏楼道具的小木架——除了这些，别无长物。

每当天气好，他便来到路口行人稠密之处，把小木架搁在肩上，然后敲响鼓板，唱起曲来。街上爱看热闹的人多，不论大人小孩，听见歌声大多会驻足观看。围了一圈人之后，李小二从口袋里捏出一只小鼠，给它穿上戏服，戴好面具，从戏台的“鬼门道”[①] 上场。鼠儿已经习以为常，在舞台上快速爬动，蚕丝般光润的尾巴，煞有其事地摇晃两三下，接着便后腿支撑着直立起来，花布戏服下露出粉红的前足掌心。——这只小鼠，是即将表演杂剧中“楔子”的演员。

围观者中，小孩自一开始便拍着手，兴致盎然；大人则不容易

---

① 又称“鬼门”“古门”，演员扮演的角色多为古人，早已作古，因而称演员出场、退场的门为“鬼门道”。

显露叹服之色，毋宁说面色淡然，或叼着烟，或揪鼻毛，目光颇为不屑地看着舞台上跑来跑去的小鼠。然而，随着乐曲的推进，身着锦衣的正旦鼠、带着黑色面具的净角鼠，陆续从鬼门道出场，翻腾跳跃，随着李小二唱曲念白，做出各种身段动作。看客们终于不再冷漠旁观，周围的人群不时爆发出“好嗓子”之类的喝彩。李小二也渐入佳境，急促地敲打着鼓板，灵巧地操控着一群鼠儿。等到他唱出“沉黑江明妃青冢恨，耐幽梦孤雁汉宫秋”①等题目正名②时，戏台前的盆里，已经堆满了铜钱……

然而，以此营生来糊口，绝非易事。最要命的是，如果连着十天是坏天气，吃饭都成问题。夏天麦子成熟，便进入当年的雨季。小戏服和面具，不知不觉长了霉。冬天又经常刮风下雪。这营生着实不易。每当此时，唯有待在阴暗的旅舍里，逗弄鼠儿消磨时光，等待日暮匆匆而至。小鼠总共五只，小二给他们分别取了自己父母、妻子、两个下落不明的孩子的名字。它们从袋口依次爬出，在没有暖意的房间里寒飕飕、怯生生地走动，或是颇为惊险地从鞋尖爬到他腿上，用玻璃珠般的黑眼睛，怔怔地注视主人的脸。李小二见状，虽已饱尝世态炎凉，仍然不时落下泪来。不过正如字面的“不时”，更多时候，他为明天的生计而发愁，并压抑这种愁绪，被茫然的不快控制，对招人怜爱的鼠儿也视而不见。

加上近来上了年纪，身体也不好，表演时越发提不起精气神。

① 出自马致远杂剧《汉宫秋》的结尾对句。题目为《沉黑江明妃青冢恨》，正名为《破幽梦孤雁汉宫秋》。

② 元代杂剧与南戏的剧情提要。用两句或四句的韵语概括全剧的主要关目。最后一句多为此剧的全名，最末的三字或四字多为此剧的简称。

唱到长段曲词时，总是换不过气来。嗓子也不像从前那样清亮。照这情形，说不定什么时候就演砸了。——这样的不安心绪，正如北方的冬天，凄惨的江湖艺人的心，接触不到任何阳光与空气。到最后，连像普通人那样活下去的念头，也无情地枯萎了。为何活着如此痛苦？为何即便痛苦，也要活着？当然，李小二从未考虑过这样的问题。但是，他觉得这种痛苦不合情理。于是对痛苦的根源——他也不明白那究竟是什么——无意识地憎恨不已。说不定他对一切均报以模糊的抵抗情绪，是这无意识中憎恨的原因。

然而，话虽如此，李小二和所有东方人一样，并不在意在命运面前采取较为屈从的态度。某个风雪交加的日子，他住在旅舍的一个房间里，忍着饥饿对五只小鼠说：“忍一忍吧。就连我，也在忍饥挨冻呢。记着，活着就得能吃苦。还有啊，人比起鼠儿活得更苦呢……”

中

一个寒冷的午后，天空中雪云堆叠，不知何时起下起了雨夹雪，使狭窄的道路上满是泥泞，几可没胫。李小二卖艺归来，背着那只装了小鼠的口袋，苦于忘记带伞，被淋得浑身湿透。他走在郊外一条不见人影的路上——路旁忽然出现一座小庙。这时雨雪越发密集，李小二缩着肩向前走，水滴从鼻尖流下，雨水钻进衣领。正当走投无路时，看见小庙，急忙躲到屋檐下。他擦拭脸上的雨水，然后拧干衣袖。此处荒无人烟，李小二看见头上的牌匾，写着“山神庙”三个字。

他迈步走上门口的两三级台阶。门敞开着，能够看见里面。庙内比想象的狭窄。正门一尊金甲山神，被蜘蛛网围住，茫然等待日暮。右边立着判官，不知谁干的好事，不见了脑袋。左边一个小鬼，绿面赤发，表情狰狞，很遗憾也缺了鼻子。神像前灰尘遍地，堆了许多纸钱。阴暗之中，金纸银纸反射出朦胧的光线，借此得以分辨。

李小二看清之后，便打算将目光转向庙外。正在这个瞬间，纸钱堆里忽然多了一个人。其实，他可能一直蹲在那里，李小二眼睛适应了暗处才发现而已。但是，他却好像从纸钱中突然现身一样。李小二吃了一惊，心中惶恐不安，装作似看非看的样子，偷偷打量那人。

他身穿脏兮兮的道袍，头发仿佛鸟儿筑的巢，是个落魄潦倒的老者（哈哈，原来是个要饭的道士啊——李小二心想）。他双手抱着精瘦的双膝，胡须长长的下巴搁在膝盖上。眼睛虽然睁着，却不知望着何处。从道袍肩部湿漉漉的样子来看，他也被雨淋了。

小二看见这老人，觉得应该和他说说话。其一，老人淋得好像落汤鼠的样子，让他心生几分同情。其二，经历人情世故，他也养成了主动搭话的习惯。此外或许尚有几分竭力想忘却刚才发怵的心情。于是小二说道：

“这天气可真要命啊。”

“是啊。”老人这才从膝上抬起下巴，朝李小二望去。像鸟嘴一样弯曲的鹰钩鼻，夸张地抽动了两三下，皱着眉打量小二。

“像我这种做小生意的，没什么比下雨更叫人头疼的了。”

“呵呵，你做什么生意啊？”

“驯养小鼠，让它们演戏。”

“这倒很稀罕。”

就这样，两人渐渐聊开了。聊到一半时，老人从纸钱中走出来，和李小二一起坐到门口的石台阶上。这时才看清楚他的容貌。形容的枯槁与刚才见到时相比，有过之而无不及。李小二却觉得聊得投机，把口袋与盒子放在台阶上，用不分贵贱的措辞，聊了许多。

道士似乎话不多，回应也少。每当回答“确实如此”“是啊”时，没了牙齿的嘴巴一开一阖，仿佛咬着空气。须根肮脏泛黄的胡子，也随之上下运动——显得颇为寒碜。

李小二觉得，自己的生活无论哪方面都比这老道士强。这一认识自然不至于引起不快。与此同时，小二又觉得自己生活安逸，对老人却有了几分歉意，于是把话题引到谋生不易上，故意夸大地说自己过得如何艰难。这便是被歉意困扰之后的结果。

“真叫人欲哭无泪啊，一整天没东西吃也是常有的事。有时候我想：‘我让小鼠演戏，混口饭吃。说不定，却是小鼠让我做这买卖，得以果腹。’说白了，就是这么回事啊。”

李小二怅然地说到这份上，道士依旧不怎么开口。这让小二的神经比刚才更为敏感了。（道长对我说的，大概当作善意来接受吧。早知道就不多嘴，默不作声反倒好。）——李小二在心里斥骂自己。他偷偷地侧目打量老人的表情。道士的脸朝着与小二相反的方向，望着庙外雨水打在枯柳上，一只手不停挠着头发。看不见他的表情，大概是看穿了李小二的心思，不予理睬吧。小二多少有些不快，然而又感觉自己的同情不够彻底，这样的不满愈发强烈。于是他把话题转到今年秋天的蝗灾上，从此地所遭受的灾害，说到农家普遍陷于贫困，为老人的困顿寻找适当的理由。

李小二正说着，老道忽然把脸转了过来。遍布皱纹的脸上，肌肉紧绷，似乎在忍着不笑出来。

“你好像在同情我。”老人说着，不禁放声大笑，笑声如同乌鸦叫，尖锐而沙哑，“我从未缺少过金钱。你若需要，可助你衣食无忧”。

李小二话说到一半，忽然愣住了，呆呆地注视着道士的脸（这老家伙准是疯了）。——他瞠目结舌，片刻之后才如此反省。然而这反省，立即被老道随后所说的击破了。“若是千镒两千镒够用，现在就可给你。其实，我并非凡人。”老人简短地讲述了自己的经历。他原为某地屠夫，偶遇吕祖[①]，随之学道。说完之后，老道徐徐站起身，走进庙中。他招手叫李小二过去，另一只手聚拢地上的纸钱。

李小二仿佛丧失了五感，茫然地爬进庙里。双手撑在积满老鼠屎和灰尘的地上，以跪拜的姿势昂起头，仰视着道士的脸。

道士弯着腰，艰难地伸直双手，把聚拢的纸钱从地上抄了起来。然后双掌搓揉，迅速撒到脚下。只见黄白之物纷纷坠地，发出锵锵的声响，盖过了庙外的寒雨之声——抛撒的纸钱，在离开双手的一刹那，突然变成了无数的金银钱币……

李小二在这钱雨之中，一动不动伏在地上，怔怔地仰视老道。

下

李小二终成陶朱之富[②]。如果有人怀疑他偶遇仙人，他便拿出请老人写下的四句话给人看。很久以前，作者在某本书里看到过，可

① 吕洞宾，中国道教全真派祖师，八仙之首。

② 泛指拥有巨额财产。陶朱公即范蠡，春秋时期越国的政治家，辅助勾践灭吴。

惜没有逐字牢记。因此用近似翻译的日语写其大意，附在这个故事的结尾。据说这也是李小二询问老者为何身为仙人，却化为乞丐流浪这一问题的答案。

人生有苦方知乐，
人有一死方知生。
无苦无死甚无趣，
凡有死苦仙不如。

或许，仙人怀念凡人的生活，踏破铁鞋寻觅苦事吧。

附:《鼠戏》

长安市上有卖鼠戏者，背负一囊，中蓄小鼠十余头。每于稠人中，出小木架置肩上，俨如戏楼状。乃拍鼓板，唱古杂剧。歌声甫动，则有鼠自囊中出，蒙假面，被小装服，自背登楼，人立而舞。男女悲欢，悉合剧中关目。

落头谭

上

何小二抛去军刀，不顾一切地搂住马颈。自己的脖子被砍到了——不，可能是搂住马颈后才察觉的。有东西“噌”的一声插进脖子里——与此同时，自己搂住了马颈。马儿大概也受了伤。何小二迅速伏在前鞍桥上的那一刹那，马儿一声长嘶，鼻尖忽然朝空中一扬，便猛冲出敌我混战的沙场，在满眼的青纱帐中疾驰而去。身后响起两三下枪声，在他耳中，那不过像梦中一般。

高过人顶的高粱，被横冲直撞的马儿乱蹄踩踏，波浪般起伏不定，叶杆忽左忽右，扫动他的辫子，敲打他的军服，擦拭脖子上流淌着的浓黑的血。可是他的脑海中没有余力去逐一分辨，唯有被砍中这一简单的事实，痛苦而清晰地刻印在脑仁里。被砍了，被砍中了——他心里不断重复着，完全机械地频频用脚跟踢着已经汗湿的马腹。

十分钟之前，何小二与骑兵伙伴一起，去与敌方阵地一河之隔的小村侦查。走到半路，在开始变黄的高粱地里遭遇一队日本骑兵。事发太过突然，敌我双方均无暇拔枪射击。至少我方一见到镶红边的军帽和红色肋骨军服[1]，便不约而同拔出军刀，迅速勒转马头。不用说，那时候没有一个人想过弄不好可能被杀之类的事。眼前只有敌人，或是杀敌之事。他们勒转马头，随即像狗一样龇着牙朝日本骑兵的方向猛冲过去。敌方似乎也被和他们同样的冲动支配了。转瞬之后，几张仿佛照镜子一般龇牙咧嘴的脸，已经在他们周围穿梭了。与脸同时出现的是几把军刀，刀光急迫，带着风声与他们擦身而过。

之后的事，时间上的印象并不清晰。高耸的高粱仿佛遭遇暴风雨，剧烈地摇晃着。摇曳的穗尖上，悬着铜镜般的太阳，这却匪夷所思地牢牢记得。至于厮斗持续了多久、其间发生了什么、次序如何，却几乎什么都记不清了。何小二像疯子一样意义不连贯地狂吼着，挥舞军刀乱砍。军刀一度染红，手上却似乎没有感觉。手中挥舞的军刀刀柄渐渐被油汗浸染，变得湿滑。随之而来的是莫名的口干舌燥。正在那时，一个眼珠瞪得几乎要跳出来的、面无人色的日本骑兵，突然大张着嘴蹿到他的马前。镶着红边的军帽裂成两半，露出短寸头。何小二见状，随即抡起军刀，竭尽全力向帽子上劈下去。然而自己的军刀碰到的，并非对方的军帽，也不是下面的脑袋，而是对方自下而上撩起的军刀钢刃。两刀相接，噹的一声，在周围沸腾般

---

① 日本早期的陆军军服，胸部装饰有肋骨状的纽扣，俗称“肋骨”，沿用至日俄战争期间。

的嘈杂声中，显得格外清澈高亢。忽然闻见研磨铁器时冰冷的刺鼻气味。就在这一瞬间，对方宽厚的军刀反射着刺目的阳光，逼近头顶，划了一个巨大的弧线——此时“噌”一声，不知是什么冰冷的东西，插进了何小二的后颈。

马儿背着伤口疼痛、呻吟不止的何小二，在高粱地里拼命飞奔，跑来跑去还是在无边无际、茂盛的高粱地里。人声马嘶、军刀撞击声都已消失。日光、秋天与日本并无两样。

我重复说一遍，何小二在马上颠簸摇晃着，疼得直哼哼。然而他咬紧的牙齿之间发出的声音，比呻吟多了一层复杂的意思。他因为精神上的痛苦——围绕着死亡恐惧这一中心，百感交集地哭号着。

他对即将告别这世界无限悲伤；对让他离开这世界的所有人与事非常痛恨；对不得不与这世界告别的自己十分恼怒——如此种种，芜杂的心绪彼此关联着蜂涌而至，无休无止地折磨着他。因此随着这些感情的闪现，他喊着“死了，我要死了”，呼唤着父母的名字，或者咒骂日本骑兵。可是不幸的是，这些刚冲出嘴边，就变成了没有任何意义、沙哑的呻吟声。他已经衰弱到这种程度了吧。

“谁比我更不幸？年纪轻轻就来这里战斗，而且像条狗似的被无端砍杀。最可恨的是砍我的日本骑兵；第二可恨的是派我们出来侦查的连队长官；第三可恨的是日本和大清朝。不，可恨的还有，所有与让我当兵有关的人，都和我的敌人没有分别。都是因为这些人，我现在不得不告别这人世，还有许许多多事情我想做却不曾做啊。对这些人、这些事的安排言听计从，我多蠢啊。”

何小二的呻吟中包含着这些意思，他双手牢牢抱住马脖子两侧，在无边无际的青纱帐中前行。不时有鹌鹑受了惊，鸟群慌乱地飞起。马儿却全然不顾这些，连背上的主人有时险些滑落也无暇顾及，吐着白沫继续奔驰。

因此，如果命运许可，何小二或许就会这样不断呻吟，向上天痛诉自己的不幸，整天趴在颠簸的马背上，直到铜镜般的太阳西沉落山。然而，平地渐渐转为平缓的斜坡，高粱与高粱之间流淌的一条浑浊狭窄的河流，亮闪闪地出现在前方。此时，命运化为两三棵杨柳——即将掉落的树叶聚在梢头，岿然矗立在河边。当何小二的马儿从其中穿过时，突然，茂密的树枝抱起他的身体，扔到水边柔软的泥地上。

这一瞬，何小二不知出于什么联想，看见天空中鲜艳的黄色火焰，恰如小时候在自己家的厨房，看见大灶台下燃烧的鲜艳的黄色火焰。“啊……火在烧。”他心想。——下一刻，他已经失去了知觉……

中

跌落马下的何小二完全失去了意识吗？不知不觉中，伤口几乎不疼了。他满身泥土与血迹，躺在人迹罕至的河边，想起自己曾仰望着柳叶抚摸高远的蓝天。那天空，比之前见过的所有天空更蓝更深邃，仿佛把一个大蓝瓶倒过来，从下面看一般。而且瓶底生出浮沫般的云朵，随即又倏然消散，仿佛是不停晃动的柳叶将其拂去似的。

如此说来，何小二完全没有失去意识吗？可是在他的眼睛与蓝天之间，实际并不存在的形形色色的东西，如同影子般纷至沓来。最先出现的是他母亲有点脏了的裙子。小时候的他开心也好，悲伤也好，记不清有多少次紧拽住那裙子。可是当他情不自禁伸手去抓时，裙子却从眼界中消失了。正在消失的景象中，裙子变得如纱般透薄，露出后面宛如云母的云朵。

之后闪现的，是他老家后面宽阔的芝麻田。那是寂寞的花仿佛等待日暮般绽开的、盛夏的芝麻田。何小二站在芝麻丛中，寻找自己和兄弟们的身影。可是那里没有任何像是人的身影，唯有素淡的花与叶，静静地融为一体，沐浴着淡淡的日光。那景象斜斜地滑过天空，被悬起般悄然不见了。

随后，奇怪的东西扭动着出现在空中。仔细分辨，原来是元宵时街上舞动的巨大龙灯。大约两三丈长吧。竹篾的骨架上糊了纸，用青色、红色颜料画上绚烂的色彩。形状和画上见到的龙丝毫不差。虽然身处白昼，却仿佛可见其中蜡烛般的火光。而且令人难以置信的是，那龙灯好像是活的。看那长长的胡须，仿佛自己在左右晃动。——渐渐地，它也游动着退出视野，迅速消失了。

刚一消失，紧接着，空中忽然现出女人的纤足。因为是小脚，小巧得近乎三寸许。柔软弯曲的脚趾，浅白色的指甲盖住柔嫩的肉色。小二脑海中看见那双脚时的记忆，就像梦中被吞噬的跳蚤，带来了朦胧而遥远的悲伤。如果能再次抚摸那脚——这自然无法办到。此处与看见脚的地方，隔了成百上千里的路程。思虑之间，脚迅速变得透明，自然而然地被云影吸收了。

脚消失的当儿，何小二的心底忽然袭过此前从未感受到的，匪夷所思的寂寥。头顶上，苍茫的蓝天悄无声息地笼罩一切。再不情愿，人也不得不在那天空之下，被空中飘下的风吹拂着，日复一日延续可悲的营生。那是何等的寂寥啊。自己从未知晓这寂寞，又是多么不可思议啊。何小二不禁长叹一声。

此时，在他的眼睛与天空之间，一队头戴镶红边军帽的日本骑兵，以从未有过的速度疾奔过来，随后以同样的速度匆匆消失。啊啊，那些骑兵的寂寥，与自己的并无分别吧。如果他们不是幻象，自己真想和他们彼此慰藉，忘却这寂寥，哪怕短暂也好。可是现在，已经来不及了。

何小二的眼中，泪水不住地涌出。被泪水沾湿的双眼，重新回望从前的生活，如何丑陋不堪，如今自不必说。他要向所有人赔罪，也想饶恕所有人。

“倘若我今天得救，就算当牛做马，也要弥补过去的不是。”

他哭泣着，发自内心地低语道。可是，无限深邃、无限碧蓝的天空，好像完全听不见似的，一尺复一尺、一寸复一寸，徐徐地降落到他胸前。那苍然的浩气之中，点点闪烁的，大概是白昼显现的星星吧。那影子般出现的东西，不再掠过眼底。何小二又叹息了一声，嘴唇颤抖着，最后慢慢地阖上了眼睛。

下

日清两国和谈之后，又过了一年。某个早春的上午，北京的日本公使馆内，驻外武官木村少佐与奉命来内地[①] 视察的农商务省专

---

① 近代日本将海外殖民地称为“外地”，本国称为“内地”。

家——山本理科学士围坐在桌前，一杯咖啡、一支卷烟，忘却了繁忙的公务，悠然地聊着闲话。虽然已是早春，大壁炉里还生着火，室内暖和得有些微热。桌上的盆栽红梅，不时散出中国式的香味。

两人聊到西太后便停住了，随后话题一转，聊起甲午战争时的往事。木村少佐似乎想起什么，迅速起身去房间角落拿来一叠《神州日报》合订本，摊在山本学士面前。他翻到其中一页，指着某一段，目示专家山本去看。这太过突然，令山本学士有些惊讶。然而通过这些天的接触，山本学士觉得少佐性情洒脱，不像行伍出身。因此忽然期待着有什么与战争相关的奇谈怪事，往报纸上看去。那里以四四方方的汉字颇为正式地登载了一则报道，翻译成日本报纸的文风大致如下：

> 街上的剃头掌柜何小二，此人曾出征甲午战争，屡获战功。凯旋后并不收敛平素举止，沉湎酒色。某日于酒楼与人争执，扭打厮斗间，因颈部重伤毙命。然而殊为诡异的是，其颈部伤痕并非当时所得，实为甲午战争时所受之创口再度迸发。据亲见者言，其与人缠斗，连同桌子一起倒地时，脑袋訇然跌落，鲜血溅落地上，唯有喉前一丝皮肤与头部相连。而当局务求真相，正全力搜寻真凶。《诸城某甲》之落头谭，《聊斋志异》既已有之，何小二之事，亦属此事之类。云云。

山本学士读完，茫然不知所以，问道：“这新闻，说的是什么？”而木村少佐缓缓吐出一口烟，从容地微笑着说道：

“有趣吧。这种事情只有中国才有。”

“这种事，要是到处都有，怎么得了。”

山本学士笑盈盈地将长长的烟灰掸落在烟灰缸里。

“此外，更有趣的是——”

少佐忽然表情认真地说起一件事。

“我认识那个何小二。”

“你认识他？真让人惊讶。你身为武官，不会也像报纸记者，捏造经不起推敲的谎言吧。”

“谁去做那么无聊的事。那时候——我在屯里打仗负了伤，那个何小二，也被我军的野战医院收治。我为了学中国话，和他聊过两三次。脖子有伤的，十有八九是他。肯定是在侦察或是其他时候，遭遇我军的骑兵，然后——脖子上吃了一记日本刀。”

“嗬……真是机缘巧合。看报道，不是写着是个无赖汉吗？这种坏人如果当时就死掉，人世间不知获益多少呢。”

“那时候，他极为老实本分。俘虏之中，从未见过这么驯顺的人。因此军医和其他人，都莫名地喜欢他，似乎还格外周到地给予治疗。那人说起自己的经历，总是饶有兴味。尤其是他说的脖子上受了重伤、从马上掉下时的心情，我现在都清晰地记得。他说躺在河边的泥地里，看着天空中柳梢拂动时，母亲的裙子、女子的素足、花季的芝麻田，都清晰地映在天空上。”

木村少佐扔掉卷烟，咖啡杯触着嘴唇，瞥着桌上的红梅，自言自语地说道。

“他说，看到那些，开始深深地惋惜从前的生活。”

“战争一结束，他不是立刻变成无赖了吗？所以说，人是靠不住的。”

山本学士头靠着椅背，伸长双腿，嘲讽地对着天花板吐着烟。

“所谓靠不住——你的意思是他一直都在伪装？”

“不好说。”

“不，我不赞同。至少那时候，他给我的感觉很认真。恐怕即使在落头的瞬间（原封不动地借用报纸上的词语），感觉也是如此。我这样想象：争执中他因酒醉，连桌带人被掀翻在地，伤口瞬间开裂，脑袋垂着长辫，咕噜一下落到地上。母亲的裙子、女人的脚，还有花儿绽放的芝麻田，也同时出现在他眼前了吧。即使有屋顶，他或许也遥望着深邃的蓝天。那时候，他深深惋惜从前的生活。可是，这次来不及了。之前丧失意志时，有日本护士兵看护；而这次和他争执的人趁机对他拳打脚踢。所以，他后悔不迭地死去了。”

山本学士耸肩笑道。

“你是大空想家。但是，他究竟遭遇了什么，才变成无赖汉呢？”

“借用你的话来说，人是靠不住的。”

木村少佐又点上一支烟，以近乎得意的表情，开朗地微笑着说：

“我们有必要深切地了解，我们自身是靠不住的。唯有加以了解，才有几分靠得住。如果不是这样，就像何小二掉脑袋，我们的人格，随时可能人头落地——所有的中国报道，必须如此加以阅读。”

附：《诸城某甲》

学师孙景夏先生言：其邑中某甲者，值流寇乱，被杀，首坠胸前。寇退，家人得尸，将舁瘗之。闻其气缕缕然；审视之，咽不断者盈指。遂扶其头，荷之以归。经一昼夜始呻，以匕箸稍稍哺饮食，半年竟愈。又十余年，与二三人聚谈，或作一解颐语，众为哄堂。甲亦鼓掌。一俯仰间，刀痕暴裂，头堕血流，共视之，气已绝矣。父讼笑者，众敛金赂之，又葬甲，乃解。

异史氏曰："一笑头落，此千古第一大笑也。颈连一线而不死，直待十年后成一笑狱，岂非二三邻人负债前生者耶？"

马腿

故事的主人公名叫忍野半三郎。很遗憾，他并非大人物，只是个在北京三菱做事的三十岁左右的职员。半三郎商科大学毕业之后，第二个月就来了北京。同事与上司的评价谈不上特别好，但也不算坏。平凡便是半三郎的写照。顺便补充一句，半三郎的家庭生活也是如此。

半三郎两年前和一位千金小姐结了婚，小姐的名字叫常子。同样遗憾的是，他俩并非恋爱婚姻，而是托亲戚老夫妇做媒人的媒妁婚姻。常子说不上美，当然也不算丑，胖嘟嘟的脸颊上总带着微笑。从奉天到北京的路上，除了被卧铺车上的跳蚤咬时，她始终保持微笑。而且现在不用担心再被跳蚤咬了。因为在某某胡同的公司宿舍的客厅里，备有两罐印着蝙蝠图案的除虫菊。

我说过，半三郎的家庭生活极为平凡。事实上也是如此。他和常子一起吃饭、听留声机、看电影——与全北京的所有职员过着相同的生活。然而他们的生活，也不会为命运的支配所遗漏。一个正午过后，命运以一记重击，击碎了这个平凡家庭的单调生活。三菱职员忍野半三郎因脑出血猝死了。

那个下午，半三郎照常在东单牌楼的公司办公桌前整理资料。据说对面桌的同事没发现异常。可是当工作告一段落，他在嘴里叼着烟擦火柴的瞬间，一头栽倒就死了。死得非常干脆。不过幸运的是，世间对于如何死并不过多评价，评头论足的唯有如何生活。半三郎因此也未遭受特别的非议。不，岂止没有非议，上司和同事都对遗孀常子表露出深深的同情。

根据同仁医院院长山井博士的诊断，半三郎的死因是脑出血。然而不幸的是，半三郎自己并不认为是脑出血。首先，他并未感觉自己死了，只是对来到一间陌生的办公室感到惊讶——

日光中，办公室的窗帘微微被风吹动。自然，窗外什么都看不见。房间正中央的大桌前，两个身穿白色大褂儿的中国人面对面坐着，正在检查账本。一个才二十岁左右，另一个留着发黄的长胡须。

二十岁左右的中国人用钢笔在账本上写着，低垂视线向他说道：

“阿油密斯特亨利·巴莱特，安得油①？”

半三郎吃了一惊，还是尽量坦然地用北京官话回答道：“我是日本三菱公司的忍野半三郎。”

“哎呀！你是日本人？”

那个中国人这才抬起头来。另一个年长的，账本写了一半，茫然地望着半三郎。

“咋办？弄错人了。”

“麻烦，实在麻烦。第一次革命②之后还从没出过这种事。”

---

① 洋泾浜英文：Are you Mr. Henry Balart, and you? 意为“你是亨利·巴莱特先生吗？那你呢？”

② 1911 年的辛亥革命。

年长的中国人看起来颇为愤怒，手中的笔颤抖着。

“赶紧送回去。”

“你是……哦，是忍野先生吧。请您稍等片刻。”

二十岁左右的中国人重新翻开厚厚的账本，嘴里念叨着什么。他把账本一合，比先前更为惊讶地对年长的中国人说道：

“不成啊，忍野半三郎先生，三天前就死了。”

“三天前死了？”

“而且腿脚也烂了。都烂到大腿了。”

半三郎又吃了一惊。听他们的对话，第一，自己已经死了；第二，死了三天了；第三，腿脚烂了。哪有这么荒唐的事。他的腿不好好的——他想迈步，却忍不住大叫起来。他大叫并不出奇：穿着裤缝笔挺的白西裤和白皮鞋的腿脚，被窗边的风吹得斜飘起来！他看见这样的情形，几乎不相信自己的眼睛。他用双手去摸双腿，大腿以下就像抓住空气一样。半三郎摔了个屁股蹲，同时双腿——不如说裤管，仿佛泄了气的气球，软塌塌地摊在地板上。

“没事，没事。会帮您想办法的。”

年长者说完，余怒未消地质问年轻的下属：

“都是你的责任，听到没？是你的责任。赶紧写汇报书。还有，亨利·巴莱特现在人在哪里？”

“刚才查过了，有急事去了汉口。”

“那赶紧打电报去汉口，把亨利·巴莱特的腿取来。”

“不行，这方法行不通。汉口的腿还没到，忍野先生的身体就腐烂了。”

“头疼啊，实在是头疼。”

年长的中国人叹息道。连胡须似乎都忽然耷拉了下来。

“都是你的责任，必须赶紧上报。偏偏没有还没上车[1]的吧？”

“是，一小时前就发车了。马倒是有一匹还没走。”

“哪儿的马？”

“德胜门外马市的马，刚死不久。”

“那就给他接上马腿吧，马腿总比没有强。你去把马腿卸下来。”

二十岁左右的中国人离开大桌子，迅速走开了。半三郎第三次感到惊讶。听刚才所说的，似乎要给自己装上一双马腿。双腿变成马腿，这可大事不妙。他靠臀部支撑坐在地上，向年长者苦苦哀求：

“我说，千万别用马腿。我非常讨厌马。今生来世就求您一次，给我安上人腿吧。亨利什么的也行，就算是毛腿，只要是人腿我都能忍受。”

年长者怜悯地俯视着半三郎，不住地点头：

“有的话当然给你安上，可是没有人腿啊。——唉，就当是飞来横祸，认命吧。不过马腿可健壮了，经常换蹄铁，什么山路都没问题啊……”

这时候，他的年轻下属提溜着两条马腿，嗖地回来了。那样子就像拿来一双酒店侍者穿的长筒靴。半三郎想逃走，可是苦于没有双腿无法站立。只见下属来到身旁，脱掉他的白皮鞋和袜子。

“不要啊！别给我装马腿。不经同意就修治我的腿，没这道理……”

半三郎呼天喊地之际，下属向右边的裤筒里塞进一条马腿，马

① 传说中人死后乘车前往阴间。参见《聊斋志异》卷二《耿十八》。

腿仿佛长了牙齿，牢牢咬住了大腿。接着左边裤腿里也塞进了一条，这边也牢牢地接上了。

“好，这样就成了。”

二十岁左右的中国人满意地微笑着，搓着指甲长长的双手。半三郎呆呆地望着自己的双腿。白色西裤的下面露出粗壮的褐毛马腿，以及整齐并列的马蹄——

半三郎只记得这些。至于后来发生了什么，记得没这么清楚。两个中国人不知为何争吵起来，后来自己从陡峭的梯子上滚落了下来。不过，这些都不真切。总而言之，他在奇怪的梦幻之中彷徨，等到终于恢复了意识，已经躺在某某胡同的公司宿舍的棺材里了。而且棺木前一个年轻的本愿寺布教僧，正在给自己念经超度。

半三郎死而复生，自然成了大新闻。《顺天时报》也因此登了他的大照片，还有三栏的报道。据新闻报道，身穿孝服的常子笑得比平时更甜了。另外，上司和同事把失去意义的奠礼作为份子钱，开了一场复活庆祝会。只有山井博士遭遇了信任危机。不过博士悠然地吐着烟圈，巧妙地恢复了信誉。他极力主张那已超越医学范畴，是自然的神秘力量。换句话说，博士为了自身的信誉，牺牲了医学的信誉。

然而，主角半三郎出席复活庆祝会时，却丝毫没有面露欣喜之色。这自然不足为奇。自从复活以来，双腿已经变成了马腿。脚趾被马蹄替代，马腿上还长着褐色的毛。每当看见自己的腿，都感觉到难以言表的凄惨。万一露出马脚，公司肯定会将半三郎开除，同事们自然也不会再与之交往。常子也——啊……“弱者啊，你的名字是女人！”常子恐怕也不例外，不会要长了马腿的男人做丈夫吧。——半三郎想到这些，便下决心无论如何也不能露马脚。不穿和服是因为这个；改穿长靴是因为这个；牢牢关上浴室的门窗也是因为这个。可是他始终感觉不安。他的不安也不奇怪，要说为什么——

首先，半三郎警惕同事别起疑心。在他的种种苦心里，这或许还相对轻松。可是，看他的日记，他依然要和众多的危险做斗争。

七月×日 都怪那个年轻的中国人，装了这么一双怪腿。可以说，我的双腿现在成为跳蚤窝了。当务之急是全力消灭跳蚤……

八月×日 今天去经理那里谈生意。经理说话时不停地哼鼻子，大概是我脚上的味道散到长靴外面来了。

九月×日 自由地控制马腿的确比马术还难。今天被安排做一件午休前需完成的急事，小跑着下了楼梯。任何人在这种瞬间都只想着要办的事。我也忽然忘记长了马腿，一脚就跨了七级台阶……

十月×日 我逐渐能自由控制马腿了。终于掌握了诀窍，关键就在于腰部的配合。不过今天犯了错，当然今天犯错未必全是我的过错。今天早晨九点左右我乘人力车去公司，车钱十二钱，车夫却坚持要二十钱，还拉扯我，不让我进公司。我气恼得很，踢了他一脚。车夫像个足球飞到半空中。我自然十分后悔，同时又忍不住为之喷饭。总之，动脚时需更加小心……

然而，相比瞒过同事，避免常子疑惑要困难得多。半三郎在日记中不住哀叹这种困难。

七月 × 日 我的劲敌是常子，我以需要文明生活为借口，把仅有的一间和式房间也改成了西式的。这样就不用当着常子的面脱鞋了。家里没了榻榻米，常子似乎很不高兴。可是即使穿分趾鞋，以这双脚在榻榻米上行走，也很难做到……

九月 × 日 今天去家具店，把双人床卖了。这床是在美国人开的拍卖会上买的，回来时走在租界的行道树下，槐花盛开，运河的水光也美。不过——现在不是怀念过去的时候。昨晚差一点踢到常子的肚子。……

十一月 × 日 今天把衣物自己拿去洗衣店。而且不是常去的那家，是在东安市场旁边。这件事以后也得继续。因为，衬裤、西裤、袜子上总是粘了马毛……

十二月 × 日 没有袜子穿极为麻烦。瞒着常子筹钱买袜子，也不是寻常的困难……

二月 × 日 不用说，我睡觉时也不脱袜子和衬裤。为了不让常子发现，连脚都用毛毯盖着。这也是并不轻松的冒险。昨晚睡觉前常子对我说："你真的很怕冷呢，腰上是不是围了皮毛？"说不定终于要露出马脚了……

除此之外半三郎还遭遇了许多危险，将其一一列举，我也受不了。然而在半三郎的日记之中，最让我惊讶的是下面这桩事。

二月 × 日 今天午休时去了隆福寺的旧书店。书店门口的太阳底下停了一辆马车。并且不是西洋马车，而是撑了蓝色车篷的中国马车。车夫在马车上休息。我没特别留意，迈步向书店里走。正在这时，车夫挥响鞭子，口中吆喝着“嗦……嗦……”。“嗦、嗦”是让马后退时中国人的吆喝声。马车在那话音中往后退了几步。这时，让人吃惊的是，我居然眼望着旧书店，一步步往后退。我那时心中是恐怖还是惊愕，笔端完全无法表述。我努力往前迈步，可是恐怖的不可抗力让我依旧向后退。而且车夫的“嗦……”在我听来，还是幸福的。马车停住的那一瞬，我也总算停止了后退。怪事还不止这个。我松了一口气，不由得朝马车看去。那匹马儿——拉车的芦花马意义不明地嘶鸣着。意义不明？——不，并非意义不明。我在那高亢的马嘶声中确实感觉马儿在笑。不仅是马儿，我的喉咙仿佛也忍不住要嘶鸣。发出那种声音可不得了。我捂住耳朵，一溜烟地跑开了……

然而，命运为半三郎准备了最后一击。并非其他，而是在三月末的某个中午，他突然发现双腿又蹦又跳。为何这时他的马腿忽然不安分起来？为了解决这个疑问，我查了半三郎的日记。不巧的是，他的日记正好在遭受最后打击的前一天就停了。不过根据前后的情形，并非不能推测其大概。根据《马政纪》《马记》《元亨疗牛马驼集》《伯乐相马经》等书，我确信他的脚变得兴奋是因为这个原因——

那天黄尘蔽日。黄尘是蒙古的春风吹来北京的沙尘。据《顺天时报》报道，那天的黄尘非常猛烈，十余年来未曾见过。报纸上这么写道：“仰望五步之外的正阳门，门楼也已看不见了。”黄尘应该极为猛烈。而半三郎的马腿来自德胜门外马市的死马，那匹马显然是从张家口、锦州运来的蒙古产库伦马。因此他的马腿一感受到蒙古的空气，立即跃然而动，也是自然的吧？此时正值交配期，塞外的马儿纵横奔竞，寻找交尾的对象。如此看来，他的马腿难忍寂寞，也是值得同情的……

这一解释暂且不谈。听说那天半三郎在公司里，一直不停地跳着舞。下班回家的路上，不过三町的距离就踏坏了七辆人力车。最后跑回宿舍——这些都是听常子说的。他像狗一样喘息着，踉踉跄跄地走进饭厅。在长椅上坐下后，他命令吓得愣住的妻子去拿细绳。常子看丈夫这样子，想着发生了大事。最明显的是他脸色很差，而且穿了长靴的腿按捺不住焦躁般动个不停。因此常子忘记保持微笑，恳求丈夫告知，用细绳干什么。可是丈夫痛苦地擦着额头的汗水，一味重复着：

“快去拿，快点。——再不动手，就麻烦了。”

常子只好拿来一扎捆行李的细绳。丈夫接过之后，绑住穿着长靴的双腿。这时她有种要发疯的恐怖预感。常子看着丈夫，声音颤抖地问，要不要请山井博士来看看？可是他专注地绑腿，并不听劝告。

“那种庸医懂什么？他就是个小偷！大骗子！先别管那些，你过来按住我的身子。”

两人紧紧抱着，一动不动地坐在长椅上。笼罩着北京的黄尘越发猛烈，现在的窗外日月无光，飘荡着浑浊的朱红色。此时，半三郎的脚自然并非安然不动，虽然被细绳捆着，还是不停地上下抽动，仿佛踩着看不见的踏板。常子又像安慰，又像劝励般和他不住地说话：

“夫君，夫君，你怎么抖得这么厉害？”

“没事，没事的。”

“瞧你出了好多汗——今年夏天我们回内地吧。夫君，好久没有回去了。”

“嗯，回去，就在内地过日子吧。”

五分钟、十分钟、二十分种——时间在交谈的二人上方以缓慢的步履前进着。常子对《顺天时报》的记者说，当时她的心情仿佛被锁链绑住的囚犯。然而，三十分钟之后，终于到了锁链断裂的时刻。当然，这不是常子所谓的锁链断裂之时，而是将半三郎束缚于家庭的“人之锁链”断裂之时。透着浑浊朱红色的窗户被骤风吹开，突然发出咔嗒咔嗒的响声。与此同时，半三郎大吼一声，跳起三尺高。常子看见细绳应声而断。半三郎——下面不是常子所说。她眼看着丈夫一跃而起，便在长椅上昏了过去。而宿舍的中国仆役对同一个记者说：半三郎仿佛被追赶着似的蹿到宿舍正门，在门前伫立了片刻。随后浑身一抖，发出一声好像马嘶般的可怕声音，便朝笼罩在街道上的黄尘笔直地奔跑过去……

后来半三郎怎样了？时至今日这仍然是个疑问。《顺天时报》的记者报道说，当天晚上八点前后，黄尘下朦胧的月光中，一个没戴帽子的男人，在名闻天下的八达岭长城下，沿着铁路奔跑。不过这则新闻未必如实。因为同一家报纸的记者也报道说，晚上八点左右，裹挟着黄尘的雨中，一个男人未戴帽子，在石人石马分列两旁的十三陵大路上飞奔。也就是说，半三郎从某某胡同的宿舍大门跑出去之后，究竟去了哪里，不得而知。

不消说，半三郎的失踪和他的复活一样，成了时谈物议的话题。可是常子、经理、同事、山井博士、《顺天时报》的主笔都把他的失踪解释为发疯。无疑，发疯的解释比马脚更为容易，舍难就易是天下的公道。代表这一公道的《顺天时报》主笔牟多口[①]先生在半三郎失踪的次日，以如椽大笔发表了社论一篇：

三菱公司职员忍野半三郎先生于昨日傍晚五时十五分，遽然发狂，不听常子夫人劝阻，独自离家出走，下落不明。同仁医院院长山井博士介绍，忍野先生去年夏天罹患脑出血，人事不省长达三日，此后便间或呈现精神异常之态。而且根据常子夫人所发现的忍野先生的日记，他常抱有奇异的恐惧观念。然而吾人欲查问者，并非忍野先生的病名为何，而是作为常子夫人丈夫的忍野先生的责任何在。

我等金瓯无缺之国体，立足于家族主义。若家族主义为国之根本，则毋庸置疑，一家之主责任如何重大。身为一家之主，是否有妄然发狂之权利？吾人必对此断然否认。试想天下为人夫者，倘若拥有发狂之权利，势必抛弃家庭，或在路上行吟，或肆意逍遥，或在精神病院中饱食暖衣，幸福度日。长此以往，两千年来世界引以为傲的家族主义难免土崩瓦解。圣人曰：恶其罪而不恶其人[②]。因此吾人无须苛责忍野先生，然而对贸然发狂之罪，必鸣鼓追责。非也，此非忍野一人之罪，将《禁止发狂令》等闲视之的历代政府，其失政需替天追责之。

常子夫人自述，此后至少一年之内，会继续居住于某某胡

① 日文“無駄口”的谐音汉字，意为“废话”。

② 出自《孔丛子》。

同的公司宿舍，等待忍野先生回来。吾人对其忠贞淑德寄予满腔之同情，且贤达如三菱，不吝为当事者考虑，与夫人提供便利为盼……

然而半年之后，至少常子一人遭遇了无法安于此误解的新的事况。那是北京的柳树、槐树黄叶渐落，十月某天的薄暮时分。常子坐在饭厅的长椅上，茫然地追忆往事。如今，她的唇边已不再有永远的微笑，脸颊也渐渐失去了丰腴之态。正当她回忆失踪的丈夫、卖掉的双人床以及跳蚤时，有人犹豫地按响了宿舍正门的门铃。她没太在意，任由仆役去应对。可是仆役不知去了哪里，并未现身。门铃又响了一次。常子便从长椅起身，安静地朝正门走去。

落叶满地的正门前，一个没戴帽子的男人站立在微暗的光线中。帽子——他不只是没戴帽子，身上的衣服也沾满灰尘，褴褛不堪。常子看着他，感觉到近似恐惧的心情。

“您有什么事吗？”

男子低垂着长发没有应声。常子仔细地打量着，又一次忐忑地问道：

“您……您有什么事吗？”

“常子……”

仅此一句。只言片语如同月光，清晰地照见了这个男人——这个男人的真实身份。常子倒吸一口冷气，半晌发不出声音。她凝视着男人的脸，只见他留了胡须，憔悴得好像陌生人。可是望着常子的眼瞳，确实是她等待已久的眼瞳。

“夫君！”

常子高声喊着，向丈夫的胸膛扑去。然而刚迈出一步，就像踩到了滚烫的铁一样迅速后退。丈夫破烂的裤子下面，露出一双毛茸茸的马腿。露出的褐色马腿，即使在阴暗的光线中也能看清毛色。

“夫君！”

常子对那双马腿产生了难以名状的厌恶。可是，错过现在可能再也见不到丈夫了。丈夫也悲伤地望着她。常子想扑向丈夫怀里，可是厌恶再次压制了她的勇气。

“夫君！”

她第三次呼喊时，丈夫迅速背转身，静静地走下门前的台阶。常子鼓起最后的勇气，拼命追赶着去拽丈夫。然而没等她迈出一步，耳边就传来哒哒的马蹄声。常子面色铁青，仿佛失去了挽留的勇气，怔怔地望着丈夫的背影。随后——她在门前的落叶中昏昏然失去了知觉。……

自那以后，常子相信了丈夫的日记是真的。可是经理、同事、山井博士、牟多口先生等人均不相信忍野半三郎长了马腿。不仅如此，他们还深信常子看到马腿，是陷入幻觉的缘故。我在北京逗留期间，与山井博士、牟多口先生见面时，多次试图破除那种妄信，可是总是遭受反对的嘲笑。其后也是如此——这不，最近小说家冈田三郎①先生似乎从谁那里听到这个故事，写信给我，说人长马腿不足为信。冈田先生说如果这是事实，“或许装上的是马的前腿。我的疑问在于，如果是能表演西班牙速步②等妙技的骏马，不知是否

① 冈田三郎（1890—1954），日本小说家。

② 马术用语，速步赛马要求马匹始终有两蹄同时着地，类似人类的竞走。

有前腿弹踢的怪异本事。只有汤浅少佐这样的高手骑马验证，才能知道马本身能否做到”。对于这一点，我自然也多少有些疑惑。然而仅仅以此理由，便否认半三郎的日记、常子的讲述，略显操之过急吧？事实上，据我考据，报道他复活的《顺天时报》同一版面上，隔了两三栏登载了以下这则启事：

美华禁酒会会长亨利·巴莱特先生在京汉铁路的火车中猝死。死时手中握有药瓶，似有自杀之嫌。而对瓶中药剂进行检测，其结果鉴定为酒精类。

附:《聊斋志异·王兰》

利津王兰，暴病死，阎王覆勘，乃鬼卒之误勾也。责送还生，则尸已败。鬼惧罪，谓王曰:“人而鬼也则苦，鬼而仙也则乐。苟乐矣，何必生？”王以为然。鬼曰:“此处一狐，金丹成矣，窃其丹吞之，则魂不散，可以长存，但凭所之，罔不如意。子愿之否？”王从之。鬼导去，入一高第，见楼阁渠然，而悄无一人。有狐在月下，仰首望空际，气一呼，有丸自口中出，直上入于月中；一吸，辄复落，以口承之，则又呼之，如是不已。鬼潜伺其侧，俟其吐，急掇于手，付王吞之。狐惊，盛气相尚，见二人在，恐不敌，愤恨而去。王与鬼别，至其家，妻子见之，咸惧却走。王告以故，乃渐集。由此在家寝处如平时。

其友张姓者，闻而省之，相见话温凉。因谓张曰:“我与若家世夙贫，今有术，可以致富。子能从我游乎？”张唯唯。王曰:“我能不药而医，不卜而断。我欲现身，恐识我者，相惊以怪，附子而行，可乎？”张又唯唯。于是即日趣装，至山西界。富室有女，得暴疾，眩然瞀瞑，前后药禳既穷。张造其庐，以术自炫。富翁止此女，常珍惜之，能医者，愿以千金为报。张请视之。从翁入室，见女瞑卧，启其衾，抚其体，女昏不觉。王私告张曰:“此魂亡也，当为觅之。”张乃告翁:“病虽危，可救。”问:“需何药？”俱言不须，“女公子魂离他所，业遣神觅之矣。”约一时许，王忽来，具言已得。张乃请翁再入，又抚之。少顷女欠伸，目遽张。翁大喜，抚问。女言:“向戏园中，见一少年郎，挟弹弹雀，数人牵骏马，从诸其后。急欲奔避，横被阻止。少年以弓授儿，教儿弹。方羞诃之，便携儿马上，累骑而行，笑曰:‘我乐与子戏，勿羞也。’数里入山中，我马上号且骂，少年怒，推堕路旁，欲归无路。适有一人至，捉儿臂，疾若驰，瞬息至家，忽若梦醒。”翁神之，果贻千金。王夜与张谋，留二百金作路用，余尽摄去，款门而付其子，又命以三百馈张氏，乃复还。次日与翁别，不见金藏何所，益奇之，厚礼而送之。

逾数日，张于郊外遇同乡人贺才。才饮博，不事生业，奇贫如丐。闻张得异术，获金无算，因奔寻之。王劝薄赠令归。才不改故行，旬日荡尽，将复寻张。王已知之，曰:“才狂悖，不可与处，只宜赂之使去，纵祸犹浅。”逾日，才果至，强从与俱。张曰:“我固知汝复来。日事酗赌，千金何能满无底窦？诚改若所为，我百金相赠。”才诺之，张泻囊授之。才去，以百金在橐，赌益豪。益之狭邪游，挥洒如土。邑中捕役疑而执之，质于官，拷掠酷惨。才实告金所自来。乃遣隶押才捉张。数日创剧，毙于途。魂不忘于张，复往依之，因与王会。一日，聚饮于烟墩，才大醉狂呼，王止之，不听。适巡方御史过，闻呼搜之，获张。张惧，以实告。御史怒，笞而牒于神。夜梦金甲人告曰："查王兰无辜而死，今为鬼仙。医亦仁术，不可律以妖魅。今奉帝命，授为清道使。贺才邪荡，已罚窜铁围山。张某无罪，当宥之。"御史醒而异之，乃释张。

张治装旋里。囊中存数百金，敬以半送王家。王氏子孙以此致富焉。

很久很久以前……

桃太郎

一

很久很久以前，深山里长了一棵大桃树。光说巨大，可能还有些不够。桃树枝伸到云上，树根延到地底的黄泉之国。伊奘诺尊[①]开天辟地时，在黄最津平阪[②]为了击退八雷神，曾经用桃子扔过它——那个神治时代的桃子，其实就出自这棵树。

从世界诞生之时起，桃树一万年开一次花，一万年结一次果。花儿长着大红的花瓣和黄金的流苏；果实——自然大得不必说。可是，更神奇的是，每个果核处，都长了一个美丽的婴儿。

很久很久以前，这棵树遮蔽山谷的树枝上，结了累累的果实，静静地沐浴着阳光。一万年一结的果实，过一千年都不掉到地上。

---

① 日本神话中开天辟地的神祇，是日本诸岛、诸神的创造者。又名伊邪那岐命。

② 日本神话中现世与黄泉交界处的山坡。

可是，一个寂静的早晨，命运化为一只八咫鸦①，降落在树枝上。它忽然啄落了一只红红的小桃子。桃子从缭绕的云雾中，落到很深很深的山谷下的河里。这河水升腾着白色的水汽，在群峰之间蜿蜒流淌，流向人类居住的国度。

孕育了婴儿的果实离开深山之后，被谁捡到了？——不用我说，河的下游有一个老婆婆，正如日本的小朋友都知道的那样，正在为去打柴的老爷爷洗衣服……

二

从桃子里出生的桃太郎想到一个主意：去征伐鬼岛。怎么会想到这个主意呢？因为他不愿意像老爷爷老奶奶那样，去山上、田里干活。老两口听了，打心底里厌烦这个调皮鬼，巴不得他早点走，按他的要求准备了旗子、长刀和盔甲等打仗用的东西。而且路途上的干粮，也满足他的要求，甚至准备了黄米团子。

桃太郎意气风发地启程去攻打鬼岛。忽然，一只大野狗眼露饥饿的凶光，对桃太郎说：

“桃太郎，桃太郎，你腰上挂的是什么？”

“这是日本第一的黄米团子。”

桃太郎得意地回答道。到底是不是日本第一，他也没有把握。可是狗一听见黄米团子，立刻走近他。

---

① 日本神话中，神武天皇东征时，从熊野向大和进发时迷了路，上天派八咫乌（鸦）为其指路。

“给我一个，我跟你走。”

桃太郎迅速地算计了一下。

“一个不行，给你半个。”

野狗坚持了一会儿，反复央求“请给我一个”。可是不管它怎么说，桃太郎就是不松口，依旧是“给你半个”。最后，就像所有的买卖一样，没东西的只能听从有东西的意志。野狗最终只好叹着气，拿了半个黄米团子，跟桃太郎上了路。

后来，除了这只狗，桃太郎同样以半个黄米团子的代价，把猴子和野鸡收为仆从。遗憾的是，它们势同水火。尖牙利齿的狗看不起没骨气的猴子，计算黄米团子速度快的猴子当然瞧不起野鸡，通晓地震学的野鸡又不把笨头笨脑的狗放在眼里。——它们就这样互相斗来斗去。自从收它们做了仆从，桃太郎就没清净过。

而且，猴子刚吃饱，马上抱怨起来。说什么，半个黄米团子就让人陪你去攻打鬼岛，还得考虑考虑呢。结果狗吼叫着突然扑过去咬它，要不是野鸡拦住，说不定猴子连报仇的机会都等不到，当场死翘翘了。野鸡一边安抚狗，一边教育猴子要懂得君君臣臣的道理，听从桃太郎的命令。可是猴子躲在路旁的树上，避开狗的袭击，野鸡的一番话没怎么听进去。能让这猴子心服口服，确实还是桃太郎手腕高明。桃太郎抬头看着猴子，扇动日章图案的扇子，故意冷淡地说道：

“行啊，你就别跟去了。不过等我们打下鬼岛，一件宝物都不分给你。”

贪婪的猴子睁圆了眼睛。

“宝物？啊？鬼岛上有宝物吗？”

“何止是有。就连想要什么，一挥就有的宝槌都有。”

“那么，这个宝槌多变出几个宝槌，一挥不就什么都有了吗？倒是听说过。请你带我一起去吧。”

桃太郎带领它们，马不停蹄地朝鬼岛进发。

三

鬼岛是一座海上孤岛，并非人们想象中那样遍地岩石。岛上椰树高耸，极乐鸟鸣啭，是一处天然乐土。在这样的乐土享受生活的鬼自然也爱好和平。不，鬼这一种族，本来就比我们人类懂得享受。摘瘤的故事①里，鬼一整夜都在跳舞；一寸法师②的故事里，鬼不顾自身危险，迷上了去庙里参拜的公主。的确，大江山的酒颠童子③、罗生门的茨木童子④都是少有的坏人。不过就像我们热爱银座一样，

① 日本民间童话故事。古时候有两个老爷爷，一个右脸长了大瘤，一个左脸长了大瘤。右脸长瘤的老爷爷是好心人，左脸长瘤的是坏心肠。好心爷爷偶然遇见鬼在举办宴会，于是为它们跳舞。鬼都很开心，就把好心爷爷脸上的瘤摘掉了。坏心爷爷听了很羡慕，也跑去鬼开宴会的地方跳舞，鬼并不喜欢，鬼的首领把从好心爷爷那里摘下的瘤，贴到了坏心爷爷的右脸上。

② 日本民间童话故事。一对老夫妇生下了拇指大的婴儿，取名一寸法师。一寸法师拿缝衣针做刀，麦秆做刀鞘，去了京都。春姬公主很喜欢他，把他留在身边。春姬公主到清水寺参拜时，遇见了妖怪。一寸法师智斗妖怪，取得胜利，并且得到了宝槌。他请春姬公主挥动一下宝槌，许个愿让自己变得高大。一寸法师变成了英俊的青年，和春姬公主结了婚。

③ 又名酒吞童子，传说中假扮成鬼抢劫财物和女性的盗贼。丹波国大江山的酒颠童子被源赖光、四大天王击败。

④ 传说故事中的鬼，酒颠童子的手下。在罗生门被渡边纲（源赖光手下的四大天王之一）砍断一只手臂，后变身为老婆婆夺回手臂。

茨木童子也热爱朱雀大街，经常偷偷跑去罗生门吧？酒颠童子确实在大江山的岩洞里拼命喝酒，但是有没有抢女人呢——真假暂且不说，那不过是女人的一面之词。对女人说的全都信以为真——这二十年我一直对此抱有疑问。说起赖光[①]和四大天王，哪个不是有些痴癫的女性崇拜者呢？

鬼在热带的风景中弹琴跳舞，吟诵古代的诗歌，过着非常安定的生活。鬼的妻女们织布、酿酒，扎起兰花的花束，生活和我们人类的女性没有差别。而且头发花白、牙齿脱落的鬼婆婆看护着孙儿，给它们讲我们人类的恐怖故事……

“要是淘气，就把你们送到人住的岛上去。送去的鬼啊，都像以前的酒颠童子那样，被杀掉了哦。啊？人是什么东西？人呢，没有长角，脸和手脚都是白白的，说不出有多可怕呢。还有啊，人类的女人这种东西，脸和手脚已经很白，还要搽满铅粉呢。光是这样倒还好啦，不论男女，都爱说谎，贪得无厌，要么妒忌，要么自以为是；自己人杀自己人，又放火又偷东西，是很难对付的野兽哦……”

四

桃太郎给毫无罪孽的鬼国造成的恐惧，是建国以来未曾有过的。鬼忘了拿金棒[②]，喊着“人来啦！”穿过高高耸立的椰树，左右奔逃。

“冲啊！冲啊！见一个杀一个，把鬼全杀光！”

---

① 源赖光（948—1021），平安时代中期的武将，以骁勇著称，手下有勇猛的四个武将，统称“四大天王”。有讨伐酒颠童子等故事传世。

② 日本谚语中有“鬼拿金棒”，意为“如虎添翼”。

桃太郎一手挥舞桃子旗，另一只手不停挥着日章扇，对狗、猴子、野鸡发号施令。狗、猴子和野鸡不是团结的仆从，但是没有比饥饿的动物更有资格做忠勇无双的士兵了。它们像暴风一般，追杀着逃命的鬼。狗一口就咬死了一个年轻的鬼；野鸡也用尖嘴啄死了一个年幼的鬼；猴子——它是我们人类的亲缘同志，所以在杀死鬼的姑娘之前，必定肆意地凌辱……

所有的罪行，在鬼岛肆虐。最后，鬼的酋长和几个保全性命的鬼向桃太郎投了降。桃太郎如何得意，不难想象。鬼岛已经不是昨天的鬼岛，不再是极乐鸟鸣啭的乐土，椰林里到处散落着鬼的尸体。桃太郎单手举旗，在三个手下的簇拥之下，对跪趴在地的酋长严厉地命令道：

"我就格外开恩，饶了你等的小命。不过不能白饶，献上鬼岛的宝物来，一件都不许剩！"

"一定奉上。"

"还有，把你小孩交出来当人质！"

"遵命。"

鬼的酋长再次把额头贴在地上，诚惶诚恐地问桃太郎：

"我们肯定有所冒犯，才被讨伐。可是我和鬼岛所有的鬼，怎么都不明白如何冒犯了您。能否告知其中的原因。"

桃太郎表情悠然地点头答道：

"我是日本第一的桃太郎，招了狗、猴子和野鸡这三个忠心耿耿的部下，所以就来攻打鬼岛了。"

"那么，您是如何招募三位部下的呢？"

"它们原本就决心征伐鬼岛，所以我给了它们黄米团子，招为部下。——有问题吗？这么说还不明白，连你们也杀了。”

鬼的酋长吓得往后急退三尺，又恭敬地鞠了个躬。

五

日本第一的桃太郎带着狗、猴子和野鸡，让做人质的鬼的小孩拉着装满宝物的车，得意扬扬地凯旋了。——这是所有日本小孩都知道的故事。可是，桃太郎却未必过上了幸福的生活。鬼的小孩长大之后，咬死狱卒野鸡，立即逃回鬼岛。不仅如此，鬼岛上没被杀死的鬼，时常渡过大海，试图放火烧桃太郎的屋子，趁其不备暗杀他。听说猴子被杀掉了，好像是杀错了人。桃太郎接连遭遇不幸，不禁唉声叹气。

“鬼这东西，总是要报仇，真让人头疼。”

“饶了它们的小命，却忘了主人的大恩大德，真不是东西。”

狗见桃太郎愁容满面，也恨恨地低吼道。

这时，在荒凉的鬼岛岸边，美丽的热带月光下，五六个鬼后生，为了实现鬼岛独立的计划，正在椰子里装上炸弹。他们仿佛忘了去爱恋温柔的鬼姑娘们，只是默默地工作，碗口大的眼珠闪烁着喜悦的光芒……

六

无人知晓的深山里，树梢冲破云雾的桃树今天也一如往昔，结了累累果实。当然，孕育了桃太郎的果实早就被河水冲走了。可是数不清的未来的天才，还在果实中沉睡着。那只巨大的八咫鸦何时再飞来树梢呢？啊……数不清的未来的天才，还在果实中沉睡着……

奉教人之死

纵寿三百载，福泽绵久远，较诸将来长乐未央，亦如梦如幻矣。

——庆长版 *Guia do Pecador*①

立志向善者，必享圣教之无上甘馨。

——庆长版 *Imitatione Christi*②

一

昔日，日本长崎名为“圣卢西亚”的教堂（Ecclesial③）中，有

① 庆长四年(1599)出版，意为“劝善抄”。西班牙裔多明我会修士路易斯·德·格拉纳达（Luis de Granada，1504—1588）著，汉字平假名混写文体，为日本信众广泛阅读。

② 庆长元年（1596）初版，罗马字本。原著为德国天主教修士托马斯·厄·肯皮斯（Thomas à Kempis，1379/1380—1471）的灵修书《效法基督》。日译本为节译本。

③ 日文原作以假名表示葡萄牙语的发音，此处意译，加注葡萄牙语。下文中“天国”“天主”“异教徒”“念珠”等词与此相同。

一名为劳伦索（Laurenço）的本邦少年。某年圣诞节夜晚，他倒在教堂门口，受到做礼拜的信徒们精心照料，并蒙受神父（Padre①）垂怜，收养在教会中。问其出身，答曰故乡在天国（Paraiso），父亲名为天主（Deus）。且总是无端地笑着应对，从未讲明真相。然而唯一确切的是，他的父辈并非异教徒（Gentio），这从他手腕上的碧玉念珠（Contas）便可得知。因此神父与教中兄弟（Irmão）从未疑虑，悉心地养育。他信仰坚笃，完全不似年幼者。尊者（Superiores）为之惊诧，众人也认为劳伦索是天使下凡。这个不知生于何处、父母为谁的孩子，备受人们关爱。

再者，劳伦索面容如美玉般清秀，声音似女人般温柔，越发惹人怜爱。本国的教会兄弟里，有一个名叫西蒙（Simeon）的，把劳伦索当成弟弟疼爱，进出教会时，总是亲热地手拉着手。西蒙出身于侍奉大名的武士世家，身材魁梧，生来孔武有力，不止一两次护卫神父，使其免受异教徒抛掷瓦石的袭击。他与劳伦索亲密无间，那情形不妨说好似老鹰亲近鸽子吧。也可以说，仿佛黎巴嫩山上的丝柏树，葡萄藤攀缘其上，像开了花儿一样。

三年多岁月匆匆流逝，劳伦索也到了元服②的年纪。近来有奇怪的传闻，说离圣卢西亚不远的街上，伞铺家的姑娘和劳伦索交往甚密。伞铺的老者也信奉天主圣教，常去圣卢西亚礼拜。祈祷的间歇，姑娘的眼睛从未离开过手提香炉的劳伦索，而且每次去圣卢西亚，她必定梳妆得美丽动人，朝劳伦索目送秋波。这些自然都被信

① 日文为“伴天连”，特指中世纪末到日本传教的传教士、神父。

② 起源于中国冠礼的男子成年仪式，年龄自 15 至 20 岁不等。

徒们看在眼中，因此也有了以下传言：姑娘走路时故意踩劳伦索的脚，有人看见两人交换情书之类。

因此，神父也觉得不应坐视不管了吧。一天，他叫来劳伦索，咬着白胡须，语气温和地说道："我听到一些传言，关于你和伞铺姑娘，应该不是真的吧？你说呢？"劳伦索只是一个劲儿地摇头，神色忧郁地再三否认："这事我一概不知。"言语中带着哭腔。神父见状只好作罢。无论是他的年纪，还是平日信仰，怎么说都不会有假。

神父暂时打消了疑虑，可是来圣卢西亚礼拜的信徒中，各种传言却未曾停息。将劳伦索视为兄弟的西蒙心中郁闷，更胜过旁人。自己向来便对这种不检点的事感到羞耻，不要说直接去问，几乎连见劳伦索的勇气都没有。有一次，他在圣卢西亚后院捡到姑娘写给劳伦索的情书，借此机会，趁屋里没旁人在，把那封情书放在劳伦索面前，连哄带吓地刨根问底。可是劳伦索俊美的脸涨红着，辩解说："她对我有意，给我写信，可我从来没有和她有过交谈。"可是，毕竟人言可畏，西蒙还是要追根问底。劳伦索以寂寥的眼神直视对方："我像是对天主撒谎的人吗？"说完这句仿佛质问的话，便如燕子般迅速走出了屋子。西蒙听了，更为自己的怀疑而深感羞愧，正要悄然离开时，忽然跑来一人，不正是少年劳伦索吗？他猛地抱住西蒙的脖子，喘息般低声说道："是我不好，请原谅我。"还没等回答，便仿佛要遮掩泪湿的脸庞，推开对方似的迅速分开，朝来时方向狂奔而去。然而他说的"是我不好"，究竟是和姑娘有染的愧疚，还是对西蒙冷淡后的歉意，完全让人摸不着头绪。

没过多久，发生了一件大事，那家伞铺的姑娘怀孕了。而且，她一本正经地在父亲面前说，孩子的父亲是圣卢西亚的劳伦索。伞铺老者怒火中烧，随即去见神父，道明原委。事已至此，劳伦索全然没有辩解的余地。神父当日便召集教中兄弟商议，决定将其逐出教会。自然，若被教会驱逐，离开神父的庇佑，难以糊口的窘境将迫在眉睫。然而，此等罪人留在圣卢西亚，事关圣主的荣光（Gloria）。平日与之亲近的教中兄弟，也只得含泪将劳伦索逐出教会。

其中最为悲哀的，当属视之为兄弟的西蒙。与劳伦索被逐的悲伤相比，受欺骗的怒气更加旺盛。这个可怜的少年，在这北风呼啸的日子，对无力地走出教堂的劳伦索挥出拳头，结实地打在那美丽的脸上。猛击之下，劳伦索颓然倒地。他努力坐起来，饱含泪水的眼睛仰望天空，声音颤抖地祈祷着，“祈求圣主饶恕，连西蒙都不明白”。或许西蒙也为之气馁了吧，他站在教堂门口，毫无意义地挥动拳头。教中兄弟见此情形，选择束手观望，不舍地目送脸色如同北风呼啸的天空般阴沉的劳伦索悄然走出圣卢西亚的大门。听当时在场的奉教者说，北风撼动的日轮，悬在俯首前行的劳伦索头顶，正隐没进长崎西边的天空。那景色，仿佛少年柔弱的身姿，嵌在漫天的火焰之中。

后来的劳伦索，与在圣卢西亚执香炉时今非昔比，栖身城郊的非人[①]小屋，沦为世人怜悯的乞食者。而且，他之前信奉天主圣教，是异教徒仇视为猎物的对象。走在街上被无知的孩童嘲笑自不必说，遭遇刀杖瓦石也是常事。对了，从前长崎曾经爆发过可怕的热病。七天七夜，百姓伏倒于道旁，苦不堪言。然而，天主无量无边的爱怜，总能救劳伦索一命。得不到米钱施舍时，山上的果实、海中的鱼贝，

① 身份卑贱的人，如赤贫者与乞丐。

总有日常所需食量。因此，劳伦索始终不忘在圣卢西亚的往昔，腕上念珠也未改碧玉之色。不仅如此，每当夜阑人静，这少年便走出非人小屋，踏着月色前往熟悉的圣卢西亚，祈求圣主、耶稣基督的保佑。

同去教堂做礼拜的信徒们，此时已完全疏远了劳伦索。包括神父在内，无人对其施以怜悯。这也难怪，把他逐出教会之后，人们深信他行为卑劣无耻。可是这少年每晚必定独自前往教堂，足见其信仰笃厚。此乃天主无穷安排之一，实属无奈。于劳伦索，确为悲哀之事。

且说伞铺姑娘吧。劳伦索被逐后未满一月，她便生一女婴。其父虽性格顽固，看见小孙女的脸，也恨不起来了吧。他悉心照顾母女俩，也亲自抱小孙女，有时还让她拿玩偶娃娃。老人如此倒也自然，稀奇的是教中兄弟西蒙。那个连魔鬼（Diabo）都能挫败的巨汉，姑娘刚生了小孩，得空便来伞铺探视。粗壮的手臂抱起幼儿，面容忧伤地含着热泪，怀念当弟弟疼爱过的劳伦索清秀的样子。而姑娘见他从教堂来，却从不带劳伦索与自己相见，面色幽怨寡欢，对于西蒙的来访，多少也显露不悦之色。

此邦谚语有云，光阴并无关隘阻隔。蹉跎之间，一年多时光转瞬即逝。我要说的，是一件意想不到的惨事。那是一场大火，一夜之间将长崎城焚毁殆半。那景象之凄惨，仿佛末世大审判的喇叭声冲破漫天火光，响彻云霄，叫人听了汗毛直立。而那时伞铺不幸位于下风方向，眼看着房屋被火焰围困，父女家眷匆忙逃出屋外，却忽然发现不见女婴。必定是先前放在房中睡觉，仓皇之间忘了她。老者不停地顿足叫骂，姑娘要不是被拦着，势必跑进火中去救婴儿。然而，风势越发猛烈，火舌以焦燎星汉之势呼啸不已。因此，赶来救火的邻居们，虽焦躁不安，却除了安慰几近疯狂的姑娘，毫无办法。正在此时，推开人群跑到近前的正是教中兄弟西蒙。那是枪林也敢勇闯的猛男儿，他英勇地冲向火海，却被凶猛的火势逼得退了回来。他往浓烟里冲了两三次，又转身急奔出来。他面对伞铺父女说道："万事万物皆为天主所创，这也是上天注定，务必想开些。"就在这时，老者身旁忽然有人高喊："天主保佑！"那声音十分熟悉，西蒙转头看去，天呐，那的的确确就是劳伦索啊！清瘦的脸庞被火光映红，被风吹乱的及肩长发，让人哀怜的竦眉俊目，一眼便知是他。那劳伦索乞丐模样，站在人群之前，目不转睛地注视着燃烧的房屋。这不过是一转眼的工夫，只见火焰借着风势越发猛烈，而劳伦索蓦地猛冲过去，钻进火柱、火墙、火梁之中。西蒙不禁全身汗如雨下，在空中画着十字（Cruz），喊着"天主保佑"。不知为何，此时他心眼之中，忽然浮现出劳伦索沐浴着被北风摇撼的日轮之光，伫立于圣卢西亚门前的美丽而悲哀的身姿。

周围的信徒们都惊叹劳伦索的勇猛举动，忘了他曾被逐出教会吧。忽然，有人对此发表议论，借助大风压过了众人的喧哗："父女之情的确不能否认啊。自感罪孽深重不敢现身的劳伦索，为救自己的孩子却能冲进火里啊。"接着，便有人交口责骂起来。老者也有同感，见到劳伦索出现，百感交集。或许为了掩饰内心的躁动，他站立着，身体颤抖，高声嚷着什么糊涂话。只有那姑娘，癫狂似的跪在大地上，双手遮脸，一心不乱地祈祷着，身子纹丝不动。天空中火星纷落如雨，黑烟扫过地面，迎面袭来。姑娘却依旧默默地低头，忘记自身与周遭的一切，虔诚祈祷着。

片刻之后，围拢在火场前的众人，忽然同时聒噪起来。只见头发蓬乱的劳伦索单手抱着婴儿，如同天使降临，现身于火舌乱舞的烈焰之中。恰在此时，一根燃烧的横梁突然拦腰折断。随着一声巨响，火焰伴着浓烟蹿上半空。劳伦索身影消失不见，地上多了几根珊瑚一般的火柱。

突如其来的惨剧让人魂飞魄散，西蒙与老者，以及周围的教中兄弟都感觉眼前一黑。姑娘哭天抢地，顾不得露着腿，直跳起来，忽然又像被雷击中了一般，拜倒在地上。这也罢了。不知何时，她臂中牢牢抱着那个生死未卜的女婴！啊……天主的恩德广博无边，您的睿智与神力，竟找不到合适的词语来赞美。劳伦索被塌下的横梁击中的瞬间，拼尽全力掷出婴儿，恰巧毫发无伤地落在姑娘脚边。

姑娘匍匐在大地上，喜极而泣。其父则单手高举，对天主慈悲的赞美，自然而庄严地涌流而出。不，真可以用滔滔不绝来形容啊。在此之前，西蒙已决意救出劳伦索，他一个箭步跳入翻腾的火海之中。老者又担心起来，怜悯的祈祷声响彻夜空。不仅他一人如此，围绕着祖孙三代的信众，均异口同声地含泪祈祷道："天主保佑。"处女马利亚（Virgen Maria）之子，将人的苦难与悲伤视为自己的，我们的天主耶稣基督（Jesu Christo）让祈祷实现了。看呐，被烧得体无完肤的劳伦索被西蒙抱着，已经从火焰与浓烟中得救了呀。

那晚的意外之事，尚不仅如此。信众们用手臂抬着奄奄一息的劳伦索，来到位于上风方向的圣卢西亚，使其安卧于门前。此时，怀抱婴儿、泪水盈盈的伞铺姑娘，跪倒在走出门外的神父脚边，当着众人的面出乎意料地忏悔（Cofissão）道："这女娃并非劳伦索的孩子，是小女与邻家异教徒的男子私通怀上的。"她痛苦而颤抖的声音，闪烁着泪光的双眼，都让人觉得这忏悔并无半点虚假。自然，并肩站立的信众们，也忘了焚天的烈火，呼吸停滞般哑然无声。

姑娘止住泪水，继续说道："小女平日里爱慕劳伦索，可是他信仰太过虔诚，不为所动。这惹恼了我，便说肚子里是他的孩子。其实是想让他知道，我有多么不甘。可是劳伦索品性高尚，小女的大罪足以让他怀恨，今晚却忘却自身安危，从地狱（Inferno）般的烈火中救出我的女儿，让我感激。他的怜悯、谋略，实在是耶稣基督再世。小女所犯种种罪恶，即使肉身转瞬间被魔鬼撕为碎片，也毫无怨言。"姑娘伏地大哭。

重重围绕的信众间，波涛般响起"殉教（Martyrio）"之声。劳伦索因怜悯罪人，践耶稣基督之行，沦为乞丐。被尊为父兄的神父、西蒙皆不明其心，若非殉教又作何观？然而劳伦索听见姑娘忏悔，仅仅点了几下头。他发肤被灼焦，手脚无力动弹，也全然没有开口的迹象。听了姑娘的忏悔，为之心碎的老者与西蒙，蹲在劳伦索枕边尽力照料。然而，劳伦索气息越来越急促，眼看生命即将走到尽头。唯一与往常别无二致的，是遥望天空、仿佛星星的眼瞳之色。

安静听完姑娘忏悔的神父，胡须在猛烈的夜风中飘荡，他走出圣卢西亚的大门，庄严地说道："有罪悔改的人有福了。怎会借人手惩罚这幸福？此后，牢记天主训诫，静待末日审判到来。劳伦索之所作所为，虔诚侍奉天主耶稣基督，此邦信教者中，其德行极为罕见。更何况身为少年……"啊，又发生了什么事？神父说到这里，忽然停下了。他久久地注视着脚下的劳伦索，仿佛看见了天国之光。为何他的表情如此谦恭？双手颤抖得不同寻常？啊，神父干枯的脸颊上，流下了热泪。

看啊！西蒙。看啊！老者。沐浴着比天主耶稣基督的血更红的火光，无声地躺在圣卢西亚门前的俊美少年的胸前，烧烂的衣服缝隙中，露出两只洁白如玉的乳房呀。烧得面目全非的面庞，也掩盖不住她的天生丽质。啊，劳伦索是女子，劳伦索是女子。看啊，人墙般围立的信众。犯了奸淫之罪而被逐出圣卢西亚的劳伦索，与伞铺姑娘一样，是明眸善睐的此邦女子。

那一刹那，崇高的恐惧，仿佛天主的圣音从不见星光的遥远天空传来。伫立于圣卢西亚门前的信众，仿佛麦子在风中垂下麦穗，都低头跪在劳伦索周围。耳中只有冲天万丈的火焰烈烈燃烧的巨响。啊，有谁在抽泣，或许是伞铺的姑娘吧，或是将自己视为劳伦索兄长的教中兄弟西蒙吧。不久之后，周围的寂寞震动了，神父将手高高举在劳伦索上方，念诵起《圣经》来，那声音既庄严又悲伤。念诵已毕，被叫作“劳伦索”的此邦女子，仰视黑夜深处天国的荣光，嘴角浮现出安详的微笑，宁静地停止了呼吸……

据说，女子的一生，除此之外便无从知晓。然而，一生究竟是什么？要言之，人世之尊严，莫过于无可替代之刹那感动。世间本多烦忧，人心广博如天，若拟之为暗黑之海，则一波既起，摄尚未显露的月光于水沫之中，方为真生命。如此说来，知悉劳伦索之临终，便足以了解其一生吧。

二

余藏有一书，长崎耶稣会出版，名为《莱甘达·奥莱》，盖LEGENDA AUREA之意。观其内容，并非西欧之所谓“黄金传说”。既记录彼国圣徒圣人之言行，亦采录本邦西教信徒奋勇舍己之行状，以助福音传道。

该书分上下两卷，美浓纸，草体汉字假名混合体，印刷甚劣，殊难明辨是否为活字印刷。上卷扉页以拉丁文横排书名，其下为两行竖排汉字——“御出世[①]以来千五百九十六年、庆长二年三月上旬镂刻也”。纪年数字两侧，有吹喇叭之天使图。画技颇稚拙，亦有憨态可掬之趣。下卷扉页除“五月中旬镂刻也”，均与上卷无异。

两卷凡六十页，所载黄金传说，计上卷八章、下卷十章。卷首均附著者不详之序文及拉丁文目录。序文未及雅驯，间以近乎欧文直译之语法，余粗阅之，疑为西人神父所著。

上文所采录《奉教人之死》，出自《莱甘达·奥莱》之下卷第二章。该事或起于长崎某西教之寺，为之实录焉。然记载之大火，《长崎港草》已降，诸书均未言及。由此观之，该事之确切年代，亦无从考证。

余所著《奉教人之死》，为出版计，稍加润色。若原著平易雅驯文笔未受大损，则幸甚幸甚矣。

---

① 耶稣诞生，此处为公历纪年。

第四个丈夫的来信

这封信是封在寄给印度大吉岭[①]的喇嘛查布增氏的信中，请他寄到日本的。能不能安全送到你手中，多少有些担心。万一没有送到，因你并没有特别期待我的来信，这点让我非常放心。但是，如果你收到了信，肯定会对我的命运大吃一惊吧。首先，我住在西藏；其次，我成了中国人；第三，我和三个男人共有一个妻子。

之前给你写信，是住在大吉岭时。从那时候开始，我已经成了中国人。原本天下没有什么负累比国籍更为麻烦的了。在中国，几乎不问有无国籍，极为便利。你在读高中时，记得给我取了“漂泊的犹太人”的绰号吧。其实，我正如你所说的，生来就是“漂泊的犹太人”。然而，西藏的拉萨，我十分喜欢。这并非因为喜爱风景，或是气候，而是我感动于此地的良风美俗。

博学如你，肯定知道阿底峡[②]为拉萨取名的事吧。然而拉萨未

① 印度地名，以产红茶出名。

② 阿底峡（Atisha，982—1054），印度僧侣。尊称燃灯智尊者。西藏佛教噶当派创始人。

必是“食粪饿鬼[1]”之城，城市居住起来比东京更为舒适。今天，妻子也如往常一样抱膝坐在麦秸散乱的门口，安宁地午睡。不仅我家如此，每家门口都有两三人在打瞌睡。世界上哪里都没有这种充满和平的景色吧。而且头顶上——喇嘛教寺庙的塔顶悬着一轮略显苍白的太阳，使围绕拉萨的山峰积雪发出朦胧的光芒。

我想至少在拉萨住上几年，除了怠惰的淳美风俗，可能多少是被妻子的美貌而吸引。妻子名叫达瓦，是附近出名的美人，个子比一般女性高一些。脸如其名（达瓦是月亮的意思），面垢下依然肤色白皙，始终眯着细线般的眼睛，出奇地温柔。我之前稍微提到，她的丈夫包括我在内有四人。第一个丈夫是做行商的；第二个是步兵伍长；第三个是喇嘛教的佛画师；第四个是我。我现在并非没有职业，成了一个手艺受人信赖、不错的理发师。

性格严谨如你，肯定会轻蔑我这样甘于一妻多夫的生活吧。可是让我来说的话，任何婚姻形式都基于便利性。一夫一妻的基督徒未必比我们异教徒道德更高尚。不仅如此，事实上的一妻多夫与事实上的一夫多妻，在任何国家都存在。其实，一夫一妻在西藏也并非完全没有，不过以鲁库索·明兹的名义（意为破例）受人轻蔑，正如我们的一妻多夫也招致文明国家轻蔑一样。

我和另外三个男人共有一个妻子，并未感觉丝毫不便。他们三人也是一样。妻子恰到好处地爱着四个丈夫，一分不多，一分不少。我在日本时，也和三个客人共有过一个艺伎。和那个艺伎比起来，

---

① 出自河口慧海《西藏旅行记》第三十六回《天然的曼陀罗巡礼》。

达瓦更像是女菩萨吧。事实上，佛画师就给达瓦起了莲花夫人[1]的绰号。其实，在河边垂柳下抱着乳儿的妻子，身姿可谓背负着圆光。最大的孩子六岁，加上还在吃奶的总共三个。当然，不是所有的丈夫都可以被叫作爸爸。第一个丈夫被叫作爸爸，我们三人都按叔叔来叫。

然而达瓦毕竟是女人，并非从未犯过错。大约两年前，她和一个卖珊瑚珠的伙计有染，背叛了我们。发觉此事的第一个丈夫背着达瓦，和我们商量如何处置。最为愤慨的是第二个丈夫，伍长。他立即提议削掉两人的鼻子。敦厚如你，肯定要怪咎这提议的残酷。然而，削鼻是西藏的一种私刑（好比文明国家的新闻攻击）。第三个丈夫——佛画师一味流泪，不知该如何是好。我当时提议削去伙计的鼻子，至于达瓦，要看她的悔改程度。当然，没有人想削掉达瓦的鼻子。第一个丈夫——行商立即赞同我的提议。佛画师还是有些怜悯那不幸的伙计的鼻子，可是为了不激怒伍长，他也同意了我的提议。伍长也——伍长思考了一会儿，最后长叹一声："还得替孩子考虑啊。"悻悻地同意了。

次日，我们四人不费什么气力就把伙计捆了起来。伍长作为我们的代表，拿起我的剃刀，毫不犹豫地割掉了他的鼻子。不用说，伙计又是骂脏话，又是咬伍长的手，高声尖叫。可是鼻子被割掉之后，却也哭着对我们给他敷止血药表示感谢。

聪明如你，大概能猜到之后的发展了吧。此后，达瓦忠贞不渝

---

① 《杂宝藏经》中释迦牟尼讲述的仙女。母鹿与仙人提婆延的女儿，步步生莲，后成为王后，册封为莲花夫人。

地爱着我们四人。我们也——那不说也罢。其实，昨天伍长还深有感触地对我说："现在看来，没有削掉达瓦的鼻子，真是不幸中的万幸啊。"

达瓦午睡醒了，要和我去散步。信就写到这里，顺祝远隔万里、重洋彼岸的你幸福。拉萨家家户户的院子里，桃花正在盛开。今天幸好没有刮沙尘。我们打算马上去监狱门前，看看因表兄妹结婚[①]而伤风败俗的男女被示众……

① 出自河口慧海《西藏旅行记》第八十回《婚姻（其一）》。藏族的"外婚制"（exogamy）禁止以血缘为基准的近亲结婚。

舞会

一

明治十九年十一月三日[①]晚，明子——十七岁的贵族千金，与童山濯濯的父亲拾级而上，走向今晚举办舞会的鹿鸣馆。明亮的瓦斯灯照耀之下，宽阔的台阶两侧，大轮菊花几近人工雕琢，围成三重花篱。最内侧浅红，中央深黄，最近处是乱垂流苏般的白菊。花篱尽头的台阶上，从舞厅里不断传出难以抑制的、幸福的喘息般欢快的管弦乐音。

明子受过法语和舞蹈的教育，而参加正式的舞会，今晚还是第一次。所以刚才在马车里，父亲的问话，她也答得心不在焉。心中有一种不安分的情绪，大概可以用愉快的不安来形容。马车到达鹿鸣馆之前，数不清有多少次，她焦躁地抬眼望着车窗外渐次退去的，

① 公历 1886 年天长节，天皇生日。《江户的舞会》的作者皮埃尔·洛蒂参加的是 1885 年天长节间外务大臣井上馨于鹿鸣馆举办的舞会，邀请日本皇族、大臣，以及各国公使等共约一千七百人参加。

东京街道上稀疏的灯火。

然而，一走进鹿鸣馆，她立即遇见了让她忘却这不安的事。那是她刚刚走到台阶中段的时候，赶上了前面一级台阶上的两个中国大官[①]。于是，大官挪动肥胖的身子让他们先走，他们望着明子，却面带惊讶之色。鲜艳的玫瑰色舞裙、脖颈上高雅的浅蓝色缎带、浓密的头发上一朵馨香的玫瑰——当晚明子的打扮，完美地显现出开化[②]的日本少女之美，的确令垂着长辫子的中国大官为之瞠目。这时，一个身穿燕尾服的日本青年，匆匆走下台阶。他条件反射般一回头，同样惊讶的眼神落到明子的背影上。他若有所思地整了整白色的领结，匆忙穿过菊花丛，向正门走去。

二人走上台阶。舞厅入口处，胡须斑白的舞会主人——胸前挂着数枚勋章的伯爵，正与身着路易十五世风格的盛装、比其年长的夫人一起，落落大方地迎候宾客。就连伯爵见了明子，久经世故的脸上，也闪过一丝由衷的惊叹之色。和善的明子之父，笑容可掬地向伯爵夫妇简短地介绍了明子。她感到一种害羞与得意交织的情味，同时，这让她有余暇在高贵的伯爵夫人脸上，看到一丝低微的影子[③]。

舞厅里也摆满了美丽绽放的菊花。四处都是等待舞伴的妇人，蕾丝扇、描花扇、象牙扇，在清新的香水味中，如同无声的波浪般

① 根据皮埃尔·洛蒂在《江户的舞会》中的记载，清朝驻日大使等十余人参加了舞会，大使与洛蒂有过眼神交流。时任驻日大使的是徐承祖（1842—1909），1884 年 10 月至 1888 年 1 月任驻日大使。

② 日本明治时期的流行词，“文明开化”之意，即学习先进国家的文化、文明，以求进步。

③ 皮埃尔·洛蒂在《江户的舞会》中记载，迎宾者有四人，其中伯爵夫人出身艺伎，活跃于明治时期的社交界。

涌动着。明子随即和父亲分开，走近一群盛装相聚的女性。她们也身穿款式相近的浅蓝色、玫瑰色舞裙，都是年纪相仿的女孩。她们见明子过来，小鸟一样叽叽喳喳地交口称赞她今晚打扮得漂亮。

没等明子加入其中，一位陌生的法兰西海军将校，静静地走到她身旁。他低垂双臂，彬彬有礼地致以日本式的颔首礼。明子觉得脸有些发烫，随即明白了他颔首致意的意思，于是转过头，找身旁着浅蓝色舞裙的小姐，请她代为保管扇子。这时出乎意料的是，那位法兰西海军将校，脸上微微一笑，用声调怪异的日语清晰说道：

“能请您一起跳舞吗？”

不一会儿，明子就和法兰西海军将校伴随着《蓝色多瑙河》的乐曲，跳起了华尔兹。舞伴将校是个被太阳晒得面庞黝黑、眼鼻轮廓鲜明、胡须浓密的男子。她应该把戴了长手套的手搭在舞伴军装的左肩上，可是她太矮了。不过熟悉这种场面的海军将校，熟练地带着她，轻盈地在人群中起舞，而且时不时在她耳边，温柔地用法语说着赞美之辞。

她听见那些甜美的词语，报以羞怯的微笑，不时将目光投向舞厅的四周。染了白色皇室纹章的紫色绉绸幔帐、印着苍龙舞爪的清国国旗①下面，众多的花瓶里，菊花或为轻快的银色，或为阴郁的金色，在人潮中忽隐忽现。华丽的德国管弦乐，旋律之风如同喷涌的香槟酒，人潮被其煽动，一时间停不住令人目眩的翩跹舞动。明子和同在跳舞的一个朋友交换了一下眼色，匆忙中互

① 清末的黄龙旗，图案为“黄底蓝龙戏红珠”。

相愉快地点了点头。转眼之间，另一个舞者如同巨大的飞蛾，忽然出现在眼前。

然而明子也明白，舞伴法兰西海军将校的眼睛，始终注意着她的一举一动。她自然能够看出，这个未曾完全适应日本的外国人，对于她快活的舞姿，抱有怎样的兴趣。如此美丽的小姐，想必也是住在纸和竹子做成的房子里，像偶人一般地生活吧。拿着细长的金属筷子，从印有青花图案、巴掌大的碗里，夹起米粒来吃吧。——他频繁地亲切微笑着，眼中闪过这样的疑问。明子觉得好笑，又感觉很自豪。因此，每当舞伴的视线好奇地落在她小巧的玫瑰色舞鞋上，便更为轻盈地滑过地板。

不久，舞伴发觉这个好像小猫的姑娘有点累了，便关切地看着她。

“再跳一会儿吧。”

“哝，麦赫西①。”

明子微喘着，清楚地回答道。

那位法兰西海军将校，华尔兹舞步没有停歇，从前后左右舞动的蕾丝与花儿的波浪中穿过，悠悠然把她引向墙壁侧旁的菊花瓶，随后跳了最后一圈，灵巧地带她到那边的椅子上坐下。然后挺起戎装的胸膛，像刚才那样行了一个日本式颔首礼。

后来，他们又跳了波尔卡和玛祖卡。明子挽着这位法兰西海军将校的手臂，穿过白色、黄色、浅红的三重秋菊花篱，来到楼下宽大的房间。

---

① 法语，Non，merci。意为“不了，谢谢”。

在这里，燕尾服、粉肩熙熙攘攘。银质、玻璃的餐具摆满了几张餐桌，肉类和松露堆叠得像小山，三明治和冰激凌耸立如塔，石榴和无花果摆成了金字塔。菊花未曾遮盖的一侧墙壁上，精巧地以人工搭了美丽的金色格架，绿油油的葡萄藤攀附其上，葡萄叶间垂下累累的葡萄串，仿佛紫色的蜂巢。明子在金色格架前遇见了谢顶的父亲，他叼着烟卷，和年纪相仿的绅士们在一起。父亲看见明子，满意地点了点头，便又转向同伴那边，继续抽烟了。

法兰西海军将校和明子走到一张餐桌前，一同拿起冰激凌匙。这时候她又觉察到对方的眼睛不时注视她的手、头发，以及戴着浅蓝色缎带的脖子。当然，这对她而言，并无任何不快之感。然而她的心中蓦然闪过一丝女性特有的疑惑。两个身穿天鹅绒舞裙、胸前戴了红色山茶花、德意志人模样的年轻女子从身旁经过，为了暗示自己的疑虑，她忽然发出这样的感叹：

“西洋女人真美啊。”

海军将校听了，却出人意料地极认真地摇头。

“日本女人也美。尤其像您……”

“您乱说啦。”

“不，不是恭维。您现在这样就能直接去巴黎的舞会了，而且大家都会惊讶吧，您就像华托[①]画中的公主一样。”

明子不知道华托是谁，所以海军将校所说的，仅在片刻间唤起了美好的往昔幻影——幽暗森林的喷泉与即将凋谢的玫瑰的幻影，

---

① 华托（J. A. Watteau，1684—1721），法国画家，法兰西艺术院院士。擅长洛可可风格的绘画，代表作有《西苔岛的巡礼》。

转瞬间便消失得无影无踪。然而比常人更为敏感的她，继续搅动冰激凌匙，没有忘记抓住仅有的一个话题。

"我真想去巴黎的舞会啊。"

"其实，巴黎的舞会和这里完全一样。"

海军将校说着，环视围绕餐桌的人群与菊花，目之深处忽然浮现出嘲讽的眼波。他停下手中的冰激凌匙，半自言自语似的补充道：

"不单是巴黎，舞会哪里都一样。"

一小时之后，明子依旧和法兰西海军将校挽着胳膊。他们和许多日本人、外国人一起，站在舞厅外面星月照耀的露台上。

隔了一重栏杆的露台对面，宽阔的庭院里种植着针叶林，枝叶密密交织，树梢间露出鬼火灯笼①的点点光亮。清冷的空气下方，庭院中青苔与落叶的气味泛上来，四周弥漫着略显寂寥的秋天的呼吸。可是身后的舞厅里，蕾丝与花儿的波浪，仍然在染有十六瓣菊花图案的紫色绉绸的帷帐下方，继续不停地摇摆。欢腾的管弦乐的旋风，依旧回荡在人海之上，毫不间断地挥鞭加以驱赶。

无疑，在这露台之上，欢声笑语不断，摇动着夜晚的空气。每当美丽的焰火升上针叶林的上空，众人口中的惊叹声几近欢呼。身处其中的明子，一直和相熟的姑娘们轻松地闲聊。忽然，她发现法兰西海军将校胳膊虽然挽着自己，目光却默然地注视着庭院上方的

---

① 用红纸糊的小红灯笼，形状类似成熟的酸浆果。酸浆果的果萼为袋状，成熟后由青色转为橙色或火红色。日本传说中酸浆果为鬼出行时提的灯笼。

星月夜空。明子似乎从中隐隐察觉到乡愁，于是仰视着他的脸，半带撒娇地问道：

“您在想家吗？”

海军将校依然以笑盈盈的眼睛，静静地望着明子，说了声“咴”（不），孩子似的摇了摇头。

“那你肯定在想什么。”

“你猜，我在想什么。”

这时，聚集在露台上的人们，又爆发出一阵狂风般的欢呼声。明子和海军将校不约而同停住话头，朝压在庭院针叶林上的夜空望去。夜空中红色、蓝色的烟火向四面八方绽开，弹开了黑暗，又行将消失。明子莫名地觉得，那烟火美得几乎让人伤感。

“刚才，我在想烟火。我们的 Vie（人生），好像烟火一样。”

法兰西海军将校温柔地俯视着明子的脸，以教诲般的语气说道。

二

大正七年[①]的秋天。前往镰仓别墅的途中，曾经的明子，偶然在火车里遇见有过一面之缘的青年小说家。青年正将一束应该是送给镰仓友人的菊花放到行李架上。于是，曾经的明子——如今的 H 老夫人，说起每当看到菊花便会想起的事，并详细讲起鹿鸣馆舞会的回忆。对于她亲口讲述的往事，青年不由得产生了极大的兴趣。

故事讲完之后，青年随意地问 H 老夫人：

---

① 公历 1918 年。

“您知道那位法兰西海军将校的名字吗？”

H老夫人的回答，出乎青年的意料。

“当然知道。他名叫 Julien Viaud[①]。”

“那就是 Loti 了。就是写了《菊子夫人》的皮埃尔·洛蒂啊。”

青年感到一阵愉快的兴奋。H老夫人却不解地看着青年，反复地喃喃低语：

“不，他不叫洛蒂。他的名字叫朱利安·维奥啊。”

---

① 皮埃尔·洛蒂(Pierre Loti，1850—1923)，本名为朱利安·维奥（Louis-Marie-Julien Viaud），法国作家。于1885年、1900年两度赴日。1886年7月抵达日本时，任舰长、海军大尉，并在此次经历的基础上创作了小说《菊子夫人》。1891年当选为法兰西学院院士。

河童

请读作 Kappa。

序

这是精神病院患者——二十三号逢人便说的故事。他已经不止三十岁了吧，但是乍一看还是富有朝气的年轻狂人。他半生的经历——哦，这倒无关紧要。他静静地抱着双膝，时常向窗外望去（镶了铁格栅的窗户外面，有一棵连枯叶都看不见的橡树，树枝撑满了雪云笼罩的天空）。他对院长 S 博士和我，悠长地讲述着这个故事。当然，身子并非没有动作。比如说到“吓我一跳”时，他会突然扭过头去。……

我会尽量准确地记下他的故事。如果对我的记录还意犹未尽，可以去东京市郊某某村的 S 精神病院[①]寻访。看起来比实际年纪小的二十三号会礼貌地颔首致意，指着没有坐垫的椅子，然后带着忧

① 位于东京郊外巢鸭村的巢鸭（Sugamo）精神病院。

郁的微笑，平静地重复这个故事吧。最后——我记得他讲完这个故事时的脸色。他站起身，几乎同时挥舞着拳头。不管对方是谁，他都会如此怒吼吧——“滚出去！你这坏蛋！你，就是个愚蠢、善妒、猥琐、无耻、自恋、残酷、自私的动物。滚出去！你这坏蛋！”

一

那是三年前的夏天。我和常人一样背着登山包，从上高地[①]的温泉旅馆出发，朝穗高山进发。众所周知，爬穗高山要沿梓川逆流而上。在这之前，穗高山之外我还爬过枪岳，所以没有带向导，沿着晨雾笼罩的梓川河谷向上攀登。晨雾中的梓川河谷，雾等再久也很难消散，只会越来越浓。我走了大约一个小时，一度有过返回上高地温泉旅馆的念头。即便回去，也只能等雾气散去，而这雾气眼看着越来越浓。“算了，继续爬吧。”——我这么想着，留意着不离开河谷，拨开山白竹向前走去。

而浓雾遮蔽了我的视线。不过，雾气之中并非看不见榉树、冷杉低垂的绿叶，不时还有放牧的马牛忽然出现在我面前。可是它们刚一出现，就迅速消隐在蒙蒙的白雾之中。这时我开始感觉腿脚疲倦，肚子也渐渐饿了——而且被雾气濡湿的登山服、毛毯也异乎寻常地沉重。我终于不再坚持，循着岩间急促的水声，向梓川的河谷走去。

我在水边的岩石上坐下，先吃点东西。打开牛肉罐头，找来枯

① 位于长野县西部、飞驒山脉南部、梓川上游的山地，海拔约 1500 米。

枝生火——做这些事的时候，已经差不多过去了十分钟吧。这时纠缠不清的迷雾也有些退去了。我咬着面包，看了一眼手表，时间已经过了一点二十分。可是，更让我吃惊的是，圆形表面玻璃上现出了一个有些诡异的脸。我惊讶地回头望去——这是我第一次见到河童。在我身后的岩石上，一只和画里一模一样的河童，单手抱住白桦树干，手搭凉棚，颇为稀罕地俯视着我。

我吓得不轻，身体僵硬地一动不动。河童好像也被吓到，搭在眼睛上的手也定住了。我立即跳起来，朝岩石上的河童扑过去，河童迅疾逃开。不对，它逃走了吗？事实上，它身子一晃就消失了。我越发惊讶，环视竹林，发现河童隔了两三米远，一副随时逃跑的架势，正回头看着我。这倒不奇怪。奇怪的是我意外地发现河童身体的颜色变了。岩石上的河童全身带有灰色，但是现在完全变绿了。我大吼一声“你这畜生！”便又追了过去。河童逃跑也是自然的。后来的半个小时里，我穿竹林、跳岩石，拼命追赶河童。

河童的脚力绝不输给猴子，我拼命追赶，好几次被它跑丢了。而且，我脚下打滑，摔倒好多次。追到一棵大橡树的粗大枝干下时，幸好一头放牧的牛挡住了河童的去路。而且那是一头牛角粗壮、眼睛充血的母牛。河童见到这头母牛，尖叫着蹿进高高的竹林里。我心想“完了”，急忙追赶过去。不承想，那里有一个未知的洞穴啊。我刚刚触及河童光滑的脊背时，忽然掉入深深的黑暗之中。我们人类的心中，即使在千钧一发之际也会浮想联翩。“啊”的闪念之间，我忽然想起上高地温泉旅馆旁边，有一座桥就叫“河童桥”。然后——后来的事情我就不记得了。眼前仿佛闪电划过，不知不觉中我失去了意识。

二

我终于醒过来时，发现自己仰面朝天躺着，很多河童围在四周。而且，一个胖嘴上架着夹鼻眼镜的河童，跪坐着挪到我身旁，把听诊器按在我的胸部。他见我睁开眼，急忙作出“安静”的手势，然后对身后的河童发出“Quax，quax”的声音。于是，两只河童拿着担架走了过来。我被放到担架上，被众多河童簇拥着静静地走了几町远。两边鳞次栉比的街道和银座大街别无二致。行道树榉树树荫下，许多商店撑起了遮阳篷；行道树之间的道路上，行驶着几辆汽车。

抬着我的担架转进一条窄巷，随后便进入一户人家。后来我才知道，那是戴着夹鼻眼镜的河童——名叫“恰克”的医生的家。恰克让我在一张干净的床上躺下，给我喝了一杯透明的药剂。我躺在床上，听从恰克的安排。其实我浑身关节疼痛，根本没法动弹。

恰克每天给我检查两三次。每隔三天，我最初看见的河童——名叫巴格的渔夫会来看望我。比起我们人类对河童的了解，河童对人类了解更多。那是因为我们人类捕获的河童，远不及河童捕获的人类多吧——虽然捕获这个词并不准确。在我之前，我们人类也时常来到河童国，而且有不少人一辈子就住在这里。你想想这是为什么。我们不是河童，而是人类，有了这一特权便能不劳而食。事实上，据巴格说，一个年轻的道路工人也是偶然来到这个国度，之后娶了雌河童，在这里生活到去世。当然，据说雌河童是该国第一美女，哄骗丈夫的手段自然也十分了得。

一周之后，根据该国的法律规定，我成为“特别保护居民”，在恰克家隔壁住下了。我的家不大，却很精致。不必说，该国的文明与我们人类的文明——至少与日本的文明相差不大。门口朝大路的客厅角落里放了一架钢琴，墙壁上挂着镶框的蚀刻画。不过，最重要的房子以及桌椅，都是按照河童的身高设计的，所以好像走进了小孩的房间，只有这一点不方便。

每到傍晚，我在这房间里迎来恰克或巴格，学习河童的语言。不，不只它们，大家都对身为特别保护居民的我抱有好奇心，每天专门叫恰克上门量血压，名叫戈尔的玻璃公司社长，也来过我的房间。然而最近半个月里和我最亲密的，还是那个叫巴格的渔夫。

一个暖洋洋的傍晚，我和渔夫巴格在房间里隔桌对坐。巴格不知为何，忽然沉默了，而且瞪大了原本就很大的眼睛，直勾勾地盯着我。我当然觉得奇怪，便问："Quax, Bag, quo quel, quan?"翻成日语就是"おい、バッグ、どうしたんだ（喂，巴格，怎么了）"。可是巴格没有回答，反倒突然站起身，一吐舌头，做出像蛙跳着扑过来的样子。我越发恐惧，从椅子上站起来，拔脚就要往门口跑。幸好这时，医生恰克出现了。

"喂！巴格，你在干什么？"

恰克戴着夹鼻眼镜，瞪着巴格。巴格似乎很畏惧，不住地摸脑袋，向恰克道歉。

"实在对不起。其实，我就是觉得这位先生害怕的样子很有趣，按捺不住兴奋吓唬吓唬他。先生，请您原谅。"

三

在继续讲之前，我得先介绍一下河童这种动物。河童是否实际存在，尚属疑问。既然我在它们之中生活过，便没有丝毫疑问。要说是怎样的动物，头上有短毛是肯定的，手脚生有蹼，也与《水虎考略》中的记载没有显著差异。身高也就一米上下吧。据医生恰克说，体重在20磅[①]到30磅之间——据说偶尔也有50磅重的大河童。头顶的凹陷像椭圆形的小碟，而且小碟似乎随着年龄增加，会逐渐变硬。年纪大的巴格和年纪轻的恰克的小碟，触感完全不一样。而最不可思议的是河童皮肤的颜色吧。河童不像我们人类有固定的肤色，而是会变成和周围环境相同的颜色——比如，在草里就变成草绿色；在岩石上就变成岩灰色。当然，不仅河童，变色龙也是这样。或许河童的皮肤组织和变色龙有相近之处。我发现这一现象，是回忆起民俗学中记载着西国[②]河童为绿色，东北河童为红色。我还想起来，追赶巴格时突然看不见它，不知去了哪里。而且河童皮下似乎有很厚的脂肪，地下的河童国气温虽然比较低（平均华氏五十度[③]左右），却不知衣服为何物。当然，河童有的戴眼镜，有的带着卷烟盒，有的拿着钱包。它们像袋鼠，腹部有口袋，携带东西并无特别不便。我觉得奇怪的是，它们腰部都不围东西。有一次我问巴格，为何有这种习惯。结果它嘎嘎地仰面大笑，并且回答说："您遮起来，我倒觉得奇怪呢。"

四

我逐渐学会了河童使用的日常语言，因此也接受了河童的风俗

---

① 一磅约 0.45 千克。

② 日本关西以西的地区，即中国、四国、九州地区。特指九州地区。

③ 10 摄氏度。

和习惯。其中最不可思议的是，我们人类认真考虑的，河童觉得很可笑；我们人类觉得可笑的，河童却认真考虑——就是这种总不合拍的习惯。比如，我们人类认真考虑正义、人道，可是河童听了却捧腹大笑。总之，它们关于滑稽的观念和我们的标准完全不同。有一次我和医生恰克聊起控制生育的事，结果恰克张大嘴巴，笑得夹鼻眼镜都快掉下来了。我自然很生气，质问他有什么好笑的。我记得恰克大致是这么回答的，细节或许有些出入。毕竟那时候我还不能完全理解河童的语言。

“只考虑父母的因素很可笑啊。这也太自作主张了。”

相反，在我们人类看来，没什么比河童生孩子更为奇怪的了。我住了一段时间之后，去巴格的小屋参观它妻子分娩。河童生孩子和我们人类一样，也要医生、产婆协助。可是临近分娩时，父亲会像打电话那样把嘴贴在母亲的生殖器上，大声地问：“你想来到这个世界上吗？想清楚了告诉我！”巴格也跪在地上，如此重复着说了好几遍，然后用桌上的消毒水漱口。接着，妻子肚子里的孩子似乎有点顾虑，低声回答道：

“我不想出生。首先，爸爸的遗传中光是精神病就已经够呛了。而且我确信，河童式的存在是不好的。”

巴格听了不好意思地挠了挠头。一旁的产婆立即向产妇的生殖器里插进粗大的玻璃管，注射了什么液体。产妇如释重负地长出一口气。与此同时，鼓胀的肚子好像漏气的氢气球一样瘪了下来。

小河童能这么回答，自然一生下来就能走路、会说话。听恰克说，有个小孩生下来二十六天，就作关于神是否存在的演讲了。也难怪，那孩子第二个月就死了。

既然说到生孩子，那就顺便说说我来到河童国第三个月，偶尔在一个街拐角看到的巨幅海报吧。那张大海报下方画了吹喇叭的河童、拿剑的河童，以及十二三只猫。上面写了整整一面河童使用的恰似钟表发条般的螺旋文字。这些螺旋文字翻译过来，大致是这样的意思。此处可能也存在细节上的错误。不过，我好歹都记到本子上了。那是和我同行的名叫拉普的学生河童大声读给我听的。

招募遗传义勇队！！！

健全的男女河童们！！！

为了扑灭坏遗传，

和不健全的男女河童结婚吧！！！

那时候，我自然又对拉普说，不会发生这样的事。结果不只是拉普，海报周围的河童全都嘎嘎大笑起来。

“不会发生？可是听您说的，你们不是和我们做着同样的事吗？贵公子爱上女佣，千金小姐喜欢上司机，您觉得是为了什么？那就是无意识中扑灭坏遗传啊。首先，您前些时日讲的人类的义勇队——为了夺取一条铁路而互相杀戮的义勇队，比起那种义勇队，我们的义勇队不是高尚得多吗？”

拉普一脸严肃地说，而且大肚子还滑稽地不住鼓动着。我没心思笑，慌忙去抓一只河童。它趁我不注意，把钢笔偷去了。可是皮肤滑溜溜的河童哪容易抓住。那个河童也是哧溜一闪，拔腿就跑。瘦小的身子像蚊子似的前倾着，那姿势几乎要摔倒。

五

这个叫拉普的河童，给我的帮助不比巴格少。哎呀，我还忘了介绍河童托克。托克是河童里的诗人。诗人留长发，这点和我们人类是一样的。我常常为了解闷去托克家玩。托克总是在摆满高山植物盆栽的狭小房间里，写写诗抽抽烟，过得优哉游哉。房间角落里坐着一个雌河童（托克是自由恋爱家，所以并不结婚娶妻），在那儿织东西。托克见到我，总是微笑着说（河童的微笑可不是什么好东西，至少刚开始的时候我觉得挺瘆人）：

“哟，来得正好，请坐请坐。”

托克经常和我聊河童的生活、河童的艺术。托克坚信，没什么比正常的河童生活更为愚蠢的了。亲子、夫妇、兄弟、姐妹，将互相折磨作为生活的唯一乐趣。尤其是家族制度这玩意，比愚蠢更为愚蠢。有一次，托克指着窗外恨恨地说：“你看，那蠢样儿！”窗外的路上正走过一个年纪尚轻的河童，脖子上吊了包括像是父母在内的七八只或雌或雄的河童，走得都快断气了。而我却被这年轻河童的牺牲精神感动了，对那种坚强品质赞不绝口。

“嗯，你在这国家也有成为市民的资格……对了，你是社会主义者吧？”

我当然以“qua”（在河童的语言里表示“是”）作答。

“那么为了一百个普通人，自然甘愿牺牲一个天才。”

“你是什么主义？有人说托克君的信条是无政府主义……”

“我？我是超人（直译的话是超河童）。”

托克昂然回答道。这个托克在艺术上也有独特的思考，它深信，艺术不受任何东西支配，是为了艺术的艺术。因此艺术家首先要成为超越善恶的超人。当然，这未必是托克的一己之见，它的诗人朋友们大抵也持有相同的意见。我和托克去过好几次超人俱乐部，聚集在俱乐部的有小说家、戏曲家、批评家、画家、音乐家、雕刻家、艺术方面的外行等，全是超人。它们在灯火通明的沙龙里愉快地交谈，有时还得意地展示它们的超人本事。比如，一个雕刻家在鬼蕨的盆栽间捉住年轻河童，频动龙阳之兴。另有一个雌性小说家，站到桌上，当众喝了六十瓶苦艾酒。不用说，她喝到第六十瓶便滚落桌下，一命呜呼了。

我在一个月色皎洁的夜晚，挽着诗人托克的胳膊，从超人俱乐部回家。托克从未如此低落，一言不发。这时，我们经过一扇亮着灯火的小窗户，窗户里一雌一雄两只河童，和三只小河童正坐在晚餐的桌前。托克叹息着，忽然对我说道：

"我以为，自己是超人式的恋爱家。可是，一看到这样的家庭，还是感到羡慕啊。"

"可是你不觉得，这不管怎么想都是矛盾的吗？"

托克在月光下双手抱胸，看着窗户里面——五只河童祥和的晚餐，沉默片刻回答道：

"桌上的煎鸡蛋，怎么说也比恋爱卫生啊。"

六

其实河童的恋爱也和我们人类大为迥异。雌河童一旦发现合意的雄河童，立即不顾手段将其捉到，最较真的雌河童会穷追不舍。

我就见过雌河童像发了疯般追逐雄河童。对了，不仅如此。年轻的雌河童自不必说，连它的父母、兄弟都一齐上阵，紧追不舍。雄河童可惨了，狼狈地四处躲藏。就算运气好躲过去，也得卧床休息两三个月。有一次，我在家读托克的诗集，跑进来那个叫拉普的学生。它一跑进我家，立刻瘫倒在地板上，上气不接下气地说：

“完了完了！我刚才被抱住了！”

我一把扔掉诗集，把门锁好。从锁孔望出去，只见一只脸上涂了硫黄粉末、个子矮小的雌河童，还在门口转悠。拉普在我地板上躺了好几个星期，而且尖嘴不知不觉中全烂掉了。当然，也并非没有雄河童拼命追雌河童的情况，不过那也是雌河童逼得雄河童不得不追。我也看过雄河童疯了一样追雌河童。雌河童跑着跑着故意停下来，或是趴在地上，到了差不多的时候，故意很沮丧地被抓住。我看见过雄河童抱住雌河童，在地上翻滚了一会儿。等它爬起来，脸上的表情难以形容是失望，还是懊悔。这还算好的。我还看见一只小个子雄河童追赶雌河童。雌河童同样以充满诱惑的身姿在前面跑，忽然从对面的街上，一只大个子雄河童鼻息粗重地走了过来。雌河童一看见大个子河童，立即尖叫起来：“不得了啦！救命啊！那个河童要杀我！”不用说，大个子河童迅速抓住了小河童，按在马路中央。小个子河童长了蹼的手徒劳地抓了两三下，就一命呜呼了。而这时候，笑嘻嘻的雌河童，牢牢地缠住了大个子河童的脖子。我认识的雄河童都不约而同似的被雌河童追过。有妻子的巴格也被追过，还被抓到过两三次。只有哲学家马格（这是诗人托克隔壁的河童）一次都没被抓到。原因之一在于，马格这么丑的河童实在少见吧。另一个原因是，河童里只有马格不怎么上街，一直待在家里。我也时常去马格家找它说话。马格总是在昏暗的房间里，点上带有七彩玻璃罩的灯，坐在高高的桌子前，读厚厚的书。有一次，我和马格谈论河童的恋爱问题：

“为什么政府不严格取缔雌河童追求雄河童？”

“原因之一是，官吏中雌河童少。雌河童比雄河童妒忌心更强，要是雌河童官吏多一些，雄河童肯定不会像现在这样被追了。不过效果也有限。要说为什么，因为官吏中雌河童也在追雄河童呢。”

“这样看来，你这样的生活最幸福啊。”

马格离开椅子，握住我的双手，叹息着说道：

“你不是河童，当然不明白。可是，我也有点想被可怕的雌河童追赶啊。”

七

我经常和诗人托克去听音乐会，不过，至今难以忘记的是第三次音乐会。音乐厅的情形和日本没有区别。渐渐坐满的音乐厅里有三四百只河童，大家拿着节目单，专心地听演出。第三次音乐会上，我、托克和它的女伴，还有哲学家马格一起，坐在最前面的座位上。大提琴演奏结束后，一只眼睛出奇细小的河童，大大咧咧地抱着乐谱走到台上。按照节目单的介绍，这只河童是著名作曲家克拉巴克。按照节目单——不，都不用看节目单，克拉巴克是托克所在的超人俱乐部的会员，它的脸我还是认识的。节目单上写着它的名字：“Lied[①]——Craback”（该国的节目单也基本都是德语）。

① 德语，意为歌曲。

在盛大的鼓掌声中，克拉巴克对观众微施一礼，静静走到钢琴之前，然后放松地弹奏起自己作曲的前奏来。听托克说，克拉巴克是该国音乐家中，空前绝后的天才。克拉巴克的音乐自然不错，它的抒情诗我也感兴趣，因此专注地听着大三角钢琴的琴音。托克、马格陶醉其中，应该更胜于我吧。不过，只有那个美丽的（至少据河童说是如此）雌河童用力握着节目单，不时急躁地吐着长舌头。据马格说，那是十年前没抓到克拉巴克的雌河童，现在还把这音乐家视为仇敌。

克拉巴克倾注全身的热情，仿佛搏斗般弹奏着钢琴。忽然音乐厅里响起雷鸣般的声音："禁止演奏！"我被吓了一跳，不禁扭头看去。发声的无疑是最后一排身材魁梧的警察。我们回头看时，它们还是笃悠悠地坐着，更大声地吼道："禁止演奏！"随后……

随后陷入一片混乱。"警察不讲理！""克拉巴克，继续弹！弹啊！""傻瓜！""畜生！""收回你的屁话！""别怕它！"——众声喧哗中椅子倒了，节目单乱飞，苏打水的空罐、石块、咬到一半的黄瓜也飞落下来。我彻底懵了，想问托克究竟怎么回事。可是托克好像也兴奋了，站在椅子上，高喊："克拉巴克，弹！继续弹！"托克的女伴似乎也忘了敌意，喊着"警察不讲理！"模样和托克并无两样。我无奈地问马格："怎么回事啊？""这个吗？我们国家常有的啊。原本绘画也好，文艺也罢……"

马格缩起脖子，躲闪砸过来的东西，继续平静地说给我听：

"原本，画画和文艺这些，谁都清楚想表现什么，因此在这个国家完全不禁止销售、展览。反倒要禁止演奏。毕竟音乐这东西，到底怎样败坏风纪，对于没有耳朵的河童来说是没法分辨的。”

“可是那个警察不是长了耳朵吗？”

“嗯，这倒是个问题呢。说不定它听着旋律，想到的是和太太睡觉时的心跳吧。”

我们交谈之际，场面越发混乱了。克拉巴克坐在钢琴前面，转过头傲然看着我们。可是再怎么骄傲，也要躲闪飞来的各种东西。所以每隔两三秒，它努力维持的姿态都有所改变。不过大体上还保持着大音乐家的威严，细小的眼睛发出炯炯的亮光。我——我为了躲避危险，把托克当成肉盾了。但还是忍不住好奇心，不停地问马格：

“这种审查太不讲理了吧？”

“哈？每个国家都是因为审查才进步的啊。不信你看某某，就在一个月之前……”

刚说到这儿，马格被一个空罐击中了脑袋，quack（这只是一个语气词）一声，便昏了过去。

八

我对玻璃公司社长戈尔抱有莫名的好感。戈尔是资本家中的资本家，河童里像戈尔这么大肚子的肯定一个也没有。它被长得像荔枝的太太、像黄瓜的孩子左右围绕着，躺在安乐椅上时真幸福。我时常被法官佩普、医生恰克带去戈尔家吃晚餐，还拿了戈尔的介绍信到它家的工厂、它朋友的朋友的工厂参观过。各种工厂里我最感兴趣的是书籍制造公司的工厂。我和年轻的河童技师走进这家工厂，看到水力发电的巨大机械，后知后觉地惊叹河童国机械工业已经如此先进。据说这里一年能生产七百万本书。但是让我惊讶的不是书籍的印数，制造这些书并不费事，说起来只要把纸、油墨和灰色的粉末倒进机械的漏斗口里就行了。这些原料倒进机器之后，不用五分钟，就出来菊版、四六版、菊半裁版①等难以计数的书来。我望着如同瀑布般流下的书，问身子后仰的河童技师，那灰色的粉末是什么。技师站在黑光锃亮的机器前，颇为无趣地回答：

“这个？骡子的脑髓啊。嗯，干燥了再磨成粉末。按现在的价钱，一吨两三钱吧。”

当然了，这种工业奇迹不仅在书籍制造公司有，绘画制造公司、音乐制造公司，都做着同样的事情。听戈尔说，该国平均每个月发明七八百种机器，任何东西无须借助人手，都能够大量生产。因此被解雇的工人也不止四五百万。然而每天早上看该国的报纸，一次也没看到罢工的字样。我觉得很奇怪，借着去佩普、恰克和戈尔家用晚餐的机会问了问。

“那个嘛，都被大家吃掉了哦。”

叼着餐后烟卷的戈尔随意地答道。可是我并不明白“吃掉”指什么。戴着夹鼻眼镜的恰克看出了我的疑虑，插进来解释道：

“那些工人全都被杀掉，肉用作食材。你看这里的报纸，这个月正好有六万四千七百六十九个工人被解雇，相应地，肉价也降下来了呢。”

“工人就老老实实地被杀吗？”

“反抗也没有用，因为有《屠杀工人法》。”

---

① 均为日本的传统书籍版式。

这是坐在山桃盆栽后面、苦着脸的佩普说的。我自然感觉不快，可是主人戈尔不必说，连佩普和恰克似乎也觉得很正常。恰克还笑着，开玩笑似的对我说：

“换句话说，在国家层面上省去了饿死或自杀的麻烦，只要让它们吸进一点毒气，没太大痛苦哦。”

“可是，吃它们的肉……”

“别开玩笑了。要是被马格听到，肯定要大笑不止。你们国家不是有第四阶级[①]的姑娘沦为卖笑妇吗？对吃工人的肉感到愤慨，太感伤主义啦。”

听着我们对答的戈尔指着桌上碟子里的三明治，恬然劝我吃。

“怎么样？来一个吧？这也是用工人的肉做的。”

我当然是敬而远之了。不仅如此，我在佩普、恰克的笑声中冲出了戈尔家的客厅。那正是一个家家户户的天空中看不见星光的，似乎要变天的夜晚。我在黑暗中回到自己家，不停地呕吐着，黑暗中也清晰可见，那涌出的白色呕吐物。

九

可是，玻璃公司社长戈尔无疑是个和善的河童。我经常和戈尔去它所在的俱乐部，度过愉快的夜晚。原因之一在于，这个俱乐部比托克的超人俱乐部舒服多了。而且，戈尔的话虽然不像哲学家马格那么有深度，却让我看见了全新的世界——广阔的世界。戈尔总

① 即无产阶级。

是用纯金勺子搅动咖啡杯，愉快地讲各种趣闻。

一个夜雾浓重的晚上，我隔着插了冬玫瑰的花瓶听戈尔聊天。我记得不仅房间的整体风格，连桌椅也是白色的、镶了细金边的分离派①风格。戈尔的表情比平常更为得意，它微笑着讲起最近刚刚执掌政权的Quorax党内阁来。“阔拉科斯”只是一个没有意义的语气词，只能翻译成“啊呀”。不过，那是标榜“全体河童利益”优先的政党。

“控制阔拉科斯党的是著名政治家洛佩。俾斯麦说过‘诚实是最好的外交’吧，可是洛佩把诚实运用在内政上了……”

“可是洛佩的演讲……”

“别急，先听我说。谁都知道它的演讲全是谎话。既然大家都知道是谎话，结果就和诚实没有差别了啊。把这些一概称为谎言是您的偏见啊。我们河童不像你们……不过这无关紧要。我想说的是洛佩。洛佩控制阔拉科斯党，而控制它的是《Pou-Fou报》(“噗-呼”这个词也是没有意义的语气词，硬要翻译的话只能说是“啊啊”）的社长库伊库伊。可是库伊库伊也不是自己的主人，控制库伊库伊的，是坐在你面前的戈尔我。”

“可是……这么说可能不妥。《噗-呼报》是支持劳动者的报纸吧。社长库伊库伊也受你的控制……”

“《噗-呼报》的记者当然是站在劳动者一方的。可是控制记者的只有库伊库伊一人，而库伊库伊又必须受到我——戈尔的经济

---

① 十九世纪末欧洲青年艺术家开创的新的艺术派别，主张造型简洁和集中装饰，作品多采用直线和大片光墙面以及简单的立方体。

支持。”

戈尔依旧微笑着，把玩着金勺子。我看着这样的戈尔，与其说憎恶，不如说产生了对于《噗-呼报》记者的同情。戈尔也似乎在我的沉默中迅速感受到这种同情，鼓着大肚子这么说道：

“其实，《噗-呼报》的记者也不完全是站在劳动者一方。至少，我们河童比起支持别人，更支持自己……不过麻烦的是，连我自己也受别人控制。你猜是谁？就是我太太啊。美丽的戈尔夫人。”

戈尔放声大笑。

“这更是幸福吧。”

“不管怎么说，我心满意足。不过只有在你——不是河童的你面前，才能毫不顾忌地放开来说。”

“也就是说，阔拉科斯内阁受戈尔夫人控制呢。”

“嗯，可以这么说吧。……不过，七年前的战争，确实是因为雌河童而爆发。”

“战争？这个国家有过战争？”

“当然有过，将来也会有。毕竟，只要有邻国存在……”这时候，我才了解河童国并非孤立的国家。据戈尔介绍，河童始终将水獭作为假想敌，而且水獭的军备不逊色于河童。我对河童和水獭的战争很感兴趣。（毕竟河童有水獭这一强敌的事实，不必说《水虎考略》的作者，连《山岛民谭集》的作者柳田国男①似乎都不知道。）

“那场战争爆发之前，两国都十分警惕对方的动静，因为都很忌惮对方。这时候，敌国的一只水獭来拜访某河童夫妇，而雌河童

① 柳田国男（1875—1962），日本民俗学家。著有《远野物语》《蜗牛考》等。

正准备杀死丈夫。原因是丈夫沉溺于玩乐，还买了生命保险，这多少有点诱惑力。”

“你认识那对夫妇吗？”

“嗯……不，只认识雄河童。我太太说它是坏人。依我说，说是坏人，倒不如说是有严重的被害妄想症的狂人，生怕被雌河童抓。……后来雌河童往丈夫的可可碗里加了氰化钾。结果不知怎么搞错了，让客人水獭喝下去了。水獭自然死了。后来……”

“后来就爆发了战争？”

“是的，不巧的是那只水獭是受过勋章的角色。”

“战争是哪一方赢了？”

“当然是我们赢了。三十六万九千五百只河童因此英勇战死。和敌国相比，这点损失不算什么。我国的毛皮基本上都是水獭的毛皮。我在战争的时候除了生产玻璃，还造了石灰壳送到战场上去。”

“石灰壳派什么用场啊？”

“当然是当粮食。我们河童肚子饿了，什么都吃呢。”

“这个——我说了你别生气。这对于战场上的河童……换了我国可是丑闻啊。”

“没错，在这个国家也是。可是我自己这么说，就没人把这当成丑闻了。哲学家马格也说过吧：‘汝之恶，汝言之。恶之消，自然消。’……况且，我不只是为了利益，爱起国来也是一片赤子之心啊。”

正在这时，俱乐部的女仆走了进来。女仆对戈尔聚了一躬，然后以朗读般的语调说道：

“您隔壁家着火了。”

“哈？着火啦？！”

戈尔惊诧地跳了起来。我也站起身来。可是女仆淡定地补充说：

“不过……已经扑灭了。”

戈尔目送女仆离开，表情近乎喜极而泣。我看着那张脸，忽然发觉自己有点憎恶这个玻璃公司的社长了。不过，现在站在我面前的并非什么大资本家，只是一个河童。我从花瓶里拔出其中的冬玫瑰，递给戈尔。

“虽然火扑灭了，太太肯定受了惊吓。来，拿着花儿回去吧。”

“多谢。”

戈尔握住我的手。忽然微微一笑，低声对我说：

“隔壁是我出租给别人的，这下能拿到火灾保险的赔偿金了。”

我清晰地记得当时戈尔的微笑——无法蔑视，也无法憎恶的，戈尔的微笑。

十

“怎么了？今天你也不太开心啊。”

火灾次日，我叼着卷烟，对坐在我家客厅椅子上的学生拉普说道。而拉普右脚搭在左脚上，呆呆地看着地板，几乎看不见它腐烂的尖嘴。

“拉普君，怎么了？”我又问道。

“哦，没什么，不值一提的事情……”

拉普终于抬起头，发出悲伤的鼻音。

“今天我望着窗外，无心地说了一句‘呀，捕虫堇开了’。妹妹忽然变了脸色，撒气道：‘反正我就是捕虫堇啊。’加上妈妈很宠妹妹，也数落我的不是。”

“捕虫堇开了，你妹妹为什么不高兴呢？”

“大概是把这理解成抓雄河童了吧。这时候，总和妈妈闹别扭的姨妈也掺和进来，越发吵得不可开交。一年到头醉醺醺的老爸听见吵架，也不看是谁就动手打人。这已经不可收拾了，弟弟又偷了妈妈的钱包，大概去看电影了。我……我真是……”

拉普双手捂住脸，哭得说不下去了。我自然很同情它，同时也想起诗人托克对家族制度的蔑视。我拍拍拉普的肩膀，极力安慰它：

“这种事是常有的啊，鼓起勇气来。”

“可是……可是如果嘴巴没有烂掉……”

“想开点。走，我们去托克君家吧。”

“托克看不起我，因为我不能像它那样，大胆地舍弃家庭。”

“那么，去克拉巴克君家吧。”

那场音乐会之后，我和克拉巴克成了朋友，于是把拉普带去大音乐家那儿。和托克相比，克拉巴克生活更为奢侈，但这并不意味着像资本家戈尔那样。各种古董——塔纳格拉塑像[①]、波斯陶器之中摆放有土耳其风格的长椅，克拉巴克经常在自己的肖像画下和孩子们玩耍。可是它今天却抱着双臂坐着，表情苦涩，而且脚下一地纸屑。拉普也时常和诗人托克一起来找克拉巴克，而今天看见眼前的情形，似乎有点畏惧，礼貌地鞠了躬，便沉默地坐到房间角落去了。

“怎么了？克拉巴克君。”

我没有寒暄，直接问大音乐家。

---

① 古希腊的塑像。

“这像话吗？傻瓜批评家！居然说我的抒情诗和托克没法相提并论。”

“可是，你是音乐家……”

“如果只是这个我还能忍。居然还说和洛克相比，我不配称为音乐家。”

洛克是时常拿来和克拉巴克比较的音乐家。不过它不是超人俱乐部的会员，我一次也没和它说过话。照片倒是经常见到，嘴巴反翘着，看着就很有个性。

“洛克肯定也是天才。可是，洛克的音乐里，没有你音乐中洋溢的近代性热情。”

“你真这么觉得？”

“当然。”

克拉巴克站起身，忽然抓起塔纳格拉塑像砸到地上。拉普吓得不轻，尖叫一声便要逃走。而克拉巴克对拉普和我做了个手势，表示“不用怕”，接着冷静地说道：

“那是因为你没有俗人的耳朵。我害怕洛克……”

“你害怕？别做出谦逊家的姿态嘛。”

“谁做谦逊家的姿态了？首先，要是在你们面前装样子，我早就装给批评家看了。我——克拉巴克是天才，这一点绝不害怕洛克。”

“那你怕什么？”

“害怕看不清猜不透的——也就是说，控制洛克的星星。”

“我很难理解啊。”

“这么说你能明白吗？洛克不受我的影响。可是，总有一天我会受洛克的影响。”

“是你感受性的……”

“别急，听我说。不是感受性之类的问题。洛克总是安于做只有它能做的工作，可是我很焦虑。在洛克看来的一步之差，对于我却差了十英里。”

“可是您的《英雄曲》……”

克拉巴克眯缝起它的细眼睛，恨恨地瞪着拉普：

“闭嘴！你懂什么？我了解洛克，比对它俯首听命的狗更了解它。”

“算了，先别说话了。”

“你们保持安静的话……我一直以为——我所不了解的某种东西把我——为了嘲笑克拉巴克而让洛克站在我面前。哲学家马格非常清楚这个情况，虽然它总是在七彩玻璃灯罩下读古旧的书籍。”

“为什么？”

“你看看这本书，马格最近写的《傻瓜的话》①——”

克拉巴克递给我一本书——说扔给我更确切，随后又抱着胳膊，冷淡地逐客道：

“今天就失陪了。”

我和蔫头蔫脑的拉普走到街上。行人往来的街道上，山毛榉的树荫下各种商店鳞次栉比。我们漫无目的地默默走着，忽然遇见了长发诗人托克。托克看见我们，从肚子的口袋里拿出手帕，不停地擦脑门。

“嗨，好久不见。我今天正想去找克拉巴克呢……”

我想，让艺术家们吵架可不好，便婉转地告诉托克，克拉巴克

① 芥川龙之介的遗稿中有《侏儒的话》《某傻瓜的一生》，此处暗指这两部作品。

今天有多么不开心。

“这样啊，那我就不去了。也难怪，克拉巴克神经衰弱啊……我也很苦恼，这两三个星期睡不着。”

“不如和我们散步去？”

“不了，今天算了。哎呀！”

托克惊呼着，牢牢地抓住我的胳膊，而且身上直流冷汗。

“咋啦？”

“怎么了？”

“我看见，那辆车的车窗里，探出一只绿猴子的脑袋。”

我有些担心，建议它找医生恰克看看。可是托克无论如何都不接受，而且用怀疑的眼光打量着我们，说了这么一番话：

“我绝不是无政府主义者，这一点请别忘了——再见。我才不去找什么恰克呢。”

我们愣愣地站着，目送托克的背影远去。我们——不，不是“我们”。我这才发现学生拉普站在马路中央叉开双腿，从胯下看着来来往往的汽车和行人。我以为这河童也发疯了，急忙把它揪起来。

“开什么玩笑。你在干什么？”

然而拉普揉揉眼睛，意外平静地回答说：

“没什么。我心里太憋屈，就倒着看看这个世界。可还是一样啊。”

十一

这是哲学家马格写的《傻瓜的话》中的一些章节——

傻瓜总是深信除了自己，别人都是傻瓜。

我们之所以热爱自然，未尝不是因为自然不会憎恨、妒忌我们。

最明智的生活方式，是轻蔑这个时代的习惯，同时又丝毫不打破这习惯了的生活。

我们最想夸耀的，只是我们所没有拥有的东西。

任何人对于打破偶像都没有异议。同时，任何人对于被称为偶像也没有异议。可是坦然坐在偶像的宝座上的，自然是受神灵眷顾的——傻瓜、恶人，或是英雄。（克拉巴克在这一章上留下了指甲印）

我们的生活所必需的思想，也许在三千年前已经穷尽了。我们做的只是让古老的柴火燃出新的火焰。

我们的特色在于，经常超越自身的意识。

假如幸福伴随着痛苦，和平伴随着倦怠——？

自我辩护比为他人辩护更困难。若是不信请看律师。

矜夸、爱欲、疑惑——所有的罪，三千年来都出自这三者。同时，或许所有的德也是如此。

削减物质上的欲望未必带来和平。我们为了获得和平，必需削减精神上的欲望。（克拉巴克在这一章上也留下了指甲印）

我们比人类不幸。人类不如河童开化。（我读到这一章忍不住笑了）

成事为成可成之事，成可成之事为成事。毕竟我们的生活无法摆脱这种循环论——即始终处于荒诞。

波德莱尔变成白痴，遂将人生观表述为一个词——女阴。然而讲述自己时未必会这么说。毋宁说他的天才——为了信赖足以维持他的生活的诗的天才，使他忘记了胃囊这个词。（克拉巴克在这一章上也留下了指甲印。）

倘若始终具有理性，我们理当否定自身的存在。将理性视为神祇的伏尔泰，幸福地度过一生，即显示了人不如河童开化。

十二

一个格外寒冷的下午，《傻瓜的话》读累了，我便去找哲学家马格。我走在一条寂静的路上，忽然看见一个瘦得像蚊子一样的河童，愣愣地靠在街角的墙壁上。那一定是偷了我的钢笔的河童。太好了！我叫住刚巧经过的健壮警察。

“请查问一下那个河童。一个月前它偷了我的钢笔。”

警察举起右手的棍子（该国的警察不拿刀剑，而是带着水松木棍），对那河童说道：“喂！你过来。”我以为那河童会逃跑，可是它却极为镇定地走到警察面前，而且依旧抱着胳膊，态度倨傲地不住打量我和警察。警察也不生气，从腹部的袋子里掏出小本，立即开始查问：

“叫什么？”

“戈尔克。”

“职业？”

“两三天前还在做邮差。”

“好的。这位先生说，你偷了他的钢笔。”

“是的，大概一个月之前偷的。”

“为什么要偷？”

“给小孩当玩具。”

“那小孩呢？”

警察这才目光严厉地注视着河童。

“一个星期前死了。”

“有死亡证明吗？”

瘦河童从腹部的袋子里拿出一张纸。警察扫了一眼，忽然满脸堆笑，拍了拍它的肩膀：

“行了。谢谢配合。”

我愣住了，看着警察的脸。而且这时瘦河童嘟囔着什么，撇下我们走了。我缓过神来，问警察：

“为什么不抓它？”

“它无罪啊。”

“可是它偷了我的钢笔……”

“给小孩做玩具的嘛，而且小孩也死了。有什么疑问，去查查《刑法》第一千二百八十五条。”

警察说完便匆匆地走了。我没有办法，嘴里重复着“《刑法》第一千二百八十五条”，急着赶去马格家。哲学家马格很好客，今天它阴暗的房间里也来了法官佩普、医生恰克、玻璃公司社长戈尔等河童，在七彩玻璃灯罩下抽着烟。法官佩普在，对我来说正合适。我在椅子上坐下，顾不上查《刑法》第一千二百八十五条，马上问佩普：

“佩普君，问个很失礼的问题，这个国家不惩罚罪犯吗？”

佩普抽着金色过滤嘴香烟，悠然吐了一口烟，似乎很无趣地答道：

“当然惩罚，连死刑都有呢。”

“可是我一个月之前……”

我把经过详细讲完，问它《刑法》第一千二百八十五条是什么。

“嗯，是这样的——‘不可行一切犯罪之事，但实施该犯罪的外部动机消失时，不对该犯罪者进行处罚。’你碰到的这件事，那个河童曾经是父亲，现在不是父亲了，所以犯的罪就自然消亡了。”

“这很荒谬啊。”

“不可以开玩笑。把曾经是父亲的河童和现在是父亲的河童同样对待才荒谬。对了，日本的法律把这视为同种情况吧，这在我们看来很滑稽。呵呵呵呵呵呵。”

佩普扔掉香烟，并无善意地轻笑着。这时插嘴的是和法律不太沾边的恰克。它扶了扶夹鼻眼镜，这样问我：

“日本也有死刑吗？”

“当然，日本是绞刑。”

我对态度冷漠的佩普多少有点反感，便借此机会加以讥讽：

“这个国家的死刑，比日本文明吗？”

“当然更文明。”

佩普还是很沉着。

“我国不用绞刑，偶尔用电刑。不过基本上也不用电刑，只要告诉它罪名就行了。”

“这样河童就死了？”

“当然。因为我们河童的神经作用比你们更复杂。”

“不只是死刑，杀人也有使用这种方法的——”

社长戈尔被彩色玻璃的灯光照成了紫色，和善地对我笑着。

“前些时日我对一个社会主义者说‘你是个小偷’，它当场就心脏麻痹了。”

“这种事比意想的多。我认识的一个律师，也是这样死掉的。”

我回头看见插话的河童——哲学家马格。马格像平时一样，带着讽刺般的微笑，旁若无人地说起来。

“如果一只河童被说是青蛙——您肯定知道，在这个国家说谁是青蛙，意思差不多是‘不配做河童’。——我是青蛙？我不是青蛙？每天思考这个问题，最终就死掉了。”

“这是所谓的自杀吧。”

“说河童是青蛙，目的就是谋杀。从你看来，那也是自杀……”

马格正讲到这儿，忽然房间墙壁那边——确实是从诗人托克家，传出一记尖锐的枪响，激荡空气般回响不已。

十三

我们急忙赶到托克家。托克右手握着手枪，头顶的小碟流着血，仰面朝天倒在高山植物的盆栽之间。而身旁一只雌河童，脸埋在托克胸前，大声哭泣着。我抱起雌河童（其实我不喜欢碰滑溜溜的河童的皮肤），同时问道：“发生什么了？”

“我也不知道怎么回事。他在写东西，忽然对着脑袋开了枪。啊……我该怎么办啊？ qur–r–r–r–r, qur–r–r–r–r。”（这是河童的哭声。）

“托克君太冲动啦。”

玻璃公司的社长戈尔悲哀地摇着头，对法官佩普说道。然而佩普一言不发，点上金色过滤嘴香烟。一直跪着给托克检查伤口的恰克，用医生的态度对我们五人（其实是一人和四只河童）宣告：

“已经不行了。托克君本来就有胃病，光这个就容易得忧郁症。”

“不是说，他在写东西嘛。”

哲学家马格辩解似的自言自语着，拿起桌上的纸。我们都伸长了脖子（当然我是例外），越过宽广的马格的肩膀，看那一张纸。

快，我们启程吧。去那远隔娑婆界[①]的幽谷。

岩石巍巍，涧水清清，

去那草药花香怡人的山谷。

马格扭过头，微微苦笑着说道：

“这是剽窃歌德[②]的《迷娘曲》[③]啊，托克君自杀，是因为作为诗人，已经疲倦了吧。”

这时，音乐家克拉巴克偶然乘车经过。他见到这样的情形，在门口站了一会儿，然后走到我们近前，怒吼般问马格：

“这是托克的遗书吗？”

“不是，是他最后写的诗。”

“诗？”

依然显得波澜不惊的马格将托克的诗稿递给头发倒竖的克拉巴克。克拉巴克目不旁视，专心看着诗稿，而且几乎不回应马格的问话。

“你怎么看托克君的死？”

“快，我们启程……我也不知道什么时候会死……去那远隔娑婆界的幽谷……”

“你也是托克君的好友之一吧？”

“好友？托克君始终是孤独的……去那远隔娑婆界的幽谷……只是托克之不幸……岩石巍巍……”

① 佛教语。充满烦恼和痛苦的人的世界，现世。

② 歌德（Goethe，1749—1832），德国著名作家，著有《少年维特之烦恼》等名作。

③ 歌德创作的自传体小说《威廉·麦斯特的学习时代》中的一首抒情诗。

“什么不幸？”

“涧水清清……你们是幸福的……岩石巍巍……”

我同情哭声不绝的雌河童，轻轻搂着它的肩，带它坐到房间角落的长椅上。那里有一只两三岁的河童，懵懂无知地笑着。我替雌河童哄着小河童，眼中不知不觉涌上了泪水。我在河童国期间只流过这一次泪，此前此后都没有。

“可是，和这么冲动的河童生活的家人很可怜啊。”

“因为，它毕竟不考虑将来。”

法官佩普又点了一支烟，对资本家戈尔回应道。这时，音乐家克拉巴克的声音吓了我们一跳。克拉巴克握着诗稿，不知对谁喊道。

“好极了！有了一首完美的葬礼进行曲。”

克拉巴克的细眼睛炯炯发亮，握了一下马格的手，便突然向门口跑去。这时候很多附近的河童都围在托克家门口，好奇地向家里张望。克拉巴克胡乱将它们向左右推开，迅速钻进了汽车。与此同时，汽车发出轰鸣声，迅速开走了。

“走开，走开，不许看。”

法官佩普摆出警察的架势，把好几个河童推了出去，关上托克家的大门。房间里因此忽然安静下来。我在这样的安静之中——高山植物的花香混杂着托克的血腥气味——商量善后的事宜。然而哲学家马格望着托克的尸体，茫然地思考着什么。我拍拍马格的肩，问道：“你在想什么？”

“在想河童的生活呢。”

“河童的生活怎么了？”

“不管怎么说，我们河童为了使生活处于正道……”

马格多少有些难以启齿地低声补充道：

“需要相信，我们河童之外的某种力量吧。”

十四

让我想起宗教的，正是马格的这句话。我当然是个唯物主义者，从来没有认真考虑过宗教。但是那时候在托克的死中受到某种感动，便想到河童的宗教到底是什么的问题。我马上向学生拉普请教这个问题。“基督教、佛教、伊斯兰教、拜火教等都有人信，不过最有势力的还是近代教。也可以说是生活教。”（“生活教”的翻译可能不太贴切。原词是 Quemoocha。Cha 相当于英语的 ism。Quemoo 的原形 quemal 翻译过来，意思比“生活”更接近“吃饭、喝酒、交合”。）

“那么这个国家也有教堂、寺庙吧。”

“开玩笑，近代教的大寺庙可是本国第一的大建筑哦，有兴趣？去看看？”

在一个暖洋洋的阴天下午，拉普得意扬扬地和我去了那个大寺庙。建筑的确壮观，有尼古拉教堂[①]的十倍大。而且，建筑将所有的建筑样式融为一体。我站在大寺庙前面，仰望着高塔与圆形屋顶，感觉有点毛骨悚然。事实上它们看起来好像伸向天空的无数根触手。我站在大门之前（和大门相比，我们显得多么渺小！），久久仰望着与其说是建筑不如说近似怪物的、举世罕见的大寺庙。

① 尼古拉教堂(Nikolaikirche)，莱比锡最著名的教堂之一，约建于 1165 年。

寺庙内部也极为宏大。科林斯式的圆柱之间，几个参拜者在走动。他们看起来也和我们一样，非常渺小。这时，我们遇见一个弓着腰的河童。拉普对它点了点头，郑重地问候：

“长老，您贵体康健啊。”

对方也鞠躬致意，客气地回答道：

“这不是拉普吗？你也……（说到一半忽然停住，大概是刚刚注意到拉普的尖嘴烂掉了吧。）嗯……你好像也很健康啊。对了，今天怎么又……”

“我今天是陪这位先生来的，您应该知道，他就是……”

拉普滔滔不绝地介绍起我来，似乎是为很少来这大寺庙进行辩解。

“顺便想请您给他介绍一下。”

长老大方地微笑着，和我打了招呼，平静地指着正面的祭坛：

“说是介绍，其实也帮不了您什么。我们信徒所礼拜的，是正面祭坛上的‘生命之树’。正如您所看见的，‘生命之树’上有金色和绿色的果实。金果叫‘善之果’，绿果叫‘恶之果’……”

听着解说，我已经感到无聊了。因为长老特别的讲解，听着也就是古老的比喻。当然，我也装作热心倾听的样子，时不时悄悄观察寺庙内部。

科林斯式的圆柱、哥特式的穹顶、阿拉伯风格的黑白格地板、仿造分离派风格的祈祷桌——这些东西调和在一起，具有一种奇妙的、野蛮的美感。然而吸引我目光的，还是两侧壁龛中的大理石半身像。我感觉石像有点面熟，这也并非不可思议。弓着腰的河童解说完“生命之树”，便和我与拉普走到右侧的壁龛前面，介绍里面的半身像。

“这是我们的圣徒之一——反叛一切的圣徒斯特林堡[①]。这个圣徒经历了种种苦难之后，据说因为瑞典的哲学得到了拯救。其实，并没有得到拯救。这个圣徒只不过像我们一样，信奉生活教——不如说唯有信奉吧。请阅读圣徒斯特林堡给我们留下的《传说》[②]一书。他也坦白了，自己是自杀未遂者。”

我变得有些忧郁，向下一个壁龛望过去。那里是一个留着胡须的肥胖的德国人。

“这是《查拉图斯特拉如是说》的作者尼采。这个圣徒向自己创造的超人寻求拯救，可是最终未得拯救而发疯了。如果不发疯，或许也不能跻身圣徒之列……”

长老沉默了片刻，带我走到第三个壁龛前：

“第三个是托尔斯泰，这个圣徒比谁都笃志苦行。他原本是贵族，因此厌恶把苦难展现在众多充满好奇的公众面前。这个圣徒努力信奉事实上无法信奉的基督。不，他甚至公开说过自己信奉。可是晚年无法忍受自己是个悲壮的骗子，这个圣徒时常对书斋房梁感到恐惧，这事很出名。不过，能位列圣徒，当然不是自杀而死。”

第四个壁龛里是一个我们日本人。我看到他的脸，的确感到一阵怀念。

---

① 奥古斯特·斯特林堡（August Strindberg，1849—1912），瑞典作家，瑞典现代文学的奠基者，世界现代戏剧之父。代表作有小说《死亡之舞》《红房间》，戏剧《父亲》《朱丽小姐》等。

② 1898 年出版的斯特林堡的自传。

“这是国木田独步[①]，他是能清楚了解被轧死的小工心情的诗人，不过对你无须过多介绍。请看第五个壁龛——”

“这不是瓦格纳吗？”

“是的，曾经是国王朋友的革命家。圣徒瓦格纳晚年餐前都会祈祷，但那并不是为基督教，而是因为他是一名生活教的信徒。看瓦格纳留下的信件，他死之前，娑婆苦[②]不知光顾了多少次。”

这时候，我已经站在第六个壁龛前面了。

“这是圣徒斯特林堡的朋友。抛弃养育很多孩子的妻子，娶了十三四岁的塔希提少女，商人出身的法国画家[③]。这个圣徒粗壮的血管里流淌着水手的血液。你看，他的嘴唇上留着砒霜什么的痕迹。第七个壁龛中是……您也累了，请往这边来。”

我确实累了，和拉普跟随长老走过焚香的走廊，进入一个房间。狭小房间的角落里，有一个黑色的维纳斯像，下面供奉着一串山葡萄。我想象过毫无装饰的僧侣的房间，但还是有些意外。长老似乎觉察到我的疑惑，让我们坐下之前，略带歉意地解释道：

“请别忘记我们的宗教是生活教。我们的神——‘生命之树’的教诲是‘健旺地生活’。——拉普，你让这位先生看过我们的《圣经》了吗？”

“没有……其实我自己也没怎么读过。”

---

① 国木田独步（1871—1908），日本诗人、小说家。代表作有《武藏野》《牛肉与马铃薯》。诗歌《轧死者其足之心情》出自诗集《穷困而死》。

② 尘世之苦，现世的苦难。

③ 保罗·高更（Paul Gauguin，1848—1903），法国后期印象派画家，1898年曾吞砒霜自杀。

拉普挠着头顶的碟状部位，老实地回答道。长老依旧平静地微笑着继续说道：

“如此说来怕是难以理解了，我们的神灵一天之内便创造了这个世界。（立了‘生命之树’也未可知。）接着造了雌河童。雌河童太孤单，要有雄河童。我们的神怜悯这哀叹，便取雌河童的脑髓，造出了雄河童。我们的神祝福两只河童：‘吃吧，交合吧，健旺地生活吧。’……”

听着长老的话，我想起了诗人托克。诗人托克之不幸，在于他和我一样，是无神论者。我不是河童，不了解生活教自然无可厚非，但是生在河童国的托克肯定知道“生命之树”。我怜悯没有遵从这教诲的托克，打断长老，提起了托克。

“啊……是那个可怜的诗人啊。”

长老听了我的话，深深叹息道。

“决定我们命运的，是信仰、境遇与偶然。（除此之外，你们还会考虑遗传吧。）托克之不幸，在于它没有信仰。”

“托克羡慕您吧。不，我也羡慕。拉普君年纪还轻……”

“我要是嘴还正常，说不定能乐观呢。”

长老默默地听我们说着，又深深地叹了口气。它的眼中含着泪，目不转睛地注视着黑色的维纳斯：

“我……其实，这也是我的秘密，不好告诉任何人——其实，我，也不能相信我们的神。可是，我的祈祷……”

长老说到这里，门忽然被打开，一只巨大的雌河童扑到长老身上。我们想要拦住这雌河童，可是雌河童转眼间便将长老摔在地板上：

“这个老头子，今天又从我钱包里偷了喝酒的钱！”

十分钟之后，我们几乎逃跑般撇下长老夫妇，走出大寺庙的正门。

“这么看来，长老也不信奉‘生命之树’啊。”

沉默着走了一会儿，拉普对我说道。可是，我没心思答话，忍不住转身看着大寺庙。大寺庙依旧向阴云密布的天空耸立着高塔与圆屋顶，仿佛伸出无数的触手。四周飘散着仿佛在沙漠远空看见海市蜃楼般的不适……

十五

之后又过了一周，我偶然在恰克那里听到一件稀罕事——托克家出现幽灵了。后来，雌河童不知所踪，我们的诗人朋友的家，也变成了摄影师的工作室。据恰克说，工作室拍照片时，托克的样子总是朦胧地出现在顾客身后。当然，恰克是唯物主义者，不相信死后有生命。他说这话时脸上带着恶毒的微笑——“看来灵魂也像是物质性的存在呢。”他加了一句注释般的话。不相信幽灵这一点，我和恰克并无不同。可是我对诗人托克有亲密感，便立即跑去书店，购买了登载着托克幽灵的报道、幽灵照片的报纸和杂志。的确，这些照片上，一个仿似托克的身影朦胧地出现在男女老幼河童的身后。不过，让我惊讶的是关于幽灵的心灵学协会的报告。我尽量逐字逐句把这份报告翻译了一下。下面是报告的梗概，括号里是我加的注释：

关于诗人托克君幽灵的报告

（刊载于《心灵学协会杂志》第八千二百七十四期）

我们心灵学协会在先前自杀的诗人托克君的旧居，现在是某某摄影师的工作室，即某某街第二百五十一号召开了临时调查会。列席的会员如下。（省略会员姓名。）

我们十七名会员与心灵协会会长佩克先生一起，于九月十七日上午十时三十分，与我们最为信赖的梅迪阿姆·霍普夫人同行，来到该工作室。霍普夫人一进入工作室，立即感受到幽灵的气息，全身痉挛，呕吐了数次。据夫人说，诗人托克君强烈地热爱烟草，结果使幽灵的气息中也含有尼古丁。

我们会员和霍普夫人沉默地围坐在圆桌旁。夫人在三分二十五秒之后，陷入极深的梦游状态，被诗人托克君的幽灵附了体。我们会员按照年龄的顺序，与附体于夫人的托克君的幽灵，开始了以下问答。

问 你为什么以幽灵的形态出现？

答 想知道自己死后的名声。

问 你——或者诸位幽灵在死后也希望获得名声吗？

答 至少我希望。可是我邂逅了一个日本诗人，他就轻蔑死后的名声。

问 你知道那诗人的姓名吗？

答 很不幸，忘记了。只记住他欣然写下的一首十七音的诗。

问 那首诗是怎么写的？

答 “古老的池塘啊，青蛙跳入水中的声响。”①

问 你觉得这首诗是佳作吗？

答 我觉得写得至少不坏。只是将“青蛙”换作“河童”，便益发绚烂了。

问 那理由是什么呢？

答 我们河童在所有艺术中均痛切地追求河童的形象。

会长佩克先生此时提醒我们十七名会员，问题偏离了心灵学协会临时调查会的主旨。

问 诸位幽灵的生活如何？

答 与各位的生活无异。

问 你后悔自己自杀吗？

答 未必觉得后悔。如果厌倦了幽灵的生活，我会再用手枪自活的。

问 自活容易做到吗？

托克君的幽灵对这个问题提出了自己的反问。了解托克君的人知道，这是它极为自然的应答。

答 自杀容不容易？

问 诸位的生命是永远的吗？

答 关于我们的生命，众说纷纭，并不可信。幸运的是，我们并未忘记基督教、佛教、伊斯兰教、拜火教等各种宗教。

问 你自己相信什么？

答 我一直是怀疑主义者。

---

① 日本诗人松尾芭蕉（1644—1694）的俳句名作之一。

问 可是你至少不怀疑幽灵的存在吧？

答 和诸位一样，不能确信。

问 你的交友情况如何？

答 我的朋友涵盖古今东西，不少于三百人。举其中著名的，有克莱斯特①、迈兰德②、魏宁格③……

问 你的朋友都是自杀者吗？

答 未必如此。为自杀辩护的蒙田④也是我的畏友之一。不过，不自杀的厌世主义者——叔本华⑤之辈，我不与之交往。

问 叔本华还健在吗？

答 目前他建立了幽灵的厌世主义，论证自活是否可行。然而，这与了解霍乱也是霉菌病之后心中释然的道理相同。

我们会员依次问了拿破仑、孔子、陀思妥耶夫斯基、达尔文、克利奥帕特拉⑥、释迦牟尼、德摩斯梯尼⑦、但丁、千利休等

---

① 海因里希·冯·克莱斯特（Heinrich von Kleist，1777—1811），德国作家。代表作有《O侯爵夫人》《智利地震》《出卖影子的人》等。

② 菲利普·迈兰德（Philipp Mainländer，1841—1876），德国哲学家。师从叔本华，赞美自杀并最终选择了自杀。

③ 奥托·魏宁格（Otto Weininger，1880—1903），奥地利哲学家。代表作有《性与性格》等。

④ 米歇尔·德·蒙田（Michel de Montaigne，1533—1592），文艺复兴时期法国思想家、作家。代表作有《随笔集》等。

⑤ 阿图尔·叔本华（Arthur Schopenhauer，1788—1860），德国著名哲学家。开创非理性主义哲学的先河，代表作有《作为意志和表象的世界》等。

⑥ 克利奥帕特拉七世(Cleopatra VII，前69—前30)，埃及托勒密王朝最后一位女王，俗称埃及艳后。

⑦ 德摩斯梯尼（Demosthenes，前384—前322），古希腊政治家、演说家、雄辩家，希腊联军统帅。

幽灵的信息，可是遗憾的是托克君没有详细解答，反倒问了许多关于自己的问题。

问 我死后名声如何？

答 有批评家说你是“众多庸才之一”。

问 应该是我没送诗集，因此怀恨在心的批评家之一。我的全集出版了吗？

答 你的全集出版了，但是销售情况极不理想。

问 我的全集在三百年后——即著作权消亡之后，肯定会有万人购买。和我同居的女友现在如何？

答 她现在是书商拉克君的夫人了。

问 可怜，她应该还不知道拉克装了假眼。我的孩子呢？

答 听说在国立孤儿院。

托克君沉默了片刻，又开始问新问题。

问 我的家现在如何？

答 成为一个摄影师的工作室了。

问 我的书桌现在怎样？

答 不清楚现在怎样。

问 我在书桌抽屉里密藏有一沓信件——好在和贵人多忙的诸位并无关系。现在的幽灵界渐渐陷入薄暮之中，我也要和诸位诀别了。再见，诸位。再见，善良的诸位。

话音刚落，霍普夫人便清醒了过来。我们十七名会员向上天之神保证，问答属实。（另外，我们所信赖的霍普夫人的报酬，按照夫人当演员时的日薪加以支付。）

十六

我读完这则报道，渐渐对身处该国感到忧郁起来，想着回我们人类的国家去。可是我怎么找也找不到我掉进来的洞。后来我听渔夫巴格说，在该国的郊外住着一个老河童，看书、吹笛，过着平静的生活。我心想，问问它或许能找到逃出去的路，便急忙去郊外。可是去到那里才发现，一个小房子里哪有什么老河童，只有一个头顶的小碟还没长硬、最多十二三岁的河童在悠然地吹笛子。我以为走错人家，保险起见还是问了它的名字。它竟然就是巴格告诉我的老河童。

“可是你看起来像个小孩……”

“你难道不知道吗？我受了命运的安排，一出娘胎就是满头白发。后来越来越年轻，现在就变成这样的小孩了。如果计算年纪，出生之前算六十岁，现在大概有一百一十五六岁了。”

我打量了一下室内。或许是我的错觉，朴素的桌椅之间洋溢着某种清明的幸福。

“你比其他河童活得幸福吧。”

“嗯，或许吧。我年轻时年老，年老时年轻，所以像老人一样无欲，也不像年轻人沉溺于美色。我的一生即使不算幸福，也肯定是安详的。”

“的确，那样是能生活安详啊。”

“不，光是那样还不足以生活安详。我身体健康，拥有的财产确保一生衣食无忧。不过最幸福的还是，一生下来就是老年了。”

我和那只河童聊了一会儿自杀的托克、每天请医生检查的戈尔，可是看它的表情，似乎对我所说的没有兴趣。

“那么，你不像其他河童那样，执着于活着吧。”

老河童看着我，平静地回答道：

“我也像其他河童一样，是被父亲问过要不要生到这个国家之后才离开娘胎的。”

“可是我是突然掉进这个国家的。请告诉我怎样能够离开。”

“离开的路只有一条。”

“是什么？”

“就是你来这里的路。”

听见这个回答，我身上的汗毛都竖了起来。

“可是我找不到那条路。”

老河童水汪汪的眼睛直直地盯着我的脸，然后站起身，走到房间的角落，拉动从天花板上垂下的一条绳子。一扇刚才没有察觉的天窗忽然打开了。圆形的天窗外面，松树、丝柏枝叶茂密，远处的天空湛蓝无垠。啊，还有像箭镞一样的枪岳的山峰。我像看见飞机的孩子一样高兴得跳了起来。

“来吧，从这里出去就行了。”

老河童说着，手指那条绳子。我一直以为那是绳子，其实是一条绳梯。

“那我就从那里出去了。”

“我要叮嘱一句，出去了就别后悔。”

“没问题，我不后悔。”

我回答完，便迅速爬上绳梯。不一会儿，老河童头顶的小碟就在遥远的下方了。

十七

从河童国回来之后，有很长一段时间，我无法适应人类皮肤的味道。和我们人类相比，河童确实是清洁的动物。而且看惯了河童，我总觉得人类的脑袋很恶心。也许您不能理解。可是眼睛嘴巴先不说，鼻子就让人觉得恐怖。我打定主意，尽量谁都不见。后来我渐渐习惯了人类，过了半年左右就能去各种地方了。麻烦的是，说话时会不经意地冒出河童国的语言。

“你明天在家吗？”

“Qua。”

“什么？”

“哦，这是在的意思。”

差不多就是这样的情形。

从河童国回来之后，正好过了一年的时间，我经营失败……（讲到这里，S博士迅速制止道：“这事就别说了。”听博士说，每当他说起这件事就会突然变得狂躁，连护士都控制不了。）

那我就不说这个了。因为经营失败，我想重回河童国。是的，不是“想去”，而是“想回”。因为对于当时的我，河童国就像是故乡。

我从家里跑出来，打算去坐中央线①的火车。可是偏偏被警察抓住，送进医院来了。进来之后，我依旧思念着河童国。医生恰克可好？哲学家马格或许还在七彩玻璃罩的灯下思考。尤其是我的好友，尖嘴烂掉的学生拉普……某个像今天这样的阴天下午，我沉浸在这种追忆中，忽然差点惊叫出来。不知什么时候，渔夫巴格这个河童站在我的面前，频频向我低头致意。我回过神来——不记得是哭了还是笑了。总之，能使用久违的河童国的语言，我的确十分感动。

“喂，巴格，你怎么来的？”

“嗨，来看你来了啊。听说你生病了。”

“你怎么知道的？”

“听收音机新闻知道的。”

巴格得意地笑着。

“你还真有本事，能找到这里呢。”

“哈，这有何难。东京的河流沟渠，对河童来说和道路一模一样。”

我好像现在才意识到，河童也和青蛙一样，是水陆两栖动物。

“可是这附近没有河啊。”

“喏，我是从延伸到这里的水道铁管过来的，然后略微拧开消防栓。”

“拧开消防栓？”

“您忘了？河童也有机械师啊。”

之后，每隔两三天就有不同的河童来探望我。据S博士说，我

① 日本铁路（JR）贯穿中部地区的路线，从东京经甲府、盐尻至名古屋。

的病叫早发性痴呆症。可是医生恰克说（这么说对您颇为得罪），我不是早发性痴呆症患者，患者是S博士，还有您。医生恰克来过，学生拉普、哲学家马格自然也来看我。不过除了渔夫巴格，白天没有任何河童来。两三只河童结伴而来是在夜里——而且是有月亮的夜里。我昨晚也在月光中和玻璃公司社长戈尔、哲学家马格聊天来着。不仅如此，音乐家克拉巴克还拉了一曲小提琴。你看，对面桌上有一束黑百合吧？那是昨晚克拉巴克带给我的……

（我回头望去，当然，桌上没有花束，什么都没有。）

这本书是哲学家马格专程带来给我的。请看看第一首诗。对了，您不会河童国的语言。那就我来读吧。这是最近出版的托克全集中的一册。

（他翻开陈旧的电话簿，大声读着这样的诗：）

——椰子花与竹子之中
佛陀已经入眠。

路旁枯萎的无花果
基督仿佛也一同死了。

然而我们不能休息
即使站在戏剧的布景之前。

（看那布景的背面，不过是打满补丁的帆布？）——

可是，我并非像诗人那般厌世。只要河童时常来看我——啊，忘了一件事，你们还记得我的朋友，法官佩普吧。那个河童丢了工作之后，真的发疯了。据说如今在河童国的精神病院里。如果S博士同意，我想去看望他……

早晨的天空中朝霞格外红艳……

枯野抄

召丈草[①]、去来[②]。昨夜未眠，忽有意做俳句，使各自吟和，吞舟[③]记之。

抱病行羁旅，驭梦游枯野。

——《花屋日记》[④]

元禄七年十月十二日午后，早晨的天空中朝霞格外红艳，该不会又像昨天那样下阵雨吧——大阪商人睡眼惺忪，向瓦屋顶的远处望去。幸好柳叶拂动的梢头，并无朦胧烟雨。因此今天虽有些阴沉，却是微明、寂静的冬日。在鳞次栉比的商铺之间流过的河水，今天也暗淡无光，连浮在水面的碎葱，或许心境使然，那绿色也缺乏寒意。岸边道路上的行人，戴圆头巾、穿皮制袜子的，都仿佛忘记了

① 内藤丈草（1662—1704），俳人，蕉门十哲之一。

② 向井去来（1571—1624），俳人，蕉门十哲之一。与凡兆共同编撰了芭蕉及其弟子的诗集《猿蓑》。

③ 吞舟，大阪的俳人。在松尾芭蕉临终时给予照顾。

④ 江户后期的俳谐著作。两卷本，藁井文晓编。1811 年刊行。辑录松尾芭蕉弟子的手记、谈话、书简等。伪书。

北风呼啸的世间，茫然地行走着。门帘的颜色、穿行的车辆、远处人偶剧的三弦乐音——这一切静静地守护着微明、寂静的冬日，连桥头拟宝珠①上都纤尘不动……

这时，在御堂前南久太郎町，花屋仁左卫门②的里屋，当时被尊为俳谐大师的芭蕉庵松尾桃青③，在从四面八方赶来的门人的照料下，五十一岁的生命即将终结。“如灰中火炭余热散尽”般，气若游丝。时间似乎接近申时中刻④了。拆去隔门的宽敞房间中，枕边燃了香，轻烟笔直地升起。新换的拉门把天下的冬意挡在庭院里，拉门的颜色使室内显得昏暗，同时让人感觉寒冷彻骨。头朝拉门安静躺卧的芭蕉身边，最近处的医生木节⑤将手伸入被子，确认微弱的脉搏，沉稳的眉头紧皱着。在他身后，一直端坐着低声念诵佛号的，想必是这次跟他从伊贺来的老仆人治郎兵卫。木节又注意到，身旁肥硕的晋子其角⑥身着捻线绸方袖和服，大咧咧地挺胸而坐，身着兼房小纹和服的去来耸着肩，举止凛然。两人始终注视着师傅的病容。在其角身后，僧人打扮的丈草，手腕悬挂菩提佛珠，端然危坐。他身旁的乙州⑦不住地啜泣，好似难忍汹涌的悲伤。频频察看师傅病容，不时整饬旧僧衣的袖子，令人难以亲近地扬着下巴的，是和

---

① 安装于栏杆或柱子顶部、尖端凸起的球状装饰物，形状接近葱花。

② 位于大阪御堂筋的旅店，松尾芭蕉在此病逝。

③ 松尾芭蕉（1644—1694），江户前期的俳人。本名宗房，别号桃青、泊船堂、钓月庵等。代表作有《奥州小道》等。

④ 下午四点半到五点之间。

⑤ 望月木节，医生，芭蕉门下的俳人。

⑥ 晋子其角（1661—1707），俳人，蕉门十哲之一。

⑦ 河井乙州，芭蕉门下的女俳人。

尚惟然[①]。他和肤色微黑，神色倨傲的支考[②]并肩坐在木节对面。其余几个弟子，仿佛屏息一般悄无声息，或左或右围绕在师傅床前，对即将到来的永别恋恋不舍。唯有一人，蹲坐于墙角，伏在榻榻米上恸哭失声，那应该是正秀[③]。然而，连这哭声也被室内微寒的沉默所掩盖，连能搅扰枕边香的细微气息的声音都没有。

刚才，芭蕉语带痰音说出含混不清的遗言，眼睛半睁着陷入昏睡状态。带有浅微痘痕的脸瘦得露出高高的颧骨；满是皱纹的嘴唇也失去了血色。尤为令人心痛的是他的眼睛，浮现出朦胧的光，仿佛望着屋顶上方无尽的寒空，徒然眺望着远方。“抱病行羁旅，驭梦游枯野。”——或许此时，在这缥缈的视线之中，正如他在三四日之前吟诵的这首辞世之诗，茫茫枯野的暮色，不带一丝月光，如梦般飘荡不定。

“拿水[④]来。”

木节转过头，吩咐静候在身后的治郎兵卫。老仆人早已准备好一碗清水和一支羽毛杨枝[⑤]。他恭敬地将两样东西放在枕边，随即又加快语速念诵起佛号来。治郎兵卫身为质朴的山里人，内心信仰深厚。不管是芭蕉，还是谁，只要能极乐往生，他就恳求佛陀慈悲垂怜。

木节说“拿水来”的一瞬间，心中闪过常有的疑虑：自己作为医生，是否已尽最大努力。随即又转为自我勉励般的心情，转过头

---

① 广濑惟然（？—1711），芭蕉门下的俳人。

② 各务支考（1665—1731），俳人，蕉门十哲之一。

③ 水田正秀，芭蕉门下的俳人。

④ 送终之水，日本民俗习惯之一，给临终之人润口唇的水。

⑤ 一端装有羽毛的细牙签。羽毛端用于蘸铁浆水染黑牙齿，或盛少量药粉。

对旁边的其角无声地示意。此时，围绕在芭蕉床前的众人，心中闪过一丝紧张：到了诀别之时吗？然而毋庸置疑的是，一种松弛的感觉接踵而至，掠过众人心中——可以说，那是近似释然的心情，该来的终于来了。不过，或许这种近似释然的心情十分微妙，没有人愿意肯定它的存在。事实上，连众弟子中最现实的其角，有时与木节对视，忽然在对方眼中读出相同的心思，也不禁悚然一惊。他急忙移开眼神，若无其事地拿起羽毛杨枝。

他对身旁的去来说道："我先来吧。"然后把羽毛杨枝浸入杯中水，挪动肥厚的膝盖，静静看着现在的师傅。说实话，他并非没有预想过，和师傅诀别应该是悲伤的。然而，当他拿起送终之水，实际的心情却完全背叛了那种表演般的预想，完全是纯粹的冷淡。不仅如此，其角更觉意外的是，濒死的师傅的的确确瘦得皮包骨头，那骇人的样子激起他强烈的厌恶，他几乎要背过脸去。单单说强烈还不足够，就好像看不见的毒物引起生理上的反应，那种最难忍受的厌恶之感。他在那时候，因为偶然的契机，把对一切丑陋之物的反感倾泻到师傅的病体上了吧。抑或是对于"生"之享乐者的他而言，师傅所象征的"死"之事实，是无比可憎的自然的威吓吧——总而言之，他在垂死的芭蕉的脸上，感到难以言说的不快。其角几乎没有任何悲伤，将一抹清水涂在那青紫的薄唇上，便板着脸退下了。当然，他在退后时，心中掠过一种类似自责的情绪。然而，这不过是刚才所感受到的厌恶过于强烈，而后对道德感的顾及而已。

紧随其角拿起羽毛杨枝的，是之前在木节示意时，心中的平静被打破的去来。素有谦恭之名的他对众人低头致意，挪至芭蕉的枕边，望着躺卧的老俳谐师憔悴的病容，即便不情愿也感受到一种满足与悔恨交织的心情。那满足与悔恨，仿佛背阴与向阳那种难以割舍的因缘。其实在四五天之前，这种心情就不断困扰着他。说起来，他听说师傅病重，立即从伏见坐船，不顾夜黑浪急，敲开花屋的门，照料师傅也是一天都没有懈怠。此外还拜托之道[①]，让他帮忙料理种种事务；叫人立在住吉大明神[②]前祈祷师傅病体康复；和花屋仁左卫门商量，购置所需物品。凡事都是他一人打理安排，主动去做，完全没有让人受恩回报的念头。投入地照料师傅的自觉意识，在他心底播下巨大的满足的种子。然而那不过是他未曾意识到的满足，在他忙碌的背景下延展开的温暖情愫中，感觉不到他对行走坐卧抱有丝毫的执着。若非如此，也不会在彻夜陪伴的灯火之下，一边沉浸于和支考天南海北地闲聊，一边还滔滔不绝地解释孝道，以侍奉双亲之心侍奉师傅吧。不过在那时，得意的他也在为人不善的支考脸上看到一丝苦笑，随即意识到内心平和之下的狂乱。他发现狂乱的原因，在于刚刚察觉到自己的满足，以及对那满足的批判。他以满足之眼看着自己的辛劳：即便病危的师傅撑不到明天，自己还照料着师傅——对于正直的自己而言，这的确是应该自疚的。之后的去来无论做什么，都会因这满足与悔恨，自然地感到某种程度的掣肘。不止一次，微笑的脸偶尔被支考看见时，去来反而更清晰地意识到那满足的自觉性，结果越发因自己的卑微而羞耻。如此持续了数日，今天终于到了去师傅的枕边给他喝送终之水的时刻。道德上有洁癖，而且神经衰弱的他，面对这样的内心矛盾，完全失去了内心的平静。

---

① 槐本之道，芭蕉的大阪弟子中最优秀者。

② 位于大阪住吉区的住吉神社。

这虽然令人同情，却也在情理之中。因此去来拿起羽毛杨枝，身体非常僵硬，用蘸了水的白色羽尖，擦拭芭蕉的嘴唇，同时感到异常兴奋，身子频频颤抖。幸好他的睫毛上挂着盈盈欲滴的泪珠，看着他的师兄弟，甚至连尖刻的支考，也会把这兴奋视为悲痛的结果吧。

不久，去来又耸着兼房小纹和服的肩，怯怯地回到自己的座位，将羽毛杨枝递到身后的丈草手中。平素老实的丈草，虔诚地低眉顺眼，口中轻声念诵着，静静沾湿师傅的嘴唇。任谁看来，他的举止都显得庄重肃穆。然而在这庄重的瞬间，房间的角落忽然传出毛骨悚然的笑声。不，至少那时候，感觉听见了那样的笑声。那仿佛是从心底涌上来的哄笑，被喉咙、嘴唇阻塞，却无法抑制，断断续续从鼻孔中迸发出来的笑声。然而不用说，没有人在这样的场合失笑。那声音其实是一直哭泣的正秀，久久压抑的恸哭裂胸而出。那哭声自然极为悲怆。此时在座的弟子中，想必有不少人想起了师傅的名句“悲声化秋风，烈烈撼新冢”[①]。然而那可谓凄绝的恸哭，在同样泣不成声的乙州听来，其中有一种夸张——如果这么说不妥，不妨说正秀缺乏抑制恸哭的意志力，乙州对此不由得心生不快。然而这种不快的性质，也不过是纯理智的。她的脑筋虽然想否定，心脏却立即被正秀的哀恸之声感染，眼中随之涌满了泪水。对于正秀恸哭的不快，让她觉得自己的泪也是不洁的，这与刚才没有丝毫不同。泪水越流越多——乙州双手撑膝，不禁发出呜咽之声。而此时有嘘

① 松尾芭蕉去金泽见弟子小杉一笑，得知年仅三十六岁的小杉竟已亡故，便写了哀悼的俳句“塚も動けわが泣く声は秋の風”。

唏之声的不止乙州一人。芭蕉床尾处围坐的几个弟子，几乎同时发出啜泣之声，时断时续，搅动了室内肃穆安宁的气氛。

在这恻然的悲声之中，手腕悬挂着菩提念珠的丈草，和刚才一样静静地回到座位。随后，坐在其角、去来对面的支考来到师傅的枕边。然而这个以擅长讥讽出名的东花坊①，似乎并未神经纤弱得受周围的感情影响而一味落泪。他略显黝黑的脸上，与往常一样带着倨傲的神色，举止大大咧咧也一如平常。给师傅嘴上涂临终之水，一下就做完了。然而他在此时多少有些感慨也是不争的事实。“白骨露野何所惧，萧萧秋风沁身寒。”四五天前，师傅曾反复对弟子们道谢：“原以为，草为席土为枕，这样死去是自己的归宿。能躺在这么好的被子上，完成往生的夙愿，真是无上愉悦。”可是枯野和这花屋的大宅，并没有太大区别。即便是给师傅润湿嘴唇的他，三四天前记挂的，是师傅还没有作出辞世之句。昨天做了计划，要在师傅去世后收集他所有的俳句作品；今天，就在刚才，还在以观察的目光，饶有兴味地注视着师傅每分每刻接近临终的过程。如果进一步讽刺地考虑，在那样的目光背后，未必没有在构想他日亲笔记录师傅“临终记”的一节。如此看来，表面他在侍奉师傅临终，而支配他脑海的，是本门本派的声誉、弟子们的利害关系，以及自己本身的兴趣——这些都和垂死的师傅没有关系。因此不妨说，师傅还是像俳句中屡屡神驰向往的那样，在无际的人生枯野中，曝白骨于旅次。众弟子并非哀悼师傅即将辞世，而是哀悼失去师傅的自己；并非哀叹死于枯野羁旅的先导，而是哀叹失去先导、日暮途穷的自己。

① 各务支考的别号。

然而，从道德上对此加以责难，又能将我们人类怎么样呢？我们本来就薄情——支考沉浸在厌世的感慨中，他原本就擅长这样的沉思。他给师傅润湿嘴唇，将羽毛杨枝放回茶杯里，以嘲笑般的目光巡视流泪哽咽的弟子们，缓缓走回自己的座位。为人和善的去来，从一开始就对那冷然的态度感到抵触，刚才的不安又重新浮上心头。其角脸上莫名带着笑意，似乎对东花坊始终白眼看人的秉性有些微词。

支考之后是惟然坊。他墨染的僧衣下摆拖在榻榻米上，碎步挪上前来。这时距离死神降临仅有弹指之隙。芭蕉的脸色比先前更无血色，被水润湿的嘴唇之间，间或有气息呼出。芭蕉的喉结忽然剧烈地蠕动，无力地呼吸着空气。喉咙深处，发出两三声轻微的痰音。然后，呼吸渐渐安静了下来。正要把杨枝白色的羽尖触到师傅唇上时，惟然坊忽然感到与死别的悲伤无缘的恐惧。那是近乎无端的恐惧，生怕师傅一死，自己也随之死去。然而正因为无端，一旦被恐惧笼罩，即使忍耐也无从抵抗。他原本就是对死亡抱有病态惊悸的人。以前，他不时想到死亡，即便身为了无牵挂的行脚僧，也体验过浑身汗湿的惊惧之感。因此，听见别人去世，心里会想幸好不是自己死亡，从而感觉心安。同时又会陷入不安，想着如果自己死了又会怎样。芭蕉临终时，他的心境也不例外。刚开始，临终尚未如此迫在眉睫——晴朗的冬日照在纸拉门上，打理庭院的姑娘送来水仙。花香清新四溢，众人围在枕边，作诗抚慰病中的师傅。那时候的他，心情也是徘徊于明暗两重之间。终于临近诀别之时——记得第一场冬雨那天，见师傅连喜欢的梨子都吃不下，忧心忡忡的木节有些无措。从那时候开始，心安不断地被不安侵蚀，最后连那不安，也化为残酷的恐怖阴影——或许接下来死的是我——冷飕飕地覆盖住内心。因此他坐在枕边，悉心为师傅润唇的时候，那恐惧也在作祟，让他无法正视临终的芭蕉的脸。不，他有过一次正视的念头，然而正在那时，芭蕉喉咙中传出轻微的痰塞声。好不容易鼓起的勇气，中途便夭折了。“师傅一死，自己也随之死去。”——这一预感般的声音回荡在耳底。惟然坊缩着身子，回到自己座位上，表情凝重的脸越发冷若冰霜。他双眼上翻，尽量谁的脸都不去看。

随后，乙州、正秀、之道、木节等围坐在病床周围的弟子们，逐一为师傅润唇。而此时芭蕉的呼吸越来越微弱，次数逐渐减少，喉结也不见蠕动了。蜡像般的小脸上，浮现出隐约的痘痕，目光定定地望着遥远的空间。褪去了光泽的眼瞳之色、垂至下巴的银子般的白须——这些都被人情的冰霜冻结，他仿佛一直梦着那即将赴往的寂光土[①]。此时，随着芭蕉气息越发微弱，默然垂头坐在去来身后的丈草，那个老实的禅客丈草，感到心中缓缓涌入无限的哀伤，以及无限的安宁。悲伤自不必说，而那安宁的心情，恰似黎明的寒光渐渐冲破黑暗，具有不可思议的清朗之感。这心情迅速清除掉所有杂念，最后连泪水也丝毫不能刺痛内心，一切皆化为清澄的悲伤。他正为师傅的灵魂超越了虚幻的生死，赴往常住涅槃的净土而欣喜吧。不，这是他自身也无法肯定的理由。如果是这样——啊……谁想徒然越趄逡巡，愚固自欺呢。丈草心如止水，长久以来被芭蕉的人格压力桎梏的、无力屈服的自由精神，恢复了本来的力气，终于获得舒展手脚、解放的愉悦。他在这恍惚的、悲伤的喜悦之中，捻动菩提念珠，仿佛眼中抹去了周围啜泣的众弟子，唇角浮出一丝微

---

① 佛教语，四净土之一。也称常寂光净土。

笑，恭敬地向临终的芭蕉礼拜……

如此，冠绝古今的俳谐大师芭蕉庵松尾桃青，被“无限哀伤”的弟子们簇拥着，溘然属纩[①]了。

大正七年九月

① 中文典故。古代丧礼仪式之一，用新的丝絮放在病人口鼻处，看是否还有气息。也用作临终的代称。

戏作[①]三昧[②]

一

天保二年[③]九月的一个上午，神田同朋町的“松汤”澡堂里，从清早开始，客人众多，一如往常。几年前式亭三马[④]出版的滑稽本[⑤]中写道：“神祇、释教、恋爱、无常，诸般混杂之浮世澡堂。”那景象如今依旧未变。一边泡澡一边哼唱歌祭文[⑥]的嚊束[⑦]，在更衣处拧毛巾的本多式丁髻，冲洗有文身的背脊的丸额大银杏髻，一个劲儿洗脸的由兵卫奴髻，蹲在水池前频频淋水的光头，专心拿着小竹

---

① 江户后期通俗小说的总称。包括黄表纸、洒落本、读物、滑稽本、人情本等。

② 佛教语，平息杂念，使心神平静。

③ 公历 1831 年。

④ 式亭三马（1776—1822），江户后期的草双纸、滑稽本作者。代表作有《浮世澡堂》《浮世理发店》等。

⑤ 江户后期的一种小说样式，记录滑稽故事。多写平民日常生活中的滑稽片段。

⑥ 江户时期的俗曲。三弦伴奏，幽默地吟唱世间趣事、风俗。

⑦ 江户时期流行于手艺人之间的一种发型。

桶和陶瓷金鱼玩的虻蜂蜻蜓头 ①——狭窄澡堂里的各式人等，湿漉漉的身体光溜溜地闪着光，在朦胧升腾的蒸汽和窗户射进来的朝阳中，模糊地攘攘而动。嘈杂声也不同一般。首先是舀热水、移动木桶的声音，其次是说话声、唱歌声，最后是柜台处不时传来的击柝声。石榴口 ② 内外，都如战场一般嘈杂。商人穿过门帘进来；乞丐也来了；客人进进出出更不用说。在这嘈杂之中——

一个年过花甲的老人，举止谨慎地走到角落，在混杂的人群中，安静地搓垢。他的年纪看起来不止六十，鬓毛枯黄，十分丑陋；眼神也有些不济。虽然瘦削，身子骨却很结实，说得上体格健硕。皮肤松弛的手脚，尚留有抵抗老年的余力。脸庞也是如此，下颚骨宽大的两颊，以及略显阔大的嘴巴，显露出旺盛的动物般的精力，和壮年时几乎没有变化。

老人认真地擦完上半身，没有拿小桶冲洗，而是接着擦洗下半身。然而黑色的搓澡巾即使不停搓，缺少光泽、遍布细小皱纹的皮肤，也已经擦不出什么污垢了。似乎是忽然感到了秋意的寂寞，老人洗完两条腿，忽然乏力般停下手中的毛巾。他看见浑浊的小桶里，清晰地映着窗外的天空——通红的柿子挂在瓦屋顶的一角，点缀着稀疏的树枝。

这时，老人心头笼下“死”的影子。然而，那“死”却不像曾经威胁过他的那样，含有令人避之不及的东西；就好像水桶里的天空，既安静又可亲，体现的是安详寂灭的意识。如果能脱离一切尘世劳苦，在那“死”中安眠——像无心的孩童一般安眠无梦，是多

① 只留少许两侧头发的儿童发型。

② 江户时代的澡堂为了防止热气散逸，在冲澡处和浴池之间设置的木板，下端敞开，需弯腰进入浴池。

么令人愉悦啊。自己不仅因生活而疲倦，几十年来，创作也已使自己筋疲力尽……

老人怅然地抬眼观看，周围依旧是喧闹的谈笑声。与此同时，众多赤裸的人，在水蒸气中令人目眩地动个不停。石榴口处哼唱的歌祭文中，又多了歌舞伎唱曲和流行小曲的声音。这里自然丝毫没有刚才在他心头投下影子的、可以称作悠久的东西。

“啊呀，先生，居然能在这儿遇见您呐。做梦也没想到，曲亭先生[①]也来泡晨澡。”

忽然有人招呼，老人吃了一惊。抬眼看见身旁一个血色红润、中等身材的细银杏[②]，肩搭湿毛巾，站在小木桶前，神采奕奕地笑着。看起来他刚泡完，正打算冲澡。

“您还是这么精神，甚好，甚好。”

马琴泷泽琐吉微笑着，略带讥讽地答道。

二

“哪里哪里。我可谈不上好。要说好，先生的《八犬传》[③]终于出版了，构思巧妙，那才叫好呐。”

细银杏把肩头的毛巾放进桶里，越发兴奋地说道：

---

① 曲亭马琴（1767—1848），江户后期的小说家。姓泷泽，名兴邦，字子翼、琐吉。擅长通俗小说，代表作有《南总里见八犬传》《椿说弓张月》等。

② 一种男子的细长发髻，末端展开如银杏状。

③ 曲亭马琴的代表作。九十六卷一百零六册，长篇传奇小说。讲述里见义实之女为犬精所感，生下仁、义、礼、智、忠、信、孝、悌八犬义士，为主君大展身手的故事。

“船虫假扮盲歌女，去杀小文吾，反被小文吾制服。正在拷问时，庄介出手相救。那个情节[①]安排真是妙不可言。而且，这又成了庄介和小文吾再见的机缘呢。在下近江屋平吉，虽然只是开杂货铺的，关于读本倒也十分精通。即便如此，先生的《八犬传》，读来却是无懈可击，让人叹服啊。”

马琴沉默不语，埋头洗脚。对于自己著作的热心读者，他一直抱有相当的好感，然而丝毫不会因为这好感，改变对对方人品的评价。聪明如他，这是自然不过的事。然而奇特的是，人品的评价也几乎不影响他的好感。因此，有时候他能在同一个人身上感受到轻蔑与好感。这个近江屋平吉，正是这样的热心读者之一。

“您写出那样的长篇大作，其中的辛苦肯定不一般。现如今，先生就是日本的罗贯中啦——哎呀，这样说太失礼了。”

平吉又大声笑了起来。或许是被这声音惊扰，在一旁冲澡的矮小黝黑的斜眼细银杏扭过头，看了看平吉和马琴，表情古怪地向水里吐了口痰。

“你还在专心写俳句吧。”

马琴巧妙地转换了话头。这并非因为在意斜眼的表情。幸好（？）他的视力衰弱了，已经看不太清那表情。

“您这么问，让我诚惶诚恐啊。我是样样通样样松，今天去俳句互评会，明天也去，厚着脸皮到处闲聊，可不知为什么，俳句总也想不出来。先生呢？您不太喜欢作和歌、俳句吗？”

---

① 《南总里见八犬传》第八辑第一卷中的故事。船虫是恶棍鸥尻并四郎的妻子，因丈夫为犬田小文吾（八犬义士之一）所杀，便假扮盲歌女刺杀小文吾，反被擒获。寻找小文吾的庄介（八犬义士之一）不问青红皂白救下了船虫。

“嗯，那些我很不擅长。虽然以前写过。”

“您在开玩笑。”

“不开玩笑，看来完全不适合我。就像盲人管窥，一窍不通。”

马琴讲“不适合我”时，特意加重了语气。他并不觉得自己写不出和歌、俳句，他相信自己不缺乏这方面的理解。可是，他对那种艺术，始终抱有一种轻蔑的态度。原因在于，不论和歌还是俳句，都形式太小，不足以将自己的全部倾注进去。因此即使吟咏得巧妙，一句一首所能表现的，或抒情或叙景，只具备在他的作品中敷衍数行的资格。那样的艺术对他而言，是二流的艺术。

三

他加重语气讲的“不适合我”背后，隐藏了这样的轻蔑。然而不幸的是，近江屋平吉似乎完全不明白他的意思。

“哈哈哈，果然是这样啊。按在下的薄见，先生这样的大家，不管写什么都能得心应手——嗯，常言说得好，天不予二物。”

平吉拿拧干的毛巾用力擦身子，皮肤被搓得发红。他略有些知趣地说道。然而对于自尊心强的马琴而言，自己的谦辞平吉却信以为真，这最令他不满。而且平吉知趣的语气，越发让他感到不快。于是他把毛巾和搓澡巾往水里一扔，半站起身，一脸不快地傲然说道：

“可是，我近来正打算写和歌，跻身大师之列呢。”

话刚出口，他忽然对自己孩子气的自尊心感到羞愧。刚才平吉用最好的词夸《八犬传》，自己也没特别欣喜。这么看来，这与刚才因为被看作写不出和歌、俳句而感到不快，显然是矛盾的。被这样的自省驱动，他仿佛掩饰内心的面红耳赤一般，急忙将桶里的热水兜肩淋下。

“是啊。不这样的话，怎么能写出那样的杰作呢？这么说，要是先生写和歌、俳句，在下的眼光可也非同寻常啊。这可是了不起的功劳。”

平吉又大声笑起来。刚才的斜眼已经不在旁边了，而他的痰冲到了马琴这边。马琴比刚才更为惶恐，也是自然的。

“哪里哪里，刚才是胡乱说的。行了，我去泡一会儿。”

尴尬的马琴打了个招呼，同时对自己感到某种恼怒。也差不多该和热心肠的读者告辞了，他缓缓站起身。可是平吉似乎因为马琴的傲气，觉得自己作为热心读者，脸上更有光彩了。

“那就有劳先生给写一首和歌或俳句，没有问题吧？您可别忘了。我也就此告辞了。您平日里也忙，经过小店的时候，务必来坐坐。我也抽时间到府上去拜访。”

平吉在后面追着说道，接着又把手巾洗了洗，目送马琴走向石榴口。他在心里盘算着待会儿回家，怎么告诉老婆今天遇见曲亭先生的事。

四

石榴口里面像黄昏般幽暗，而且水蒸气比浓雾还深。视力不好的马琴，在人群中挤进去，终于摸到浴池的角落，把遍是皱纹的身体泡进了池子里。

池水略微有些烫，感觉热水渗进了指甲缝里。他长出一口气，慢慢地环视浴池。阴暗中浮着的脑袋，大概有七八个。大家都在说话、唱歌，周围融化了脂肪的水面，反射着石榴口照进来的浑浊光芒，无聊似的荡来荡去。这时扑鼻而来的，是叫人恶心的“澡堂的气味”。

马琴的幻想一直具有浪漫性的倾向。他在浴池的蒸汽中，很自然地想起即将描写的一个小说场景。先出现船上厚重的篷布，篷布外面的大海，日暮时起了风。拍打船舷的海浪，仿佛摇晃油脂般发出沉闷的声音。与此同时，拍动篷布的，或许是振翅的蝙蝠吧。一个船夫似乎有所察觉，探头向船舷外看去。起了雾气的海面上，红色的新月阴森森地挂在天际。这时……

他的幻想，忽然被打断了。因为他忽然听见，同在石榴口内侧，有人在批评他的读本。而且那声音、说话的方式，都似乎故意要让他听见。马琴本想离开浴池，随即作罢，静听那人如何批评。

“曲亭先生、著作堂主人，听这名号很了不起，可是马琴的书，全是改写的货色。直接说，《八犬传》就是原封不动照搬《水浒传》的。包容地来看，故事写得不错，毕竟中国先写过了。光是读过原书，就很了不起。可是又抄京传[①]的改写本，怎不叫人惊诧恼火？”

马琴透过朦胧的水汽，看是谁在说自己的坏话。蒸汽遮挡了视线，看不清楚，似乎是刚才在一旁的斜眼细银杏。如果是他，大概是听平吉夸《八犬传》而不快，故意说难听话折损马琴。

“首先，马琴写东西全靠笔头功夫，肚子里完全没货。就算有，也不过是蒙童教习那种四书五经的讲解。所以，当今之事，他全然

① 山东京传（1761—1816），江户后期的作家，著有《忠臣水浒传》（1799）及其他通俗小说。

不知。要说证据，不是过去的事，就没见他写过。马琴写不出现实中的阿染、久松[①]，所以才有了《松染情史秋七草》[②]啊。这种事，要是模仿马琴大人的口吻来说，实在数不胜数。”

如果抱有某种优越感，即使想憎恶也憎恶不起来。听别人这么说，马琴自然恼火，但奇怪的是并不憎恨对方。相反，倒是有直抒自己轻蔑的欲望。之所以没有付诸行动，大概是年龄阻止了他吧。

“这么说来，一九[③]、三马真了不起。他们的那种书里，出场人物浑若天然，绝非靠小聪明、半通不通的学问生造出的。这和蓑笠轩隐者[④]有云泥之别呢。”

依据马琴的经验，听关于自己读本的恶评，不单是不快，危险也不少。这并非意味着承认恶评，勇气因此受挫，而是如果加以否认，会对今后的创作动机产生反作用。也就是说，这种不纯的动机，往往造成创作畸形艺术的结果。一味投时代喜好的作者另当别论，稍有骨气的作者，格外容易陷入这种危险。因此直到今年，马琴都尽量注意不去看对自己读本的恶评。可是心里这么想，却未必没有读一读恶评的诱惑。如今在这澡堂里听那细银杏说自己的坏话，一半的原因就在于陷入了这种诱惑。

马琴对此有所察觉，立即责怪自己愚蠢，还磨磨蹭蹭泡在浴池

---

① 宝永年间（十八世纪初），大阪瓦屋桥的油铺千金阿染与店里伙计久松殉情而死。事迹被后人改编为净琉璃、歌舞伎频繁上演。

② 马琴的作品之一。

③ 十返舍一九（1765—1831），江户后期的通俗小说作家。代表作有《东海道徒步旅行记》《江之岛土产》等。

④ 马琴的别号之一。

里。于是他不去听细银杏高声恶语，迅速跨步走到石榴口外面。透过外间的蒸汽，看见窗外的蓝天，蓝天下挂着沐浴温暖阳光的柿子。马琴来到水槽前，内心平静地冲洗身子。

“归根结底，马琴就是个绣花枕头，亏他得了‘日本罗贯中’的名头。”

浴池里的那个男人，大概以为马琴还在，依然继续猛烈地抨击着。说不定是因为他斜视，没有看见马琴走出石榴口。

五

然而，走出澡堂时，马琴的心情是低沉的。斜眼的毒舌，至少在这有限的范围内，取得了预期的效果。他走在晴朗秋日的江户街头，以自己的鉴赏力，逐一细致地检视浴池中听到的恶评。很快就证实了，无论从哪方面考虑，那都是不值一顾的谬论。可是，心情一旦被搅乱，就不容易恢复原来的平静。

他抬起不悦的目光，望着道路两旁的店家。它们都忙于当日的生计，与他的心情并无瓜葛。“各地烟叶”的柿色门帘，“正宗黄杨”的黄色木梳形状的招牌，“细竹灯笼”的悬灯，“卜筮”的算木①图案旗子——这些都排成无意义的一列，杂乱地从他眼底经过。

“我为什么因为轻蔑自己的恶评而如此烦恼呢？”

马琴继续思考。

① 用来占卜的六块柱状木块。

“让我不快的，首先是斜眼对我抱有恶意的事实。让人产生恶意，不管是什么理由，都让自己不快，没办法。”

他这么想着，对自己的怯弱感到羞耻。其实，如他这样能采取旁若无人的态度的人很少，像他这样对于他人的恶意很敏感的人也很少。因此，他早就意识到一个事实：行为上看似完全相反的两个结果，其实原因相同——是相同的神经作用所导致。

“可是，让我不快的，还有其他原因。那就是我被推到和那斜眼对抗的位置上。我从前就不喜欢处于那样的位置，不争强好胜也是因为这个。”

分析至此，他的思维继续向前推进，同时心情上也发生了意想不到的变化。看他紧闭的嘴唇忽然松弛下来，便可得知。

“最后，是那斜眼把我推到那个位置，这个事实的确让我不快。如果是更厉害点的对手，我肯定会心生反击的念头，将那不快回敬对方。而对手毕竟是那个斜眼，再怎么也不好应付。”

马琴苦笑着，仰望高高的天空。天空中老鹰高亢的叫声，伴随着阳光，如雨滴般洒落下来。他意识到先前郁结的心情逐渐轻松了起来。

“不过，斜眼再怎么恶评，大不了是想让我不快。老鹰再怎么叫，太阳的步伐都不会停止。我的《八犬传》一定能完成吧。到那时，日本就有一部冠绝古今的传奇巨作了。”

他抱着恢复的自信，穿过小路，拐向自家方向。

六

刚回到家，马琴就看见阴暗的玄关换鞋处，放了一双熟悉的草履。马琴眼前立刻浮现出一张扁平的脸，不禁心中叫苦：时间又要打水漂了。

“今天上午也要被耽搁了啊。”

他思忖着踏上木阶，女仆阿杉急急忙忙出来迎接。她双手伏地，抬头望着主人说道：

“和泉屋老板，在客厅等您回来呢。”

他点了点头，递过湿毛巾，可是并无意直接进书房。

“阿百呢？”

“拜佛去了。”

“阿路也一起去了？”

“是的，和大师傅一起去的。”

“少爷呢？”

“到山本家去了。”

家里人都不在。他感觉有点失望，然后无奈地打开紧挨玄关的书斋拉门。

房间正中央端坐着一个男人。他皮肤白皙，脸色油亮，神色极为镇定，嘴里含着银质细烟袋。书斋里除了贴了石拓的屏风、床间悬挂的红枫、黄菊对幅画之外，没有其他装饰物。沿墙放了五十几只书箱，桐木的颜色已经古旧，寂寞地排成一片。拉门的纸换过之后，已经过了一个冬天吧。贴补的白纸星星点点，秋日阳光照在上面，斜斜地映着芭蕉残叶婆婆娑娑的巨大阴影。正因为如此，客人讲究的服饰，愈发显得和周围不协调。

“哟，先生，您回来了。”

门刚打开，客人便流利地招呼着，恭敬地颔首致意。他是出版了评价仅次于《八犬传》的《金瓶梅》[1]的书商，和泉屋市兵卫。

“等了很久吧，今天难得去泡了个晨澡。”

马琴本能地略板着脸，如往常一样正襟危坐。

“哦，原来，您泡晨澡去了。”

市兵卫的声音里带着佩服。很少有人像他这样，不管多么琐碎的事情，都轻易地表示佩服。不，能做出钦佩表情的人就很少。马琴不慌不忙地吸着烟，和往常一样，迅速打听对方的来意。他特别不喜欢和泉屋的这种佩服。

“您今日有何贵干啊？”

“哎，想请您再度赐稿。”

市兵卫将烟管在指尖转了一圈，用女人一样的温柔声音说道。他具有奇特的性格，那就是外表的行为和内里的心意，大多数时候不一致。不单是不一致，总是显得截然相反。因此如果他意志非常强硬，必定与此成反比地、发出十分温和的声音。

马琴一听，又本能地板起了脸。

“书稿，你就别指望了。”

“是吗？有什么不便之处吗？”

“没什么不便之处。今年已经接了写读本的事，没有精力写合卷[2]了。”

“您确实十分繁忙。”

市兵卫说完这句，敲了敲烟斗的灰，好像彻底忘了刚才的话题，

---

① 马琴模仿中国小说《金瓶梅》创作的《新编金瓶梅》。

② 江户后期流行的一种通俗读物，数册装订成一册，故称合卷。每页都有插图，主要面向妇孺读者。

忽然聊起鼠小僧次郎太夫[①]的事来。

七

鼠小僧次郎太夫今年五月上旬被抓，八月中旬枭首示众，是个鼎鼎有名的大盗。他潜入大名的家宅，拿偷来的金子救济穷人。当时，义盗这个奇怪的名字成了他的代名词，到处都传说他的义举。

“先生。惊人之处在于，他偷了七十六家大名，到手的金子多达三千一百八十三两二分。虽说是盗贼，一般人根本做不到。”

马琴不禁有些好奇。市兵卫讲这种故事，心里却十分自信能给作者提供材料。他的这种自信，常常让马琴恼火。然而虽然恼火，心里又很好奇。颇有艺术家天分的他，尤其在这一点上容易陷入诱惑。

“嗯……那的确很厉害。我也听到一些，没想到有那么多。”

“总之，他是盗中豪杰啊。听说他以前做过荒尾但马守大人的随从，所以对大名的家宅了如指掌。看过他游街示众的人说，他身材肥硕，为人和善。当时他上身穿藏青色越后绉绸单衣，下身是白软绸单裤。他完全可以出现在先生的书里啊。”

马琴含糊地应了一声，又点燃一锅烟。可是，市兵卫原本就不是为含糊应答所动的人。

“先生意下如何？可否请您执笔，在《金瓶梅》里加进侠盗次郎太夫？在下也非常清楚，您十分忙碌。可是，务必请您概允。”

---

① 天保年间有名的侠盗。

鼠小僧的故事讲到这里，立刻回到刚开始催稿的事了。已经熟悉这惯用手腕的马琴依旧不答应。不仅如此，他的心情比先前更坏了。因为自己中了市兵卫的计谋，被勾起几分好奇心，他感觉自己很愚蠢。他索然无味地吸着烟，终于摆出这样一番道理来：

“首先，我即使勉强去写，也写不出什么像样的东西。这自然关系到销路，对你也没有益处。如此看来，不写虽不合情理，结果却是对大家都好。”

“话虽这么说，这事还是得您鼎力相助，您觉得呢？”

市兵卫说话的同时，视线在他脸上“摸了个遍”（这是马琴形容和泉屋眼神的说法）。马琴鼻孔里断断续续地喷着烟，说道：

“还是……写不了啊。就算想写，也没有时间。爱莫能助。”

“这可如何是好啊。”

市兵卫说完，忽然话题又转到同时代的作家身上。银质的细烟袋，依旧衔在薄薄的唇间。

八

“听说种彦[①]又出新书了，想必又是优美卓绝、哀艳无比的作品。说到写仁爱，也只有种彦才写得出。”

不知为何，市兵卫有个习惯，对所有作家都直呼其名。马琴每次听到，都寻思自己是不是背后也被直呼“马琴如何如何”。这种轻

① 柳亭种彦（1783—1842），江户后期的通俗小说作者。代表作有《偐紫田舍源氏》等。

浮的人，内心把作者当作自家工匠，被他直呼其名，还有必要给他写稿子吗？——怒气旺盛的时候，如此思虑、为之恼火，也不罕见。今天又听他说种彦的名字，表情越发不快了。可是市兵卫却似乎完全不在意。

“接下来我准备出版春水[①]的书。先生虽然不喜欢，可是那种书适合俗人阅读呢。”

“哈哈，是嘛。”

马琴的记忆中，浮现出曾经见过的春水的脸，既卑微又夸张。“我不是作者。我只是个小工匠，按照顾客的要求，写些艳俗读物供人消遣。”——马琴以前也曾听闻春水如此宣称，因此自然而然地，打心底里瞧不起这个不配做作者的作者。可是，即便如此，当市兵卫直呼其名时，他依然不由得感到不快。

“不管怎样，他写艳俗读物非常熟练呢，而且是出了名的高产。”

市兵卫说着，瞅了一眼马琴的脸，然后把视线移到口中的银烟杆上。仅仅是瞬间的动作，其中却有令人畏惧的卑劣表情。至少马琴如此感觉到了。

“据说他那么高产，竟能笔不离纸，两三回的内容一挥而就。先生写东西，想必也很快吧。”

马琴感觉不快，同时也似乎受到了威胁。把他的写作速度和春水、种彦相比，对于自尊心强盛的他而言，肯定不是一件愉快的事。而且，他写得慢。他觉得这似乎证明了自己的无能，有时也感到寂寞。

---

① 为永春水（1790—1843），江户后期的通俗小说作者。代表作有《春色梅历》《春色辰巳圆》等。

而另一方面，他也时常将其视为衡量自己艺术良知的准绳，加以珍视。不过，无论他以怎样的心情应对，也断然不允许俗人对此妄加揣测。于是他望着壁龛里的红枫、黄菊对幅，恨恨地说道：

“要看时间和情形。有时候快，有时候慢。”

“哈哈，要看时间和情形。原来如此。”

市兵卫第三次表示佩服。然而，不用说，这佩服不是就此结束的佩服。接着，他又立即展开了攻势：

“那个……一直拜托您的稿子，还请慨允。春水也……”

“我和为永先生不一样。”

马琴生气时，下唇会向左侧扭曲。这时他的嘴唇扭曲得尤为厉害。

“我还是算了吧——阿杉，阿杉，和泉屋老板的鞋子收拾好了没？”

九

赶走和泉屋市兵卫之后，马琴独自倚靠在檐廊的柱子上，望着小庭院中的景色，努力让难以平复的心情平静下来。日光铺满整个庭院，破叶芭蕉、余叶稀疏的梧桐，与罗汉松、绿竹一起，温暖地占据了几坪大小的秋天。近处洗手石盆旁边的芙蓉，花叶已经稀疏。种在大门矮墙外的木樨，甜香尚未衰退。先前听见的老鹰鸣叫，又从遥远的蓝天深处，不时如笛声般落下。

他想到和这自然形成对比的，重新认识到的世间的卑劣。居住于这卑劣世间的人之所以不幸，在于因那卑劣而烦忧，自己也不得不采取卑劣的言行。刚才自己把和泉屋市兵卫赶走了，赶人走当然不是高尚的举动，可是因为对方卑劣，自己也被逼采取卑劣的应对方式。而且，已经这么做了。那意味着，自己变得和市兵卫一样卑劣。换言之，自己也被迫堕落到如此地步。

想到这里，他忽然记起不久前发生的，几乎与这相同的事情。那是去年春天，他收到一封信，请求他收为弟子。是相州[①]朽木上新田一个叫长岛政兵卫的男子。他在信中说，自己二十一岁那年失聪后，下决心靠文笔闻名天下，便专注于创作读本，一直到二十四岁的今天。不用说，他也是《八犬传》《巡岛记》的热心读者。他顺便提到，身处乡下，不利于写作，能否投在您门下寄食。而且，自己写了六册读本的书稿，希望您加以修改，寻一家合适的书店加以出版——大致写的是这样的内容。在马琴看来，对方的要求自然是只考虑自己。对苦于视力不佳的马琴而言，失聪多少成了引起同情的因素。他写了回信，表示难得对方一片心意，但恕难从命。信写得十分客气。可是收到的回信中，劈头盖脸就是激烈的责难，除此以外什么都没有。

——你写的《八犬传》也好，《巡岛记》也好，都是又臭又长。我耐着性子读完了，可你却不肯读一读我写的薄薄六册读本。由此可见，你人格低劣。回信以这样的文句开篇。接着，攻击马琴作为前辈，不肯收后生晚辈为门下食客，实在吝啬。然后就草草收笔了。马琴很是恼怒，立即写了回信，信中加入了自己的读本被尔等轻薄之徒阅读，是我一生的耻辱的话。之后再无那人的消息。他如今是否还在写读本？是否依旧梦想着，有朝一日作品被全日本的读者

① 相模国的别称。相当于今神奈川县的大部分。

阅读？……

在这段记忆中，马琴既为长岛政兵卫感到不堪，同时也为自己感到不堪。这又将他引入难以言表的寂寞之中。可是，日光无心，融化了木樨的香气；芭蕉和梧桐静静伫立，枝叶不惊；老鹰的鸣叫也嘹亮如常。这样的自然和那样的人——十分钟之后，女仆阿杉告诉他午饭已经准备好了。在此之前，他一直愣愣地靠在檐廊的柱子上，仿佛身处梦中。

十

独自一人吃完冷清的午饭，他终于回到书斋。为了平复莫名的烦躁和不快，他翻阅起最近没碰的《水浒传》。偶然翻到豹子头林冲风雪山神庙，望见草料场着火的段落。这一戏剧性的场景，让他有种熟悉的感兴。然而这感觉持续到某个阶段，心中反倒忐忑起来。

去拜佛的家人还没有回来，家里一片寂静。他调整了一下阴郁的表情，坐在《水浒传》前面，索然无味地吸着烟。烟雾之中，隐约出现他经常思考的一个疑问。

那是一直纠缠着作为道德家的他和作为艺术家的他的疑问。他从未怀疑过“先王之道”，他的小说也如他自己宣称的那样，确实是“先王之道”的艺术性表现。这里并无矛盾。然而，“先王之道”赋予艺术的价值，与他的内心想赋予艺术的价值之间，却存在巨大的差距。因此他心中的道德家肯定了前者，而心中的艺术家当然地肯定了后者。当然，并非没有低级的妥协思想，来摆脱这种矛盾。事实上，他公开宣称的模棱两可的调和论背后，隐藏着他对于艺术的暧昧态度。

可是，即使公众可以欺瞒，自己却无法欺瞒。他否定戏作的价值，称其为“劝善惩恶之工具”，然而一旦遭遇他心中磅礴的艺术感兴，他立即产生了不安——《水浒传》的一节，偶然在他心中引发意想不到的结果，其实便是出自这样的缘由。

在这一点上，马琴是思想上的怯懦者。他默然吸着烟，努力将思绪引向外出的家人。然而面前有《水浒传》，不安以此为中心，很难从脑海里消失。就在这时，来了位稀客。华山渡边登[1]一身和服正装，肋下夹着个紫色的小包袱，应该是来还书的。

马琴很高兴，特意到玄关迎接好友。

“今日拜访，奉还上次所借之书，另外有件东西请你过目。”

果不其然，华山走进书斋便如此说道。只见他除了小包袱，还带了用纸裹住的绢画。

“若有时间，可否垂视？”

“那是自然，快快给我观瞻。”

华山似乎掩饰着某种兴奋的感情，故意微笑着拆开外层的纸，展开画轴。画上绘有萧索的冬树，远近错落，疏朗有致。两男子立于林中，拊掌谈笑。林间黄叶零落，树梢乱鸦群集——观看画面，无处不充溢着瑟瑟秋意。

马琴的视线落在淡彩绘成的寒山拾得身上，目光逐渐明亮起来，带着温和的光润。

“一如既往的佳作啊，让我想起了王摩诘。正所谓‘食随鸣磬

① 渡边登（1793—1841），号华山，江户后期的文人画家，吸收西洋画法，自成一家。

巢乌下，行踏空林落叶声’啊。”

十一

“这是我昨天画的，我自己还算喜欢。要是不嫌弃，还请笑纳。”

华山摸着胡茬幽青的下巴，满意地继续说道：

“虽说喜欢，画到现在，这幅还算不错——可是，还是画不出最理想的画啊。”

“感激不尽，总是受赠大作，实在过意不去。”

马琴看着那幅画，低声道谢。此时，他未完成的工作，忽然在心底萌动了。而华山似乎还在想自己的画。

“每次看古人的画，我总是想，为何能画得如此出色。木石、人物，皆惟妙惟肖。而且其中所描绘的古人心意，也栩栩如生。那神韵确实让人叹为观止。要是进入那种境界，我甚至不如孩童。”

“古人云，后生可畏啊。”

马琴看华山沉浸在自己的绘画世界里，心中有些妒忌，很难得地调侃他。

“后生的确可畏，而我正夹在古人和后生之间，动弹不得，被推着往前走。而且，不仅我这样，古人如此，后生也不例外吧。”

“如果不往前走，马上会被推倒在地。所以，积跬步勉力向前，最为重要啊。”

“确实如此，那比什么都重要。”

主客二人，因这谈话而心有所感，暂时沉默了。他们静静听着秋日里的细小声响。

“《八犬传》进展依旧顺利吗？”

不一会儿，华山转换了话题。

“哪里，一直没有进展。这也不及古人啊。”

“您如此说，让我窘迫呢。”

“要说窘迫，我比谁都窘迫。可是，只有写下去，写到不能写为止。有了这样的念头，我最近下了决心，和《八犬传》力战到底。”马琴说着，自感羞愧似的苦笑道，“虽说是戏作，难尽如人意之处也颇多呢。”

“我的画也是如此。一旦动笔，不画到满意誓不罢休。”

“我们，都是力战到底的啊。”

两人放声大笑起来。然而笑声之中，充溢着只有他们才懂的寂寞。与此同时，主客二人又在这寂寞中，相应地感到一种强烈的兴奋。

“可是，画画还是让人羡慕啊。不用担心官府责罚，这最难能可贵。”

接着，马琴转换了话头。

十二

“未必如此。先生的大作，无须如此担心。”

“其实不然，我深受其苦啊。”

马琴举例说明，审查官对图书的审阅如何粗暴。自己小说中有一节写了官吏收取贿赂，结果被勒令修改。随后，马琴做了一番点评：

“审查官越是吹毛求疵，越是露出狐狸尾巴，难道不滑稽吗？自己收取贿赂，看到关于贿赂的描写就不舒服，责令作者修改；自己常常有猥琐的念头，见到有描写男女感情的，不管什么书，一概视为淫秽之书。总以为自己的道德心高于作者，实在滑稽。好比猴子照镜子，龇牙咧嘴。自己卑劣，还对别人怒目相向。”

马琴打比方十分热忱，华山不禁为之失笑。

“这种事的确不少。不过，即使修改，也不是先生的耻辱。审查官再怎么挑剔，优秀的作品，自然有其出众之处。”

“可是，审查既多又粗暴呢。对了，我写过一段去监牢送衣食的话，还是被删除了五六行。”

马琴自己说着，也忍不住和华山一起哧哧地笑了。

“可是五十年、一百年之后，审查官死了，《八犬传》还会流传下去。”

“不管《八犬传》能否流传，我倒觉得审查官不会消亡呢。”

“可能吧。我也有这种预感。”

“不，即使没了审查官，类似审查官的人永远都不会灭绝。以为只有古代才有焚书坑儒，那就大错特错了。”

“先生最近说的都是忧心之言啊。”

“并非我过于忧心，而是审查官横行于世，让人忧心忡忡。”

“如此说来，不如多多著述吧。”

“也唯有如此了。”

“于是，又是同样力战到底吗？”

这次，两人都没有笑。不仅没有笑，马琴表情有些严肃地看着华山，华山看似笑谈的言语之中，有微妙的锋芒。

“不过，年轻人[1]要懂得活下来。因为，随时都可以力战到底。”

片刻之后，马琴如此说道。他了解华山在政治上的态度，这时候忽然感到一种不安了吧。然而华山只是微笑，没有回答。

十三

华山走后，马琴借着尚未消退的兴奋之力，如往常一样，在书桌前专心写《八犬传》书稿。在写稿之前，先通览一遍昨天所写的内容，是他之前养成的习惯。因此今天也先仔细地读稿，几张稿纸细密的行间，密密麻麻加了朱笔校改。

不知为何，完成的东西与自己的心境无法合拍。字里行间藏着不纯的杂音，频频打破整体的和谐。刚开始，他把这解释为自己怒气未消。

“是我现在情绪不好。完稿的部分，应该是经过推敲，写得周到严密的。”

他想着，又读了一遍。可是文章的不和谐和之前相比，没有丝毫变化。他心中狼狈，表现得不像个老人。

“前面的部分，不知写得如何？”

他又看了前面的一段。可是那部分也尽是些粗糙的文句，零散杂糅而成。他又往前读，接着又读了更早的。

越读越感觉不妙，眼前展现出的是布局拙劣、文脉凌乱的文章。

---

① 渡边华山比马琴年少十六岁。1839 年，渡边华山著《慎机论》，批评幕府的锁国政策，同年被捕入狱。后被禁闭在家。1841 年自尽身亡。

叙景构不成生动的景象；咏叹里没有鲜活的感动；论辩缺乏应有的条理。花费数日时间写成的几章书稿，以现在的眼光看来，不过是些无用的废话。他忽然感到一种锥心般的痛苦。

“这文章，只能从头写过。”

他在心中如此高喊着，郁闷地把稿子向前一推，单肘撑头躺了下来。可是，或许是心中记挂，目光并未离开书桌。他在这张书桌上写过《弓张月》，写过《南柯梦》，如今在写《八犬传》。桌上的端砚、蹲螭镇纸、蛤蟆形状砚滴、绘有狮子和牡丹的青瓷砚屏、雕刻有兰花的竹根笔筒——这一切文房用品，都从很久以前，伴随他经历创作的艰辛。看到这些东西，他不禁感到现在的失败给他一生的心血之作投下了浓重的阴影，使他对自己的实力也产生了根本性的、怪异又可憎的不安。

“到刚才为止，我还有雄心创作本朝无与伦比的巨作。而这，或许不过是与凡人无异的一种自恋。”

那种不安带给他难以忍受的、落寞又孤独的情感。他从未忘记在他尊敬的和汉天才面前保持谦逊；然而与此相应地，面对同时代的平庸作者，他既傲慢又不逊。他怎能轻易承认，到头来自己的能力和他们不相伯仲，或许是更为可厌的“辽东之豕”①。而且他强大的“我”之热情过于充溢，无法在“悟道”与“断念”中避难。

他横卧在书桌前，以眼睁睁看着遭遇海难的船只沉没的船长的眼神，望着失败的书稿，静静地与绝望的威力抗争。此时，他身后的拉门被猛地打开，伴随着“爷爷，我回来啦”的声音，一双柔软

① 出自《后汉书·朱浮传》，意为孤陋寡闻、自命不凡。

的小手抱住他的脖子。如果没有这些，他可能一直被禁锢在忧郁的情绪之中吧。孙子太郎一推开拉门，便以孩童特有的大胆与直率，忽然用力跳到马琴的腿上。

“爷爷，我回来啦。”

“哟，这么早就回来啦。”

与此同时，《八犬传》作者满是皱纹的脸，忽然喜悦得像换了个人。

十四

客厅里很热闹，能听见妻子阿百高声说话的声音，以及儿媳阿路内敛的声音。夹杂其间的是粗重的男人话音，大概是儿子宗伯碰巧一同回来了。太郎跨坐在爷爷的大腿上，好像故意不听不见似的，表情认真地望着天花板。脸颊被户外阳光照得红彤彤，小小的鼻翼，随着鼻息不停翕动。

“爷爷，我有话和你说。”

身穿栗梅花纹和服的太郎忽然开口说道。他努力思考，又努力忍住笑，脸上的小酒窝忽隐忽现——这让马琴感觉，很自然地想要微笑。

“每天都要好好地。”

“嗯，好好地做什么呢？”

“好好学习！”

马琴忍不住笑出了声。他一边笑一边追问道：

“还有呢？”

“还有……嗯……不可以生气！”

“哦哟，就这些啊？”

“还有呢！”

太郎说着，后仰着糸鬓奴[①]的脑袋，自己又笑了。看着他眯着眼、露出洁白牙齿和酒窝的笑模样，真不想他长大后变成世间众人那种可怜样儿。马琴沉浸在幸福的意识中，如此思虑着。而太郎说的，越发激起了他的兴趣。

“还有什么呀？”

“还有……很多很多呢。”

“有什么呢？”

“让我想想……爷爷你会更厉害的，所以……”

“所以……？”

“所以，你要坚持努力！”

“我会努力的”。马琴不禁认真地说道。

“要坚持，再坚持呢。”

“谁和你说这些的？”

“这个嘛……”

太郎淘气地看了一眼马琴，笑了。

“你猜是谁？”

“让我想想。今天去拜佛了，是听庙里和尚说的吧。”

“不是。”

太郎十分肯定地摇着头，在马琴腿上稍稍直起身，探着下巴

① 男性的一种发型。头顶剃光，两鬓留细发。

说道：

“我跟你说……”

“说吧。”

“是浅草的观音菩萨说的。”

话刚说完，那孩子就开心大笑着，像是怕被抓住似的从马琴身边跑开了，笑声整个家里都能听见。巧妙地捉弄了爷爷，使他十分开心，拍着小手，屁颠颠地逃向客厅去了。

马琴心中忽然闪现出某种严肃的东西，就是在这个时候。他的唇部浮现出幸福的微笑，同时眼中饱含热泪。这个玩笑是太郎想到的，还是妈妈教他的，无须去追问。这样的话出自孙儿口中，让马琴感觉不可思议。

“观音菩萨这么说了啊。好好学习、不生气、好好坚持。”

年过花甲的老艺术家泪中含笑，孩子般地点着头。

十五

就在那天夜里。

马琴在昏暗的圆灯笼下，继续写《八犬传》。他写作时，家人都不进书斋。寂静的房间里，灯芯吸油的声音和蟋蟀的叫声，讲述着空虚长夜的寂寞。

刚开始动笔时，他的脑海中只有微光般的东西在闪动。然而随着十行、二十行写下去，那微光般的东西越来越大。经验告诉他那是什么。马琴专注又专注，提笔疾书。宛如神来的意兴和火没有区别，如果不懂如何生火，即使点燃，也会立即熄灭……

“别急，尽量考虑得更深入些。”

马琴不住地提醒自己，努力克制疾书的毛笔。然而脑海中刚才碎星般的东西，比河流更快地流过，其力量每分每秒都在增强，不由分说地向他逼压过来。

他的耳中，已经听不见蟋蟀的鸣叫；他眼中灯笼的微光，也丝毫构不成障碍。笔势自然生长，在纸上顺畅地游走。他以神人相搏的劲头，几乎忘我地书写着。

脑海中流动的东西，正如横贯天空的银河，从未知处滚滚涌溢而来。他有所察觉，恐惧那磅礴的气势，生怕自己的肉体无法承受。他牢牢地握住手中的笔，不停地激励自己：

“写下去，写到不能写为止。我现在写的，或许只有现在才能写得出。”

然而，如同光霭般的潮流，速度丝毫不减，反倒在令人目眩的飞跃之中淹没了一切，汹涌澎湃地向他袭来。他已完全被其俘虏，忘记了一切，朝着流动的方向，疾风般运笔疾书。

此时，在他那王者般的眼中，没有利害，也没有爱憎。被毁誉烦忧的心，早已从眼底抹去。存在的，只有难以言说的喜悦，抑或是恍惚又悲壮的感动。不懂那样的感动，如何能体味戏作三昧的心境，如何能理解戏作者尊贵的灵魂。难道不是唯有在这里，“人生”才能洗净所有残滓，宛如全新的矿石，美丽地闪耀于作者面前吗？……

这时，客厅里的灯笼旁边，阿百和阿路婆媳二人还在相对缝织。太郎应该已经睡了。稍远处，孱弱的宗伯一直忙于搓制药丸。

“你爹还没睡啊。”

阿百往头发上擦了擦缝衣针，抱怨似的低声说道。

“肯定又写得入神了。”

阿路目不离针，答道。

“让人头疼，又挣不了几个钱。”

阿百说着，看了看儿子和儿媳。宗伯不吱声，装作没听见。阿路默默地做着针线。此处也好，书斋也好，蟋蟀都同样鸣唱着秋意。

某日的大石内藏助 ①

和煦的阳光照在紧闭的拉门上，嶙峋老梅的树影，自右往左如同画卷般鲜明地折映其上。原为浅野内匠头 ② 家臣，现禁闭于细川家 ③ 的大石内藏助良雄，正背对着拉门，端正地跪坐着，专注读书。那大概是细川家的某个家臣借给他的《三国志》中的一册。

共有九人住在这里。片冈源五右卫门刚刚去如厕；早水藤左卫门去下间 ④ 谈事情，还没有回来。其余六人，吉田忠左卫门、原惣右卫门、间濑久太夫、小野寺十内、堀部弥兵卫、间喜兵卫，似乎

---

① 大石内藏助（1659—1703），本名大石良雄。赤穗藩主浅野长矩的家老，赤穗浪士的首领。1701 年，主君浅野长矩砍伤吉良义央，被将军赐死，并废藩。浅野家臣因此成为浪人。1702 年 12 月，大石内藏助带领四十七名赤穗浪士杀死吉良，为主君报仇。1703 年，幕府命令赤穗浪士集体切腹。该复仇事件通称元禄赤穗事件，后成为歌舞伎名作《忠臣藏》的蓝本。

② 浅野长矩（1667—1701），赤穗藩主。1701 年奉幕府将军之命，负责接待天皇御使。深知朝廷礼仪的吉良义央被安排辅助浅野。吉良一向看不起浅野，故意让浅野在众人面前出丑。浅野在殿内拔刀砍伤了吉良。将军得知，命令浅野即日切腹，没收家禄。引发了后来的赤穗浪士复仇事件。

③ 越中守细川纲利的家宅。

④ 江户幕府若年寄处理政务的场所。与之相对的“上间”为大老、中老处理政务的场所。大老、中老、若年寄为辅佐将军处理政务的官职。

忘记了纸拉门上的日影，有的专心看书，有的确认消息。六人都是过了天命之年的老人，因此春意尚浅的房间里十分安静，带着砭人肌骨的寒意。偶尔有一两下咳嗽声，声音很轻，连微微飘溢的墨香也不曾被惊动。

内藏助将目光从《三国志》上移开，投向遥远之处，然后把手静静地靠在火盆上。罩了金属网的火盆中生了炭，底下美丽的赤红之物，熊熊映照着灰烬。感觉到热气，内藏助的心中这才充盈起安详与满足。就在去年的十二月十五日，他们为亡君复仇，撤回泉岳寺①的时候，他吟了一首和歌，“大仇得报心无憾，浮世明月无云遮”。那时的满足感又回来了。

自从离开赤穗城，近两年的时间里，他是如何殚精竭虑地精心谋划啊。光是约束冲动好胜的手下，等待时机成熟，就付出了非同寻常的努力。而且仇家派出的细作，始终在他身边打探。他假装放浪形骸，骗过细作的监视；同时，又必须打消误解自己放浪行径的志同道合者的疑虑。回想起在山科、圆山的谋划，当时的苦衷又回到了心中——然而，所有的一切都已各得其所。

如果说，还有什么悬而未决，就只剩官府对赤穗一党四十七人如何处置了。不过，那也不会等很久。的确，一切都已各得其所。不仅是复仇之举得以实现，一切都如愿以偿，形式上与其他道德上的要求几乎完全吻合。他不仅体会到大功告成的满足感，同时又体会到道德彰显的满足感。而且，这满足感不论从复仇的目的还是手段考虑，都没有丝毫令良心愧疚之处。难道还有比这更有满足感的

① 浅野长矩死后埋葬于此。

事吗？……

内藏助如此思量着，舒展眉头，见吉田忠左卫门似乎也看书看得倦了，书倒扣着搁在大腿上，手指在上面描画着练字。于是隔着火盆对他说道：

“今天也格外暖和啊。”

“是的。这样坐着没事干，太暖和就容易犯困。”

内藏助微笑了。今年正月元旦，富森助右卫门三杯屠苏酒下肚，借着醉意吟了一首俳句，“饱食正月闲，武士亦汗颜”。那俳句忽然浮现在他脑海里，其中的诗意和良雄现在的满足感并无不同。

“夙愿已偿，精神有些放松了吧。”

“没错，也有这原因。”

忠左卫门拿起旁边的烟袋，郑重地抽了一袋烟。烟雾在早春的午后袅袅上升，明亮的静谧之中青色变淡，逐渐消失了。

“我们都没想到，能过上这么悠闲的日子啊。”

“确实如此，我做梦也没想到，能再看到春天。”

“我们的运气真是太好了。”

两人满意地含笑对视——如果这时良雄身后的纸拉门上，没有出现一个影子，随后影子在伸手拉开拉门的瞬间消失，与此同时，早水藤左卫门健壮的身子走进房间的话，也许良雄可以一直回味春日惬意的温暖，以及得意的满足之情。然而现实是，面色红润的藤左卫门脸上带着丰足的微笑，径直来到两人中间。可是他们并未察觉。

“下间那里应该很热闹吧。”

忠左卫门说着，又点了一袋烟。

“今天办事的是传右卫门[1]大人，所以聊得格外欢畅。刚才片冈去了，只好坐在那里干等。”

“难怪，我说怎么这么久还没回来。”

忠左卫门被烟呛了，表情难受地笑了。一直在奋笔疾书的小野寺十内似乎想到了什么，抬起了头，然后又垂下目光，继续书写。或许，他想知道寄给京都妻女的消息是否收到——内藏助也笑得露出深深的鱼尾纹。

“有什么趣事吗？”

“没有，都是老套的闲聊。倒是之前近松讲甚三郎[2]的事迹时，传右卫门也听得眼中含泪。其他……对了，这么说来，还真有趣事。听说，自从我们杀吉良报仇，江户也开始盛行类似复仇的事了。”

“哈哈，这倒是出乎意料。”

忠左卫门一脸惊讶地看着藤左卫门。他讲这类事情，似乎非常拿手。

“我听到两三起相似的事件。其中最可笑的，是发生在南八丁堀湊町的。事情的起因是附近的米店老板在澡堂里和旁边染坊的手艺人起了争执。最初不过是被洗澡水溅到之类的小事，结果米店老板被染坊的手艺人拿水桶暴揍了一顿。米店的一个伙计怀恨在心，等手艺人傍晚外出时，趁其不备用长钩刺进对方的肩膀。一边打，嘴里还嚷嚷着‘主人的仇敌，让你见识我的厉害’……”

藤左卫门一边用手模仿，一边笑盈盈地说着。

---

① 传右卫门，细川家的家臣。

② 近松堪六行，赤穗义士之一。甚三郎为其仆人。

“那可是粗暴至极啊。”

“手艺人受了重伤。可是，街坊邻居的评价却都说伙计好，你说奇怪不奇怪。另外，通町三丁目有一起；新麹町二丁目也有一起；还有一起记不得是哪儿的。总之，各处都有，都是学我们的样儿。难道不可笑吗？”

藤左卫门和忠左卫门相视而笑。听到复仇之举对江户的人心产生影响，哪怕是微不足道的小事，也令人愉快。唯独内藏助用手轻触额头，表情很无趣地沉默着——藤左卫门讲的事情，给他的满足感投下一丝微妙的阴翳。他并无对自己行为所产生的所有后果负责的念头。自从他们完成复仇之举，江户城中盛行寻仇，这和他的良心风马牛不相及，也是自然的。即便如此，他心中持续的春天的温热，似乎减弱了几分。

事实上，那时候的他，对于他们所做的事产生影响、波及意想不到之处，仅有些许惊讶。如果是平日的他，应该会和藤左卫门、忠左卫门一起，对其付之一笑。然而这事实在他充满无上满足感的心中，忽然播下了不快的种子。这或许是因为，他的满足感在暗中与道理背道而驰，越是肯定自己所有的行为与结果，越带有为自己考虑的性质吧。当然，当时他的心中，丝毫没有这种解剖式的考虑。他只是在春风的深处感到一丝冰冷的气息，无端地悻悻然而已。

然而内藏助没有笑，并未特别引起二人的注意。为人和善的藤左卫门，自己对这话题感到兴味，深信这对于内藏助也颇具兴味。若非如此，他也不会亲自去下间，把当日办事的细川家的家臣堀内传右卫门特意带来这里。于是，办事仔细周到的他，回头对忠左卫门说了一声：“我把传右卫门大人叫来吧。”便迅速拉开隔扇门，步履轻快地到下间去了。没过多久，只见他带着相貌粗野的传右卫门，依旧满脸微笑，得意扬扬地回来了。

“哎呀，不好意思，劳您专门来一趟。”

忠左卫门看见传右卫门，便替良雄微笑着招呼。自从被禁闭以来，传右卫门质朴、率真的性格，已和他们息息相通，彼此抱有故旧般的温情。

“早水兄叫我务必来一下，我便来叨扰了。”

传右卫门一落座，便粗眉舞动，黝黑脸颊的肌肉也蠕动着，仿佛马上要笑出来。他无一遗漏地环顾了一周。读书的、写字的，都和他打了招呼。内藏助也对他殷勤地点头致意。而其中略显滑稽的是《太平记》看了一半，戴着眼镜打瞌睡的堀部弥兵卫，他刚睁开眼睛便急忙摘掉眼镜，郑重其事地低头致意。连持重的间喜兵卫也似乎觉得好笑，把脸扭向身旁的屏风，表情古怪地忍住笑。

“传右卫门大人好像不待见老人，都不来这里坐坐啊。”

内藏助以平时不常见的流畅语调说道。那是心境虽然有几分紊乱，但在他心底，刚才的满足感还温暖地流淌着的缘故吧。

“哪里哪里，不是这样的。经常在那边被人拉住，一不小心就聊得入神了。”

“刚才也听说了，好像有些十分有趣的故事啊。”

忠左卫门也从一旁插话。

“要说……有趣的故事……”

“就是，江户城中盛行效仿寻仇的事。”

藤左卫门说着，笑嘻嘻地打量着传右卫门和内藏助。

“哦，原来是那种事啊。人情这东西，真是奇妙。被众位义士的忠义感染，町人百姓也想效仿吧。这能如何改变自上而下自甘堕落的风俗，还未可知。不管是净琉璃还是歌舞伎，流行的都是些让人不想看的东西。在这时候出现，正是恰到好处。”

对内藏助而言，话题正朝着无趣的方向发展。于是，他故意用深沉的语调，既谦卑又巧妙地转换了话题的方向。

“我等的忠义之举受此褒扬，诚为幸事。然而，以在下愚见，引以为耻者更为触目。”他环视众人，继续说道，“究其原因，赤穗藩中人丁众多，而正如所见，此处均为低俸之人。最初，奥野将监也有意举事，却中途变卦，脱离了同盟。这完全出乎在下意料。此外，新藤源四郎、河村传兵卫、小山源五左卫门均位列原惣右卫门之上；佐佐小左卫门等人，身份也高于吉田忠左卫门，临近举事，皆改弦更张。其中不乏在下的亲族。如此看来，引以为耻也不为过。”

室内的气氛随着内藏助的这番话，忽然失去了刚才的开朗，变得凝重起来。不妨说，谈话正如他的意愿，转换了方向。可是转换之后的方向，对内藏助而言是否愉快，又另当别论了。

听了他的感慨，早水藤左卫门首先回应，双手握拳敲了两三下大腿。

“那帮家伙，全是人面禽兽。没一个能称得上是武士。”

“没错！尤其是高田群兵卫，禽兽不如。”

忠左卫门挑起眉毛，征求赞同般望着堀部弥兵卫。个性慷慨的弥兵卫自然不会保持沉默。

“我们凯旋时遇见了那个败类，我觉得唾他一脸都不解恨。在我们面前恬不知耻地装作若无其事，自己心愿得偿，喜不自胜呢。”

“高田倒也罢了，小山田庄左卫门才是个混账东西！”

间濑久太夫并未想对谁说，原惣右卫门和小野寺十内已经异口同声地斥骂起这个背信弃义之徒来。就连沉默寡言的间喜兵卫，虽然不善言辞，也频频点着白发苍苍的头，表示赞同大家的意见。

“无论如何，都想象不出在一个藩里，有诸位这样的忠臣，也有那样的鼠辈。难怪町人百姓中有人诋毁武士，说不成器的武士不过是盗取俸禄的小贼。冈林杢之助大人去年切腹自尽了，而大家传言，自尽是至亲、姻亲逼迫所致。即使并非如此，置身于那种境地，亲属也不免要承受污名，更何况事不关己者。江户素来重义尚勇，以致百姓争先效仿寻仇。诸位为之愤慨，未必没有人出头，斩杀彼等鼠辈呢。”

传右卫门慨然说着，完全不是事不关己的态度。看那架势，自己首当其冲，比任何人更应该担负斩杀之任。被煽动的吉田、原、早水、堀部等人，都似乎感到某种兴奋，越发恶毒地痛骂乱臣贼子——其中，唯独大石内藏助双手置于膝上，表情更加索然无趣，也越发沉默寡言，怔怔地望着火盆。

他发现了一个新的事实：他推动话题转换方向，结果却是以变节的旧友为代价，使他们的忠义得到更高的褒扬。与此同时，吹荡在心底的春风，又减去了几分温热。当然，他痛惜旧友的背信弃义，不单单出于转换话题的考虑。在他看来，变节之举令人遗憾和不快，然而他对那些不忠诚者只有怜悯，并不憎恶。在他看多了人情向背、世故流转的眼中，旧友的背信，自然得不能再自然了。如果可以用率真这个词来形容，他们率真得令人同情。因此内藏助对他们，始终不改宽容的态度。更何况在复仇成功的现在看来，能给予他们的，只剩下悯笑。然而世间对他们，似乎杀之犹不解恨。为何把我们视作忠义之士，就必须把他们看作人面畜生呢。我们和他们，差别其实并不大——复仇事件对江户町人产生的奇妙影响，先前便让内藏助感觉不快。他以与之稍有不同的意义，将背信弃义之徒所受的影响，看作以传右卫门为代表的天下的公论。他表情苦涩，绝非偶然。

然而，内藏助的不快，注定了要接受更为严酷的最后一击。

传右卫门见他沉默不语，大概推测是他虚怀若谷所致，更加佩服他的人品。为了表示自己的敬佩，这个质朴的肥后[①]武士，硬生生把话头一转，开始盛赞内藏助的忠义之举。

“我曾听见识广博者说过，唐土有位武士[②]，吞炭为哑，为主人报仇。与内藏助兄违心地放浪形骸相比，也算不得什么辛苦吧。”

传右卫门以此为引子，将一年之前内藏助放浪的逸闻娓娓道来。去高尾、爱宕观赏红叶，对他而言是多么痛苦啊。岛原、祇园的赏花宴，对于专心扮演苦肉计的他，肯定痛苦不堪……

“听说当时的京都，甚至流行小曲，唱什么大石大石轻飘飘，纸糊石头不中用。如果不委屈自己，又怎能瞒天过海，骗过天下。前些时日，天野弥左卫门大人盛赞您有勇有谋，也极为合乎情理。”

“哪里哪里，完全不值一提。”内藏助很勉强地回答。

他倨傲的态度，与传右卫门的预期相去甚远，便更觉得他深沉。原先面朝内藏助坐着的他，转了个方向，朝常年留守京都的小野寺十内，充满热情地表露自己的钦佩之情。义士之中十内以人情练达出名，对传右卫门孩子般的热情，觉得又可笑又可爱吧。他顺着传

① 日本旧地名，今熊本县。

② 战国时期，智伯的门客豫让为报知遇之恩，漆身吞炭，改变容貌，刺杀赵襄子，事情败露而死。

右卫门的心意，详细讲述了当时内藏助为了欺骗仇家的细作，身披僧衣去升屋找夕雾姑娘的事。

“外表那么严肃的内藏助，当时还写了《家乡小景》①的小曲，而且深受好评，青楼之中无处不传唱。那时候的内藏助，身穿黑色僧衣，耳边有人语带嘲讽，高呼其绰号‘浮哥’，醉醺醺地走在祇园的落樱之中。《家乡小景》俗曲流行，内藏助的荒唐行为也闻名一时。这丝毫不足为奇。不管是夕雾姑娘还是浮桥姑娘，岛原和撞木町出名的花魁，说起内藏助，都争着待若上宾。”

内藏助非常反感地听着。十内讲的这些事，几乎像是侮辱。与此同时，过去放荡的记忆，自然而然地浮现出来。对他而言，那是色彩鲜艳得出奇的记忆。在那记忆中，他看见高烛的火光；闻到发油的香味；听见三弦弹奏的加贺小调。不仅如此，刚才十内提及的《家乡小景》中的歌词，“身似浮萍心悲伤，衫袖滴落泪两行。好似露珠顷刻消，点点泪痕说无常”，连同仿佛从春宫图中跳出来的夕雾姑娘、浮桥姑娘妖艳的身姿，历历浮现在心中。他曾经如何肆意地享受这记忆犹新的放荡生活啊。而且在那放浪之中，他又如何地体会过全然忘却复仇之举的怡然瞬间啊。他过于正直，无法自欺，无法否定这事实。当然，坦承这一事实是不道德的，对于洞察人性的他，即便幻想也无法做到。因此，所有的放浪行径，被视为尽忠尽义的手段而受到褒赞，他感觉不快，并深感愧疚。

如此思虑的内藏助，所谓故作放浪的苦肉计受人夸赞，表情苦涩也不难理解。他意识到再度经受打击之后，胸中残存的春风也

---

① 《家乡小景》，三弦伴奏的当地俗曲。岸野次郎三作曲，大石良雄作词。

眼见着消逝不见了，留下的只有对于一切误解的反感。没有预料到那反感的自己也十分愚蠢——那凉飕飕的阴影越变越大。他的复仇之举、志同道合者，以及他自身，都会就此随着褒扬之声流传后世吧——他面对这令人不快的事实，把手靠近热气减弱的火盆，避开传右卫门的视线，惨淡地叹息着。

之后，过了几分钟。装作去上厕所而离席的大石内藏助，独自倚靠着檐廊的柱子，眺望着古老庭院的青苔与石块之间，寒梅的老枝上所绽放的烁烁白花。日色已经彻底暗淡，竹丛的阴影处，黄昏开始蔓延开来。然而，拉门中依旧传来兴致盎然的交谈声。他听在耳中，感觉一种特别的哀伤慢慢将自己包围住。与那梅花轻淡的香气一起渗入无比澄澈的心底的寂寥，这难以言表的寂寥，究竟来自何处？——内藏助仰望着仿佛镶嵌在蓝天上的，冰冷而坚硬的花朵，长久地伫立着。

忠义

一　前岛林右卫门

板仓修理[①]稍稍从病后的疲劳中恢复，却又为剧烈的神经衰弱所困扰……

肩酸、头疼，连平日喜欢的读书，也提不起精神。只要听见廊下的走路声、家人说话声，注意力立即被搅乱。而且愈演愈烈，现在哪怕是细微的刺激，神经也为之痛苦不堪。

首先是烟盒的描金画。看见黑底上蜿蜒的金色唐草，细长的枝蔓和草叶总是在脑海里挥之不去。其次是象牙筷、青铜火筷等尖锐之物，一看见就心神不安。最后是榻榻米包边的交叉尖角、天花板的四角，也让他感到仿佛凝视刀尖般无法喘息的神经紧张。

无奈之下，板仓只好每天阴沉着脸，一动不动地待在客厅里。

---

① 板仓胜该（？—1747），别名安之助、修理。江户中期的旗本（将军直属家臣中俸禄一万石以下，但有直接谒见将军资格的武士），因杀害熊本藩主细川宗孝而为人所知。

做什么都觉得痛苦。他不时地想，如果可以，最好就此把存在的意识抹消掉。可是，躁郁的神经，又不许他这样。他仿佛掉进蚁狮陷阱的蚂蚁，心情焦躁地环视四周。然而，那里只有“历代祖先忠臣”，不理解他的心情，一味地忧虑会发生意外。“我很苦，可是，没人明白我的苦。”——想到这些，他的痛苦又加倍了。

板仓的神经衰弱，因为周围人的不理解，恶化得越发迅速。不止一两次，他用隔壁人家都能听到的声音狂吼；也曾数次将手握住刀架上的长刀。那种时候的他在任何人眼中，几乎都像变了个人。平时面黄肌瘦的脸不停地抽搐，眼神中莫名地充满杀气。发作更厉害时，他必定用颤抖的双手，揪扯两鬓的毛发——近侍们都将揪鬓毛看作他开始失常的“先兆”。那样的时候，他们互相提醒，无人靠近他身边。

发疯——这样的恐惧，板仓自己也有过。周围的人肯定也感觉到了。板仓自然对他们的恐惧抱以反感。可是自身感觉到的恐惧，打一开始就无力反抗。每当发作平息，比之前更加忧郁的心情沉重地压在头上，有时便会意识到，那种恐惧如同闪电般威胁着自己。同时，抱有这样的恐惧仿佛就已经预示了发疯，他始终被晦气的不安侵扰。

“要是发了疯，我该怎么办？”一想到这，他的眼前就好像突然黯淡了。

不必说，这样的恐惧，不断被外界刺激所带来的焦躁打消。然而另一方面，那焦躁一不留神又让恐惧复苏了——也就是说，板仓的心就像追逐自己尾巴的猫，从不安跑向不安，无休无止地打转转。

板仓的这种失常举止，使一家人深为忧虑。其中最为之劳心的，当属家老[①]前岛林右卫门。

林右卫门虽说是家老，其实是本家板仓式部[②]派来的付家老[③]，板仓修理平常对他也另眼相看。他是个红脸膛的巨汉，几乎没有经历过疾病之苦。在文武双全这点上，家中武士出其右者，凤毛麟角。因为这层关系，到目前为止，他一直担负着对板仓修理进言的职责。他被叫作“板仓家的大久保彦左[④]”，这也完全是因为积极忠谏而得来的绰号。

林右卫门将板仓的躁郁看在眼里，自从来到分家，几乎夜不能寐，为主家尽心尽责——板仓病体既已康复，作为前些时日疏于政务的补偿，必须去江户城谒见。可是，按现在躁郁的情形，进城时会对有交往的诸位大名、座席同列的旗本同僚做出失礼之举，也未可知。万一引起拔刀致伤，到那时板仓家的七千石俸禄，便就此“充公”了。殷鉴不远，堀田、稻叶的争执[⑤]不就是前车之鉴吗？

林右卫门想到这些，坐立不安。然而在他看来，躁郁不是“体病”，完全是“心病”——于是，他像进谏行为放肆、生活奢侈一样，果敢地对板仓的神经衰弱发出谏言。

---

① 家老，大名、小名的重臣，统率家中武士，总管家中事务。

② 板仓式部（1545—1624），板仓胜重。德川家康的臣下。

③ 江户时代，大名本家派遣至分家行使监督职责的家臣。

④ 大久保彦左（1560—1639），江户初期的幕府大臣，历经德川家康、德川秀忠、德川家光三代，以直言进谏知名。

⑤ 1684 年幕府大老堀田正俊在殿中被稻叶正休杀死的事件。

此后，林右卫门一有机会便向板仓苦谏。可是板仓的躁郁丝毫没有平息的迹象，反倒是越谏言越心急，越发恶化。事实上，有一次，板仓差点要斩杀林右卫门。“混账东西，不把主人当主人。若非本家派来，必定砍死。”——怒斥的板仓眼中，已不仅仅是恼怒。林右卫门从中看出了难以消除的憎恨之色。

渐渐地，主仆之间纠缠不休的感情，随着林右卫门不断苦谏，变得前所未有地尖锐起来。究其原因，不仅板仓开始憎恨林右卫门，林右卫门心中也在不知不觉间，萌发了对板仓的憎恨。毋庸置疑，他没有意识到那憎恨，至少除了最后那一刻，他深信自己对于板仓的忠心始终未变。“为君不君，为臣不臣”①——这不仅是孟子之道，也是为人的自然之道。可是，林右卫门不愿意承认……

他想善始善终地尽臣下的节义，然而苦谏无效，已经吃过苦头。于是，他只能横下心，动用一直深藏心中的撒手锏。所谓的撒手锏并非其他，而是逼板仓退隐，从家族中选出养子接替他。

最重要的是“家”。（林右卫门如此考虑。）在“家”面前，分家之主必须做出牺牲。况且板仓本家从先祖板仓四郎左卫门胜重以来，便是白玉无瑕的名门。二代又左卫门重宗继承父亲的功绩，身为所司代，嘉誉可谓数不胜数。其弟主水重昌于庆长十九年大阪冬之阵上，担任和谈之使，不辱使命；其后，宽永十四年岛原之乱时，身为西国之将，展将军家皇族之旗于征伐天草之阵中。如此名门，一旦蒙羞如何了得。作为名臣之后，哪有脸面见九泉之下板仓家的列祖列宗。

---

① 出自《国语》，原文为“为君不君，为臣不臣，乱之本也”。

如此考虑的林右卫门，暗中在家族中物色合适的人选。幸好，在当时任职若年寄①的板仓佐渡守家中，有嫡子三人。收其中一人为养子，继承分家，官府那边自然也能应付周全。此事事关重大，需瞒住板仓修理夫妇偷偷进行。他想到这个主意时，才觉得豁然开朗。与此同时，从未有过的悲哀也自然笼上心头。“都是为了这个家。”——在他的决心之中，他朦胧地意识到想要为某种东西辩护的努力，也如月晕一般，悄然间如影随形，挥之不去了。

病弱的板仓修理最憎恶的，是林右卫门健壮的身体；其次是他作为本家的付家老，隐约具有的权威；最后是他把“家”视为核心的忠义。“混账东西，不把主人当主人。”——板仓的这句话里，那些憎恶，仿佛烟雾熏腾下，隐藏着的暗处的火焰。

忽然，从内室口中传出意想不到的非分阴谋。林右卫门考虑逼板仓修理隐退，收板仓佐渡守的子嗣为养子。这件事偶然被内室听闻——板仓修理闻讯，愤怒得眦裂发指也情有可原。

的确，林右卫门可能是以板仓家大局为重，可是所谓忠义，难道是为了“家”的前途考虑，甚至可以无视现在侍奉的主人吗？而且，林右卫门为“家”担忧，实在是杞人忧天。他为了这杞人之忧，竟然想逼主人退隐。或许在他冠冕堂皇的“忠义”背后，隐藏着横夺家权的野心——如此思忖的板仓修理，觉得用任何酷刑来处罚这不忠不义，都太轻了。

① 若年寄，江户幕府的官职名，仅次于老中的要职。主要负责管理、监督旗本、家臣。

他从内室那里听说这件事后，立即叫来幼时照料自己的管家——名叫田中宇左卫门的老人，吩咐道：

“把林右卫门这厮绑了，砍头。”

宇左卫门歪着半白的脑袋。他的面容比年龄更为苍老，近来的辛劳又增添了皱纹——对林右卫门的企图，他也觉得心中不快。然而再怎么说，对方都是本家派来的付家老。

“砍头之举并不稳妥。如果命他以武士体面的方式切腹，又另当别论。”

板仓修理听了，以嘲笑的目光看着宇左卫门，然后剧烈地摇了两三下脑袋。

“不可。没有理由让那种畜生享受切腹的待遇。捆起来砍头，只有砍头。”

说着说着，他没有血色的脸颊上，忽然无端地扑簌簌流下泪来。接着——又像往常一样，双手开始揪扯鬓毛。

主人下了砍头的命令。这消息立即从心腹的近侍那里，传到林右卫门耳中。

“也好。事已至此，我林右卫门也只好固执一回，决不拱手让人砍脑袋。”

他毅然说道。一直萦绕着他的莫名的不安，在听到这消息的同时，消失得无影无踪。现在他的心中，只有对板仓修理赤裸裸的憎恨。对他而言，板仓修理已经不再是主人。憎恨他无须忌惮什么——他心中豁然开朗，无意识间忽然接受了自己的这种逻辑。

于是他带领妻儿、家将，大白天就离开了板仓的家宅。按照规矩，把去处的地址贴在房间的墙壁上。林右卫门自己肋下夹着长枪，走在前面，加上扛着武器、扶老携幼的后生武士、仆人，一行也不过十人。林右卫门并无慌乱之色，带着他们走出大门。

那是延享四年[①]的三月末。门外的暖风裹着樱花与沙尘，扑打在门旁的木格凸窗上。林右卫门站在风中，向道路的左右两边打量了一下，然后举起长枪，示意众人向左走。

二　田中宇左卫门

林右卫门走后，田中宇左卫门取而代之，担任家老之职。他从主人幼时便悉心辅佐，看主人的目光，自然与其他家将不同。他以父母之心，安抚主人的躁郁。唯独对他，板仓修理表现得较为顺从。因此，主从关系比起林右卫门在时顺畅许多。

宇左卫门欣喜地发现，板仓修理的发作随着夏天来临，次数渐渐少了。对于板仓修理万一在殿中做出失礼的言行，他并非不担心。不过，林右卫门因为事关“家”而担心，他是因为事关“主”而担心。

当然，“家”也在他的思虑之中。但是，即使发生变故，不过是“家”亡，尚非大事。使“主”亡“家”——令“主”背负不孝之名，方为大事。而如何才能防患于未然，关于这点，宇左卫门并无林右卫门那般明确的意见。或许他除了祈祷神明加护，以及用自己的赤诚之心压制住板仓修理的躁郁外，并无其他办法。

① 公历 1747 年。

当年八月一日，德川幕府举行所谓的八朔[①]仪式那天，板仓修理于病后首次外出公干，顺便去拜访了居住在西丸的若年寄板仓佐渡守，然后回了家。他在殿中并无失态之举，宇左卫门这才舒展开愁眉。

可是，他的喜悦连一天时间都没能维持。天刚黑，板仓佐渡守忽然派人来，让他速去。这似乎是凶兆，让他深感不安。天黑以后，突然派使者来——这样的事，从林右卫门管事的时候起，一次都未曾听说过。而且今天是板仓修理第一次病后登城谒见——宇左卫门心怀不祥预感，急忙去佐渡守的府宅拜访。

果不其然，是板仓修理对佐渡守有过失礼的言行——今日仪式结束后，板仓修理依旧是一身白色单衣礼服，来西丸拜访佐渡守。见他脸色不好，佐渡守猜想可能病体恢复得不理想。然而聊了一会儿，发现并不像生病的样子，于是放了心，聊了一会儿家常。佐渡守偶然问起前岛林右卫门是否安好，板仓修理颜色忽然阴沉下来："林右卫门这家伙，前些时日从我家私自逃走了。"林右卫门人品如何，佐渡守十分清楚，他绝非无缘无故擅自逃离主家的人。佐渡守心中思虑着，询问事情的经过，同时忠告他，本家派去的付家老不管做错什么，事后不和家里人商量，也不告知，这做法不稳妥。可是板仓修理听了此言，勃然变色，手按刀柄说道："佐渡守大人似乎对林右卫门青眼有加。在下虽然不才，如何处置家将，还是我说了算。就算如今您是位高权重的若年寄，也别多管闲事。"佐渡守也被他突如其来的反应吓得目瞪口呆。他借公务繁多的理由，迅速离席

① 因德川家康于1590年8月1日进入江户城，每年在八朔之日举行仪式，大名、旗本身着白色单衣，向将军祝贺。

而去……

“你明白了吧？”讲到这里，佐渡守仿佛心有余悸，脸色凝重地警示道：

——首先，林右卫门离开板仓修理家，却不向同宗通报，是宇左卫门的失职之过。第二，让尚有躁郁倾向的板仓修理登城谒见，宇左卫门也难免其责。那番话好在是对佐渡守说，倒也罢了。如果对方换作列席的众位大名，板仓分家七千石的俸禄，转眼间便会易主……

“因此，今后务必让他闭门不出。尤其是登城谒见，必须严加阻止。”佐渡守说着，目光锐利地盯着宇左卫门，“我担心的是，受主人影响，连你也失去正常的心智。明白吗？记住我的叮嘱。”

宇左卫门眉头紧锁，语气坚决地回答：

“在下明白，今后一定慎重行事。”

“嗯，至关重要，不能再出差错。”

佐渡守声色俱厉地说道。

“宇左卫门粉身碎骨，一定不辱使命。”

他眼中含泪，恳求般地望着佐渡守。那眼中既有请求垂怜之情，也浮现出坚定的决心。——那并不是能够阻止板仓修理外出的决心，而是万一无法阻止，自己如何应对的决心。

佐渡守见状，又板起面孔，厌烦地把头扭向一边。

若随“主”意，“家”则岌岌可危；若以“家”为重，必悖逆“主”意。林右卫门也曾经深陷这一困境，然而，他有为“家”舍“主”的勇气。或者更应该说，从一开始就没把“主”看得十分重要，因此他可以轻易地为了保“家”而牺牲“主”。

可是，自己办不到。自己与“主”太过亲近，以至于无法只考虑“家”的利害。他怎能为了“家”，仅仅为了“家”这个虚名，而逼迫现在的“主”隐退呢？在自己眼中，现在的板仓修理，和幼小时拿着驱魔弓箭的板仓修理并无差别。自己给他讲绘本故事；拉着他的手教难波津的和歌①；贴上长尾的纸鹞——那些都清晰地印在自己的记忆中……

即使如此，任由“主”这样，不仅“家”会亡，“主”自身也会引来灭顶之灾。从利害的权衡来看，林右卫门所采取的策略，无疑是唯一的，也是最聪明的，自己也承认这点。然而，自己无论如何无法将其实行。

遥远处闪电交错的天空下，宇左卫门走在通往板仓修理家的路上，悄然交叉双臂，心中反复思考着这些问题。

次日，宇左卫门讲了佐渡守的指示，板仓修理从头到尾听完，脸色忽然阴沉下来。但是仅此而已，并未像平日那样有发作的迹象。宇左卫门的担心也多少有些消解，当天就此告退了。

此后十天左右的时间，板仓修理一直待在客厅里，每天怔怔地想事情。看见宇左卫门，也不搭话。唯独有一次，下小雨的时候听见杜鹃鸟的叫声，嘟囔了一句：“它是要偷占鹊巢吧。”那时候，宇

① 《古今和歌集》假名序中作为入门的和歌，“難波津に咲くやこの花冬ごもり今は春べと咲くやこの花”。

左卫门借机和他说话，他却又恢复了沉默，望着灰暗的天空。其余时间，都像个哑巴般闭口不言语，直勾勾地盯着隔扇门，脸上没有丝毫表情。

可是，在距离十五日全体大名谒见将军只剩两三日的夜里，板仓修理突然叫来宇左卫门。遣走其他人之后，他脸色阴沉地说道：

“这些日子我在想，正如佐渡守大人所说，我的病体，不适合继续奉公参政。所以，我考虑隐退。”

宇左卫门颇感踌躇。如果这是主人的真心话，自然没有比这更好的。可是他为何如此轻易将家督拱手相让呢？……

“您说得没错。既然佐渡守大人也那样开了口，遗憾是遗憾，也只有这样了。不过，这得先向同宗……”

“不必了。隐退之事与处置林右卫门不同，无须商量，板仓家同宗也会应允的。”

板仓修理这么说着，脸上露出苦涩的微笑。

“未必如此。”

宇左卫门同情地望着板仓修理，可是主人似乎不愿听劝。

“这样，隐退之后即便想谒见将军大人也不可能了。所以……”板仓修理盯着宇左卫门的脸，一字一句，反复斟酌似的说道，“在此之前，我想最后一次谒见，亲眼看看西丸的将军大人（德川吉宗）。怎么样？十五日能不能让我登城谒见？”

宇左卫门沉默不语，眉头紧锁。

“不过是一次而已。”

“十分抱歉，唯独此事……”

“不行吗？”

两人沉默地对视着。寂静的房间里，除了灯芯吸油的声音，听不见其他声响——宇左卫门感觉这片刻的沉默像一年那么漫长。自己已经应承了佐渡守，如果对板仓修理开了禁，自己也没有资格做武士了。

“我答应遵守佐渡守大人的吩咐，但只有这一个请求。”过了一会儿，板仓修理继续说道，“我十分清楚，如果登城谒见，会招致同宗的厌弃。可是你想想，别说同宗了，我这个疯子，连家将都离我而去。”

说着说着，他的声音渐渐因激动而颤抖起来。看得出，他眼中也含着泪水。

“我将受世人嘲讽，把家督拱手让人。我是一个天道之光都照不到的人。我今生的愿望，就是最后一次登城谒见。阻止我的不会是宇左卫门。宇左卫门对这样的我充满怜惜，不会憎恨我。我把宇左卫门当成父亲，当成兄弟。比父亲兄弟更为亲近。在广大的世界里，我可以依赖的只有你一个人，所以才提出这不合情理的请求。不过，这辈子我绝不会说第二次，只需要一次。宇左卫门，请你体谅我的心情，答应我的不情之请。求你了。”

他双手伏地，涕泪涟涟，额头向榻榻米上低下去。宇左卫门大为感动。

“快快请起，快快请起。折杀小人了。”

宇左卫门握住板仓修理的双手，用力扶他直起身。宇左卫门也哭了，哭着哭着，心中逐渐自然地洋溢出某种释然之感——他在泪水中，再次真切地浮想起当着佐渡守的面做的承诺。

“没事。不管佐渡守大人说什么，万一出了差错，我宇左卫门来切腹谢罪。疏忽之责我一人担负，必让主人登城谒见。”

板仓修理听闻，表情忽然喜不自胜，好像换了个人。表情转变熟练得好像演员，而且有演员所没有的自然——他突然发出情绪异常的笑声。

“哦，你准许我去啦。多谢多谢。”

他说着，欣喜地左顾右盼。

“大家都好好听着，宇左卫门准许我登城谒见啦。”

遣退了众人的客厅里，除了他和宇左卫门没有其他人。众人——宇左卫门忧心忡忡地膝行向前，借着灯笼的火影，惊恐地望着板仓修理的眼睛。

三　刀伤

延享四年八月十五日早晨，八点过后，板仓修理在殿上并未与人结仇，却杀害了越中守细川宗教①。事件的始末如下：

诸侯之中，细川家是精于武道的大名。就连被称作元姬君的细川宗教的内室，也精通武艺。细川宗教更是无懈可击。他的死被人嘲讽为“可怜细川，名门三斋②之后，竟不敌黄毛小儿，死于非命”。完全是时运不济所致。

这么说，回想起来，细川家发生此惨剧，曾经有过好几次前

① 根据《藩翰谱续编》《营中记》等历史记载，被板仓胜该杀死的是细川宗孝（1716—1747），熊本藩主。

② 细川忠兴（1563—1645），号三斋，德川家康的重臣，小仓藩主。细川宗孝的祖先。

兆——第一次是当年三月中旬，品川伊佐罗子的宅邸毁于火灾。宅中有妙见菩萨，宝座前的喷水石每当失火就会喷水，宅邸从未走过火。第二次，五月上旬从鱼篮的爱染院请来钉在大门上的护佑符，本应写上“武运长久息灾免难”，却漏写了“灾”字。随即询问上野宿坊的代理住持，迅速让爱染院重写了一份。第三次，八月上旬，宅邸的大厅每晚都冒出大怪火，一直飞到草地上。

此外，八月十四日的白天，精通天文的家将才木茂右卫门找到目付①，告知：“明日十五，大人恐忧不测。我昨夜观看天文，将星呈陨落之势。请大人慎之又慎，不可外出。”目付原本就不太相信天文，可是主人平日对他的预言甚为看重，便让近侍将此事转告了主人。结果十五日上演的能狂言、回来时顺道拜访的事全都取消了，唯有登城谒见是重要的公务，没有改变计划。

到了次日，又发生了不祥的前兆——十五日，越中守按惯例，总要在换好麻布单衣的正装之后，给八幡大菩萨进献神酒。可是那天，侍童将两只装好神酒的瓶子放在高脚木盘上，越中守双手接过，献在神前的瞬间，两只酒瓶竟同时倾倒，神酒洒落出来。那时候，众人都为之色变。

次日，越中守进了江户城，便由御坊主②田代祐悦陪同，来到“大广间”③。不一会儿，他感到内急，便带着御坊主黑木闲斋，到茶

① 目付，幕府官职名，直属若年寄管辖，负责监督旗本等武士的违法行为并告发。

② 武家时代，为幕府、大名侍奉茶汤等杂务的人员。

③ 江户城中举行最高规格仪式的大厅。

室旁的厕所出恭。他从厕所出来，正在洗手石处净手，忽然不知谁在身后大吼一声，挥刀砍来。他惊慌地回头看时，第二刀正中眉间，鲜血模糊了双眼。越中守看不清是谁下的手，而那人趁机风卷残云般连砍数刀。越中守踉踉跄跄，终于扑倒在“四之间”[①]的檐廊上，那人见状，一把扔掉短腰刀，匆忙逃走了。

然而，事发突然，作陪的黑木闲斋被吓得狼狈逃向大厅方向，不知躲去哪里了。因此，没人知道这一凶杀惨事。过了好一会儿，一个名叫本间定五郎的小拾人[②]，从岗哨返回住处的途中发现了此事。于是他立即通知了御徒目付[③]。御徒组头久下善兵卫、御徒目付土田半右卫门、菰田仁右卫门等人迅速赶到现场——大殿中立即像蜂巢被捅破般躁动起来。

众人聚集在一起，抱起伤者，只见他脸和身上都是血，分辨不出是谁。贴近他的耳朵喊，听见他用微弱的声音说“细川越中”。接着问他“杀你的是谁？”他只回答了一句“穿一身正装”，此后便似乎听不见问话了。其伤口为“脖颈七寸、左肩六七寸、右肩五寸左右，鼻上耳侧及头部各两三处，背部斜砍至右侧腹一尺五寸”。于是当值的御目付土屋长太郎、桥本阿波守自不必说，大目付河野丰前守也参与进来，先将伤者抬到“焚火之间”，然后围上小屏风，由五名御坊主看护。守候在大广间的各位大名，也轮流前来照看。其中，松平兵部少辅，从抬送之时起，照料最为悉心。旁人看了都觉得，他与伤者情谊笃厚。

① 江户城中大广间之外的房间之一，有“一之间”“二之间”等。

② 担任将军贴身护卫的低级武士。

③ 幕府官职名，受“目付”指挥，从事警卫、侦探等工作。

这时，意外的变故已经通报给老中、若年寄等人。同时，以防万一，从江户城本丸御殿到大手门，所有的门都牢牢紧闭。等候在大手门外的大小诸侯的家将吃惊不小，听说殿中出了大事，惊慌得乱成一团。目付出来呵斥了好几次，然而人群立即如海啸一般，又喧腾起来。这时，殿中的慌乱也愈演愈烈。御目付土屋长太郎召集了御徒目付、火警武士，从各个岗哨到后厨，仔细地搜寻行凶者。可是怎么都找不到那个“一身正装”的人。

结果意外的是，行凶者他们没有找到，反倒被一个名叫宝井宗贺的御坊主发现了——宗贺为人胆大，独自一人挑他们不去的地方，仔细搜寻。他偶然在“焚火之间”附近的厕所里，发现一个头发蓬乱的男人，像影子一样蹲在地上。光线很暗，看不太清楚。那人似乎从随身皮囊中拿出剪刀，剪着蓬乱的头发。于是宗贺走到近旁，问他：

“你是谁？”

“我，杀了人。正在剪头发。”

男子声音沙哑地回答道。

行凶者已经确凿无疑。宗贺立即叫人，把那人从厕所里拖了出来。然后，暂且交给御徒目付。

御徒目付将他带到“苏铁之间”，在大目付、御目付等人的见证下，审问行凶的详情。然而，那人只是茫然望着殿中的慌乱景象，回答不出像样的句子。偶尔开口，也只说杜鹃鸟的事。而且在审问时，用沾满鲜血的双手，不停地揪扯鬓毛——板仓修理已经疯了。

细川越中守在“焚火之间”咽了气。然而在将军德川吉宗的授意下，仅仅透露受伤的消息。尸体乘坐在驾笼[①]里从中之门出，经平川门回府。死讯公开，是当月的二十一日。

越中守运回府后，板仓修理立即由水野监物[②]负责看押，同样经过中之门、平川门出江户城。驾笼上罩了青色绳网[③]，五十个水野家的步卒于周围押送，众人一身簇新的褐色单衣、白色单裤，手持崭新的棍棒执行警戒——这个队列，证明水野监物平日考虑周到，未雨绸缪，在当时颇受赞誉。

之后的第七天，二十二日，大目付石河土佐守作为将军上使进行了宣判。大意是“汝虽心智失常，然拔刀杀伤细川越中守，致其伤重不治。命汝于水野监物宅中切腹自杀”。

板仓修理在上使面前，看见短刀依照礼法递到他眼前，双手依旧茫然地叠放在膝上，没有去拿的迹象。于是，负责介错的水野的家将吉田弥三左卫门出于无奈，在他身后一刀砍落。头颅虽被砍落，喉部尚皮肉相连。弥三左卫门提着首级，呈给验尸官看。那是颧骨高耸、皮肤暗黄，死状凄惨的头颅。当然，眼睛并未阖上。

验尸官看了，闻着血腥味，满意地说道：“十分出色。”

同一天，田中宇左卫门在板仓式部家被处以斩刑，罪名是“板仓修理有病在身，板仓佐渡守数次严令禁止其外出。汝擅作主张，让其登城谒见，伤人而死。七千石俸禄亦被没收。处事鲁莽，罪大

① 类似轿子的交通工具，一般由两人抬行。形制较小，需跪坐其中。

② 水野忠辰（1724—1752），江户中期的大名。冈崎藩，水野家第六代藩主。

③ 江户时代押送犯人的驾笼。

恶极”。

板仓周防守、板仓同式部、板仓佐渡守、酒井左卫门尉、松平右近将监等同宗同族者，自然被命令闭门思过。另外，对越中守弃而不顾的黑木闲斋，被没收俸禄并革职。

板仓修理行凶杀人，或许出于过失。细川家的九曜星家纹与板仓家的九曜巴家纹[①]非常相似，因此板仓修理本想杀佐渡守，却误杀了越中守。以前，水野隼人正斩杀毛利主水正[②]，也是杀错了人。尤其在洗手盆那种阴暗的地方，很容易认错人——这是当时的定论。

然而这定论，只有板仓佐渡守不愿欣然接受。每当有人说起这件事，他都会表情苦涩地解释：

“我丝毫不觉得板仓修理会对我行凶。更何况，那是心智失常者的所作所为。或许他也会无端端地杀死肥后侯吧。说他杀错人，不过是徒增困扰的揣测。作为佐证，板仓修理在受大目付审问时，不是说什么杜鹃鸟吗？这么看，没准是把人当作杜鹃鸟，挥刀砍去的。”

---

① 细川家的家纹为中间一个大圆，周围八个小圆。板仓家的家纹，九个圆完全相同，每个圆中间有“三巴纹”图案。

② 享保十年（1725），在江户城本丸的大廊下，水野隼人正精神失常，斩杀毛利主水正。

圣玛丽娜

从前，非洲某国一男子名为乌塞诺，有一妻一女，生活幸福。然而某年妻子突然去世，乌塞诺因此郁郁寡欢，决意加入山中之行者会，远离污浊的尘世。此行者会严禁女子入会，乌塞诺不忍抛下女儿，便将女儿托付亲戚，独自入教。乌塞诺思念女儿，时常落泪。院长见状，问其缘由。乌塞诺答曰，独子寄人篱下，颇为惦念。院长同意收留。乌塞诺便将女儿装扮成男子，改名为玛琳。

玛琳年岁虽小，却严守规矩，勤于劳作。众人均未察觉玛琳为女子。春秋如流水，转眼间玛琳十七岁，父亲病逝。玛琳继续留在教会中，信仰越发诚笃，且为人谦逊，温和敦厚，其他信徒均无法与之相提并论。距离教会三里处有一街市，教会所需粮食、杂物均购于此地。院长将采买之事托付玛琳。往来采买中，玛琳深得街市众人喜爱。

街市中有一鱼店，店主之女生性不检点。女子爱慕玛琳，玛琳却极为冷淡，以致女子因爱生妒。不久，女子与男子私通，怀有身孕。父母盛怒，逼问腹中婴儿之父。女子怨恨玛琳，便谎称乃玛琳所为。父母诉之于院长。院长大惊，唤来玛琳问其缘由。玛琳并不回答，只顾虔心祈祷，致使院长误以为真，将其逐出教会。玛琳被逐后，风餐露宿，乞讨为生。依当时法律，私通生子，不论男女，均由其父抚养。鱼店之女乃生一子，断奶之后交予玛琳。玛琳乞食，纵使己身冻馁，也令幼儿饱暖，如此，度过五年。

教会兄弟不忍，向院长求情。院长最终同意接纳玛琳，但只能以奴仆之身回来。玛琳重新皈依时，身体极虚弱，仅过两月便离开人世。

教中兄弟为玛琳清洁身体，赫然发现玛琳是女人。众人大惊，院长也极为惊愕，伏倒在玛琳身前谢罪：余不明真相，使圣人蒙受多年苦难，罪孽深重。此事遂为众人所知。先前斥骂玛琳者，均深感愧疚。鱼店之女听闻此事，恶魔附其体，苦不堪言。院长将其带至玛琳遗体前，触摸玛琳之衣，终使恶魔退散。女子痛悔前非，坦白自己所做之恶事。玛琳死后，奇迹也屡屡发生，时人皆赞美其谦逊，信仰诚笃。

我等日常行止，较之玛琳不屈不挠之大忍耐，可谓云泥之别。然知其不可为而为之，聚沙成塔，脱俗入雅，如此便可如玛琳成就大忍耐，跻身圣人之列哉。

译记：

译自斯定筌①著《圣人传》②之《六月十八日 圣玛丽娜》。原文较长，撮其大意进行编译，保留原文偏古雅的文体。

---

① 斯定筌（Michael A. Steichen，1857—1929），法国神父，从属于巴黎外国宣教会。1887 年赴日传教，于静冈、横滨、东京筑地等地教会任职，1911 年起编辑杂志《声》。编著有《耶稣基督真迹考》（岩崎重雄译，1897）、《天主教大名》（英文版，1903）等。

② 斯定筌著《圣人传》，武市诚太郎译，秀英舍明治二十七年（1894）初版，明治三十六年再版。记录六十位圣人事迹，分十二个月，每月五人，每逢周日，可阅读一篇。

蜘蛛丝 ①

慈心深厚之僧侣②，为摩诃童多③悉心清洗伤口。摩诃童多连连忏悔："吾作恶既多，又未行善，如何脱我执之妄念，遁离弥天之罪网。业报将坠我入地狱。求尊者示我解脱之法。"

僧人答曰：

善因善果，恶因恶果，天之道。汝今生之罪业，来生必报。无须气馁，皈依真教，斩除我执之妄念，脱离一切情念罪欲，便自他利生，终得圆满。

余举一例示汝。昔有大盗贼，名为犍陀多，至死不知忏悔，堕入地狱，受恶鬼罗刹折磨，深陷大苦大恼之渊，历七劫光阴，终不能出此苦境。时逢佛陀现身于阎浮提，升坐于大觉之位。此空前绝后之时节，佛光遍照大千世界，其光明直射地狱之底。

---

① 原题：The Spider Web。

② 《因果小车》中，那落陀的弟子般多迦，在摩诃童多被盗贼同伙重伤后为其讲说佛法。

③ 《因果小车》中，宝石商人般童的仆人。主人丢失钱财，怀疑为摩诃童多所为，指使官吏拷问。真相大白后，摩诃童多一怒之下落草为寇。

一缕光明，照于犍陀多等罪人之上，令罪人为之欣喜，挣扎以求生命与希望。此时，犍陀多高呼：“我佛大慈大悲，求佛祖怜悯，吾苦恼至大，诚犯罪孽，未走正道。如何能出此苦界，求佛祖怜悯，拯救于我。”盖恶因恶果，为业报之定理，作恶者必亡，如此，彻头彻尾罪恶之化身便不存于世。如是，得本应得之果。行善者与之相反，行赴生之道。吾等之一言一行有尽时，而善行之进步无止境。一小善，其中孕新之善种，故生生不已。三界轮回中，予吾心无限滋养。遂一除万恶，至涅槃之境。佛陀闻地狱中犍陀多之热望，遂垂示曰：“犍陀多，汝可有行仁爱之事？如有，则今日惠及汝身，得以解脱。若无，汝受罪业应报，经种种苦，方离一切我执，洗净贪嗔痴三毒。否则，永劫无望得解脱。”

犍陀多闻之默然。一生行事残酷，何曾行过小善。佛陀了然于胸。检阅此盗一生之行状，知其昔日行走于林中，见地上一蛛爬动，曾心生一念：“小虫无害，若踩毙之，甚为残忍。”

佛陀见犍陀多苦恼，遂生慈悲之心，垂一缕蛛丝，托蛛代言：“缘此丝以出。”蛛既去，犍陀多奋力攀缘而上。丝甚强韧，其身渐次升高。犍陀多忽觉蛛丝震颤，俯视大惊。殊多罪人紧随其后。犍陀多见状极恐，丝纤细，唯恐断绝。众人攀附其上，恐被拉延至长。先前之犍陀多，唯仰视上方。此事一出，心神遂为下方所摄。信仰稍有动摇，如此细丝何以助无数人。心中怀疑，恐惧心遂生，不觉高呼：“速去，此乃吾之丝也。”此语甫毕，蛛丝立断，其身复堕地狱之底。

我执之妄念尚存犍陀多胸中，彼攀缘向上，以达正道之信

> 心，一念竟有无上之力。蛛丝唯信心之一念所织就，无边众生悉缘之，以求解脱。人多则归正道者众，实现亦更易。我执之念复生：此乃吾所有，正道之福德唯我独享。蛛丝遂立断，复回我执之窟矣。我执之念使人亡，真理方为生命。何为地狱矣？所谓地狱，我执之异名也。涅槃，方为正道之生涯。

僧之说法既终。濒死之贼首摩诃童多悄然对曰："予我蛛丝，吾欲奋力攀缘，遁出地狱之深渊也。"

译记：

译自保罗·卡鲁斯①著、铃木大拙日译《因果小车》(因果の小車)，明治三十一年（1898）文玉舍出版。保罗·卡鲁斯原作题为 ***Karma**: **A Story of Early Buddhism*** (The Open Court Publishing Co.，1894)。

① 保罗·卡鲁斯（Paul Carus，1852—1919），十九世纪末二十世纪初影响巨大的德裔美国文化学者、哲学家、作家、编辑。创办杂志《开庭》（*Open Court*）、《一元论》（*Monist*），编著《中国人的生活与习俗》（*Chinese Life and Customs*，1907），翻译老子《道德经》，著作丰硕。

作品初刊及出典

作品	初刊	出典
罗生门	1915年11月《帝国文学》	《今昔物语》卷二十九第十八篇《罗城门上发现死人之盗贼》，插入卷三十一第三十一篇《东宫禁卫班房门前之卖鱼老妪》
偷盗	1917年4月、7月《中央公论》	《今昔物语》卷二十九第三篇《行踪隐蔽之女盗》，插入卷二十九第十二篇《筑后国前司源忠理家中遇盗》，并受到梅里美《卡门》影响
竹林中	1922年1月《新潮》	《今昔物语》卷二十九第二十三篇《男子携妻赴丹波国，于大江山被缚》及卷二十九第二十二篇《参拜鸟部山妇人遇盗》
蜘蛛丝	1918年5月《赤鸟》	Paul Carus: *Karma: A Story of Early Buddhism*
龙	1919年5月《中央公论》	《宇治拾遗物语》卷十一《藏人得业猿泽池之龙之事》
鼻子	1916年2月《新思潮》	《今昔物语》卷二十八第二十篇《池尾禅珍内供之鼻》及《宇治拾遗物语》卷二《长鼻僧之事》

续表

作品	初刊	出典
山药粥	1916 年 9 月《新小说》	《今昔物语》卷二十六第十七篇《利仁将军年轻时携五位离京赴敦贺》及《宇治拾遗物语》卷一《利仁薯蓣粥之事》
登徒子	1921 年 10 月《改造》	《今昔物语》卷三十第一篇《平定文热恋本院大臣之侍女》及《宇治拾遗物语》卷三第十八篇《平贞文恋本院大臣侍女之事》
往生绘卷	1921 年 4 月《国粹》	《今昔物语》卷十九第十四篇《赞岐国多度郡五位闻道出家》
六宫郡主	1922 年 8 月《表现》	《今昔物语》卷十九第五篇《六宫姬君之夫出家》，插入《今昔物语》卷十五第四十七篇《造恶业人寂后唱念佛往生》、卷二十六第十九篇《某人赴东国遇妇分娩》
袈裟与盛远	1918 年 4 月《中央公论》	《源平盛衰记》卷十九
俊宽	1922 年 1 月《中央公论》	《平家物语》卷四、《源平盛衰记》卷七
地狱变	1918 年 5 月《大阪每日新闻》《东京日日新闻》	《宇治拾遗物语》《绘佛师良秀见家焚而悦之事》及《古今著闻集》卷十一《绘弘高地狱变屏风始末》
饶舌	1917 年（*）	《史记·秦始皇本纪》
尾生之信	1920 年 1 月《中央文学》	《庄子·盗跖》
英雄之器	1917 年 11 月《人文》	梦梅轩章峰《通俗楚汉军谈》卷十二（[明] 甄伟《西汉演义》日译本）
女仙	1927 年 6 月《谭海》	[唐] 高骈《女仙传》

续表

作品	初刊	出典
黄粱梦	1917 年 10 月（*）	［唐］沈既潜《枕中记》
女体	1917 年 10 月《帝国文学》	待考
寒山拾得	1920 年 11 月（*）	中国的寒山拾得传说。可能受到森鸥外短篇小说《寒山拾得》（1916）的影响
杜子春	1920 年 7 月《赤鸟》	［唐］郑还古《杜子春传》
奇遇	1921 年 4 月《中央公论》	［明］瞿祐《剪灯新话》卷二《渭城奇遇记》
秋山图	1921 年 1 月《改造》	［清］恽寿平《记秋山图始末》（收录于《瓯香馆补遗画跋》）
酒虫	1916 年 6 月《新思潮》	［清］蒲松龄《聊斋志异》卷十四《酒虫》
仙人	1916 年 8 月《新思潮》	［清］蒲松龄《聊斋志异》卷一《崂山道士》，一说为小穴隆一提供素材
仙人·鼠戏	1922 年 4 月《Sunday 每日》	［清］蒲松龄《聊斋志异》卷四《鼠戏》
落头谭	1918 年 1 月《新潮》	［清］蒲松龄《聊斋志异》卷四《诸城某甲》及《战争与和平》第一卷第二篇第十九章
马腿	1925 年 1 月、2 月《新潮》	［清］蒲松龄《聊斋志异》卷一《王兰》及卷二《耿十八》，一说受到果戈理《鼻子》的影响
桃太郎	1924 年 7 月《Sunday 每日》	日本民间故事《桃太郎》

续表

作品	初刊	出典
奉教人之死	1918年9月《三田文学》	斯定筌《圣人传》
舞会	1920年1月《新潮》	皮埃尔·洛蒂《江户的舞会》（收录于《日本的秋天》）
河童	1927年3月《改造》	可能受到刘易斯·卡罗尔《爱丽丝梦游仙境》、乔纳森·斯威夫特《格列佛游记》、阿纳托尔·法朗士《企鹅岛》等作品影响
枯野抄	1918年10月《新小说》	文晓《花屋日记》、宝井其角《枯尾花》
戏作三昧	1917年11月《大阪每日》	飨庭篁村《马琴日记抄》
某日的大石内藏助	1917年9月《中央公论》	《堀内传右卫门备忘书》
忠义	1917年3月《黑潮》	松崎尧臣《风雨寒窗》

（*）初刊杂志不详

译后记

1921年3月下旬，芥川龙之介（1892—1927）来到中国，在一百二十余天里游历了上海、南京、九江、汉口、长沙、洛阳、北京、大同、天津等地。5月11日至13日，鲁迅翻译的芥川短篇小说《鼻子》在《晨报副刊》连载；6月14日至17日，《罗生门》在《晨报副刊》连载。为了纪念芥川龙之介中国之行、作品的中国译介一百年，笔者从2019年下半年开始策划、选篇、翻译，于2021年初完成了三卷本芥川龙之介作品集，分别是《罗生门：故事新编》《侏儒的话：士说新语》《白兰花：中国奇遇记》。

在选篇与翻译的过程中，笔者始终在思考两个问题。首先，篇目的选择及编排，是否也属于译者的工作？译者并非只能被动地接受翻译的任务。对于进入公共版权的作品，译者同时被赋予了编选的职责。在数量众多的作品中，以明确的标准进行选篇、编排，其实也是译者的任务之一。以音乐进行类比，就好像古典音乐家的作品仍然不断被演绎，收录进新的专辑。在作品全集之外，每一张专辑都体现了编选者对于风格、主题的考虑，使得古典作品也能常听常新。文学作品的翻译也是如此，除了沿用母语国家所出版的单行本作为翻译的底本，对于进入公共版权的作品，同样可以确立新的编选标准，以此呈现古典作品新的阅读可能性。

其次，也是大多数翻译理论的出发点——如何达到忠实。1897年，中国近代翻译家严复在《天演论》“译例言”中提出一个影响深远的观点：“译事三难：信、达、雅。”无独有偶，瓦尔特·本雅明也在《译者的任务》中指出：“所有关于翻译的讨论中，传统的观念都是‘信’和自由，即忠实地再生产意义的自由，并且在再生产的过程中忠实于原义。”① 关于“信”，即“忠实”的讨论有很多，在此，笔者不做过多展开，仅仅提示一个被“忠实翻译”掩盖的基础问题，“忠实理解”。换言之，所谓的“忠实”，首先在于忠实地理解原作。哈佛大学名誉教授、翻译家杰·鲁宾曾经说过：“所谓翻译，说是最彻底的读书方式也不为过。”② 笔者对此深有同感。简要地说，译者应该是最“忠实的读者”。最大限度地准确理解原文，是翻译之“信”的起点，也是最基本的要求。

选择可靠的底本是忠实理解的第一步。文集的翻译依据的是筑摩书房版与岩波书店新版《芥川龙之介全集》。筑摩书房版是“全集类聚”，按照体裁进行分类，为编选提供了很大的便利。出版于二十世纪九十年代的岩波书店新版全集吸收了最新的研究成果，注释由

① ベンヤミン「翻訳者の課題」三ツ木道夫編訳『思想としての翻訳』白水社、2008年12月、P.200。

② ジェイ・ルビン『村上春樹と私　日本文学と文化に心を奪われた理由』東洋経済新聞社、2016年11月、P.58。

专人负责编写，是目前最值得信赖的版本之一。考证与注释翔实的底本，有助于忠实、准确地理解原作的信息和韵味。全集的考证与注释具备相当高的水准，对于芥川作品中出现的日本典故，解释尤为详细、准确，如古代人名、服饰、著作等。而芥川龙之介阅读量非常大，作品中涉及大量西学与中国古典；游记中涉及众多地名、人名。相关的考证与注释不够完备，存在为数不少的"未详"。两套全集编辑、出版之时，互联网技术尚未普及，给考证工作造成了很大的障碍。在没有更新版全集可资参照的情况下，译者应该担负起一部分的考证研究工作。芥川所阅读、提及的作品均为公共版权著作，西学著作大多能够检索、下载到电子版本；中国的古典作品则有"基本古籍库""四库全书电子版"可供查阅；游记中的地名、人名等也可通过数据库进行查证。因此，笔者在翻译过程中借助多种数据库及电子书籍网站进行检索、查阅，增补、修订了全集中存在的"未详"及注释中存在的疏漏。

本文探讨翻译实践中的两个问题：如何编选与考证。即如何通过"研究型翻译"在编选中体现译者对于芥川文学的理解，使作品通过编选体现出新意；同时在吸收前人研究成果的基础上，利用数据库、电子资源等对一些有待考证的专有名词进行确认，弥补筑摩书房版与岩波书店新版全集注释中存在的不足。

作为译者任务的编选工作

《罗生门：故事新编》的编选

本书改变以往芥川作品集以"名篇"作为选篇标准的做法，转以“历史题材”为选篇标准，囊括了芥川大多数历史题材的作品，收录了芥川取材自中国古典的所有作品，力图展现芥川最为擅长的这一体裁的全貌。从某种意义上说，本书也是芥川的“故事新编”。众所周知，许多读者了解芥川是因为黑泽明的电影《罗生门》，而电影取材自芥川的同名小说，以及另一篇经典《竹林中》。本书将《罗生门》《偷盗》《竹林中》《蜘蛛丝》编为一辑，主人公均与盗贼有关，主题分别为要不要做盗贼、盗贼群像、盗贼被抓以及盗贼死后。《龙》《鼻子》《山药粥》的主人公的鼻子全异于常人，都聚焦于主人公的心理。而《龙》采用《聊斋》式奇闻怪谈的文体，小说最后一句是：“什么？你要讲的是池尾的禅智内供——那个长鼻子和尚的故事？鼻藏的故事之后听这个更加有趣。快讲快讲。”[①]与后一篇《鼻子》在逻辑上形成关联的整体。《登徒子》《俊宽》《六宫郡主》《地狱变》诸篇均以日本平安朝为背景。谷崎润一郎也运用与《登徒子》相同的素材创作了《少将滋干之母》，可进行对照阅读。《饶舌》《尾生之信》《黄粱梦》《寒山拾得》等篇目都是中国题材的小品，按照出场人物的年代顺序进行排列。《饶舌》《寒山拾得》把中国的历史人物放在日本现代环境中，构思十分新奇。《女仙》一篇很少受到关注，译者在翻译之余，考证出其出自中国古代志怪小说《西河少女》。《杜子春》《奇遇》《秋山图》《酒虫》等篇目按照中文原典的年代进行编排，涵盖了从唐代传奇到明清笔记的范围。《落头谭》《马腿》故事背景是近代，部分情节取材自《聊斋》。《桃太郎》《奉教人之死》《第四个丈夫的来信》《舞会》《河童》诸篇取材广泛，有日本民间传说，

① 芥川龍之介「龍」『芥川龍之介全集第二巻』筑摩書房、1971年4月、P.28。

有近代日本人的西藏游记，也有法国作家的日本游记等，能够体现芥川广博的学识。《枯野抄》《戏作三昧》《某日的大石内藏助》《忠义》诸篇以勾画人物为主，体现出芥川认为的小说家也是“历史家、传记作者”[①]的特点。

《侏儒的话：士说新语》的编选

芥川进行文学创作的年代，正值日本近代新闻媒介迅速发展的时期，各种报纸、杂志如雨后春笋般诞生，作家们也被这时代潮流裹挟其中。最具代表性的是芥川的老师——夏目漱石。1907年，夏目漱石辞去东京大学的教职，进入朝日新闻社，成为报社的专属作家。芥川龙之介于1915年11月发表了处女作《罗生门》，次年初发表的短篇小说《鼻子》获得夏目漱石的赞誉，一跃成为受人瞩目的新人作家。芥川曾经回忆初入文坛时，老师对他的忠告：

> 十月的一个晚上，我一个人在这书斋里，和先生促膝而谈。聊的是我的个人生活。卖文糊口也可以，但是买文章的都是生意人，不能对他们言听计从，什么活儿都接。因为穷而接受工作可以理解，但切不可粗制滥造。先生说完这番话之后，又对我说：“你还年轻，没有考虑过这种危险。所以替你先考虑一下。”我至今仍然记得那时候先生的微笑。不仅如此，幽暗的屋檐下芭蕉的战栗也记忆犹新。可是有没有忠于先生的训诫，我没有

① 芥川龍之介「小説作法十則」『芥川龍之介全集第五巻』筑摩書房、1971 年 7 月、P.188。

自信。①

1916年芥川大学毕业后，到横须贺海军机关学校教授英文。次年，芥川辞去教职，成为大阪每日新闻社的专属作家，获得稳定的收入，同时接受了报社的条件：无须去报社上班，但每年须在报纸上发表几篇小说。杂志的投稿、刊载不受限制，但不可向《大阪每日新闻》《东京日日新闻》以外的报纸投稿。在近十年的职业作家生活中，芥川创作了一百余篇短篇小说，以及数量很大的随笔、小品等。

芥川创作活跃的大正时代（1912—1926），正是随笔这一体裁蓬勃发展的时期。所有的文艺杂志都辟有随笔栏，还有若干专门刊载随笔的杂志。大正时代随笔的流行，与当今盛行碎片化阅读存在某些相似之处。传媒的空前发达，加上各种思潮你方唱罢我登场，使读者开始厌倦宏大意义，作家洗练的文学随笔受到广泛的欢迎。正是在这样的时代背景下，芥川写作了大量随笔、小品。在第一本随笔集《点心》的序言中，他这样描述自己眼中的随笔：

> 所谓点心，是早饭前、上午、下午用餐之前的小食。如果把小说、戏剧作为餐食，这些随笔不过是点心。而且我在最近四五年，也正如吃点心一样，不时地写作这些随笔。②

---

① 芥川龍之介「漱石山房の冬」『芥川龍之介全集第四巻』筑摩書房、1971年6月、P.330。

② 芥川龍之介「「点心」自序」『芥川龍之介全集第五巻』筑摩書房、1971年7月、P.352。

在《点心》之外，芥川还出版了随笔集《百草》(1924)、《梅·马·莺》(1926)。芥川在《野人生计事》的《清闲》一文中写道："随笔是清闲的产物，至少是将清闲的产物稍稍引以为傲的文艺形式。……然而今人即使不得清闲，依然迅速写成随笔。"① 他认为随笔大致分四种：第一是记述感慨；第二是记录异闻；第三是尝试考证；第四是艺术小品。除了第三种考证式的随笔，芥川的随笔内容大致与其余三类相符。

本书基本完整收录了芥川的短章式作品，以随笔、小品、评论为主。虽然芥川也创作了为数不少的单篇随笔、评论，但是短章式作品均围绕某个主题，长者千字左右，短者仅寥寥数句，每个主题都包含一个相对完整的体系。筑摩书房版《芥川龙之介全集》采用类聚体，即按照作品的体裁进行分类。但是随笔、小品本身的界限比较含糊，另外，像自传性作品《某傻瓜的一生》与《追忆赤门生活》《追忆》等性质相似，也可视为小品；《侏儒的话》虽然归类在评论，同样也具有随笔或小品的特点。因此，本书以短章式作为选篇的标准，试图完整地呈现芥川在大正时代随笔受到读者欢迎的趋势下，以短章式的创作展现其才情、学识的全貌。

本书以若干主题将芥川的短章式作品进行分类。例如，《侏儒的话》是格言体的代表作；《澄江堂杂记》《野人生计事》等同属杂记，内容不拘一格；《骨董羹》《八宝饭》《点心》等以"杂馔"寓意"杂

① 芥川龍之介「野人生計事」『芥川龍之介全集第四巻』筑摩書房、1971年6月、P.117。

撰”，体现了芥川丰厚的学识;《吾友二三人》《东京小品》《记漱石先生事》均为师友的素描，颇有《世说新语》的神韵;《追忆》与《某傻瓜的一生》都属于回忆类题材；等等。

《白兰花：中国奇遇记》的编选

本书以芥川的“中国游记”为主，同时收录了与中国相关，或受中国之行启发而创作的小说、随笔、诗歌、翻译小品。编选的意图在于较为完整地呈现芥川的中国观，改变单纯收录游记容易造成的片面印象。

在《上海游记》《江南游记》《长江游记》《北京日记抄》《杂信一束》之外，本书辑录了创作于1920年，即芥川中国旅行前一年的《南京的基督》《杜子春》等五篇小说。《南京的基督》受先于芥川访问中国的作家谷崎润一郎《秦淮之夜》的启发;《杜子春》取材于唐代郑还古的同名传奇小说;《秋山图》取材于清代恽寿平的笔记《记秋山图始末》;《火神阿耆尼》以上海为背景，与芥川在上海所形成的“恶之都”印象不谋而合;《奇遇》取材自明代瞿祐的《渭塘奇遇记》。《奇遇》以对话的形式开篇。编辑问：“听说您要去中国旅行。去南方还是北方？”主人公回答：“先是南方，然后周游去北方。”① 编辑寒暄后催之前的约稿，引出《奇遇》的故事，最后以编辑催主人公启程，说“再见，一路平安”结束。通过这几篇作品，可以了解芥川未曾踏上中国的土地时，通过前人游记与中国古典等建构的对于中国的想象。

---

① 芥川龍之介「奇遇」『芥川龍之介全集第二巻』筑摩書房、1971年4月、P.349。

本书收录了芥川中国旅行之后所创作的一些代表性作品。《母亲》故事发生在上海和安徽芜湖，环境描写可以参见《上海游记》《长江游记》;《第四个丈夫的来信》取材自河口慧海的《西藏旅行记》，作品将主人公设定为居住在西藏、主动选择做中国人的日本人;《马腿》部分取材自《聊斋》，风物的描写与芥川的北京之行密不可分;《湖南之扇》开篇就点明了在湖南旅行时的直观印象。

《将军》和《桃太郎》虽然并非取材自中国古典与旅行见闻，但都直接受到中国之行的启发。《将军》发表于1922年，几乎与《江南游记》的连载同步。作品把日本奉为军神的乃木希典拉下神坛，描写敢死队员对于充当肉弹牺牲的抱怨、乃木希典下令杀死为俄军做间谍的中国人时眼中“偏执的光芒”以及标榜忠义时的蛮横。小说出版时受到严格审查，被删除了若干敏感词。这又让人不禁想到芥川在和胡适交谈后，胡适在日记中所记载的“芥川又说，他觉得中国著作家享受的自由，比日本人的自由大得多，他很羡慕”①。《桃太郎》的创作直接受到章太炎的影响。芥川在随笔《僻见》中讲述了这一经过。

> 我在上海法租界访问章太炎先生时，在挂着鳄鱼标本的书斋里和先生讨论了日中关系。那时先生所说的话依然在我耳边回荡——“我最厌恶的日本人是征伐鬼岛的桃太郎。对于热爱桃太郎的日本国民也不得不抱以反感。”——先生真乃贤人。我经常听到外国人嘲笑山县公爵，赞扬葛饰北斋，痛骂涩泽子爵，

① 胡适：《胡适日记全编》第三卷，安徽教育出版社，2001 年，第 336 页。

> 却从未有任何日本通像我们的章太炎先生这样，对桃子里出生的桃太郎放出一箭。不仅如此，先生这一箭比所有日本通的雄辩都更含真理。桃太郎也依旧会长命吧。如果能够长命，暮色苍茫的鬼岛海岸边，五六个寂寞的鬼，也会叹息曾经有过隐身蓑衣、隐身斗笠的祖国的往昔。①

与芥川的《罗生门》等作品相比，《桃太郎》知名度不高。芥川将日本民间传说中视为英雄的桃太郎进行戏仿（parody），写成劫掠无辜的“鬼岛”的侵略者。这篇作品是芥川中国之行的直接产物，体现了芥川作为知识分子的良知。值得一提的是，1944年，日本海军省命令松竹动画研究所制作战争国策动画，诞生了日本第一部动画长片《桃太郎　海之神兵》，印证了芥川“桃太郎依旧会长命”的预见。

本书还收录了与芥川中国之行相关的随笔、诗歌、翻译小品。芥川在上海住院期间阅读了二十余本英文著作，从中选译了法国女诗人朱迪特·戈蒂耶和美国女诗人尤妮斯·蒂金斯的几首诗作（《粉笔画龙》）。这有助于让人了解芥川对于这类猎奇式“伪东方主义”的警惕。本书标题《白兰花》，出自《上海游记》篇末。

> 戏单里忽然滑出什么，轻轻掉落地上。那东西——转瞬之后，我捡起了枯萎的白兰花。我闻了闻，已经没有了香味，花瓣也变为褐色。“白兰花，白兰花”——那卖花的叫卖声，已经

---

① 芥川龍之介「僻見」『芥川龍之介全集第五巻』筑摩書房、1971年7月、P.36。

成了缥缈的追忆。曾经看这花儿在南国美人的胸前散发着清香，如今也变得宛如梦境。①

在上海，夏季经常能听见“栀子花、白兰花”的叫卖声，闻见白兰花清雅的香气。白兰花是上海夏季的风物诗，也是这座城市独有的印象。在即将离开上海时，芥川记录了白兰花的视觉、嗅觉、听觉意象，感受到无法重现的追忆和梦境。

作为译者任务的考证工作

《罗生门：故事新编》的考证

芥川文学的中文翻译已历经百年，可谓珠玉在前。在力求准确传神的基础上，本书向“研究型翻译”的方向努力。对于作品的原典，参照了以往的研究成果，并逐一进行比对。

芥川的作品中有一篇不为人知的小品《女仙》，讲述书生见邻家年轻女子殴打老樵夫，上前劝解。女子竟然说是老者的母亲。书生问她年龄，她回答说三千六百岁了，说完便消失不见。中国古代类似的传说有很多。经查证，最相似的应该是下面这篇传奇故事。

西河少女者，神仙伯山甫外甥也。山甫雍州人，入华山学道，精思服食，时还乡里省亲族。二百余年，容状益少。入人家，

① 芥川龍之介「上海遊記」『芥川龍之介全集第六卷』筑摩書房、1971年8月、P.35。

即知其家先世已来善恶功过，有如目击。又知将来吉凶，言无不效。见其外甥女年少多病，与之药。女服药时，年已七十，稍稍还少，色如婴儿。汉遣使行经西河，于城东见一女子，笞一老翁。头白如雪，跪而受杖。使者怪而问之，女子答曰："此是妾儿也。昔妾舅伯山甫，得神仙之道，隐居华山中。悯妾多病，以神药授妾，渐复少壮。今此儿，妾令服药不肯，致此衰老，行不及妾，妾恚之，故因杖耳。"使者问女及儿年各几许，女子答云："妾年一百三十岁，儿年七十一矣。"此女亦入华山而去。（《西河少女》）

《舞会》被认为取材自皮埃尔·洛蒂《江户的舞会》。

明治十九年十一月三日晚，明子——十七岁的贵族千金，与童山濯濯的父亲拾级而上，走进今晚举办舞会的鹿鸣馆。明亮的瓦斯灯照耀之下，宽阔的台阶两侧，大轮菊花几近人工雕琢，围成三重花篱。最内侧浅红，中央深黄，最近处是乱垂流苏般的白菊。花篱尽头的台阶上，从舞厅里不断传出难以抑制的、幸福的喘息般欢快的管弦乐音。①（芥川龙之介《舞会》）

舞厅在二楼。我们走上宽大的台阶，旁边是和故国的秋天花坛相比难以想象的日本的菊花三重篱笆，白色、黄色、浅红

① 芥川龍之介「舞踏会」『芥川龍之介全集第二巻』筑摩書房、1971年4月、P.146。

> 色的花篱。遮蔽墙壁的浅红色花篱，菊花有树那么高，花瓣如同向日葵般巨大。排列于前方的黄色花篱稍矮一些，绽放着好似金凤花一般的，厚嘟嘟簇生的花束。最后，也是最前列的，是最矮的白色花篱，仿佛美丽洁白的缎带，沿着台阶布置成花坛的样子。①（皮埃尔·洛蒂《江户的舞会》）

通过比对不难发现，芥川采用了原文的环境设定，使其脱胎换骨，文字更加精炼传神。本书的附录中收录了《圣人传·圣玛丽娜》（编译）与《因果小车》之《蜘蛛丝》（全译）。芥川在《奉教人之死》第二部分讲述了故事的出处。

> 余藏有一书，长崎耶稣会出版，名为《莱甘达·奥莱》，盖LEGENDA AUREA之意。观其内容，并非西欧之所谓“黄金传说”。既记录彼国圣徒圣人之言行，亦采录本邦西教信徒奋勇舍己之行状，以助福音传道。②

小说出版之后，有好事者寻找出处，却没有收获。而芥川又在1926年的文章《关于风格另类的作品》中说：“《奉教人之死》采用了日本圣教徒的逸事，完全是我自己想象的作品。”③因而长期以来，

---

① ピエール·ロティ「秋の日本」『秋の日本.東の国から.日本その日その日.ニッポン.菊と刀』村上菊一郎ほか訳、平凡社、1961年11月、P.41。

② 芥川龍之介「奉教人の死」『芥川龍之介全集第一巻』筑摩書房、1971年3月、P.305。

③ 芥川龍之介「風変わりな作品に就いて」『芥川龍之介全集第四巻』筑摩書房、1971年6月、P.245。

多认为芥川的记述属于虚构。直到二十世纪六七十年代，在芥川的藏书中发现了《圣人传》（*LEGENDA AUREA*）一书，这一谜团才最终得以解开。此书作者为斯定筌（Michael A. Steichen，1857—1929），法国神父，从属于巴黎外国宣教会。1887年赴日传教，于静冈、横滨、东京筑地等地教会任职，1911年起编辑杂志《声》，编著有《耶稣基督真迹考》（岩崎重雄译，1897）、《天主教大名》（英文版，1903）等。《圣人传》一书由武市诚太郎译成日文，明治二十七年（1894）初版，明治三十六年再版。译者对书籍的电子扫描版进行了确认。全书共记录六十位圣人事迹，分十二个月，每月五人，每逢周日，可阅读一篇。斯定筌在前言中讲到：

> 篇中所录圣人，有硕儒、王侯，有寡妇、童贞者，富贵贫贱，林林总总。皆为积德修行，品行圣洁者。阅本书之传记，可知非笃信天主教，无以成真俊杰。鉴之以行事，弱者能变强，罪人可从善。如读此书，以代坊间猥杂戏作之书，必有益于灵魂哉。①

芥川参照的是列在六月十八日的传记《圣玛丽娜》。主人公女扮男装，死后才真相大白，设定与《奉教人之死》基本相同。《圣玛丽娜》原文较长，语体古雅，笔者以浅近文言的文体进行编译。

关于《蜘蛛丝》的研究论文很多，原典出处有一种说法：出自陀思妥耶夫斯基的《卡拉马佐夫兄弟》第七卷中“一个葱头”的故事，

---

① 斯定筌「緒言」『聖人伝』秀英舎、1894年2月、P.2。

即小说女主人公格露莘卡引用的寓言。其内容如下：

> 恶妇死后落进火湖，她的守护天使终于想起她曾做过的一件好事——从花园中拔过一个葱头给乞丐，于是向上帝请求宽恕。上帝让天使用葱头救她，若能得救，就可以升入天堂。天使救她时，其他罪人也纷纷抓住恶妇渴望得救。恶妇却回身踹开他们，高喊"葱头是我的，不是你们的"。此话一出，葱头断了，她也落回火湖。

而另一种说法则是出自保罗·卡鲁斯著、铃木大拙日译的《因果小车》(因果の小車)，明治三十一年(1898)文玉舍出版。保罗·卡鲁斯原作题为 *Karma：A Story of Early Buddhism*（The Open Court Publishing Co.，1894）。

保罗·卡鲁斯（Paul Carus，1852—1919)，十九世纪末二十世纪初影响巨大的德裔美国文化学者、哲学家、作家、编辑。创办杂志《开庭》(*Open Court*)、《一元论》(*Monist*)，编著《中国人的生活与习俗》(*Chinese Life and Customs*，1907)，翻译老子《道德经》，著作丰硕。

Karma（《业报》）出版后，俄文版由列夫·托尔斯泰翻译，巴黎的出版物误以为托尔斯泰为作者。福音派报刊《星期天》又将其改写成基督教背景，传播基督教教义。《卡拉马佐夫兄弟》中"一个葱头"的故事是 *Karma* 辗转流传后的一个版本，其源头和芥川的《蜘蛛丝》相同。本书翻译了铃木大拙日译《因果小车》中的一节《蜘蛛丝》(*The Spider Web*)。

《圣人传》和 *Karma* 尚无中译本，本书进行了编译，作为附录以供参考。相信与《奉教人之死》《蜘蛛丝》进行比对阅读，将饶有趣味。

《侏儒的话：士说新语》的考证

芥川的阅读面很广，随笔中出现许多中国古籍、近代翻译作品、西洋文学等。笔者对一些有待考证的信息进行了确认。例如，《骨董羹》之《别乾坤》中，对人名 Judith Gautier 的注释做了如下的修订：

> 朱迪特·戈蒂耶（Judith Gautier，1845—1917），法国女作家，泰奥菲尔·戈蒂耶的长女，是第一位当选龚古尔文学院院士的女诗人，最早将中国唐宋诗词译成法文的杰出汉学家。少女时代曾跟随丁敦龄学习中文。第一部作品为《白玉诗书》（*Livre de Jade*，1867），翻译了七十一首唐宋诗词。

朱迪特·戈蒂耶少女时代曾跟随中国人丁敦龄学习中文，经过中国研究者的考证，这一事实已经成为法国文学研究界的常识，而日本学界对此相对较为陌生。

《骨董羹》之《俳句》以“遮莫斋藤绿雨虽藏纵横之才，俳句与沿门擉黑之辈难分轩轾也不足为奇”① 结尾。其中的“沿门擉黑”非常生僻，经过检索，发现出自《芥舟学画编》卷一《山水·宗派》

① 芥川龍之介「骨董羹」『芥川龍之介全集第四巻』筑摩書房、1971 年 6 月、PP.71—72。

（清代沈宗骞撰），意近“野狐禅”，即妄称开悟而流入邪僻，歪门邪道。《妖婆》一文中提到英国作家哈代的小说 *Under the Greenwood*，然而检索并下载电子版之后发现，实际的书名应为 *Under the Greenwood Tree*，中译为《绿荫下》。

《发音》一文中提到 Quantin 版将坡之名印作 Poë，其信息量很小，难以确认，经过对书籍电子扫描版的参考，添加了如下的注释：

> 1884年，昆汀（Albert Quantin）编辑、波德莱尔翻译的爱伦·坡作品集 *Nouvelles Histoires extraordinaires*。扉页的作者姓名印为 Edgar Poë。

《天路历程》一文中提到，芥川的藏书中有上海华草书馆出版的近代西学汉译著作。经考证，出版社应为“上海美华书馆”。对书籍的电子扫描版进行确认之后，添加了如下的注释：

> 约翰·班扬（John Bunyan，1628—1688）撰写的寓言体小说，1678年出版。描述主人公基督徒走天路的艰险历程。作品采用了简明易懂的比喻：生命就像一段旅程，所有的情节都在路程中发生。1951年于上海出版撮译本，题为《慕威廉行客经历传》。后有英华书院、美华书局、墨海书馆、美华书馆等译本，汉译本、重写本多达近五十种。芥川收藏的是1869年上海美华书馆版。五卷，共50双页，插图十幅。

《点心》之中有一则短文《托氏宗教小说》，此书也是近代传教士与中国人合作翻译的著作。笔者对书籍的扫描复印版与德国礼贤会教士叶道胜所依据的英译本电子扫描版进行确认，对文中提到的“牧色”“加夫单”“沽未士”等词补充了注释。

《白兰花：中国奇遇记》的考证

芥川是感觉敏锐的作家。除了视觉经验之外，他也在耳濡目染中掌握了日常用语“不要”“等一等”“好”“哎呦”“多谢”等。日本原作中加注了芥川所学的中文词汇发音，包括一些方言发音。本书标注了部分词汇的日文拼读，以还原芥川所记录的听觉体验。例如，芥川为“白兰花”标注了发音“パレエホオ（parehuo）”，近似上海话的发音。一般而言，翻译注重信息的传达。正如索绪尔指出的，语言包括词形、发音（能指）和意义（所指）几个方面。当语音所传达的听觉体验变得重要时，不妨加注日文拼读，或以罗马字拼读的方式，帮助有日文基础的读者了解芥川的听觉体验。芥川在苏州游览时，有如下一段记述：

> 那塔也早已朽败，每一层都长满了茂盛的杂草。无数的鸟儿绕着宝塔飞舞，鸟鸣不绝，让我心生愉悦。那时我问岛津氏鸟叫什么名字，回答好像是 Paku。①

通过查阅芥川的全集，发现芥川的笔记本上有相关记录，添加

① 芥川龍之介「江南遊記」『芥川龍之介全集第六巻』筑摩書房、1971年8月、P.68。

了注释：芥川的笔记本中记录有“鸟，九官鸟的一种”①，吴语中“八哥”发音仅Paku。通过加注的方式，可以保留发音和意义两方面的信息。

译者目前身处上海，对于《上海游记》中提及的地名大多有过实地体验。在翻译过程中，还实地考察了芥川曾经居住的万岁馆、里见医院等地。同时借助近代文献数据库，请教近代上海的研究专家陈祖恩教授、马军教授等人，对作品中一些有待考证的专有名词进行了确认。新考证弥补了目前筑摩书房版与岩波书店新版全集注释的一些不足。

举例而言，“陈树藩”在之前的日文版全集注释中被认为是“陈炯明”，经过比对并查阅当时的报刊数据库，可以确认是时任陕西督军的军阀陈树藩。芥川旅行中国期间，正值其公然反叛，与于右任军交战。芥川在南京听到“高跳动”一词，并记录了发音。通过调查发现，应该是发音相同且流行于苏皖的民俗文化“高跷灯”。芥川的《中国游记》中考证的问题较多，另外著文详述。

结　语

1921年，芥川创作了《秋山图》《奇遇》《往生绘卷》《登徒子》等历史题材的作品，完成了期盼已久的中国之行；鲁迅则翻译了芥川的《罗生门》与《鼻子》。百年之后，重新阅读芥川的历史题材小说、随笔、游记，相信依旧能获得新的阅读感受。

---

① 芥川龍之介「手記」『芥川龍之介全集第八巻』筑摩書房、1971年10月、P.153。

笔者在翻译芥川相关作品的同时，考虑了如何较为完整地呈现某一类型作品的特色、作者的中国观等问题，在选篇及编排上进行了新的尝试。日本出版的芥川作品集经过时间的沉淀，已经形成固有的“名篇”选集，不仅为其他语言的译介提供了有益的参照，也让读者在有限的时间内体验到芥川文学的妙处。毋庸讳言，这在另一方面也固化了读者的阅读体验，无法“发现”芥川同类题材作品中的“遗珠”。因此，笔者在选编芥川作品时，以题材为主线编选相关作品，力图构建整体性的阅读体验。其次，不机械、被动地翻译，以“忠实理解”“忠实表现”为目的，在翻译的过程中反复考证，深入理解原文的信息与相关背景。翻译历来被视为仆役（译作），服务于主人（原作），要亦步亦趋地确保“忠实”。但是翻译行为本质上是一种诠释，与音乐的演绎相似，需要在“忠实”理解的基础上与原作“对话”，在选篇、编排、考证上体现出自己的理解与诠释，让作品更大程度地在译作中被非母语的读者理解和接受。

参考文献

斯定筌『聖人伝』秀英舎、1894年2月。
芥川龍之介『芥川龍之介全集第一巻』筑摩書房、1971年3月。
芥川龍之介『芥川龍之介全集第二巻』筑摩書房、1971年4月。
芥川龍之介『芥川龍之介全集第四巻』筑摩書房、1971年6月。
芥川龍之介『芥川龍之介全集第五巻』筑摩書房、1971年7月。
芥川龍之介『芥川龍之介全集第六巻』筑摩書房、1971年8月。
芥川龍之介『芥川龍之介全集第八巻』筑摩書房、1971年10月。
ベンヤミン「翻訳者の課題」三ツ木道夫編訳『思想としての翻訳』白水社、

2008年12月。

ジェイ·ルビン『村上春樹と私　日本文学と文化に心を奪われた理由』東洋経済新聞社、2016年11月。

胡适《胡适日记全编1919—1922》第三卷，安徽教育出版社，2001年10月。

图书在版编目(CIP)数据

罗生门:故事新编/(日)芥川龙之介著;邹波译.—桂林:广西师范大学出版社,2024.4
(小阅读·经典)
ISBN 978-7-5598-6426-0

Ⅰ.①罗… Ⅱ.①芥… ②邹… Ⅲ.①短篇小说-小说集-日本-现代 Ⅳ.①I313.15

中国国家版本馆CIP数据核字(2023)第188084号

罗生门:故事新编
LUOSHENGMEN: GUSHI XINBIAN

出 品 人:刘广汉　　策　　划:木曜文化
责任编辑:刘　玮　　助理编辑:陶阿晴
装帧设计:iglooo　李婷婷　　营销编辑:康天娥　金梦茜

广西师范大学出版社出版发行
(广西桂林市五里店路9号　　邮政编码:541004
网址:http://www.bbtpress.com)
出版人:黄轩庄
全国新华书店经销
销售热线:021-65200318　021-31260822-898
山东韵杰文化科技有限公司印刷
(山东省淄博市桓台县桓台大道西首　邮政编码:256401)
开本:787 mm×1 168 mm　1/32
印张:16.25　　字数:374千
2024年4月第1版　　2024年4月第1次印刷
定价:79.00元